손종흠 교수의

고전시가 미학 강의

손종흠 교수의

고전시가 미학 강의

앨피
book

고전 시가의 아름다움에 대하여

우리 마음속에 살아 숨 쉬는 노래

고전 시가古典詩歌는 상고시대부터 19세기 말까지 수천 년에 걸쳐 선조들이 만들고 부른 노래로서, 우리 민족의 삶을 예술적으로 반영한 문학이다. 고전 시가에는 많은 사람들이 공감할 수 있는 삶의 정서가 녹아 있기 때문에 한국인이라면 누구나 그것을 접하는 순간 빠져들 수밖에 없는 신비로운 힘이 있다. 태어나기 전부터 이미 알고 있었던 것 같은 친숙한 내용, 아주 오래전부터 들어온 것처럼 느껴지는 편안한 문장의 리듬, 마음 한구석에 긴 여운을 남기는 절묘한 표현 등은 우리의 마음을 끌어당기기에 충분하다.

그런 까닭에 한민족의 일원으로 살아가는 우리에게는 한 편의 시조나 한 구절의 가사歌辭, 한 마디의 향가나 한 소절의 속요가 언제나 가슴 한 켠에 동그마니 자리하고 있다. 그렇게 있다가 잊을 만하면, 잊었다고 생각했는데 문득 마음속에 떠올라 삶을 따뜻하게 해 준다. 잊어버리려 해도 잊어버릴 수 없는 우리의 노래가 바로 고전 시가인 것이다.

우리 민족의 노래인 고전 시가에는 다른 문학에는 없는 특수한 매력이 있으니, 바로 독특한 미학적 특수성이다. 고전 시가는 노래이면서 시詩이고, 시이면서 노래이다. 이처럼 문학적 아름다움과 음악적 아름다움을 동시에 지니고 있기 때문에 여기서 만들어지는 미학적 아름다움도 독특할 수밖에 없다.

미학美學이란 무엇인가? 아름답게 보이거나 느껴지는 사물 현상을 논리적으로 분석하여 그 아름다움의 본질과 구조를 드러내어 보이는 것이다. 그러므로 미학은 아름다움을 추구하는 학문이라고 할 수 있다. '고전 시가의 미학'이라 함은 시가 작품이 지니고 있는 문학적 아름다움을 많은 사람들이 함께 느끼고 즐길 수 있도록 드러내는 작업을 가리킨다. 시가는 말이나 글로 화자의 정서를 드러내면서 특수한 표현 방식을 사용한다. 똑같은 표현을 일정한 위치에 두 번 이상 사용하여 강조하는 주기적 반복법을 쓰기도 하고, 비유법이나 직유법과 같은 수사법으로 에둘러서 표현하기도 하며, 읽거나 노래로 부르는 과정에서 자연스럽게 율격律格이 형성되도록 세심하게 말글을 제한하고 조직한다. 이것들이 모두 시가의 미학적 특수성을 형성하는 주체이다.

아무 목적 없이 읊조릴 때 살아나는 아름다움

우리가 고전 시가를 처음 접하는 것은 대부분 학창 시절이다. 그나마 지금까지 고전 시가 몇 구절을 외울 수 있는 것은 그 시절의 암기 위주 수업 덕분이다. 그래서 아무 감흥 없이 기계적으로 그때 그 시가를 암송한다. 그러나 그 시절에는 내용과 작가, 작품의 의미만을 머릿속에 집어넣기 바빠 정작 해당 작품의 예술적 아름다움을 음미하지는 못했다. 이 얼마나 안타까운 현실인가.

고전 시가 속에는 그 노래를 만들고 즐겼던 당시 사람들의 삶과 정서가 고스란히 담겨 있다. 그러나 그 속뜻과 정취를 제대로 이해하기 어려운 어린 나이에, 학교교육 특유의 규범적 한계 안에서 이러한 아름다움을 제대로 이해하기는 어렵다. 그러다가 공부를 통해 얻은 이론적 지식과 사회생활로 얻은 경험적 지식이 합해지는 시기가 되면 그동안 저 먼 기억 속에 밀쳐져 있던 고전 시가의 아름다움이 어느 순간, 새벽 강 언덕에 피어오르는 물안개처럼 마음을 적시게 된다. 어느 정도 나이가 들어서, 인생의 경험이 풍부해진 뒤에 다시 접하는 고전 시가는 그전과는 전혀 다른 의미와 아름다움을 발산한다.

그런 점에서 이 책이 고전 시가의 깊은 뜻과 맥락을 이해하고자 하는 학생들은 물론이고, 머릿속에 아련하게 남아 있는 고전 시가의 추억을 다시 음미하려는 일반 독자들에게도 우리 고전 시가의 아름다움과 매력에 빠질 수 있는 계기가 되길 바란다. 단순히 각 글자와 내용의 축자적逐字的 해석을 넘어 더 풍부해진 인생의 깊이와 폭으로 고전 시가를 바라보면 분명 예전에는 느끼지 못한 새로운 의미와 아름다움이 느껴질 것이다. 우리 민족이 공유하는 상상력과 정서가 긴 세월 동안 변함없이 이어져 왔다는 데 놀라고, 경험의 폭과 깊이에 따라 같은 시가가 얼마나 다르게 보이는지를 알게 될 것이다.

고전 시가에 대한 새로운 이해는 삶에 대한 새로운 시각을 열어 줄 뿐 아니라, 우리 문화와 문학에 대한 지식으로 고스란히 남아 삶을 풍요롭게 한다. 아름다움을 아름답다고 느끼는 것, 그것이 얼마나 쉽고도 어려운 일인지 우리 고전 시가를 통해 느껴 보길 바란다.

거부할 수 없는 고전 시가의 매력에 사로잡혀 수십 년간 고전 시가에 빠져 살았고, 이 책을 내놓게 되었다. 부끄러운 이 책을 세상에 선보이는 이유는 단 하나, 우리 시가가 지닌 예술적 아름다움을 더 많은 이들과 나누고 공유하기 위함이다.

이 책을 펴내기까지 많은 이들의 도움이 있었다. 자료의 정리에서부터 문장 교열까지 세심하게 살펴 준 아내와 앨피출판사에 심심한 감사의 마음을 전한다.

2011년 3월 30일
죽계서실에서

차 례

머리말 고전 시가의 아름다움에 대하여

1 신에게로 가는 길 — 고전 시가의 탄생

정情이 드러나면 노래와 춤이 되니 · 17

인간의 뜻을 하늘로 보내는 법 · 20

신에게로 가는 언어 · 23

노래는 세상을 울리고 · 25

2 천지귀신을 감동시키다 — 시가의 주술성

「원가」 _ 잣나무를 시들게 한 깊은 원망 · 28

「처용가」 _ 본디 내 것이지만 빼앗긴 것을 어찌할 것인가! · 32

「혜성가」 _ 하늘의 변괴를 축복으로 바꾸다 · 37

「천수대비가」 _ 천 개 중에 하나만 내게 주소서 · 40

고전 시가 연구의 출발점, **「삼국유사」** 44

3 그리움은 노래를 낳고 1
— 육친과 군주에 대한 그리움

「**황조가**」_ 사랑과 정치의 틈바구니에서 길을 잃고 · 46

「**정읍사**」_ 높이 돋아 멀리 비추소서 · 50

「**제망매가**」_ 한 가지에 나고도 가는 곳을 모르는구나 · 53

「**사모곡**」_ 호미도 날이 있기는 하지만 · 56

「**조홍시가**」_ 품어가 반길 이 없을새 · 59

「**정과정**」_ 내님믈 그리 와슥우니다니 · 62

민요계 향가와 사뇌가계 향가 66

4 그리움은 노래를 낳고 2
— 남녀 간의 그리움

「**몰가부가**」_ 자루 없는 도끼를 내게 빌려 준다면 · 68

「**찬기파랑가**」_ 잣가지 높아 서리 모르실 화랑장이여 · 70

「**동동**」_ 벼랑에 버린 빗 같구나 · 74

황진이_ 동짓달 기나긴 밤을 한 허리 베어내어 · 81

임제_ 청초 우거진 골에 자는다 누었는다 · 84

궁중의 축귀 의식, 나례儺禮 88

5 가필귀색歌·必歸色 또는 웃음의 미학 — 시가의 해학미

「서동요」 _ 선화공주님은 서동방을 밤에 몰래 안고 · 90

「쌍화점」 _ 그 자리에 나도 자러 가리라 · 94

임제와 한우 _ 찬비 맞았으니 녹아 잘까 하노라 · 100

사설시조 _ 간밤에 자고 간 그놈 아마도 못 잊어라 · 103

「둥당에타령」 _ 모진 놈 만나서 돌베개 베었네 · 107

「진도아리랑」 _ 딱따구리는 참나무 구멍도 파는데 · 109

여럿이 부르고 함께 즐기는 노래, 속요 112

6 사랑하다 죽으리라 1 — 순간의 이별과 영원한 사랑

「공무도하가」 _ 그대 물을 건너지 마소서 · 115

「정석가」 _ 구운 밤이 움이 도다 싹이 나야만 · 119

「서경별곡」 _ 사랑해 주신다면 울면서 따르리 · 124

사설시조 엊그제 님 여읜 내 안이야 어디에다 견주리 · 128

7 사랑하다 죽으리라 2 — 멈출 수 없는 지독한 사랑

「이상곡」 _ 서리를 밟아 얼음을 만나더라도 · 131

「만전춘별사」 _ 어름우에 님과 나와 얼어죽을 망정 · 135

「진주난봉가」 _ 울도 담도 없는 집에 시집살이 삼 년 만에 · 140

「상사별곡」 _ 인간 서름 많은 중에 독수공방 더욱 섧다 · 143

8 버들로도 못다 한 이별 — 헤어짐과 만남의 변증법

오광운 _ 민머리 버드나무 벌써 가지가 없어 · 148

홍랑 _ 밤비에 새잎 곧 나거든 날인가도 여기소서 · 151

정지상 _ 대동강 물이야 어느 때에 마르리오 · 156

매창 _ 이화우 흩날릴제 울며 잡고 이별한 님 · 159

화려한 서정시풍, 당풍唐風 164

9 시간과 공간을 자유롭게 넘나들다
— 순환적 시간과 공간의 미학

「**모죽지랑가**」 _ 눈 깜짝할 사이에 만남을 만들겠습니다 · 167

「**성산별곡**」 _ 인간의 시간에서 선계의 공간으로 · 171

「**사미인곡**」 _ 선계의 공간에서 인간의 시간으로 · 180

「**면앙정가**」 _ 두 나래 펼치고 천리를 날아가리 · 185

짧은 '가사歌詞', 긴 '가사歌辭' 192

10 본래 하나였으니 나눌 필요가 있으랴
— 사대부의 자연관

월산대군 _ 무심한 달빛만 싣고 빈 배 저어 오노라 · 194

이황 _ 이 불치병을 고쳐 무엇하료 · 196

송순 _ 십년을 경영하여 초려삼간 지어 내니 · 199

성혼 _ 말 없는 청산이요 태 없는 유수로다 · 204

11 노래로 세상을 다스리리니
— 가악계 시가의 구조미

'남녀상열지사'와 '충신연군지사'의 상관성 · 208
「용비어천가」의 시가사적 의미 · 213
백성을 교화한 '훈민訓民' 노래 · 218

12 세상을 피해 살아도 — 은둔의 미학

최치원 _ 시비하는 세상의 소리 귀에 들릴까 · 223
윤선도 _ 두어라 이 다섯밖에 또 더해 무엇하리 · 226
박인로 _ 명리에 뜻이 없어 누항陋巷에 살고 보니 · 230

13 곤궁해도 이 길을 가리 — 안빈낙도의 미학

「상춘곡」 _ 아무렴 백년인생이 이만하면 어떠하리 · 237
서경덕 _ 나이가 드니 안회의 가난을 달게 여기네 · 244
한석봉 _ 짚방석 내지 마라 낙엽엔들 못 앉으랴 · 247

14 노동의 고통을 즐거움으로 바꾸다
— 노동과 시가의 관계

'풍요' _ 오다 오다 오다 공덕 닦으러 오다 · 250
「상저가」 _ 형편없는 밥이라도 남기시면 내 먹으리 · 254
사설시조 _ 논밭 갈아 기음매고 · 258
「상주 모심기노래」 _ 상주함창 공갈못에 연밥 따는 저 처자야 · 261

15 경기체가에 담긴 유학자들의 정신세계
— 추상과 개괄의 미학

「한림별곡」 _ 오만하고 방탕하여 숭상할 바가 못 되더라도 · 266
「죽계별곡」 _ 아 사계절 즐거이 노십시다 · 274
「화산별곡」 _ 화산의 남쪽 한수의 북쪽 조선의 명당자리에 · 278

16 한 폭의 그림처럼 자연을 그려내다
— 시가의 진경미眞景美

정도전 _ 시 속에 그림이 있고, 그림 속에 내가 있네 · 285
이황 _ 청량산 육육봉을 아는 이 나와 백구 · 289
이달 _ 백운이라 중은 쓸지를 않네 · 293

17 벼슬살이의 위험과 고독 — 세속적 삶과 시가

「**장암가**」_ 붙잡힌 참새야 너는 어찌하다가 · 297

이행기 시가 _ 그 우에 거미줄 있으니 그를 조심하여라 · 301

유응부 _ 간밤에 불던 바람 눈서리 치단 말가 · 304

정철 _ 어와 동량재를 저리하여 어이할꼬 · 308

악부시와 소악부시 312

18 모든 것이 군주의 은혜로다 — 사대부의 군주관

「**감군은**」_ 하늘보다 높고, 바다보다 깊은 임금의 은혜 · 313

「**강호사시가**」_ 이 몸이 춥지 아니하옴도 임금의 은혜이니 · 319

송순 _ 풍상이 섞어 친 날에 갓 피온 황국화를 · 322

「**관동별곡**」_ 어와 성은이야 갈수록 망극하다 · 327

'시경체'와 '초사체' 332

19 인간을 생각하니 슬프고 설운지라 — 불교와 시가

「**원왕생가**」_ 달님이여 이제 서방까지 가셔서 · 333

「**도솔가**」_ 미륵보살을 찬양하여 변괴를 물리치니 · 339

「**우적가**」_ 만 명의 도적을 만날지라도 흔들림이 없으리 · 342

「**서왕가**」_ 염불말고 어이할고 · 346

'삼구육명'과 '사구팔명' 351

20 장다리는 한철이나 미나리는 사철일세
— 정치와 시가

「**도파가**」·「**묵책요**」_ 정치가 어지러우면 나라가 망하느니 · 352

「**보현찰**」·「**아야가**」_ 무신이 문신을 죽이고 나라를 무너뜨리니 · 356

「**사모요**」·「**미나리노래**」_ 군주의 잘못을 노래로 풍자하다 · 361

미래를 예언하는 노래 '참요' 366

21 '민족시가' 향가의 탄생
— 신라의 삼국통일과 향가의 관계

14편으로 남은 신라인의 노래 · 367

4국의 백성을 하나로 묶어세우는 전략 · 369

민요와 가악을 아우르는 '민족의 노래' · 378

「혜성가」, 민족시가 형식의 탄생 · 382

22 우리 시가를 감상하는 법 — 한국 시가 율격의 본질

율격이란 무엇인가? · 384

한국어의 형태적 특성 · 385

한국 시가 율격의 구성 요소 · 387

'삼구육명'에서 '사구팔명'으로 · 394

자료 _ 고전 시가 연구에 중요한 30권의 문헌 · 398

정情이 드러나면 노래와 춤이 되니

동이족東夷族은 거의 토착민으로 술 마시고 노래하고 춤추기를 좋아한다.

_『후한서後漢書』「동이전東夷傳」

고구려 풍속은 어지럽지만 깨끗한 것을 좋아하며, 밤에는 남녀가 무리를 지어 노래를 부른다. 10월에 하늘에 제사를 지내는 큰 모임을 열어 귀신·사직社稷·영성靈性에 제사 지내기를 좋아하는데, 그 이름을 '동맹東盟'이라 한다.

_『후한서』「고구려전高句麗傳」

동이족은 오월에 밭일이 끝나면 항상 귀신에게 제사를 지내는데, 밤낮으로 모여서 술을 마시며 무리를 지어 노래를 부르고 춤을 추고, 수십여 명이 줄을 지어서 땅을 밟으며 장단을 맞춘다. 시월에 농사일이 끝나면 또 이와 같이 한다.

_『진서晉書』「동이전東吏傳」

부여에는 은나라 달력으로 정월에 하늘에 제사를 지내는 '영고迎鼓'라는 나라의 큰 행사가 있어, 며칠 동안 마시고 먹고 노래하고 춤을 춘다.

_『삼국지 위서三國志 魏書』「부여전夫餘傳」

예맥족濊貊族은 해마다 시월이면 하늘에 제사를 지내는데, 밤낮으로 술 마시고 노래하고 춤을 추는 이 제사를 '무천舞天'이라 한다.

_『삼국지 위서』「동이전」

변한弁韓과 진한辰韓의 풍습은 춤추고, 노래하고 술 마시기를 좋아한다.

_『삼국지 위서』「진한전辰韓傳」

마한馬韓의 민간에서는 귀신을 믿으며, 항상 오월에 씨 뿌리는 일을 마치면 무리를 지어서 노래하고 춤을 추며 신께 제사를 지내는데, 시월에 농사일을 마치면 또 이와 같이 한다.

_『진서』「마한전馬韓傳」

이상은 『후한서後漢書』, 『삼국지三國志』, 『진서晉書』 등 중국 역사서에 등장하는 우리 민족의 고대 풍속에 관한 기록들이다. 이렇듯 다소 길고 비슷한 내용을 첫머리에 제시하는 이유는, 우리 민족이 오래전부터 노래와 춤을 무척이나 좋아했다는 사실을 보여 주기 위함이다. 우리 민족은 넘쳐나는 정情을 주체하지 못했다. 가죽 부대에 물이 가득 차면 살짝만 눌러도 주둥이에서 물이 새어 나오듯, 우리 민족은 작은 일에서도 흥을 찾아내고 그 마음을 노래와 춤으로 표출했다. 우리 민족의 이러한 정서적 특성은 현대까지도 이어져 오고 있다.

'정精'이란 외부의 사물이나 현상에 직면하여 우리 마음속에 생겨난 느낌이 어떤 의미를 형성한 상태를 가리키는데, 이것이 밖으로 드러나는 방식은 사람마다 다르다. 슬픔이나 기쁨을 느꼈을 때 눈물을 흘리며 우는 사람이 있고, 그 감정을 잊거나 더 강하게 느끼려고 노래를 하거나 춤을 추는 사람도 있다. 이렇듯 마음속에 생긴 정은 어떤 형태로든 밖으로 드러나기 마련이고, 술과 노래와 춤을 좋아한 우리 선조들은 다양한 형태의 노래 속에 이 정을 담아 드러냈음을 여러 기록에서 확인할 수 있다. 상고上古시대부터 따진다면 우리 선조들은 엄청나게 많은 노래를 지어 불렀을 것이다. 그러나 기록으로 남아 전하는 상대上代나 고대古代의 노래들은 손에 꼽을 정도이니 안타까운 일이 아닐 수 없다.

현재까지 남아 전하는 상고시대의 노래는 가락국의 건국 신화와 함께 전해지는 「구지가龜旨歌」, 백수광부白首狂夫 이야기를 배경으로 하는 「공무도하가公無渡河歌」, 고구려 제2대 유리왕이 자신의 외로운 심정을 노래한 「황조가黃鳥歌」 정도가 고작이다. 이 세 편의 노래만으로는 상고시대 우리 선조들이 노래에 담았을 정서를 완벽하게 이해하고 분석해 내기 어렵다. 그러나 이 세 편에 담긴 선조들의 느낌과 정은 오랜 세월을 건너뛰어 오늘날의 우리에게도 어떤 울림을 전달한다. 아무리 세월이 지나도 사라지지 않는, 공동체 구성원들만이 공유하는 감정의 원형原型 같은 것이 우리 민족에게도 있기 때문이다.

이런 의미에서 고전 시가詩歌는 우리에게 끊임없이 말을 건네는, 우리 마음의 영원한 안식처이다. 그리고 고전 시가에 대한 미학적 접근은 세계의 그 어느 민족보다 풍부하고 다양한 정서를 가슴속에 간직했던 우리 선조들이 그 정을 어떤 내용과 형식으로 표출시켰는지를 엿보는 일이 된다. 우주의 현상을 가슴으로 받아들여 그것을 다시 드러냄으로써 사람과 하늘, 사람과 신, 사람과 사람을 통하게 할 수 있다고 믿었던 옛 노래야말로 선조들의 마음과 우리의 마음을 이어 주는 가교이다.

인간의 뜻을 하늘로 보내는 법

앞에서 살펴본 중국의 역사 기록에도 나오지만, 상고시대 우리 선조들은 혼자가 아닌 여럿이 무리를 지어 노래하고 춤을 추었다. 이렇듯 수십 명씩 줄지어 서서 땅을 밟으면서 노래를 부르고 춤을 추었다는 내용은 가락국의 건국 신화에도 등장한다.

후한後漢 세조世祖 광무제光武帝 건무建武 18년 임인壬寅 3월 계욕일禊浴日(삼짇날, 3월 3일)에 그들이 사는 곳으로부터 북쪽에 있는 구지봉龜旨峯에서 이상한 소리가 들렸는데, 누군가를 부르는 것 같았다. 이에 200~300명의 무리가 모여들자 사람의 말소리 같은 것이 나는데, 형체는 보이지 않고 소리만 들리는 것이었다. "여기에 사람이 있느냐?" 이에 구간九干 등이 대답했다. "저희들이 있습니다."라고 하자 또 말하는 것이었다. "내가 있는 곳이 어디냐?" 다시 대답하기를 "구지봉입니다."라고 하였다. 다시 말하기를 "하늘에서 내게 명하기를 이곳에 내려가 나라를 새롭게 하여 임금이 되라고 하여 이곳에 내려왔다. 너희들은 모름지기 봉우리 위를 파서 흙을 집으면서 '거북아 거북아 머리를 내밀어라 만약 내밀지 않으면 구워서 먹으리라'라고 노래를 부르고 펄쩍펄쩍 뛰면서 춤을 추어라. 그러면 대왕을 맞이하여 기뻐 날뛰게 될 것이다."

_『삼국유사三國遺事』「가락국기駕洛國記」

이 내용은 김수로왕金首露王을 비롯한 여섯 명의 신인神人을 땅으로 모시고자 사람들이 어떤 의식을 행했는지를 구체적으로 담고 있다. 여기에서 주목해야 할 대목은, 하늘에서 땅으로 내려오는 군주를 맞이하고자 수백 명의 사람들이 봉우리 정상에서 흙을 파서 손으로 집으면서 노래를 부르고 춤을 추었다는 것이다. 하늘의 신인이 땅으로 내려온다는 것은 하늘과 땅, 양陽과 음陰이 만나 새로운 생명체를 탄생시킨다는 것으로, 남녀가 만나서 성행위를 하여 아이를 잉태하는 것과 같다. 김수로왕이 땅으로 내려와서 임금이 된다는 것도 남녀의 성적인 결합을 통해 새로운 지도자가 태어나는 것을 의미할 수 있다.

옛사람들은 새로운 생명은 모두 신통력을 지닌 하늘에서 내려 주는 것으로, 신에게서 생명을 점지 받는 행위가 바로 인간의 성행위라고 믿었다. 따라서 상고시대 사람들에게는 성행위가 음란하거나 저속한 것이 아니라 신성한 행위였고, 신과 인간이 만나는 중요한 과정이었다. 그렇기 때문에 신과 관계된 모든 행위와 그것을 표현하는 내용에서 성性이 중심을 이룰 수밖에 없었다.

이처럼 성性은 신성한 것이었고, 중요한 인물을 잉태하는 성행위는 일종의 의식에 가까웠다. 이 과정을 더욱 성스럽게 하고자 동원한 보조적인 수단이 바로 각종 제의祭儀와 노래, 춤(歌舞)이었다. 옛사람들은 제의와 노래와 춤으로 신을 즐겁게 하면 신이 그 보답으로 중요한 인물을 점지해 준다고 믿었다. 그랬으니 그런 제의에 쓰이는 음식과 술 역시 중요한 의미를 지닐 수밖에 없었다. 선조들이 봄과 가을에 하늘에 제를 올리면서 햇곡식을 비롯한 여러 가지 음식을 바친 것은 이 때문이다.

제의에서 음식과 술 다음으로 중요한 역할을 한 것은, 인간의 언어로 불리는 노래와 몸으로 만들어지는 춤이었다. 노래는 일정한 소리의 반복이 만들어 내는 청각적인 율동으로, 춤은 일정하게 반복되는 몸동작이 만들어 내는 시각적인 율동으로 신의 마음을 움직인다고 여겼다. 그러므로 신께 올리는 제의에 노래와 춤은 필수였으며, 그 춤과 노래에는 신과 만나는 신성한 행위인 성性에 대한 내용이 빠지지 않았다.

아주 오랜 옛날부터 오늘날에 이르기까지 성과 관련된 사랑과 이별이 노래의 중심을 이루는 이유가 바로 여기에 있으니, '가필귀색歌必歸色'이라고 해도 지나치지 않을 정도이다. 그런데 노래라는 형식 자체가 지닌 이러한 성격은 피지배층과 지배층, 백성(民)과 정부(官)가 구분되는 절대군주 국가가 실현되고, 이때 가악歌樂이라는 새로운 음악 형식이 성립하면서 새로운 국면을 맞게 된다. 즉, 신에 대한 정서의 표현이 중심을 이루는 민간의 노래와 통치를 목적으로 하는 지배층의 노래라는 두 흐름 속에서 시가詩歌(詩) 문학이 발달한 것이다.

지배층의 시가인 가악에는 당대의 통치 이념이 담겼다. 불교가 중요한 정치 이념이었던 신라와 고려 시대에는 불교적 성격이 강한 노래들이 불리고, 유교가 주된 정치 이념이었던 조선 시대에는 유교적 성격의 노래들이 중심을 이루었다는 사실에서 이를 확인할 수 있다. 그러나 그 외중에도 민간에서는 여전히 '남녀상열지사男女相悅之詞'가 주되게 회자되며 지배층의 힘이 약해질 때마다 존재감을 드러냈다. 고려 후기 이후 궁중 무악舞樂으로 수용된 속요俗謠가 그렇고, 18세기 이후 새로운 모습으로 탈바꿈한 시조와 가사, 민요, 잡가 등도 그런 예이다. 물론 작품마다 차이가 있지만, 지배층의 시가인 가악에서도 성性의 문제, 곧 신에 대한 찬양이 주된 주제로 자리잡은 것이다. 이처럼 노래는 아주 오래전부터 인간이 신에게 이르는 중요한 도구였다.

이는 노래뿐 아니라 춤도 마찬가지였다. 민간뿐 아니라 국가의 제도권

안에서 행해지는 모든 춤 동작에는 성적인 의미가 포함되었다. 우리가 잘 알고 있는 조선 후기의 탈춤만 보아도 재담 형식으로 표현되는 사설의 내용은 말할 것도 없고, 기본적인 춤 동작들이 성적인 행위를 연상시킨다. 농촌 사회에서 신에게 벽사진경辟邪進慶(귀신을 쫓고 기쁜 일을 맞이함)을 축원하는 과정에서 성립된 것으로 추정되는 탈춤이 기본적으로 인간과 신이 만나는 수단이었음은 다시 말할 필요도 없다.

신에게로 가는 언어

신은 하늘에 있되 어디에나 있을 수 있고, 무엇이든지 알고, 무슨 일이든지 할 수 있는 능력을 갖추고 있는 존재이다. 그러므로 인간의 삶 속에서 일어나는 모든 일은 신의 섭리에 따라 결정된다. 이처럼 옛사람들은 좋은 일이건 나쁜 일이건 간에 모두 신의 뜻에 좌지우지된다고 믿었기 때문에 신을 기쁘게 하는 것이 대단히 중요한 일이 아닐 수 없었다. 하늘과 신에게 정성을 표하고 신을 즐겁게 하여 인간의 안위를 보장받는다는 믿음에서 나온 것이 제의祭儀, 곧 제사 의식이었다. 우리 선조들은 농사일을 시작할 때나 끝낼 때 반드시 음식을 준비하고 노래와 춤을 추면서 하늘에 제사를 올리는 제천祭天 의식을 행했다.

이 제의 과정에서 신을 감동시키고 인간의 뜻을 전달하는 데 가장 큰 역할을 한 것이 노래였다. 노래는 언어에 가락을 얹어 부르는 것으로, 그 주기적인 반복 구조와 언어 자체가 지닌 주술성呪術性 때문에 의식에서 가장 큰 역할을 했다. 가락국 건국 신화에 등장하는 「구지가」가 하늘에서 신인을 내려오도록 하는 데 결정적인 기여를 한 것이나, 수로부인水路夫人을 납치한 용에게서 부인을 구해 내고자 사람들이 막대기로 해변을 치면서 불렀다는 「해가海歌」 등에 대한 기록은 당시 사람들에게 노래가 신적인 존재에게 자신들의 뜻을 전달하고 소망을 이루는 중요한 도구였음을 알려 준다. 이러한 사실은 고려 시대의 승려 일연一然이 지은 『삼국유사三國遺事』에서 좀 더 분명해진다. 『삼국유사』에는 향가鄕歌에 대한 기록이 상당수 전하는데, 「월명사도솔가月明師兜率歌」에 다음과 같은 내용이 있다.

신라 사람들은 향가를 숭상한 사람이 많았는데, 대개 시詩와 송頌과 같은 것이었다. 이런 연고로 이따금 천지와 귀신을 감동시킨 적이 한두 번이 아니었다.

신라 시대의 작품으로 현존하는 향가는 『삼국유사』에 실려 전하는 14수뿐이기 때문에 작품 해석을 비롯하여 그 전모를 파악하는 데에는 한계가 있는 것이 사실이다. 그러나 『삼국유사』만 보아도 신라 시대에 향가가 전국적으로 유행하며 많은 사람들에게 회자되었음을 짐작할 수 있다. 비록 『삼국사기三國史記』에 그 이름만 전하지만, 진성여왕眞聖女王 때 최초의 향가집 『삼대목三代目』이 편찬되었다는 사실도 이를 뒷받침한다. 『삼대목』은 대구화상大矩和尙이라는 승려가 여왕의 명을 받아 민간에 떠도는 향가를 수집하여 편찬한 가집歌集이다.

향가는 7세기 초·중반에 생겨난 것으로 보이는데, 7세기 후반에 신라가 백제와 고구려를 멸망시키고 통일국가를 수립하면서 그 중요성이 부각되었다. 삼국통일 후 신라와 발해가 각각 남국南國과 북국北國으로 나뉘어 문화적 융성기를 구가하면서, 향가가 신라의 가장 절실한 과제였던 민족 통합의 문화적 도구로 각광받은 것이다. 당시 향가는 천지귀신을 감동시킬

만큼 강력한 힘을 발휘했다고 전해진다.

아내를 범한 역신疫神에게 물리적인 힘으로 대항하지 않고 노래를 부르고 춤을 추면서 물러남으로써 역신을 감동시켜 물러가게 했다는 처용處容 설화에 등장하는 「처용가處容歌」, 아이가 다섯 살이 되어 눈이 멀어서 세상을 보지 못하게 되자 그 어머니가 분황사芬皇寺 좌전左殿 북벽에 그려진 천수관음 앞에 가서 노래를 지어 불러서 눈을 뜨게 했다는 「천수대비가千手大悲歌」, 갑자기 하늘에 나타난 혜성의 변괴를 노래로 지어 불러 오히려 나라의 경사로 바꾸었다는 융천사融天師의 「혜성가彗星歌」, 신의를 지키지 않은 왕을 원망하는 노래를 지어서 잣나무에 붙였더니 그 나무가 말라 버렸다는 배경 설화가 있는 「원가怨歌」 등은 모두 『삼국유사』에 언급된 천지귀신을 감동시킨 구체적인 사례이다. 불과 14편의 향가에 얽힌 사연이 이 정도이니 기록으로 남지 못한 수많은 작품과 관련된 사연은 훨씬 더 많았을 것이다. 일연이 향가가 천지귀신을 감동시킨 적이 한두 번이 아니었다고 말할 만도 하다.

이처럼 노래는 언어 자체가 지닌 주술성으로 인해 인간이 바라는 바를 신에게 전달하여 원하는 바를 이루는, 신에게 이르는 가장 보편적인 길이었다.

노래는 세상을 울리고

노래는 인간이 바라는 바를 신에게 전달하여 신의 마음을 움직이는 동시에, 다른 인간들의 마음을 모으고 움직이는 데에도 중요한 역할을 했다. 노래로 신의 마음을 얻고 큰 위력을 발휘하려면 반드시 혼자가 아닌 여럿이

서 그 노래를 불러야 했기 때문이다. 『삼국유사』 권2 「수로부인水路夫人」조
에는 다음과 같은 기록이 있다.

바다 옆에 있는 정자에서 점심을 먹는데 해룡海龍이 갑자기 나타나 부인을
끌고 바다 속으로 들어가 버렸다. 순정공純貞公이 땅에 넘어지면서 발을 굴
렀으나 뾰족한 수가 없었다. 또 어떤 노인이 나타나서 말하기를 "옛사람의
말에 '여러 사람의 입은 쇠도 녹인다고 했으니' 이제 바다 속의 생물이라 한
들 어찌 여러 사람의 입을 두려워하지 않겠습니까? 마땅히 이 지역의 백성
들을 모아서 노래를 지어 부르면서 막대기로 해변을 두드리면 부인을 볼 수
있을 것입니다."라고 하였다. 공이 그대로 했더니 용이 부인을 모시고 나와
서 바쳤다.

이렇게 해서 탄생한 노래가 바로 「해가」인데, 여기서 해룡에게 납치당한
부인을 구출하고자 남편인 순정공이 택한 방법이 무척 흥미롭다. 많은 사
람들을 동원하여 노래를 부르게 하고 땅을 두드리게 하다니, 언뜻 봐선 이
해하기 어려운 방법이다. 실마리는 소리에 있다. 두 가지 다 소리와 관계
된 행위로, 신을 불러서 감동시키거나 위협하여 원하는 바를 성취한다. 이
때 사람들이 부른 「해가」의 구조가 「구지가」와 완전히 일치하는 것으로 보
아 이러한 노래가 오래된 전통임을 알 수 있다. 이는 신을 향해 부른 노래가
신에게만 유효한 것이 아니라 사람들에게도 큰 울림을 가졌음을 시사한다.
신라 때 불린 「처용가」는 고려와 조선 시대에 이르기까지 민간에 전승된 것
은 물론이고, 궁중 무악舞樂으로까지 불렸다. 신과 관련된 주술적인 노래들
이 오랜 시간에 걸쳐 전승되며 사람들의 심금을 울린 것이다. 과거로 올라
가면 갈수록 거의 모든 노래가 이런 종류의 신가神歌였을 가능성이 크므로,

중세 이전의 고전 시가들은 상당수가 이 범주에 속할 것으로 보인다.

물론 근세 들어 과학의 발달과 사회 변화로 신에 대한 인식이 바뀌면서 시가의 내용이나 형식에도 많은 변화가 일어났다. 주되게는 사람들의 관심이 신에서 인간에게로 옮겨 갔다. 하지만 시가, 곧 노래에 대한 사람들의 애정과 관심에는 변함이 없다. 좋은 노래는 언제나 사람들의 심금을 울리고 세상을 울린다. 신을 향해 부르는 노래인 신가에서부터 철저하게 개인적인 정서를 노래하는 서정시가에 이르기까지 어떤 노래도 세상을 울리지 않는 것이 없다. 중국에서 가장 오래된 시집인 『시경詩經』은 시와 노래에 대해 다음과 같이 설명했다.

시詩는 뜻이 가는 곳이다. 마음속에 있는 것을 뜻이라 하고, 그것을 말로 표현하면 시가 된다. 뜻(情)이 마음속에서 움직이면 그것이 말의 형태로 표현되는데, 말로 부족하면 탄식과 한탄으로 하게 되고, 탄식과 한탄으로 부족하면 길게 노래로 부른다. 길게 노래하는 것으로도 부족하면 모르는 사이에 손을 흔들어 춤을 추고 발로 땅을 구르며 춤을 추게 된다.

인간이 마음속에 품고 있는 뜻이 흘러 시로 만들어지고, 그것이 언어로 표현되는 노래가 되면 더욱 고조된 감정이 자연스럽게 드러나고, 이것이 많은 사람들의 입을 통해 불리면 신에게도 이르고 세상을 울리게 되니, 시가인 노래야말로 천지귀신을 감동시켜 현실을 바꾸는 수단이라고 하겠다.

02 **천지귀신을** 감동시키다
시가의 주술성

「원가」 _ 잣나무를 시들게 한 깊은 원망

사람과 사람 사이에는 믿음이 있어야 한다고 가르친 선조들의 지혜는 21세기를 살아가는 우리에게도 여전히 통하는 만고불변의 진리다. 절대로 변하지 않겠다고 굳게 맹세하고 약속했던 사람이 그 믿음을 저버렸을 때 상대방이 받는 상처와 괴로움은 상상을 초월한다. 그로 인해 생긴 한恨과 원망이 노래에 실려 불리면 천지와 귀신을 움직여 자연의 변화를 이끌어 내고, 나아가 악을 징벌하고 잘못된 현실을 원래대로 돌려놓기까지 한다.

우리가 하는 말은 그만큼 큰 힘을 지녔다. 신라 진성여왕 때 합천에 숨어 살던 왕거인王巨仁이란 사람이 왕을 비방하는 유언비어를 퍼뜨렸다는 억울한 누명을 쓰고 옥에 갇혔다. 왕거인은 하늘을 원망하며 시를 지었는데, 마른하늘에서 갑자기 벼락이 쳐서 감옥을 부숴 버렸다는 기록이 전한다. 왕거인이 지었다는 시는 다음과 같다.

우공이 통곡을 하니 삼 년을 가물었고   于公痛哭三年旱

추연이 슬픔을 품으니 오월에도 서리가 내렸는데   鄒衍含悲五月霜

지금 나의 깊은 슬픔은 옛날과 다를 바 없지만   今我幽愁還似古

하늘은 말이 없고 다만 푸르기만 하구나   皇天無語但蒼蒼

우공于公은 중국 한나라 때의 재판관으로, 시어머니를 죽였다는 누명을 쓰고 억울하게 옥살이를 하는 효부를 변호하다가 모함을 받아 관직을 떠난다. 그런데 그 뒤로 그 지역에 3년간 비가 한 방울도 내리지 않았다는 고사故事가 있다. 추연鄒衍은 중국 춘추시대에 연나라의 충신이었는데, 그가 간신들에게 모함을 받아 억울하게 옥살이를 하자 여름인데도 하늘에서 서리가 내렸다 한다. 여름에도 서리가 내린다는 '유월비상六月飛霜'이란 말은 바로 여기에서 비롯되었다. 이처럼 옛사람들은 사람의 입을 통해 나오는 말과 이 말이 담기는 시가에는 인간의 능력을 뛰어넘는 주술적인 힘이 있다고 믿었다. 『삼국유사』에도 비슷한 기록이 있다. 바로 신충信忠이란 사람이 지었다는 향가인 「원가怨歌」가 그것이다.

신라 효성왕孝成王과 경덕왕景德王 시대의 분신이었던 신충은 효성왕이 왕자로 있을 때부터 절친한 사이였다. 제위에 오르기 전, 효성왕은 궁정의 잣나무 아래에서 신충과 더불어 바둑을 두면서 말하기를 "훗날 만약 내가 그대를 잊는다면 저 잣나무가 증거가 될 것이다." 그 말을 들은 신충이 일어나서 절을 하였다. 그로부터 몇 달이 지나지 않아 효성왕은 왕위에 올랐다. 그런데 새 왕의 공신 명단에 신충의 이름이 빠져 있었다. 이를 안 신충은 효성왕을 원망하여 노래를 지어서 문제의 잣나무에 붙였는데, 그 나무가 갑자기 말라 버렸다. 이를 이상하게 여긴 효성왕이 사람을 시켜서 살펴보게 했더니 노래가 적힌 종이를 가져다 바쳤다. 이를 본 효성왕이 "정무가 복잡하고 바빠서 골육과 같은 사람을 잊을 뻔했구나." 하고 신충을 불러 벼슬을 내리니 잣나무가 다시 살아났다.

신충이 지어서 잣나무에 붙였다는 향가의 내용은 다음과 같다.

뜰의 잣나무가 가을에도 시들지 않으니
너를 어찌 잊어!라고 하신
우러러 뵈던 낯이 바뀌어 겨울이니
달그림자 지는 옛날의 연못가
가는 물결만 아스라하구나
얼굴이야 바라보지만,
누리도 잃어버렸구나

철석같이 맺었던 약속을 저버린 효성왕에 대한 원망이 구구절절 서려 있는 이 작품은 내용상 크게 세 단락으로 나뉜다. 첫 두 구절로 이루어진 첫째 단락은 잣나무를 증거 삼아 잊지 않겠다고 했던 과거의 약속을 노래한다. 두 번째 단락은 우러러 존경하던 낯빛이 바뀌고, 굳은 약속을 나눈 연못가에는 물결만 멀어져 간다는 내용으로, 화자의 현재 상태를 노래하는 부분이다. 세 번째 단락은 이제 세상을 잃어버리고 살아갈 정도로 실망한 화자의 심정을 담고 있다.

여기서 이 향가가 세 단락으로 되어 있다는 사실에 주목해야 한다. 전통적으로 우리 민족은 인간과 관련된 것들은 4와, 인간이 아닌 신적인 존재나 신물神物 등과 관련된 것들은 3과 연관지어 생각하는 문화를 형성했다.

신을 찬양하는 노래인 무가巫歌의 구성이 그렇고, 신을 불러서 즐겁게 하여 신탁을 받는 과정인 굿의 과정도 청신請神·오신娛神·송신送神의 3단계로 되어 있다는 점에서 이러한 사실을 확인할 수 있다. 즉, 우리 문화에서 4는 인간의 숫자이고, 3은 신의 숫자이다.

앞서 살펴본 대로, 노래는 신과 소통하고자 언어 자체가 지닌 주술성을 바탕으로 소리의 고저장단을 배합하여 일정한 리듬을 만들어 낸 데 그 기원이 있다. 이렇게 만들어진 노래는 일반 언어보다 주술성이 강할 수밖에 없었고, 이것이 고대의 많은 노래들이 일정한 음의 흐름, 즉 3단 구성으로 만들어진 이유이다. 신충이 지어서 잣나무에 붙인 「원가」 역시 3단 구성으로 주술성을 극대화했고, 그 결과 천지귀신을 움직여 나무를 말라 죽게 하는 초자연적인 현상을 낳았다.

이렇게 보면 이 작품은 표면상 왕의 배신을 원망하는 듯 보이지만, 실제로는 자신의 처지를 신에게 호소하는 방식을 취하고 있음을 알 수 있다. 실제로 화자는 첫 번째 단락에서 효성왕과 약속을 주고받은 사실을 잣나무에 빗대어 노래함으로써 사건의 발단을 정확하게 적시하고 있다. 효성왕이 잣나무를 증거로 삼아 약속한 것은 그것이 사철 변함없이 푸른 나무이기 때문이다. 신충 역시 잣나무의 이 항상성恒常性을 알았기에 왕자의 약속을 굳게 믿었다. 첫 번째 단락은 이러한 사실을 확정적으로 제시한 부분으로, 하소연할 내용을 일으키는 발단이 된다. 신을 부르기 위한 일종의 울음인 셈이다.

이 소리를 들은 신은 이제 그 다음 내용을 궁금해 할 것이다. 그러므로 화자는 앞선 사실과 반대되는 현실을 노래하는 쪽으로 나아간다. 왕의 낯빛이 겨울로 변했고, 약속을 나누었던 연못가에는 물결만 흘러갈 뿐이라는 것이 화자의 주장이자 현실이다. 화자가 처한 현재의 상태를 노래함으로써 누군가에게 하소연하는 것이 되어 버린 두 번째 단락은 여기서 그치지 않고 신을 협박하기에 이른다. 바로 세 번째 단락에서 미래의 변화를 노래한 것이 이에 해당한다.

멀리서 왕의 얼굴만 바라볼 뿐 세상을 온통 잃어버린 것과 같은 상태가 된 화자의 인생은 아무런 의미가 없는 공허한 삶이다. 신이란 세상에 의미를 부여하는 존재인데, 신이 의미를 부여해 준 세상이 아무런 의미가 없다니 이는 신의 입장에서는 고약한 협박이 아닐 수 없다. 그런데 신을 상대로 한 '협박'은 이 시기에 신의 출현을 바라거나 맞이하는 노래에 반드시 등장하는 고전적인 기법이다. 새로운 지도자를 맞이하면서 부른 「구지가」와 수로부인을 되찾고자 사람들이 부른 「해가」가 그러하며, 부처에게 극락왕생을 기원하는 노래인 「원왕생가願往生歌」도 마찬가지다.

신충의 이러한 하소연에 천지귀신이 응답하여 잣나무를 말라 죽게 했으니 노래가 지닌 주술력이 얼마나 컸는지를 알 수 있다. 이처럼 천지귀신을 감동시킨 노래의 힘은, 동해 용왕의 아들로서 신라 서라벌로 와서 아내를 범한 역신을 물리치고 나중에는 문신門神이 된 처용이 부른 노래에서 더욱 구체적으로 드러난다.

「처용가」_본디 내 것이지만 빼앗긴 것을 어찌할 것인가!

『삼국유사』의 「처용랑망해사處容郎望海寺」조에는 다음과 같은 이야기가 실려 있다.

신라 제49대 헌강왕憲康王 때 서라벌에서 지방까지 집과 담장이 이어져 있는데, 초가집은 하나도 없고 도로에 풍악과 노래 소리가 끊이지 않았고, 1년 내내 비바람이 순조로웠다. 어느 날 왕이 개운포에 행차했다가 낮에 서라벌로 돌아가려고 물가에서 쉬고 있었는데, 갑자기 구름과 안개가 해를 가려서 길을 잃어버렸다. 왕이 이상하게 여겨 좌우에 물으니 천기天氣를 보는 일관日官이 대답하기를 "이는 동해 용이 조화를 부리는 것입니다. 그러니 좋은 일을 해서 이를 풀어야 합니다."고 했다. 왕이 유사有司에게 명하여 근처에 용을 위한 절을 짓도록 했다. 그러자 구름과 안개가 걷혔으므로 그곳을 '개운포開雲浦'라고 했다. 용이 기뻐서 아들 일곱을 데리고 앞에 나타나 음악을 울리면서 춤을 추어 왕의 덕을 찬양하였다. 그리고 아들 하나를 왕에게 딸려 보내서 나랏일을 돕도록 했는데, 그 이름은 처용이었다. 왕은 처용으로 하여금 미인에게 장가를 들도록 하고 그 마음을 잡아 두려고 급간級干이라는 벼슬까지 내려 주었다. 그런데 처용의 아내가 너무나 아름다웠으므로 역신疫神이 사람으로 변하여 밤에 몰래 집에 들어가서 동침을 하였다. 밖에서 돌아온 처용이 침대에 두 사람이 누워 있는 것을 보고는 노래를 부르고 춤을 추면서 물러 나왔다. 그 노래에 이르기를,

동경 밝은 달에
밤늘도록 노니다가
들어와 자리를 보니
가랑이가 넷이로구나
둘은 내 것이지만
둘은 누구의 것인가
본래 내 것이었지만
빼앗긴 것을 어찌하리

라고 하였다. 그러자 역신이 모습을 드러내어 무릎을 꿇고 말하기를 "내가 공의 아내를 사모하여 범했으나 노여워하지 않으니 감동하여 아름답게 여기는 바입니다. 맹세컨대 이후에는 공의 모습을 그린 것만 봐도 그 문 안에는 들어가지 않겠습니다."고 하였다. 이로 인해서 사람들이 처용의 모습을 그려 문 위에 붙여서 나쁜 것을 물리치고 경사스런 일을 생기게 하는 벽사진경辟邪進慶으로 삼았다.

이처럼 「처용가」는 신라에서 문을 지키는 '문신門神'이 탄생하는 과정을 담은 전설이 만들어지는 과정에서 불린 향가였다. 처용 설화에 나오는 문신이 관할하는 문門은 세 가지 의미로 풀이할 수 있다. 첫째, 외부의 적으로부터 나라를 지키는 문, 둘째, 한 가정의 입구로 외부와 통하는 문, 셋째, 생명 탄생의 모태가 되는 여성의 몸으로 통하는 문이 그것이다. 처용은 울산 앞바다에 사는 용의 아들이니 서라벌의 관문이 되는 개운포를 지키는 호국신으로 볼 수 있고, 나중에는 집을 지키는 문신門神이 되었으니 가정을 지키는 신이라 할 수 있으며, 제 집 안방에 들어온 역신을 노래와 춤으로 물리쳤으니 여성을 지키는 수호자이기도 하다. 이처럼 세 가지 수호신으로서의 성격을 두루 지닌 처용이란 인물은 과연 어떤 존재이며, 노래를 불러서 역신을 물리쳤다는 것은 무슨 의미일까?

겉으로 드러난 사실로 볼 때 처용은 대단한 신통력을 지닌 존재이다. 그러나 이야기 속을 들여다보면, 의외로 처용은 버려진 존재이자 시대의 희생물이다. 처용이 버려진 존재라는 사실은 아버지인 용왕이 일곱 명의 아들 중에 그를 선택해서 신라로 보냈다는 데에 연유한다. 일반적으로 왕의 아들로서 정치적인 이유로 다른 나라에 보내지는 존재를 '인질'이라고 한다. 용왕은 자신을 위해 사찰을 지어 준다는 신라 왕의 정치적 제안에 대한 보답으로 육지 나라인 신라에 아들 하나를 보내야 하는 상황이었다. 그때 선택된 존재가 바로 처용이다.

이처럼 고향과 아버지에게서 버림 받은 처용은 신라에서도 영원한 이방인일 수밖에 없었다. 벼슬을 받고 예쁜 아내를 얻어서 가정을 이루었지만 마음을 둘 곳이 없었던 그는, 날마다 바깥에서 시간을 보내다가 밤이 되어서야 집으로 돌아왔다. 그러는 과정에서 아내마저 역신에게 빼앗기는 사건이 벌어지고 말았으니, 그 상황에서 그가 할 수 있는 행동이라곤 춤을 추고 노래를 부르면서 물러나는 것이 고작이었다. 그런데 여기서 노래를 부르고 춤을 추는 행위에 주목할 필요가 있다. 만약에 그의 아내와 동침한 상대가 사람이고 이방인이 아니었다면, 처용은 노래하고 춤추는 대신에 다른 행동을 했을 가능성이 높다.

처용의 상대가 누구인가. 초능력을 지닌 신이 아닌가. 처용은 제 힘으로는 물리치기 어려운 상대를 만나 노래와 춤이라는 방법으로 맞서는 수밖에 없었다. 즉, 춤추고 노래하여 역신이 더 이상 사람을 괴롭히지 않고 스스로 물러가게 한 것이다. 여기서 처용은 또다시 버림 받는 존재가 된다. 신적인 존재를 물리치고자 바로 자기 자신과 아내를 희생해야 했기 때문이다. 그는 자신과 아내를 희생하여 나른 사람들의 평안을 구했다. 즉, 치용의 춤과 노래는 일종의 희생 제의와 같은 것이었고, 여기서 이방인이었던 처용이 희생양이 된 것은 어쩌면 당연한 일이었는지도 모른다.

인류 역사상 사악한 기운을 물리치는 주술적 행위에는 언제나 성적인 의미가 담긴 춤과 노래가 빠지지 않았다. 우리 민족도 예외는 아니어서, 전국적으로 분포하는 탈놀이 가면극은 그 춤사위가 성적인 내용을 담고 있거나 성적인 내용이 사설의 중심을 이룬다. 민간에서 행하는 축귀逐鬼 의식 역시 신을 즐겁게 할 수 있는 것을 바치는 식으로 이루어진다. 이러한 의식에는 언제나 일부의 희생을 통해 다수를 편안하게 하는 주술 의식이 더해지는데, 처용 설화 역시 이런 성격을 강하게 지니고 있다.

아버지에게 버림 받고 역신에게 아내를 빼앗긴 결과 나라와 가정 및 여성을 지키는 문신門神이 된 처용의 이야기는, 딸로 태어났다는 이유만으로 산속에 버려지고 나중에는 저승에 가서 생명수를 지키는 남자의 아이를 낳아 준 대가로 그 물을 얻어다가 부모를 살려 내는, 그리하여 인간의 죽음을 관장하는 사신死神이 되는 '바리데기 설화'와 거의 일치한다. 자신의 몸을 희생하여 생명수를 얻는 바리데기나 본의 아니게 아내를 역신에게 바친 대가로 문신이 된 처용은 모두 사람들에게 버림 받은 존재인 것이다.

처용이 역신 앞에서 불렀다는 「처용가」를 들여다보면, 노래 자체에는 주술적인 내용이 전혀 담기지 않았다는 것이 눈에 띈다. 밤이 되도록 거리에서 놀다가 집에 들어와 보니 자기 침소에 네 개의 다리가 있더라. 이미 빼앗긴 것을 어찌하겠느냐는 것이 「처용가」의 주된 내용이다. 여기에는 「구지가」나 「해가」에 나타나는 신에 대한 협박도 없고, 「원가」 등에 담긴 사무친 원망도 없으며, 신라 경덕왕 때 희명希明이 지었다는 「천수대비가」에 보이는 애원이나 기도도 나타나지 않는다. 「처용가」에는 오직 체념 그 자체와, 누구를 위한 것인지는 알 수 없지만 춤을 추는 행위만이 담겨 있다. 여기에서 우리는 처용이 관용으로 역신을 물리쳤고 그로 인해 문신이 되었다는 일반적인 견해를 다시 생각해 보지 않을 수 없다.

처용은 신통력이라는 물리적인 힘이 아니라 노래와 춤과 성을 통한 공양供養과 희생이라는 주술적 의식으로 신을 스스로 물러가게 했고, 그 공으로 문신이 되었다. 그러므로 「처용가」는 노래 그 자체만으로는 특별한 의미와 그 구실을 찾기 어렵다. 노래 외에 춤을 수반하는 이바지와 성을 통한 희생이 함께할 때 비로소 신적인 존재로 거듭날 수 있고, 바로 여기에 「처용가」의 의미가 있다. 사실 『삼국유사』에 나오는 노래로 천지귀신을 감동 시켰다는 이야기들도 어떻게 보면 이러한 이바지와 희생으로 신에게서 그 답례를 받았다는 이야기에 다름 아니다. 「구지가」나 「해가」처럼 협박으로 천지귀신을 감동시키는 방법도 있지만, 이바지와 희생을 통하는 방법도 있 음을 처용 설화는 말해 준다. 그러나 고대 가요에 등장하는 인물들이 언제 나 수동적이고 무능한 것만은 아니었으니, 진평왕眞平王 시대의 승려인 융 천사는 하늘의 변괴를 축복으로 바꾼 특별한 능력을 발휘했다.

「혜성가」 _하늘의 변괴를 축복으로 바꾸다

과학과 문명이 발달하지 못했던 과거에는 하늘의 변화를 땅의 변화와 연관 지어 생각했다. 특히 하늘에서 나쁜 현상이 나타나면 그것이 곧바로 땅에 도 나타난다고 믿었기 때문에 하늘의 움직임에 민감할 수밖에 없었다. 옛 기록을 살펴보면 하늘에 두 개의 해가 나타났다거나 혜성이 나타났다는 내 용이 종종 보이는데, 옛사람들은 이런 현상을 나라에 큰 변괴가 생기거나 새로운 왕조가 탄생할 징조로 여겼다. 중국의 당나라와 손을 잡고 고구려 와 백제를 멸망시켜 북쪽의 발해와 함께 남북국 시대를 연 신라는, 통일 직 후인 6~7세기에 성읍 체제로 흩어져 있던 힘을 중앙으로 모으는 데 불교 와 화랑花郎 조직을 적극 활용했다.

　실제로 불교는 민족 통합에 결정적인 역할을 했고, 화랑은 삼국통일의 실질적인 기반이 되었다. 신라는 불국토佛國土 건설이라는 이데올로기로 지 방의 호족 세력들을 결집시키고, 애국 수련 단체인 화랑을 만들어 애국심 과 전투력을 고취시켰다. 모두 나라의 힘을 하나로 모으기 위함이었다. 이렇게 하지 않았다면 당시 일본과 요동반도에까지 세력을 뻗치고 있던 백제와 고구려를 상대로 한 전쟁을 벌일 엄두를 내지 못했을 것이고, 전쟁에서 승리하지도 못했을 것이다.

백제와 고구려를 차례로 멸망시킨 신라는, 676년 당나라 군대마저 축출하는 실질적인 통일을 달성하였다. 이 과정에서 화랑과 승려는 서로 협력하여 국가의 발전을 견인하는 애국 조직으로 성장했다. 한 사람의 화랑이 수천 명의 낭도郎徒를 거느렸던 화랑도花郎徒는 승려 조직을 후원하는 등 불교의 융성과 전파에 일조했고, 승려들은 정신 수련과 새로운 이론의 전수자가 되어 화랑과 낭도의 스승이자 책사策士 역할을 했다. 한 마디로, 화랑과 승려는 전략적인 관계를 유지했다. 따라서 하늘에 변괴가 나타나거나 외적이 침입하면 승려들은 자신들의 능력을 최대한 발휘하여 화랑을 도왔던 것으로 보인다. 화랑과 승려의 이러한 관계를 가장 잘 보여 주는 기록이 『삼국유사』의 「융천사혜성가融天師彗星歌」조에 실려 있다.

신라 제26대 진평왕 때의 일이다. 화랑 중에 제5 거열랑居烈郎과 제6 실처랑實處郎, 제7 보동랑寶同郎 등 세 화랑의 무리가 금강산(楓岳)에 수련을 떠나고자 했는데, 마침 혜성이 심대성心大星을 범하는지라 화랑의 무리가 의심하여 떠나지 않으려 하였다. 이때 융천사가 노래를 지어 불렀더니 곧 혜성이 사라지고 일본 군대도 모두 달아나 버려 오히려 나라의 경사가 되었다. 대왕이 기뻐하여 낭의 무리를 풍악으로 보내어 놀게 하였으니 그 노래는 다음과 같다.

옛날 동쪽 물가에
간다르바乾達婆가 놀던 성을 바라보고
왜군도 왔다고 봉홧불을 올린 초소가 있구나

세 화랑이 산 구경 오심을 듣고
달도 부지런히 불 밝히는 터에
길을 쓰는 별을 바라보고
혜성이라고 말한 사람이 있구나
아아! 길잡이 하러 떠 갔더라
이 보아 무슨 혜성이 있겠는가.

예로부터 혜성은 인간 사회에 나쁜 영향을 미치는 대표적인 요성妖星으로 여겨졌기 때문에, 하늘에 이것이 나타난다는 것은 심각한 일이 아닐 수 없었다. 혜성은 병란이나 홍수 등 기존의 것을 없애고 새로운 질서를 세우는 계기가 된다고 하여, 빗자루처럼 쓸어 내어 깨끗하게 한다는 의미로 '소성掃星'이라 불리기도 했다. 이런 혜성이 동아시아의 전통적인 28개 별자리(28수宿) 가운데 북쪽에 위치하는 세 개의 별(심수心宿) 중 가장 밝은 별인 심대성心大星 부근에 나타났으니 이를 본 사람들이 놀라지 않을 수 없었다. 더군다나 나라를 지키고 이끌어 가는 핵심 세력이었던 화랑들이 이 불길한 징조를 보고 마음 편히 금강산으로 유람을 떠날 수 없다고 한 것은 어쩌면 당연한 일이었다.

그런데 그 이름부터 하늘을 융화시킨다는 뜻의 융천融天이 이 현상을 긍정적으로 해석하여 흉조를 길조로 바꾼 것이다. 이러한 융천의 시각이 「혜성가」에 잘 담겨 있다. 혜성의 긍정적인 측면, 즉 지저분한 것을 쓸어서 깨끗하게 한다는 특성을 부각시켜 혜성이 화랑의 유람을 축복하고자 길을 쓸고 인도하려고 나타났다는 것이다. 또한 혜성을 불교의 악신樂神인 간다르바의 흔적으로 보아 혜성의 등장이 상서로운 징조임을 거듭 강조한다.

이처럼 「혜성가」에는 내용상 세 가지 요소가 담겨 있다. 하나는 불교의 신성성이고, 다른 하나는 하늘의 변괴, 나머지 하나는 인간 세상의 축복이다. 이 요소들이 대구를 이루다가 하나의 요소로 수렴된다. 즉, 앞의 두 구절이 짝을 이루는 대구對句 방식으로 연결되고, 이것이 세 번째 구성 요소인 인간 세상의 축복으로 귀착되면서 마무리되는 것이다. 예전에 간다르바가 놀던 옛 성을 보고 왜군이 왔다고 한 변방이 있었는데, 지금 화랑을 위해 길을 쓰는 별을 보고 혜성이라고 하는 사람이 있다. 불교의 신성한 장소를 적군의 등장과 연결짓는 것이 얼마나 어리석은 행동인지 노래하여, 다음에 나오는 길을 쓸 별을 혜성이라고 말하는 행동의 어리석음을 자연스럽게 강조한 것이다.

이렇게 불운과 위협이 사라졌으니 이제 화자는 어떠한 거리낌도 없다. 세 번째 구절에서 화자는 길을 밝히는 달만 떠 있을 뿐 혜성의 기운조차 없다고 노래함으로써, 하늘에서 일어난 좋지 않은 흉조를 축복을 가져다주는 길조로 바꾸어 버린다. 혜성의 변괴를 경사스런 축복으로 바꾸는 힘은 불교의 신성성이다. 불교 유적과 하늘의 흉조를 대비시켜 흉조로 여겨지는 혜성의 등장을 불교 유적과 같은 신성한 수준으로 격상시킨 것이다.

승려이면서 화랑의 무리에 속한 낭승郎僧 융천이 지은 「혜성가」는 신성성으로 천지귀신을 감동시켜 하늘과 땅마저 변화시키는 노래의 힘을 잘 보여 주는 사례이다. 그러나 천지귀신을 감동시켜 원하는 바를 얻어 내는 힘은 융천 같은 신통력 있는 사람에게만 있는 것이 아니니, 순수하고 소박한 마음으로 자식을 위해 노래한 어머니의 노래도 이러한 힘을 발휘한다.

「천수대비가」_천 개 중에 하나만 내게 주소서

'천수관음가', '도천수대비가禱千手大悲歌', '맹아득안가盲兒得眼歌', '득안가得眼

歌', '도천수관음가禱千手觀音歌' 등으로도 불리는 「천수대비가」는 신라 경덕왕 때 경주의 한기리漢歧里에 사는 희명希明이란 여인이 눈먼 아이를 위해 관음보살상 앞에서 불렀다는 노래이다. 경덕왕이 재위한 서기 742년에서 765년까지의 시기는 전반적으로 안정되어 신라가 최고의 융성기를 누리던 때이다. 특히 불교가 민족 통합에 결정적인 역할을 하면서 급성장하여 국교로 완전히 자리를 잡은 때이다.

고구려, 백제, 가야 등 비슷한 시기에 한반도에 성립한 나라들 중 가장 늦게 국가의 틀을 갖춘 신라는, 진흥왕眞興王 대에 이르러 한강 유역을 확보하면서 한반도 통일의 결정적인 기틀을 마련하였다. 여기에 크게 기여한 세력이 앞서 언급한 화랑도와 불교이다. 신라는 두 세력의 지지를 등에 업은 덕에 성읍城邑 연맹체를 해체하고, 백성들의 힘을 하나로 결집시킬 수 있었다. 지리적으로 한반도의 가장 남쪽에 치우쳐 있으면서 당시까지 성읍 연맹체의 성격을 벗지 못하고 있던 신라가 대규모 정복전쟁을 통해 가야, 백제, 고구려를 차례로 물리치고 한반도의 주인으로 거듭난 데에는 화랑도와 불교의 물질적·정신적 역할이 절대적이었다. 특히 불교는 당시 토착신을 모시면서 절대왕정이라는 국가 틀에 편입되기를 거부하던 지방 호족들을 중앙으로 끌어들이는 역할을 했다. 불교가 나라의 공식적인 종교인 국교國敎가 된 데에는 나라를 지키는 호국護國불교로서의 성격이 주요하게 작용했다.

비록 치열한 정복전쟁은 고구려 영토의 대부분을 잃어버린 결과로 귀결되었지만, 신라의 영토와 인구는 엄청나게 확장되었다. 그러나 이미 수백 년 넘게 독립적인 체제와 문화 속에 살았던 백제와 고구려의 백성들을 하나의 민족으로 묶어세우기란 결코 쉬운 일이 아니었다. 오랫동안 나뉘어 살았던 민족을 하나의 틀 속으로 통합해 줄 종교적인 힘이 필요했고, 불교가 그 역할을 하게 된 것이다. 정복전쟁 뒤 화랑도가 애국적인 전사 집단에서 놀이 집단으로 변질되어 결국 사라진 것과 달리, 불교는 더욱 승승장구하게 된 이유가 바로 여기에 있다.

6세기 법흥왕法興王 때 중국 양나라에서 보낸 승려 원표元表로 인해 처음 신라 왕실에 전해진 불교는, 8세기에 이르러서는 왕실은 물론이고 민간에까지 널리 퍼져 있었다. 신라 백성이면 누구나 부처의 공덕을 으뜸으로 내세울 정도였다. 이에 따라 자비로써 중생을 구제하고 왕생으로 인도한다는 관음(관세음보살觀世音菩薩) 신앙이 자연스럽게 성행하게 되었고, 흔히 여성으로 형상화되는 보살에 대한 일반의 관심이 높아졌다. 신라 화엄종華嚴宗의 종찰인 부석사浮石寺를 세우는 데 결정적으로 기여한 중국 여인 선묘善妙 이야기와 한기리의 여성이 분황사의 천수대비전에 빌어서 아이의 눈을 뜨게 했다는 맹아득안盲兒得眼 이야기 역시 이러한 맥락에서 이해할 수 있다. 이에 대한 『삼국유사』의 기록을 보자.

신라 경덕왕 대에 한기리에 사는 여자 희명의 아이가 다섯 살이 되던 해에 갑자기 눈이 멀었다. 하루는 그 어머니가 아이를 안고 분황사 좌전 북쪽 벽에 그려져 있는 천수대비千手大悲 앞에 가서 노래를 지어 아이에게 부르도록 하면서 기도를 올려 마침내 눈을 뜨게 되었다. 그 노래에 이르기를,

무릎을 세우고
두 손바닥을 모아
천수관음 앞에
비옴을 두옵니다
천 개의 손과 천 개의 눈
하나를 놓고 하나를 덜어

둘 다 없는 나인지라
하나는 그윽이 고칠 것입니다
아으으 내게 끼쳐 주신다면
놓고 쓸 자비여 얼마나 크겠습니까

인간이 신에게 기원을 하고 신탁을 받는 과정은 보통 청신請神, 오신娛神, 송신送神의 세 단계로 이루어진다. '청신'의 단계에서는 신을 모실 장소를 깨끗하게 하여 신성한 공간으로 만들고, 신탁을 구하는 이가 경건한 자세를 갖추는 의식을 행한다. 그렇게 해야만 신이 감응하여 강림한다고 믿었다. '오신'의 단계에서는 최대한 신을 찬양하여 즐겁게 한다. 모시려는 신의 유래와 능력, 이력 등을 화려한 문장으로 나열하여 그 신이 얼마나 위대하며 자비로운지를 최고의 언사와 노래, 춤 등으로 표현한다. 그리하여 어느 정도 신을 만족시켰다고 여겨지면 신의 능력으로 해결해 주었으면 하는 내용을 노래로 부른다. 마지막 '송신'의 단계는 은혜를 끼쳐 준 신에게 감사하며 신을 보내고, 자신의 행복을 즐거워하는 과정이다.

「천수대비가」도 같은 구조로 되어 있다. 노래는 무릎을 곧추 세우고 두 손 모아서 기도하는 자세를 취하는 부분으로, 신을 부르는 간절한 기도의 시작이다. 이어서 기원의 대상인 천수관음이 얼마나 대자대비大慈大悲한 존재인지를 찬양하고, 동시에 그중 하나만 자신에게 베풀어 달라며 구체적으로 노래한다. 마지막으로, 부처의 자비가 너무 크며 그로 인해 자신과 아이가 새로운 삶을 살아갈 기쁨을 노래한다.

신의 숫자에 해당하는 3을 그대로 구조화한 「천수대비가」의 이러한 3단 구성법은 후대의 속요나 경기체가景幾體歌, 시조, 가사 등에 그대로 전승되어 우리 시가의 핵심적인 전통을 형성하게 된다.

고전 시가 연구의 출발점, 『삼국유사』

대한민국 국보 제306호로 지정되어 있는 『삼국유사』는 고려 후기인 1281년(충렬왕 7)에 승려 일연이 편찬한 역사서이다. 역사서이기는 하지만 『삼국사기』와 같은 정통 사서史書가 아니고, 건국 신화처럼 설화적인 성격의 이야기를 중요하게 다루고 있는 데다 고대가요 및 향가와 같은 고전 시가를 여러 편 수록하고 있어 민족문학 연구에 없어서는 안 될 중요한 문헌이다. 『삼국유사』는 전체가 5권 2책으로 이루어져 있는데, 세부적으로는 왕력王歷 · 기이紀異 · 흥법興法 · 탑상塔像 · 의해義解 · 신주神呪 · 감통感通 · 피은避隱 · 효선孝善 등 9개의 편목篇目 나누어져 있다.

고구려, 백제, 신라, 가야를 대상으로 각 나라 왕의 내력을 설명하는 「왕력」에서는 신라를 맨 앞에 놓아 가장 먼저 생긴 나라로 기록했다는 점에서 일연의 역사 인식이 신라 중심이었음을 알 수 있다. 나머지 「기이」부터 「효선」까지는 역사적 사실과 함께 우리 민족의 기원을 알려 주는 신화에서부터 불교 관련 전설에 이르기까지 방대한 자료를 편목별로 정리하여 서술하고 있다. 특히 신화나 전설을 서술하며 관련된 고전 시가를 함께 실어 놓았는데, 여기에는 상대上代 시가인 「구지가」를 비롯하여 신라 지역에서 발생하여 점차 민족시가로 성장한 향가, 이야기의 마지막에 일연이 개인적인 느낌을 바탕으로 지은 한시漢詩 형태의 찬시讚詩 등이 함께 실려 있다.

신라의 노래였던 향가는 『삼국유사』에 실려 있는 14편이 오늘날 전해지는 기록의 전부이기 때문에 『삼국유사』가 아니었다면 우리는 향가가 무엇인지 그 실체를 알지 못했을 것이다. 『삼국유사』에 수록된 향가는 불교와 관련된 것들이 중심을 이루는데, 이 작품들은 크게 두 부류로 나눌 수 있다. 하나는 원래 민요였던 노래가 향가로 올라온 것이고, 다른 하나는 작자의 정서를 표현하고자 창작된 노래이다.

민요에서 출발한 짧은 형태의 시가를 '민요계 향가'라고 하는데, 「서동요」, 「풍요」, 「헌화가」, 「처용가」 같은 작품이 이 범주에 들어간다. 그 다음으로 개인적인 정서를 서정적으로 노래하고자 창작한 '사뇌가계詞腦歌系 향가'가 있다. 사뇌가계 향가는 3단 구성에, 세 번째 단락의 첫 부분에 감탄사에 해당하는 차사嗟辭가 등장한다는 특징이 있다. 「혜성가」, 「제망매가」, 「찬기파랑가」, 「모죽지랑가」, 「안민가」 등 대부분의 작품이 이 범주에 들어간다.

이처럼 『삼국유사』는 민족의식을 강하게 지닌 역사서이면서 불국토佛國土를 만들고자 하는 바람을 담은 불교서, 신화를 비롯한 고전 설화와 향가 등 고전 시가를 주요하게 다룬 문학서이기도 하다. 특히 신라 때의 향가 중에서 남아 전하는 것은 모두 여기에만 실려 있기 때문에 향가와 설화의 관계, 향가의 해독과 문학적 해석, 향가의 작자 문제 등 향가 연구는 『삼국유사』의 기록에 전적으로 의존한다고 해도 과언이 아니다.

03 **그리움은** 노래를 낳고 1
육친과 군주에 대한 그리움

「황조가」_사랑과 정치의 틈바구니에서 길을 잃고

고구려는 기원전 37년 압록강 유역을 중심으로 한 고조선의 옛 영토에 주몽朱蒙을 시조로 하여 세워진 뒤 한반도에서 만주에 이르는 광대한 제국을 형성한 나라로서, 700여 년의 역사를 간직하고 있다. 초기 고구려는 서쪽의 한나라와 북쪽의 부여夫餘 사이에 끼어 많은 어려움을 겪었으나 그러한 투쟁 과정을 통해 강대한 나라로 성장했다. 특히 고구려의 제2대 왕인 유리瑠璃는 당시 한나라가 동북 지역을 방어하고자 설치했던 낙랑군樂浪君을 비롯한 4군四郡에 맞서 팽팽한 긴장 관계를 유지하느라 쉽지 않은 시절을 보냈다.

이때까지만 해도 고구려는 한반도에 살짝 발을 걸친 형세로, 주로 압록수 중류에 위치한 만주와 요하의 동쪽에 위치한 요동 지역을 중심으로 북동쪽으로는 우수리 강 유역에 이르는 길쭉한 모양의 영토를 소유한 나라였다. 따라서 고구려는 이민족과 화합하는 데 국력을 집중시킬 수밖에 없었

고, 왕들은 정략결혼으로 나라의 안정을 도모했다. 이러한 정황을 잘 보여
주는 노래가 있어 눈길을 끈다. 서로 다른 민족 출신의 두 부인 사이에서
이러지도 저러지도 못하는 왕의 고뇌를 특이한 방식으로 담은 노래이다.
이와 관련된 역사 기록을 보자.

기원전 17년 유리왕 3년 가을 7월, 골천鶻川에 이궁離宮을 지었다. 겨울인 10
월 왕비 송 씨가 돌아갔다. 두 명의 계비繼妃를 맞아들였는데, 한 사람은 화
희禾姬로 골천 사람의 딸이었고, 또 한 사람은 한漢나라 사람의 딸이었다. 두
여인이 왕의 사랑을 차지하려고 서로 다투니, 왕이 양곡凉谷의 동과 서에 두
개의 궁을 지어서 각각 떨어져 살게 하였다. 그 뒤에 유리가 기산箕山에 사
냥을 하러 가서 7일 동안이나 돌아오지 않으니 두 여인이 서로 싸웠는데, 화
희가 치희를 꾸짖기를 "너는 한족의 천한 계집으로 무례하기가 어찌 이리
심한가?"라고 하였다. 이 말을 들은 치희는 부끄럽고 한스러워서 제 나라로
돌아가 버렸다. 왕이 듣고 말을 채찍질하여 쫓아갔지만 치희는 분을 풀지
못해 돌아오지 않았다. 왕이 일찍이 나무 아래에서 쉬는데, 황조黃鳥가 날아
드는 것을 보고 느낀 바가 있어 노래를 지어 부르니 다음과 같다.

훨훨 나는 저 꾀꼬리   翩翩黃鳥

암수 서로 의지하는데   雌雄相依

나의 외로움을 생각하니   念我之獨

뉘와 함께 돌아갈고   誰其與歸

유리는 비극의 제왕이었다. 자신의 뒤를 이을 왕자를 셋씩이나 잃는 고통
을 당했고, 특히 둘째인 해명태자解明太子는 외교적인 문제를 일으켰다는 이

유로 자살을 강요하여 죽이는 뼈아픈 치욕도 감내해야 했다. 이처럼 황실의 내부 문제와 외교 관계에서 그가 겪어야 했던 비극과 슬픔은 먼저 세상을 떠난 첫 번째 부인 송 씨에 대한 그리움으로 더욱 깊어졌던 것 같다.

한시漢詩의 형태로 되어 있는 「황조가」는 대륙 북반부의 민요에서 주로 불리던 시경체詩經體 형식인 4언4구四言四句로 되어 있다. 시경체는 하나의 구에 네 글자가 규칙적으로 들어가고 그러한 구절이 네 개가 모여 하나의 작품을 이루는 형태로, 우리나라의 상대上代 시가인 「구지가」, 「황조가」, 「공무도하가」가 모두 시경체이다. 시경체는 단순한 형태만큼 그 표현도 간단명료한데, 주로 외부에 존재하는 자연 상관물을 끌어와 화자의 정서에 맞추어 노래하는 것이 중요한 특징이다. 「황조가」가 바로 이런 수법을 쓴 대표적인 작품이라고 할 수 있다.

여기서 화자는 존재론적으로 자신과 아무런 관련이 없는 꾀꼬리를 작품 안으로 끌어들여, 외롭고 고단한 자신의 정서를 이입시켜 표현하는 도구로 삼고 있다. 그러므로 이 작품에서 꾀꼬리는 꾀꼬리 고유의 성질은 모두 잃어버린 채 유리왕의 슬프고 외로운 정서를 드러내는 존재로만 기능한다. 「황조가」 속의 꾀꼬리는 암수가 함께 있으면서 반드시 정다워야 한다는 전제 조건을 충족시켜야 한다. 그래야만 화자의 외로움과 고단함이 꾀꼬리의 다정함과 대조를 이루며 더욱 강조되는 효과를 거둘 수 있다.

그렇다면 화자인 유리왕이 외부에 있는 꾀꼬리까지 끌어다가 자신의 외로움과 슬픔을 노래한 까닭은 무엇일까? 이는 누군가의 부재로 인해 생긴 결핍과 그리움이 극에 달했기 때문이다. 본부인이 죽은 데다 후처까지 자신을 버리고 떠난 상황에서 꾀꼬리의 정다운 모습을 보니 자신의 외로운 처지가 더욱 절실하게 다가왔을 것이다. 그 그리움을 어찌 다 말로 표현할 수 있으리. 그래서 탄식 섞인 노래가 만들어진 것이다. 「황조가」의 주제는 그리움이다.

여기에서 그리움의 대상이 과연 누구이냐 하는 것이 중요한 문제가 되는데, 작품의 마지막 구절인 "뉘와 함께 돌아갈고"란 표현 때문에 지금까지는 제 나라로 돌아가는 치희를 잡지 못한 아쉬움을 읊은 것으로 보는 견해가 지배적이었다. 그러나 이것은 부분에만 치중하여 전체를 보지 못하는 오류이다. 관련 기록을 보면, 치희의 사건이 나기 전에 왕이 나무 아래에서 쉬다가 꾀꼬리를 보고 감정을 억제하지 못하고 노래로 불렀다고 되어 있기 때문이다. 어쨌거나 이 작품의 주제를 그리움이라고 한다면 그것이 누구에 대한 것인지가 중요한 사안이 아닐 수 없다.

앞에서 살펴본 것처럼 유리명왕瑠璃明王(고구려 유리왕의 다른 이름) 시대의 고구려는 대내외적으로 강성한 제국으로서의 기반을 채 갖추기 전으로, 왕의 국제결혼으로 나라의 안정을 도모하였다. 그래서 사망한 왕비의 뒤를 이어 들어온 두 여인이 출신 가문의 힘을 믿고 서로 싸우고, 군주이자 남편이 돌아가자고 해도 이를 무시하고 제 나라로 가 버리는 행동을 서슴없이 할 수 있었다. 치희가 고향으로 간다고 했을 때 유리가 손수 멀리까지 따라가서 붙잡은 것은, 그녀가 한나라로 돌아갔을 때 생길 수 있는 외교적 갈등을 우려했기 때문이다. 이처럼 나라 바깥에서는 힘센 나라의 눈치를 보아야 하고, 나라 안에서는 부족장의 눈치를 봐야 하는 처지의 유리명왕으로서는 먼저 세상을 떠난 왕비의 빈자리가 크게 느껴졌을 터, 그러한 결핍이 전 부인에 대한 애틋한 그리움을 자아내 노래가 된 것이다.

그러므로 「황조가」 속 "뉘와 함께 돌아갈고"의 '뉘'는 당연히 첫 번째 왕비인 송 씨이다. 치희의 사건이 있기 전에 이미 나무 아래에서 쉬면서 느낀 바가 있어 노래로 불렀다는 배경 설화도 그렇거니와, 제 출신국의 힘만 믿고 방자한 계비보다는 자신을 이해하고 사랑해 준 첫 부인을 그리워했을 것이라는 해석이 상식적으로 더 타당하다. 이처럼 홀로 남겨진 고독과 슬

품으로 인해 생기는 그리움은 수천 년의 세월이 흐른 뒤에도 사람들의 심
금을 울리는 인류 공통의 정서이다.

정치적 갈등으로 인해 빚어진 그리움은 후대로 접어들면서 지극히 개인
적인 그리움으로 바뀌게 된다. 행상을 나가서 오랫동안 돌아오지 않는 남
편을 그리워하는「정읍사」가 그런 노래이다.

「정읍사」_높이 돋아 멀리 비추소서

백제 시대 정읍(전라북도 정읍) 지방에서 처음 불린 뒤 고려를 거쳐 조선 시대
까지 궁중에서 불린「정읍사井邑詞」는, 행상을 나가서 오랫동안 돌아오지 않
는 남편이 혹시라도 해를 당하지 않을까 하는 마음으로 부인이 언덕에 올라
가서 부른 노래이다.『고려사高麗史』「악지樂志」의 기록은 다음과 같다.

정읍은 전주全州에 속한 현縣이다. 정읍현의 사람 중에 행상을 나가서 오랫
동안 돌아오지 않자 그 부인이 산의 돌에 올라가서 멀리 바라보면서 남편이
밤길에 다니다가 해를 당하지 않을까 하는 두려움을 흙탕물에 빠져 더러워
지는 것에 빗대어서 노래를 불렀다. 세상에 전하기를 꼭대기에 망부석望夫
石이 있다고 한다.

『고려사』「악지」에는 작품이 만들어진 배경 설명만 있을 뿐 그 내용은
실려 있지 않다. 다행히도 조선 시대에 만들어진 정통 음악 이론서인『악학
궤범樂學軌範』에 궁중 의례에서 노래 부르고 춤을 추는 절차와 함께 한글로
된 작품이 실려 전한다.

달하 노피곰 도ᄃᆞ샤

어긔야 머리곰 비취오시라

어긔야어강됴리

아으다롱디리

져재 녀러신고요

어긔야 즌ᄃᆡ를 드ᄃᆡ욜셰라

어긔야어강됴리

어느이다 노코시라

어긔야 내가논ᄃᆡ 졈그랄셰라

어긔야어강됴리

아으다롱디리

　이 노래에는 세 명의 혹은 세 가지의 존재가 등장한다. 우선 하늘에 떠 있는 달이 화자의 마음을 전하는 자연 상관물로 등장하고, 집에서 남편을 기다리는 부인과 행상하는 하는 남편이 이어서 나온다. 화자인 부인이 하늘에 떠 있는 달에게 편지를 쓰는 방식으로 노래가 진행된다. 여기에서 가장 중요한 구실을 하는 존재가 바로 하늘에 떠 있는 달이다. 배경 설화와 노래의 내용으로 볼 때, 부인은 집에 있고 남편은 집에서 멀리 떨어진 시장에 가 있다. 즉, 부인과 남편은 현재 같이 있지 않다. 오랫동안 멀리 떨어져 있어서 보고 싶은 마음과 걱정스런 마음이 극에 달해 있다. 보고 싶은 마음과 걱정스런 마음, 그것은 한 마디로 그리움이다. 이 그리움의 정서가 최고조에 이르면 시가 탄식이 되는데, 탄식이 다시 노래가 된 것이 바로 「정읍사」이다.

　그리움이란 보고 싶은 대상의 부재로 인해 생기는 정서이다. 이러한 정서가 시와 탄식의 단계를 지나 극도로 고조된 상태가 되어 가락(리듬)에 실리면 노래가 된다. 그러므로 그리움을 노래하는 작품에서는 대상의 부재를 극복할 수 있는 수단이 반드시 필요하다. 「정읍사」에서 부재하는, 그리움의 대상은 남편이다. 남편은 공간적으로 화자와 멀리 떨어져 있다. 여러 시장을 떠돌아다니며 물건을 파는 행상을 나갔기 때문에 어디에 있는지 알 수 없다. 이처럼 멀리 떨어져 있어 접촉이 불가능한 상황을 뛰어넘어 그리움이라는 정서를 남편에게 전달하려면, 우선 공간적인 한계를 극복하지 않으면 안 된다. 이를 위해 화자가 선택한 대상이 하늘에 높이 떠서 천지만물을 비추는 달이다. 하늘에 떠 있는 달은 부인이 있는 집에서도 보이고, 남편이 있는 곳에서도 보인다. 화자는 이런 존재에게 절절한 그리움을 실어 보내면 남편이 있는 곳까지 반드시 전해질 것이라고 믿는다.

작품에서 화자는 맨 먼저 달을 불러서 주의를 환기시킨 뒤, 높이 돋아서 멀리 비춰 달라고 부탁하는 방식을 취한다. 이로써 부인이 있는 집과 달이 떠 있는 하늘, 남편이 있는 장소가 삼각형으로 연결된다. 달은 지상에서 쏘아 올린 신호를 받아 그 신호를 변환하여 멀리 떨어진 곳에까지 되보내는 통신위성과 같은 구실을 하게 된다. 이렇게 삼각 구도를 만들어 놓은 화자는 이제 마음 놓고 남편에게 편지를 쓰기 시작한다.

"그대여 시장에 가 계신지요? 아, 좋지 않은 일이나 나쁜 곳에 빠질까 두렵기만 합니다." 이 안타까움을 남편은 아는지. 그런 뒤, 집으로 돌아오는 남편을 마중 나가겠다고 노래한다. "어느 곳에나 놓고 계십시오. 당신을 맞이하러 제가 가는 길이 어두워질까 두렵습니다." 마침내 달의 도움으로 공간적 한계를 극복한 것이다. 이처럼 「정읍사」는 삼각 구도와 3단 구성이라는 절묘한 구조를 바탕으로 그리움의 정서를 애틋하게 담아 전하는 작품이다.

이러한 「정읍사」의 독특한 구조와 그 구조가 만들어 내는 아름다움이 너무나 크고 절묘했기 때문에, 백제의 시가인데도 신라의 향가에까지 영향을 미친 것으로 보인다. 7세기 후반 삼국통일을 이룩한 문무왕文武王 때의 승려인 광덕廣德이 지었다고 알려진 「원왕생가願往生歌」는 구도자인 화자가 서방정토西方淨土에 가서 극락왕생하고 싶다는 소망을 노래했는데, 이 작품의 구도와 구성이 「정읍사」의 그것과 완전히 일치하기 때문이다. 두 작품의 공통점을 정리해 보면,

우선, 자연 상관물을 중계자로 설정하고, 둘째, 삼각 구도를 형성하며, 셋째, 3단 구성을 취하고 있고, 넷째, 화자의 정서를 부탁과 하소연의 방식으로 표현하며, 다섯째, 중계자를 통해 공간적인 한계를 극복하는 방법을 사용한다. 「정읍사」가 백제 시대의 노래이고, 「원왕생가」는 백제가 멸망한 뒤인 7세기 후반에 불린 노래로 파악되기 때문에 시기상으로 「원왕생가」가 「정읍사」의 영향을 받아 만들어진 노래임을 짐작할 수 있다. 「원왕생가」에 대해서는 나중에 좀 더 자세히 살펴볼 것이다.

남편에 대한 걱정과 그리움에서 출발한 「정읍사」의 정서는, 7세기 「원왕생가」의 불교적 그리움을 거쳐 8세기에 혈육에 대한 정을 서정적으로 노래하는 「제망매가」로 이어진다.

「제망매가」_한 가지에 나고도 가는 곳을 모르는구나

생사의 길(生死路)은
여기 있음을 두려워하고
나는 갑니다 하는 말도
못 다 하고 갔는가
어느 가을 이른 바람에

여기 저기 떨어질 잎처럼

한 가지에 나고도

가는 곳을 모르는구나

아으! 미타찰彌陀刹에 만날 나

도를 닦아 기다리겠노라

「제망매가祭亡妹歌」는 신라 경덕왕 시대인 8세기에 월명사月明師라는 승려가 일찍 세상을 떠난 누이의 명복을 비는 불공(제齋)을 지내면서 지어 부른 노래이다. 『삼국유사』에는 다음과 같은 기록이 있다.

월명사가 죽은 누이를 위해 제를 올리면서 향가를 지어 제사를 지냈다. 갑자기 한 줄기 바람이 불어서 지전紙錢을 거두어서 서쪽으로 날아가 버리는 것이었다. 월명사는 늘 사천왕사四天王寺에 살면서 피리를 잘 불었는데, 일찍이 달밤에 피리를 불면서 절 앞의 큰길을 지나갔더니 달이 가던 길을 멈추었다. 이로 인해 그 길을 월명리라고 부르게 되면서 명성을 나타내었다. 월명사는 능준대사能俊大師의 문인이었다. 신라 사람들은 향가를 매우 숭상했는데, 대개 시詩와 송頌과 같은 종류였다. 그런 고로 천지귀신을 감동시킨 적이 한두 번이 아니었다.

일찍 세상을 떠난 누이를 그리워하는 월명사의 마음이 담긴 노래가 불행한 죽음을 위로하고, 나아가 부처를 감동시켜 누이의 영혼을 극락왕생시켰을 거라는 점은 어렵지 않게 짐작할 수 있다. 지금 생각하면 노래로 천지귀신을 감동시킨다는 말을 쉽게 이해하기 어렵다. 그러나 죽음과 형제에 대한 직접적인 표현 하나 없이도 그 슬픔을 애절하게 담아낸 「제망매가」는,

비유라는 적절한 수법으로 이 슬픔과 소망을 아름답게 드러내는 까닭에 오랜 시간이 지난 오늘날까지도 감동을 주는 것이다.

「제망매가」에서 중심이 되는 것은 누이와 죽음이다. 화자는 자신이 노래하는 대상이 형제라는 사실을 나뭇가지와 잎이라는 비유로써 표현했다. '한 가지'는 여러 개의 나뭇잎을 만들어 내는 주체로 부모를 가리킨다. 같은 나뭇가지가 부모라는 의미를 지니는 순간, 화자와 노래의 대상이 되는 죽은 이가 한 형제라는 사실이 명확하게 드러난다. 나무는 하나의 가지에 여러 개의 잎을 달고 있기 때문에 같은 어머니에게서 태어난 형제를 나타내기에 가장 적합한 표현이 된다. 더구나 잎은 일정한 시기가 되면 가지에서 떨어져 나와 바람에 실려 떠나 버리니, 만나고 헤어지는 자연의 섭리를 나타내기에 더욱 적절하다. 이처럼 죽은 형제를 나뭇잎에 비유하는 표현은 두 가지 효과를 동시에 거둘 수 있다. 나뭇잎은 같은 부모에게서 태어난 형제임을 나타내고, 동시에 이별을 암시하는 성질을 두루 갖추고 있기 때문이다. 봄이 되면 나뭇가지에 여러 개의 잎이 달려 푸르게 성장하지만, 시간이 흘러 가을이 되면 잎들은 낙엽으로 변해 떨어진다. 낙엽을 실어 데려가는 바람이 어디로 가는지는 아무도 모른다.

앞서 언급한 대로 「제망매가」에는 죽음에 대한 직접적인 표현이 어디에도 등장하지 않는다. 그러나 노래를 듣는 사람이면 누구나 누이가 요절했다는 것을 절절하게 느낄 수 있는데, 이는 노래에 나오는 비유들 때문이다. 이 작품에는 '가을', '이른 바람', '떨어지는' 등 죽음을 암시하는 표현이 다수 등장한다. 특히 '이른 바람'은 때 이른 바람에 잎이 억지로 떨어졌다는 뜻으로, 누이가 젊거나 어린 나이에 죽었음을 암시하는 표현이 되어 비유적 효과를 높인다.

「제망매가」가 예술적인 면에서도 높은 평가를 얻는 것은, 이러한 비유를 바탕으로 세속적인 의미의 만남과 헤어짐을 불교적 진리와 순환 논리 속에 끌어들여 하나로 묶어 냈기 때문이다. 작품의 첫 부분에서는 인간이라면 누구나 가질 수밖에 없는 죽음에 대한 두려움을 노래한다. 그러다가 중반에 이르러 누이의 요절을 비유적으로 노래하여 형제에 대한 그리움을 절절하게 표현한다. 마지막 부분에서는 공空과 색色이 둘이 아니라 하나라는 불교의 논리를 가져와서 죽음과 삶이 하나로 됨을 강조하면서 누이의 영혼을 안정시킨다. 비록 인간 세상에서는 헤어졌지만 곧 피안의 세계에서 다시 만나게 될 것을 노래하여 이별의 슬픔과 극에 달한 그리움의 정서를 한 차원 높인 예술적 경지로 끌어올리고 있는 것이다.

굳이 형제임을 말하지 않고도 형제애와 그리움을 절절하게 노래하고, 죽음을 입에 올리지 않고도 애도의 정서를 애절하게 노래했다는 점에서 「제망매가」는 향가 중에서도 문학적 비유가 가장 뛰어난 작품으로 손꼽힌다. 여기에 이별과 만남의 변증법적 합일이라는 현대적 문법과도 잘 들어맞는다. 이별과 만남이 하나임을 노래한 한용운의 「님의 침묵」이나 일찍 죽은 누이를 애도한 기형도의 「가을 무덤」 등은 「제망매가」의 정서를 고스란히 이어받은 작품이라고 할 수 있다.

이처럼 혈육에 대한 애틋한 정을 비유로써 표현한 「제망매가」의 그리움은 이후 고려 시대의 「사모곡」으로, 조선 시대에 이르러서는 돌아가신 부모에 대한 그리움을 노래한 박인로의 「조홍시가」로 전해진다.

「사모곡」_호미도 날이 있기는 하지만

『악학궤범』과 함께 조선 시대의 3대 가집으로 꼽히는 『악장가사樂章歌詞』와 『시용향악보時用鄕樂譜』에 실려 전하는 「사모곡思母曲」은 제목 그대로 어머니를 그리워하는 노래이다. 여기서 사思는 '생각하다'는 뜻이 아니라 '그리워하다'로 해석해야 한다. 그러므로 '사모곡'은 어머니를 그리워하는 노래이다.

호미도 날이 있기는 하지만
낫처럼 들 리가 없습니다
아버지도 어버이시지만
위 덩더둥성
어머님처럼 사랑하는 사람이 없습니다
아소님하 어머님처럼 사랑하는 사람이 없습니다

신라 시대의 노래로서 아버지와 계모에게 효성을 다했으나 부모에게 끝내 사랑을 얻지 못한 천안天安 지역의 효녀가 지어 불렀다고 하는 배경 설화만 『고려사』「악지」에 실려 전하는 「목주가木州歌」와 이 노래를 같은 노래로 보기도 한다. 이미 돌아가시고 계시지 않은 어머니가 화자에게 주었던 사랑과, 뼈에 사무칠 정도로 보고 싶은 어머니에 대한 그리움을 절묘한 비유법으로 표현했다.

아버지와 어머니를 호미와 낫에 비유하고, 부모의 사랑은 연장에서 가장 날카로운 부분을 의미하는 날에 비유하여 어느 누구의 사랑도 어머니의 사랑을 따라갈 수 없음을 노래했다. 이를 위해 먼저 똑같은 농기구이지만 날카로움의 정도가 다른 호미와 낫의 날을 비교한다. 김을 매거나 감자를 캘 때 쓰는 호미도 날이 있지만, 곡식을 베는 낫에 비하면 날카롭다고 하기 어렵다. 부모님의 사랑도 이와 같으니, 아버지의 사랑이 아무리 크다 해도 어머니의 사랑에는 미치지 못한다는 얘기다.

이처럼 이 작품의 주제는 어머니의 사랑과 그에 대한 그리움이다. 그런데 여기서 왜 하필 부모의 사랑을 연장의 가장 날카로운 부분인 '날'에 비유했을까? 연장의 날은 무언가를 잘라 내는 구실을 한다. 연장의 날과 부성애·모성애의 연관성은 날이 지닌 이중성을 떠올리면 쉽게 이해할 수 있다. 지적했다시피 낫이나 칼, 호미 따위의 연장을 이루는 날카로운 날은 쓸모없거나 불필요한 것을 베어서 잘라 내는 데 쓰인다. 그런데 베어서 잘라 낸다는 것은 날의 입장에서 본 것이고, 날에 쓸모없는 부분을 베인 곡식으로서는 날 덕분에 더 튼실해지고 유용해진 것이다. 이를 부모 자식 관계에 적용해 보면, 날과 같은 부모의 가르침과 사랑이 있기에 자식은 쓸모 있는 사람으로 성장할 수 있다.

'날'은 이처럼 부모에게는 단순히 자식을 사랑하는 마음만이 아니라, 자식을 가르쳐서 올바르게 키우려는 마음도 공존한다는 것을 보여 준다. 한마디로, 부모가 자식을 아끼고 사랑한다는 것은 예뻐하는 마음과 걱정하는 마음이 합쳐진 결과이다. 예뻐하는 마음은 자식에게 줄 수 있는 무조건적인 사랑이고, 걱정하는 마음은 자식이 제대로 된 사람으로 자라 주기를 바라는 사랑이다. 그러므로 자식이 받아들이는 부모의 사랑 역시 이 두 가지가 될 수밖에 없다. 그런데 자식은 어려서는 부모의 걱정하는 마음이 사랑인 줄을 모른다. 나중에 부모가 계시지 않을 때가 되어서야 그것이 사랑임을 깨닫는다. 그래서 더 절절히 돌아가신 부모를 그리워한다.

여기서 「사모곡」의 화자가 생각하는 부모의 사랑은 예뻐하는 마음과 염려하는 마음, 이 두 가지를 다 포함하고 있음을 알 수 있다. 예뻐하는 마음은 부모의 처지에서 보는 내리사랑이요, 염려하는 마음은 자식의 처지에서 생각하는 오름사랑이다. 화자는 부모의 사랑에 내포된 이러한 이중성이 연장의 '날'이 갖는 이중성과 닮았다고 여긴다. 그래서 이 둘을 연결짓는 비유

법으로 어머니에 대한 절절한 그리움을 노래했다. 신라 시대에 「목주가」가
있고 고려 시대에 「사모곡」이 있다면, 조선 시대에는 「조홍시가」가 있다.

「조홍시가」_품어가 반길 이 없을새

반중盤中 조홍早紅감이 고아도 보이나다
유자柚子 아니라도 품엄즉도 하다마는
품어가 반길 이 없을새 그를 서러하나이다

　가사와 함께 조선 시대 국문 시가의 양대 산맥을 형성했던 시조 형태로
되어 있는 이 작품은 노계蘆溪 박인로朴仁老(1561~1642)의 작품이다. 박인로
의 문집인 『노계집蘆溪集』에 실린 「조홍시가」는 전체가 네 편으로 되어 있
는데, 인용한 것이 첫 번째 작품이다. 제목 옆에 작품을 짓게 된 사연을 설
명한 글이 붙어 있는데, 이에 의하면 "신축년(1601) 9월 초에 한음漢陰 이덕
형李德馨을 찾아갔는데, 이때 조홍시早紅柿를 대접받고 느낀 바가 있어 이 노
래를 지었다"고 한다. '조홍시'란 다른 감보다 일찍 익고 그 빛깔이 유난히
고운 홍시 품종이다. 풍성한 수확의 계절에 잘 익은 홍시를 보고 이제는 곁
에 안 계신 부모를 떠올리며 이 노래를 지었다는 얘기다.
　쟁반에 담겨 나온 홍시가 너무나 고와 보여 차마 먹을 수가 없었던 화자
는, 자신을 존재하게 한 어버이를 떠올리고 그 홍시를 가슴에 품고 얼른 집에
돌아가 부모님께 드리고 싶어진다. 여기서 화자가 용사用事를 써서 자신의
마음을 표현했다는 점이 눈에 띈다. '용사'란 한시漢詩에서 주로 사용하는 수
법으로, 유명한 옛글에 나오는 표현을 가져다 쓰는 것을 가리킨다. 한두 마

디의 성어成語로 된 표현으로 풍부한 의미를 전달할 수 있다는 장점이 있다.

　박인로는 이 작품에서 중국 삼국 시대에 오吳나라 손권의 참모를 지낸 육적陸續과 관련된 고사故事를 가져다 썼다. 육적이 여섯 살 때 구강九江에서 원술袁術을 만났는데, 이때 원술이 준 귤을 먹는 시늉만 하다가 사람들 눈을 피해 품 안에 감추었다. 그런데 집에 돌아가려던 육적이 인사를 할 때 품 안에 있던 귤이 그만 밖으로 굴러 나오고 말았다. 이를 본 원술이 "손님으로 와서 어찌 귤을 품에 넣었는가?"라고 물었다. 육적이 대답하기를 "집으로 가지고 가서 어머니께 드리고 싶었습니다."라고 하였다. 여기에서 유래된 고사성어가 '육적회귤陸續懷橘'로, 지극한 효성을 비유하는 말로 쓰인다. 노계는 이를 가져다가 시조에서 사용한 것이다. 다만 귤을 유자로 바꿔 표현한 것은, 귤은 남쪽 지방에서 자라고 유자는 추운 지방에서 자라는 것이기 때문이다. 유자도 귤의 한 종류이기 때문에 이 작품에서는 회귤의 고사를 유자로 표현했다.

　저자는 이 고사에서 한 걸음 더 나아간다. 홍시를 품어 간다고 해도 그것을 잡술 어머니는 이미 세상에 안 계시다. 나무가 고요히 있으려 해도 바람이 그치지 아니하고, 자식이 봉양하고자 하나 어버이는 기다려 주지 않는다는 뜻의 '풍수지탄風樹之嘆'이 회귤 고사에 더해진 것이다. 홍시 하나를 보고서 회귤 고사와 『시경詩經』이 나오는 성어를 같이 활용하여 시를 짓는 수법은 가히 박인로다운 발상이라고 할 수 있다. 특히 이 작품의 예술성이 높이 평가되는 까닭은, 용사를 사용하면서도 그것을 직접 표현하지 않고 비유로써 그 속에 내포된 의미를 최대한 이끌어 내어 짧은 시 속에 가늠하기 어려울 만큼의 의미를 담아냈다는 데 있다. 홍시 하나로 인해 생기는 그리움의 정서를 이처럼 높은 차원에서 노래한 시조는 조선 시대 전체를 통틀어서도 흔하지 않다. 어머니에 대한 그리움을 노래한 박인로의 작품을 좀 더 감상해 보자.

왕상王祥의 리어鯉魚 잡고 맹종孟宗의 죽순竹筍 꺾어

검던 머리 희도록 노래자老萊子의 옷을 입고

일생一生애 양지성효養志誠孝를 증자曾子같이 하리이다

만균萬勻을 늘려내야 길게길게 노를 꼬아

구만리九萬里 장천長天에 가는 해를 잡아매야

북당北堂의 학발쌍친鶴髮雙親을 더디 늙게 하리이다

군봉群鳳 모였는데 외가마기 들어오니

백옥白玉 쌓인 곳에 돌 하나 같다마는

두어라 봉황鳳凰도 비조飛鳥와 유類시니 뫼서논들 엇더하리

첫 번째 작품에서 나오는 왕상은 계모를 위해 겨울에 얼음 구멍에 가서 잉어를 잡았다는 효자이며, 맹종은 추운 겨울에 죽순을 꺾어서 어머니께 바친 효자였고, 노래자는 나이가 칠십인데도 색동 옷을 입고 부모를 즐겁게 해 드렸다는 효자이다. 증자 역시 공자의 제자 중에서 효심이 가장 깊었다는 사람이다. 효자와 관련된 중국의 고사를 활용하여 어머니를 즐겁게 해 드리겠다는 마음을 그리움에 실어 노래했다.

두 번째 작품은 세월을 가지 못하게 하여 부모님이 나이 드는 것을 막아 천천히 늙으시도록 하겠다는 시인의 의지를 노래했다. 하늘에 가는 해를 잡아 맬 수만 있다면 부모님이 늙지 않을 것이라고 말이다.

마지막 작품은 비록 늙고 초라한 어머니일지라도 자신에게는 봉황처럼

귀하고 소중한 존재이니 봉황을 모시듯이 하겠다는 애끓는 심정을 노래했다. 봉황의 암컷이라는 의미를 지닌 '황凰'과 '외가마귀'라는 표현에서 시인의 어머니가 홀어머니임을 알 수 있다.

「조홍시가」가 수록된 박인로의 문집 『노계집』에는 책 뒤의 후기에 해당하는 발문跋文이 붙어 있어 박인로의 시를 이해하는 데 큰 보탬을 준다. 박인로에게 홍시를 대접하여 「조홍시가」를 쓰게 한 한음 이덕형은 1611년에 은퇴하여 지금의 경기도 남양주시 조안면 송촌리의 사제莎堤라는 곳에 은거했는데, 평소 친분이 두터웠던 박인로는 그를 자주 찾아갔다. 이때 그곳의 풍광과 한음의 생활상을 읊은 가사가 바로 「사제곡莎堤曲」이다. 『노계집』에 실린 「누항사陋巷詞」역시 한음과의 만남에서 비롯된 노래라고 한다. 노계가 한음을 좇아서 노닐 적에 한음이 산속에 묻혀서 궁핍하게 사는 것이 어떠냐고 묻자 마음에 품고 있는 바를 노래로 지었다고 한다.

육친에 대한 사랑과 그리움을 노래한 선조들의 정서는 군주에 대한 마음으로도 이어졌으니, 고려 시대에 정서鄭敍가 지었다는 「정과정」이 그런 노래이다.

「정과정」_내님믈 그리ᅀᆞ와 우니다니

기록으로 남아 전하는 고려 시대의 노래는 대개가 작자 미상으로 남녀의 사랑과 이별을 주제로 한 작품이 주를 이룬다. 그런데 「정과정鄭瓜亭」은 거의 유일하게 작자가 확실하고, 향가의 전통을 이어 전하며 군주를 그리워하는 마음과 자신의 억울함을 하소연한 가요이다. 고려 의종毅宗 때 지었다는 「정과정」은 백제의 노래인 「정읍사」와 함께 충성스런 신하가 군주를

그리워하는 노래인 '충신연군지사忠臣戀君之詞'의 대표적인 작품으로 고려와
조선 시대에 궁중에서 무악舞樂으로 연주되었다. 그래서 이에 대한 기록은
상당히 다양한데,『고려사』의종조의 기록과『고려사』「악지」에 비교적 상
세한 사연이 담겨 있다.

「정과정」은 내지중랑 정서鄭敍가 지은 것이다. 정서는 자호를 과정瓜亭이
라고 했는데, 인종仁宗 왕비인 공예태후恭睿太后의 조카사위(妹婿)가 되어 인
종의 총애를 받았다. 의종이 즉위하자 왕의 동생인 대령후大寧侯 경暻과 정
서가 환관인 정함鄭諴의 모함을 받아 고향인 동래東萊로 귀양을 가게 되었
다. 정서가 귀양을 떠날 때 의종이 말하기를 "오늘 일은 조정 의론에 몰려
서 그렇게 된 것이니, 가고 난 뒤에 곧바로 다시 부르겠다"고 하였다. 그러
나 유배를 가서 아무리 기다려도 오래도록 소명召命이 오지 않았다. 이에 그
는 정자를 짓고 오이를 심고서 금琴을 타며 노래를 지어 임금을 그리워하
는 뜻을 시에 붙였는데, 지극히 슬프고 한탄하는 내용이었다. 후세 사람들
이 그 곡을 '정과정鄭瓜亭'이라 이름 지었다. 익재益齋 이제현李齊賢은 이 노래
를 한시로 옮기기도 했으니, "님을 생각하여 하루도 옷이 젖지 않는 날이 없
으니, 진정으로 봄 산의 소쩍새와 비슷합니다, 그런지 아닌지는 누구에게도
묻지 마소서, 오직 잔월효성殘月曉星만이 응당 알 것입니다."라고 했다. 「정
과정」의 내용은 다음과 같다.

내님믈 그리 와 우니다니
산졉동새 난 이슷 요이다
아니시며 거츠르신둘 아으
잔월효성殘月曉星이 아르시리이다

넉시라도 님은 흔딕 녀져라 아으

벼기더시니 뉘러시니잇가

과도 허믈도 천만업소이다

몰힛마리신뎌 솔읏븐뎌 아으

니미 나롤 ᄒ마 니 ᄌ시니잇가

아소님하 도람드르샤 괴오쇼셔

「정과정」은 형식상 모두 3장으로 되어 있는데, 차사嗟辭(탄식하는 말)가 쓰인 점 등으로 보아 사뇌가詞腦歌 계통—향가의 전통을 이어받은 것으로 보인다. 내용상으로는 약속을 어긴 군주에 대한 원망이 녹아 있다는 점에서 신라 때 신충이 지은 「원가」와 맥이 닿아 있다. 다만, 약속을 어긴 군주에 대한 원망을 저주 섞인 주술이 아닌 그리움과 사랑으로 승화시켰다는 점이 「원가」와 다른 점이다. 이처럼 「정과정」은 군주에 대한 원망은 거의 없이, 화자를 모함하여 성총을 흐리게 한 주위 사람들에 대한 원망을 일편단심의 사랑과 그리움으로 극복하는 모습을 보여 준다.

　구체적인 내용을 살펴보자. 접동새는 불여귀不如歸, 두견杜鵑, 두견새, 두견이, 두백杜魄, 두우杜宇, 두혼杜魂, 망제望帝, 사귀조思歸鳥, 시조時鳥, 자규子規, 주각제금住刻啼禽, 주연周燕, 촉백蜀魄, 촉조蜀鳥, 촉혼蜀魂, 촉혼조蜀魂鳥 등의 숱한 이름으로 불리는 산새이다. 중국 촉蜀 왕이 나라를 잃어버리고 끝내 돌아가지 못하고 죽어서 슬피 우는 새가 되었다는 전설이 있어 이처럼 다양한 이름으로 불리게 되었다고 한다. 작품의 화자는 멀리 유배를 와서 돌아가지 못하는 자신의 처지를 접동새에 비유하여 시어가 내포하는 의미의 폭을 극적으로 확장시켰다.

　여기서 화자의 심정을 가장 잘 전달하는 표현은 '잔월효성殘月曉星'이다.

밤새도록 어둠을 밝히다가 새벽녘이 되어 희미해진 달을 의미하는 '잔월殘月'은, 화자가 겪은 어두운 시간을 함께한 존재로서 화자의 억울함과 어려움을 너무나 잘 알고 있다. 아침이 오기 직전의 어둠 속에서 밝게 빛나는 '효성曉星'은 어둠을 밝힌다는 의미보다는 새로운 아침을 연다는 의미가 더 강조되었다. 별은 화자의 억울함과 어려움을 잘 알 뿐만 아니라, 화자에게 씌워진 모함이 밝은 아침처럼 밝혀질 것이라는 희망의 의미도 담고 있다. 새벽에 뜨는 희미한 달과 빛나는 별을 통해 마음속에 품은 억울함과 희망, 과거와 미래를 한 단어로 압축시켜 표현한 것이다.

이 작품도 전체 구성은 3단으로 되어 있다. 첫 단락에서는 자신의 억울함을 자연 상관물에 빗대어 하소연하는 방법으로 애절한 그리움을 노래하며, 둘째 단락에서는 약속을 지키지 않는 군주에 대한 원망을 변함없는 사랑과 믿음으로 승화시킨다. 셋째 단락은 군주가 한시라도 빨리 마음을 돌려서 화자에 대한 사랑을 되찾기를 바라는 희망과 군주에 대한 그리움을 담고 있다.

그러나 이 같은 애절한 바람은 현실에서 실현되지 못한 것으로 역사는 기록하고 있다. 저자인 정서는 동래에서 이 노래를 짓고 6년이 지난 뒤에 거제도로 다시 유배지를 옮겨서 13년이란 긴 세월을 보냈을 뿐 아니라, 당대에는 아무런 평가를 받지 못했다. 그러나 그가 남긴 「정과정」은 이후 조선 시대까지도 높게 평가 받으며 궁중 무악으로 쓰여서 느리고 슬픈 음조인 계면조界面調와 가장 빠른 곡조인 삼진작三進勺 등으로 두루 불리었다.

그리움과 사랑의 대상이 어찌 육친과 군주뿐일까. 이런 정서는 문학의 영원한 주제라 할 수 있는 남녀 간의 사랑으로도 나타났으니, 신라 때 승려인 원효가 불렀다는 「몰가부가沒柯斧歌」 같은 작품이 대표적이다.

민요계 향가와 사뇌가계 향가

『삼국사기』와 『삼국유사』의 기록에 의하면, '사뇌가詞腦歌'는 신라 초기에 확립된 민족시가의 초기 형태를 가리키는 명칭으로 보인다. 『삼국사기』와 『삼국유사』에는 '도솔가兜率歌'라는 작품에 대한 기록이 있는데, 그 내용을 보면 이러한 사실을 짐작할 수 있다. 먼저 『삼국사기』의 내용을 보자.

신라 시조인 박혁거세의 손자로 세 번째 왕위에 오른 유리왕 5년에 왕이 나라 안을 순시하다가 한 노인이 굶주림에 지쳐서 얼어 죽으려는 것을 보고 스스로를 책망하며 말하기를, "내가 임금의 자리에 있으면서 백성들을 제대로 먹이지 못해서 늙은이와 어린아이들을 이 지경에 이르도록 하였다."면서 옷을 벗어서 덮어 준 다음 음식을 내어서 먹이도록 하고, 유사에게 명하여 혼자 사는 사람들과 병들고 늙어서 스스로 생활하기 어려운 사람들을 모두 먹이도록 하였다. 나라 백성들이 소문을 듣고 모여들어서 성황을 이루었는데, 이 해에 민속이 기뻐하고 편안하여 비로소 도솔가를 지으니 가악의 시초였다

五年 冬十一月 王巡行國內 見一老 飢凍將死曰 予以身 居上 不能養民 使老幼 至於此極 是予之罪也 解衣以覆之 推食以食之 仍命有司 在處存問 鰥寡孤獨 老病不能自活者 給養之 於是 國百姓 聞而來者衆矣 是年 民俗歡康 始製兜率 歌 此歌樂之始也, 三國史記, 券一, 新羅本紀

여기에서 지배계급의 노래라고 할 수 있는 '가악歌樂'이 「도솔가」에서 시작되었음을 알 수 있다. 그러므로 「도솔가」는 민족시가의 형태를 갖춘 첫 작품이 된다.

그런데 「도솔가」에 대해 『삼국유사』에서는 다음과 같이 기록하고 있어 주목을 끈다. '신라 제3대 노례왕弩禮王('유례왕儒禮王'이라고도 한다)이 즉위한 후 6부의 이름을 고쳐서 다시 정하고 6성을 내린 다음, 비로소 도솔가를 지으니 차사사뇌격이 있었다.(改定六部號 仍賜六姓 始作兜率歌 有嗟辭 詞腦格)'

여기서 말하는 「도솔가」는 『삼국사기』에서 말하는 「도솔가」와 같은 작품으로 보인다. 따라서 두 문헌에서 말하는 내용을 종합해 보면 「도솔가」의 성격을 어느 정도 짐작할 수 있다. 즉, 「도솔가」는 신라가 왕권국가의 모습을 갖추어 나가던 시기에 만들어진 작품으로, 지배계급의 노래인 가악의 시작이라고 했으니 민족시가의 출발점이 되는 작품이며, 그것의 명칭이 바로 '차사사뇌격嗟辭詞腦格'이었다는 것이다.

여기서 '차사嗟辭'는 사뇌가계 향가의 중요한 형식적 요소이기 때문에 향가의 발달에 차사사뇌격이라는 「도솔가」의 형식이 미친 영향이 매우 크다는 것을 알 수 있다. 좀 더 구체적으로 말하면, 신라 초기 지배계급이 부른 노래의 차사사뇌격 형식이 향가로 수용되면서 민족시가의 형식으로 발달했다는 것이다.

결국 향가는 민요로 불리던 노래를 수용하여 짧은 형태의 노래인 민요계 향가를 만들고, 지배계층의 노래 형식을 수용하여 개인적 정서를 노래하는 사뇌가계 향가라는 두 계통의 노래군을 형성하면서 민족시가로 발돋움했다고 볼 수 있다. 이런 과정을 거쳐 발달한 향가는 정복전쟁이 활발했던 7세기 무렵에 신라 사회 전반으로 확산되었고, 고구려와 백제 등이 멸망한 후에는 더욱 융성하여 8, 9세기에 이르러서는 우리 민족시가의 대표적인 양식으로 자리 잡는다.

04 그리움은 노래를 낳고 2
남녀 간의 그리움

「몰가부가」_자루 없는 도끼를 내게 빌려 준다면

우리에게는 해골 물을 마시고 깨달음을 얻은 일화로 잘 알려진 신라 승려 원효元曉(617~686)는, 경북 경산군 압량면 불지촌에서 평민인 6두품으로 태어났다. 그는 의상義湘과 함께 불교에 대한 학문과 깨달음을 얻고자 당나라 유학길에 올랐다가 지금의 경기도 화성 지역인 당항성薰項城 옛 무덤에 이르러 해골에 괸 물을 마시고, '모든 것은 마음에 달렸으며, 사물 자체에는 정淨도 부정不淨도 없다'는 깨달음을 얻어 그 길로 신라로 돌아왔다. 반면에 의상은 중국 종남산終南山 지상사至相寺에 있던 지엄智儼에게로 가 그의 제자가 되어 화엄華嚴의 학문을 배워 신라로 돌아온다. 원효가 '해동종海東宗'으로 불리는 통불교通佛敎를 중심으로 한 민중불교를 지향했다면, 의상은 중국에서 배운 화엄종華嚴宗을 근간으로 하는 귀족불교를 지향했다고 할 수 있다. 두 사람은 서로 상보적인 관계를 형성하며 7세기 신라 불교를 대표하는 승려가 되었다.

원효는 혜숙惠宿이나 대안大安 같은 선배 승려들처럼 자유분방한 행동을 많이 했는데, 어느 날부터 미친 사람 흉내를 내면서 거리에서 다음과 같은 노래를 부르기 시작했다.

누가 내게 자루 없는 도끼를 빌려 주겠는가!　　　誰許沒柯斧
내가 하늘을 받칠 기둥을 깎으리　　　　　　　　我斫支天柱

이 노래를 들은 사람들은 누구도 그 뜻을 알지 못하였으나, 태종太宗 무열왕武烈王이 듣고 말하기를 "이 노래는 대사가 귀한 부인을 얻어 자식을 낳겠다고 하는 것이다. 나라에 큰 인물이 나면 이로움이 얼마나 크겠는가!"라고 하였다. 이때 마침 요석궁瑤石宮에 젊어서 과부가 된 공주가 살고 있었다. 왕이 궁궐의 관리에게 명하여 원효대사를 데려오도록 하였다. 명을 받은 관리가 원효를 찾으니 원효는 이미 남산에서 내려와 문천교를 지나는 중이었다. 관리는 짐짓 원효를 다리 아래로 떠밀어 옷을 적신 후 요석공주가 있는 대궐로 인도하여 젖은 옷을 말리게 하였다. 원효는 대궐에서 3일 동안 묵고 떠났는데, 그 뒤 공주에게 과연 태기가 있어 낳은 아이가 설총薛聰이다. 설총은 슬기롭고 총명하여 모든 경서經書와 사기史記에 통달하였으니, 나중에 신라 10현十賢의 한 사람이 되었다.

원효가 설총을 얻고자 부른 이 노래에서 '몰가부沒柯斧', 곧 '자루 없는 도끼'란 남편 없이 홀로 사는 여인을 비유적으로 표현한 것이다. 도끼는 나무를 찍어서 무엇인가를 생산하는 도구로서, 도끼가 제 구실을 하려면 반드시 자루가 있어야 한다. 원효는 자식을 생산할 수 있는 여인을 도끼에 비유하고, 여인이 잉태할 수 있도록 하는 남성을 자루에 비유하여 이성에 대한 그리움을 표현했다. '자루 없는 도끼'를 빌려 달라는 말은 과부가 된 요석공주를 자신과 만나게 해 달라는 직접적인 요구나 마찬가지가 된다. 그러니 요석공주와 그 아버지인 무열왕을 제외한 다른 사람들은 노래의 의미를 알아들을 필요가 없었다. 여기서 원효는 공주를 만나게 해 달라는 요구를 넘어 아예 아들을 낳고 싶다는 표현을 노골적으로 덧붙인다. '하늘을 괼 기둥을 깎겠다'고 한 것은 공주와 동침하여 훌륭한 인물을 낳고 싶다는 말이다.

원효와 요석공주를 결합하게 한 이 노래는 비록 승려이기는 하지만 인간이 본능적으로 지닌 욕망을 적나라하게 표현하고 있다. 이러한 그리움과 결핍에서 비롯된 정서는 「찬기파랑가」에 이르러 더욱 정제되고 절제된 모습으로 나타난다.

「찬기파랑가」_잣가지 높아 서리 모르실 화랑장이여

신라 때의 화랑인 기파랑耆婆郎을 그리워하는 마음을 담아 그의 기개와 인품을 찬양한 「찬기파랑가讚耆婆郎歌」는, 신라 제35대 왕인 경덕왕景德王의 명령으로 나라를 다스리는 도리를 읊은 「안민가安民歌」를 창작하기도 한 통일신라 시대의 승려 충담사忠談師가 지은 향가이다.

이 노래는 당대에 이미 그 문학성을 높이 인정받았던 것 같다. 『삼국유사』에 이와 관련된 내용이 나온다. 경덕왕이 충담사를 인연이 있는 승려로 모시고 묻기를 "내 일찍이 들으니 그대가 지은 기파랑을 찬양하는 사뇌가詞腦歌가 그 뜻이 매우 높다고 하는데 과연 그런가?"라고 하니, 충담이 대답하기를 "그렇습니다"라고 자신 있게 대답했다. 여기서 우리는 두 가지 정보를

얻을 수 있는데, 하나는 당시에 이미 왕이 인지할 정도로 향가가 널리 성행
했다는 점이고, 다른 하나는 「찬기파랑가」가 향가를 대표할 정도로 그 작
품성을 인정받았다는 사실이다.

「찬기파랑가」가 이처럼 높은 평가를 받은 이유는, 작품이 지니고 있는
여러 장치들이 유기적으로 연결되어 있으면서 수준 높은 예술적 아름다움
을 창조했기 때문이다.

열치매 나타난 달이
흰 구름 따라서
떠가지는 않겠지
새파란 내리는 물에
기랑의 모습이 있어라
일오내의 조약돌에
기파랑이 지니시던
마음의 끝을 따르고자
아으 잣가지 높아
서리 모르실 화랑장이여

이 노래의 특징으로는 다음의 네 가지를 꼽을 수 있다. 첫째, 서로 상반
되는 성격을 지닌 사물 현상을 마주 보게 하여 표현하려는 바를 강조하는
대조對照의 수법, 둘째, 숭고미를 창조하는 상징을 통한 비유의 수법, 셋째,
색채어를 통한 감각적 이미지의 창조, 넷째, 나눔과 이음을 통해 창조한 특
수한 구조 등이다.

이 작품에서 상반되는 성격을 가지는 사물 현상은 '달'과 '흰 구름', '새파

란'과 '물', '일오내'와 '조약돌', '잣가지'와 '서리' 등이다. '달'은 하늘에 머물러 있으면서 만물을 비추는 존재로 모든 사람이 우러러 보는 대상이다. 그러므로 '달'은 고매한 인품이나 어떤 것에도 흔들리지 않는 기개氣槪 등을 상징적으로 나타내기에 적합하다. 반면에 '흰 구름'은 하늘에 떠 있기는 하지만, 한곳에 머물지 않으며 모습이나 색 등을 자주 바꾸며 '달'을 덮어 버리기도 하기 때문에 믿을 만한 것이 못 된다. 그래서 '구름'은 '달'과 반대되는 성격을 나타낸다.

'물'은 어떤가. 높은 곳에서 낮은 곳으로 흘러가는 성질이 있어서 같은 장소에 머물지 않는다. 그러나 언제나 푸르다. 이 작품에서 '새파란'으로 표현된 이 푸르름은 생명, 희망 등 긍정적인 성질을 나타낸다. '물'과 '새파란'이 대비를 이루는 까닭이 여기에 있다. 충담사는 '새파란'이란 말로 기파랑의 기상을 표현했다.

다음 구절의 '시내'와 '조약돌'도 마찬가지의 대비를 이룬다. '일오내'라는 시내가 그런 이름을 가질 수 있었던 것은, 쉬지 않고 흘러가는 물 때문이 아니라 늘 같은 모습으로 강을 지키고 있는 조약돌 때문이다. 앞에서 '물'과 '새파란'으로 기파랑의 인간적인 모습을 찬양했다면, 뒤 구절의 '물'과 '조약돌'로는 기파랑의 고매한 정신세계를 나타냈다고 할 수 있다. 변치 않는 모습과 고매한 정신이 훌륭한 대조를 이룬다. 이렇게 볼 때 두 번째 단락에서는 서로 다른 사물 현상을 단순히 대조시키는 데서 한 걸음 더 나아가, 기파랑의 모습과 정신을 대조시켜 보여 주는 이중의 대조법을 사용했음을 알 수 있다.

다음으로 대조를 이루는 표현이 '서리'와 '잣가지'이다. 잣나무는 하늘 높이 솟아오르는, 땅에서 올라오는 서리가 침범할 수 없는 존재이다. 여기서 잣나무는 기파랑의 기상을 상징하고, 서리는 그것을 해치는 것을 가리킨다. 잣나무는 비록 그 뿌리는 땅에 두었지만 하늘에 닿아 있으면서 사시사철 푸르기 때문에 기파랑의 높고 변함없는 기상을 가장 잘 드러내는 상징물이다. 나무의 푸른 잎을 죽이는 서리와 그에 굴하지 않는 잣나무를 대조시켜 화랑의 높은 기상을 강조하여 표현한 것이다.

이처럼 노래 속에 등장하는 '달', '새파란', '조약돌', '잣가지'는 기파랑의 특성을 상징적으로 보여 주는 대상 혹은 사물 현상이다. 시인은 이런 비유법으로 기파랑의 높은 인품과 기상을 강조하고 찬양했다. 여기에서 등장하는 사물 현상들은 모두 영원성과 광명, 원만함 등을 나타내어 기파랑이 얼마다 위대하고 숭고한 존재인지를 보여 주는 구실을 한다. 시인은 여기서 그치지 않고 이런 사물 현상과 대조를 이루는 '구름'과 '물', '조약돌', '서리'를 각각 등장시켜 앞의 특성을 더욱 강조하였으니, 「찬기파랑가」야말로 숭고미의 극치를 이루는 작품이라고 아니할 수 없다.

여기에 작품의 깊이를 한층 더해 주는 것이 있으니, 바로 '새파란' 물과 '흰' 구름이 창조하는 선명한 색채감이다. '새파란'은 달의 배경과 기파랑의 모습, 잣가지의 성격 등과 연결되어 이것들을 더 돋보이게 하는 효과를 발휘한다. '흰' 색감 역시 부정적인 사물 현상과 결합하여 '새파란'의 이미지를 부각시키는 역할을 한다.

「찬기파랑가」에 쓰인 감각적 이미지들은 치밀하게 짜인 공간적 구조와 결합되어 더욱 빛을 발하는데, 하늘과 땅을 연결시켜서 표현하는 구조가 바로 그것이다. 3단 구성으로 이루어진 사뇌가의 특성과 연결시켜 볼 때 「찬기파랑가」는 크게 '달'과 '흰 구름'을 중심으로 하는 부분과 '시내'와 '새파란', '조약돌'을 중심으로 한 부분, 그리고 '잣가지'와 '서리'를 중심으로 한 부분으로 나눌 수 있다.

달과 구름이 있는 하늘을 묘사하는 첫 번째 단은 모든 사람이 우러러 볼 수 있는 위대함을 나타낸다. 두 번째는 시내와 푸르름, 조약돌이 있는 땅으로 된 부분으로, 일반 사람들이 본받을 수 있는 화랑의 인간적인 모습을 표현했다. 마지막 단은 땅에서 올라가 하늘로 뻗쳐 있는 잣가지가 중심을 이루는 부분으로, 하늘과 땅으로 나뉘었던 특성들을 하나로 이어 주면서 작품의 구조를 마무리한다. 기파랑이 하늘의 달처럼 모든 사람에게 추앙받고, 땅에 흐르는 푸른 물과 조약돌처럼 사람들의 모범이 되는 존재로서 하늘과 땅을 이어 주는 존재임을 강조하기에 이보다 더 적합한 구조는 없을 것이다.

기파랑이란 뛰어난 화랑에 대한 존경과 숭배의 마음을 대조와 상징의 비유법, 색채어를 통한 감각적 이미지의 강조, 특수한 구조 등의 수법으로 표현한 「찬기파랑가」는 그리움의 정서를 가장 예술적으로 승화시킨 향가라고 할 수 있다. 이처럼 아름답게 형상화된 그리움의 정서는 이후 고려 시대에 이르러서는 한층 적나라한 모습을 띠게 된다. 고려 속요俗謠의 중심 주제를 이루는 사랑과 이별의 정서에서 이를 확인할 수 있다. 특히 고구려 시대의 노래로 보이는 「동동」은 님의 부재로 생긴 그리움의 극치를 보여 주는 시가라고 할 수 있다.

「동동」_벼랑에 버린 빗 같구나

『조선왕조실록朝鮮王朝實錄』 성종 12년(1481)의 기록에 따르면, 『악학궤범』에 한글로 실려 전하는 「동동動動」은 고구려 시대부터 불리면서 구전되어 내려온 노래이다. 『실록』에는 중국에서 온 사신을 접대하는 자리에서 동동춤動動舞을 보여 주었는데, 사신이 감탄하여 성종께서 설명하는 중에 고구려 시대부터 내려온 것이라는 대목이 나온다. '동동'이란 말의 뜻을 정확하게 알 수는 없으나, 18세기의 실학자인 이익李瀷이 지은 『성호사설星湖僿說』에 북소리를 나타내는 '둥둥鼕鼕'을 가리킨다고 되어 있다.

이 노래는 고려 시대부터 조선 시대까지 궁중의 연중나례年中儺禮 뒤에 '아박무牙拍舞'라는 무용과 함께 불리기도 했다. 님의 부재로 생긴 그리움을 노래한 『동동』은 속요 가운데서 유일하게 달거리(月令體) 방식, 즉 한 해 열두 달의 순서에 따라 노래하는 형식을 취했다는 점이 특이하다.

덕德을랑 곰배에 바치고

복福을랑 림배에 바치고

덕德이여 복福이라 하는 것을

바치러 오소이다 아으

동동動動다리

정월正月 내리는 물은 아으

얼기도 하고 녹기도 하는데

누릿 가운데 나서는

몸이여 홀로 살아가는구나 아으

동동動動다리

이월 보름에 아으

높이 켠 등燈불 같구나

만인萬人 비취실

모습이로다 아으

동동動動다리

삼월 지나며 핀 아으
만춘滿春 진달래꽃이여
남나 부러워한 모습을
디니고 나셨도다 아으
동동動動다리

사월四月 아니 잊고 아으
오셨군요 꾀꼬리 새여
무엇 때문에 녹사祿事님은
옛 나를 잊고 계신가 아으
동동動動다리

오월五月 오일五日애 아으
수릿날 아침 약은
천년을 장존長存하실 약이라
바치나이다 아으
동동動動다리

유월六月 보름에 아으
버린 버린 빗 같구나
돌아보실 님을
조금 좇아갑니다 아으

동동動動다리

칠월七月 보름에 아으
백종百種 배排하여 두고
님을 한대 가도록
원을 비옵나이다 아으
동동動動다리

팔월八月 보름은 아으
가배嘉俳 날이지만
님을 뫼서 살아가는
오늘날 가배嘉俳로구나 아으
동동動動다리

구월九月 구일九日애 아으
약이라 먹는 황화黃花
꽃이 안에 드니
초가집이 조용하구나 아으
동동動動다리

시월十月애 아으
져미연 바랏다호라
꺾어 버리신 후에
지니 실 한 분이 업도다 아으

동동動動다리

십일월十一月 봉당자리에 아으
한삼汗衫 덮어 누워
슬프게 살아왔구나
고운이와 헤어져 홀로 살았네 아으
동동動動다리

십이월十二月 산초나무로 깎은 아으
올리는 반盤에 수저 같구나
님의 앞에 들어 사랑하려니
손님이 가져다 물어버립니다 아으
동동動動다리

「동동」은 달거리 형식이지만, 총 13장으로 되어 있다. '위장용' 장이 한 장 덧붙여져 있어서이다. 조선조 선비들이 보기에 「동동」의 가사는 음탕한 '남녀상열지사男女相悅之詞'였다. 이를 충성스런 신하가 임금을 그리워하는 '충신연군지사忠臣戀君之詞'로 위장하고자 맨 앞에 임금을 찬양하는 내용을 끼워 넣은 것으로 보인다. 원래 노래는 맨 앞 장을 제외한 12장이었을 것이다. 아직까지도 의미를 잘 파악할 수 없는 표현들이 여럿 있어서 완전한 해석이 어려운 상태이지만, 1월부터 12월까지 사랑하는 님의 부재에서 오는 외로움과 슬픔, 원망 등을 계절의 변화에 맞춰 구구절절하게 노래한 작품이라는 점은 분명하다.

님에 대한 그리움을 계절의 변화에 맞추어 노래했다는 말은 작품의 소재와 내용에 계절적인 내용과 의미가 담겼다는 의미다. 1월부터 3월까지는 봄의 정서를 바탕으로 희망의 현실을 노래했으며, 4월부터 6월까지는 여름의 정서를 바탕으로 고독의 현실을 노래했다. 7월부터 9월까지는 가을의 정서를 바탕으로 바람의 현실을 노래하고, 10월부터 12월까지는 겨울의 정서를 바탕으로 좌절의 현실을 노래했다. 이제 한 달씩 살펴보자.

1월에는 물이 얼기도 녹기도 하는 등 이제 곧 다가올 봄을 예감할 수 있다. 이처럼 화자의 마음도 외롭지만, 그 속에는 일말의 희망이 엿보인다. 이런 심정은 2월과 3월로 가면서 '등불'과 '진달래꽃'으로 구체화된다. 님은 등불이고 진달래꽃이기에 홀로 남은 화자의 가슴속 그리움은 더욱 커져만 간다. 그러나 봄에 품었던 '푸른 나무와 향기로운 풀이 꽃 피는 시절보다 좋다(綠陰芳草勝花時)'는 희망은 여름으로 가면 냉혹한 고독의 현실에 부딪히고 만다. 꾀꼬리처럼 돌아오지 않는 님을 위해 오래 사시라는 의미로 약을 드려 보지만, 낭떠러지에 버려진 빗과 같은 자신의 상태에는 아무런 변화가 없다. 가을에 튼튼한 열매를 맺고자 만물이 무성하게 자라나는 여름과 대비되어 화자의 고독은 더욱 짙어진다.

그러나 그럼에도 불구하고 봄에 품었던 희망을 버릴 수가 없으니, 화자는 가을의 풍성함에 기대어 다시 마음을 가다듬고 기원한다. 7월에는 온갖 곡식을 벌여 놓고 하늘에 제를 올리며 풍년을 기약하는 백중百中날(음력 7월 보름)에 님과 함께할 수 있기를 기원하고, 8월 한가위에는 님을 모시고 살아가는 꿈을 꾸어 본다. 하지만 이러한 바람은 무위로 끝나고, 9월이 되어 국화꽃이 노랗게 피었건만 초가집은 조용하기만 하다.

그러는 사이에 겨울이 다가오면서 화자의 그리움은 좌절로 치닫는다. 10월이 되자 화자는 잘게 깎은 보리수나무처럼 망가져서 보잘것없어지고, 11월 추운 날씨에 방도 아닌 봉당에 여름에나 입는 얇은 삼베옷을 덮고 홀로 누워 쓸쓸함을 견딘다. 12월에는 상 위에 놓인 가지런한 수저처럼 님과의 사랑을 위해 곱게 단장을 해 보지만, 이는 엉뚱한 손님이 화자를 채 가면서 좌절된다.

1년의 절반이 되는 시점인 6월에 그려진 낭떠러지에 버려진 빗과 같은 화자의 고독과 쓸쓸함은 끝내 극복되지 못한 채, 12월에 등장하는 상에 놓인 수저처럼 화자가 다른 사람의 손에 넘어가면서 사랑의 좌절로 끝이 난다. 사랑하는 사람에 대한 그리움의 대가치고는 너무나 가혹한 결말이 아닐 수 없다. 6월과 12월의 가사 내용이 서로 맞물리는 점으로 보아 나머지 가사도 대응 관계를 이루며 짜여 있음을 알 수 있다.

1월의 물을 보고서 화자가 품은 희망은 7월의 기원과 대응하며, 2월의 등불과 같은 님의 훌륭함은 8월에 노래하는 가상의 만남과 대응한다. 3월에 노래하는 늦봄의 진달래꽃 같은 님의 모습은 9월의 쓸쓸하게 피어난 노란 국화꽃과 대응한다. 계절을 잊지 않고 찾아온 4월의 화려한 꾀꼬리는 10월의 잘게 깎인 보리수 가지와 같은 화자의 모습과 대응하며, 5월에 나오는 장수하는 효능이 있다는 약은 파국 혹은 죽음을 앞둔 11월에 노래하는 한 삼을 덮은 봉당 자리와 대응을 이룬다.

이처럼 「동동」은 구조상 전편과 후편으로 나누어지면서 서로 맞대응을 이루고, 봄·여름·가을·겨울의 네 단락으로 나누어지며, 봄에 나타나는 희망의 현실과 가을에 나타나는 바람의 현실 및 여름에 나타나는 쓸쓸함의 현실과 겨울에 나타나는 좌절의 현실이 각각 마주 보는 구조 등 님에 대한 그리움을 노래한 작품치고는 꽤 치밀하게 이루어진 시가임을 알 수 있다.

사랑하는 이에 대한 지독한 그리움에 시대가 따로 있을까. 특히 조선 시대에는 천민 신분으로 선비들의 노리개가 되어야 했던 기생들의 작품에서 이러한 정서가 절절히 배어 나온다.

조선 시대 기생 가운데 님에 대한 그리움을 가장 절실하게, 그리고 가장 노골적으로 표현한 사람은 박연폭포·서경덕徐敬德과 함께 '송도3절松都三絶'로 유명한 황진이黃眞伊다. 그녀에 대한 이야기는 설화의 형태로 많이 남아 있다. 자신을 짝사랑하던 이웃집 서생이 상사병으로 죽자 인생에 환멸을 느껴 기생이 된 후 왕족인 벽계수碧溪水에게 망신을 주기도 하고, 서경덕과 정신적인 사랑을 주고받기도 했으며, 30년간 면벽面壁 수행을 했다는 지족선사知足禪師를 파계하도록 했다는 일화 등은 유명하다.

황진이는 또한 당시에 시를 잘 짓는 선비로 유명했던 소세양蘇世讓과 동거를 한 적도 있으며, 소리를 잘하는 명창인 이사종李士宗과는 6년이나 함께 생활을 했다고 전해진다. 그녀가 죽을 때 남긴 유언에 대해서도, 곡을 하지 말고 고악鼓樂으로 보내 달라고 했다는 이야기, 산이 아닌 길가에 묻어 달라고 했다는 이야기, 관도 하지 않은 채 동문 밖에 버려서 버러지의 밥이 되게 하여 천하 여인들에게 경계가 되도록 해 달라는 이야기 등 여러 가지가 전한다. 황진이가 죽은 뒤 전라도의 선비인 임제林悌가 평안도 도사가 되어 부임하다가 황진이의 무덤 앞에 제사를 지내고 시조를 지었다는 이야기가 전하는 것으로 보아 무덤이 있었다는 것은 사실일 가능성이 크다.

이처럼 다양한 일화를 남긴 황진이는 시에도 남다른 재주를 보여 여러 편의 한시와 시조를 남겼다. 그녀가 지은 시조는 특히 님에 대한 그리움이 가득 차다 못해 넘칠 정도의 작품이 여러 편 있다. 그중에서 가장 압권은 역시 '동짓달 기나긴 밤'으로 시작하는 작품이다.

동짓달 기나긴 밤을 한 허리를 베어내어

춘풍 이불 안에 서리서리 넣었다가
어룬 님 오신 날 밤이여든 구비구비 펴리라

이 작품에서 핵심을 이루는 것은 '밤'이라는 시간이다. 여기서 시간은 어디서 와 어디로 가는지 모르지만 직선 개념으로 인식되며, 실체가 없다는 점이 중요한 특징이다. 시간 자체는 어떤 모습인지 알 수 없다. 다만 사물 현상의 변화를 통해서만 우리의 눈앞에 나타나기 때문이다. 이처럼 우리가 느끼는 시간은 사물 현상의 변화 속에 시간이 깃들어 있는 까닭에, 그 변화를 어떻게 느끼는지에 따라 시간의 성질도 달라질 수밖에 없다.

동짓달 밤은 여름밤보다 물리적으로 매우 길다. 그런데 외로움에 떨면서 누군가를 간절히 그리워하는 이에게는 그 시간이 더욱 길다. 이처럼 물리적으로 길고, 느낌으로는 더욱 길게 느껴지는 동짓달 밤이라는 시간을 화자는 그냥 두지 않는다. 기나긴 밤 시간 중 그리움이 최고조에 이른 중간 밤을 잘라 낸다. 화자가 시간을 잘라 내는 이유는 간단하다. 그리움으로 가득한 길고 긴 밤 시간을 님과 함께하는 환희의 시간으로 바꾸기 위해서다. 화자는 밤의 한 중간을 잘라 내는 마법을 행하는데, 님의 부재로 인한 결핍을 부정하는 화자의 이러한 행위는 시간과 공간이 변증법적으로 만나는 공간화된 시간을 통해서만 가능하다.

동짓달 기나긴 밤의 한 허리였던 시간은 이제 화자에 의해 강제로 베어져 그리움이라는 내포內包를 극대화하면서 '춘풍 이불' 속이라는 물리적 공간으로 들어와서 자리를 잡는다. 이것이 바로 공간화된 시간이다. 아마도 조선 시대를 통틀어 시간을 공간으로 변화시켜 서리서리 넣을 수 있었던 사람은 황진이뿐이었을 것이다. 이제 공간화된 시간이 들어와 자리한 춘풍의 이불 속은 그리움을 녹여 환희로 가득한 사랑을 꽃피울 수 있는 희망과 기다림의 공간으로 바뀌고, 님을 위한 모든 준비가 갖추어진 보금자리가 된다.

결핍의 긴 시간은 춘풍의 이불 속에서 그리움이 압축된 공간으로 거듭나면서 사랑을 잉태할 준비를 마치는데, 여기에서 가장 중요한 구실을 하는 것이 바로 '서리서리'다. 실 같은 것이 헝클어지지 않도록 동그랗게 감아서 차곡차곡 쌓아 놓는 것을 가리키는 '서리서리'는 나중에 쌓은 것을 풀어 낼 때를 대비한 것이다. 즉, 화자가 잘라 낸 밤의 한 허리로 비유한 그리움을 '서리서리' 쌓아 놓는 목적은 오직 한 가지, 님이 왔을 때 막힘이나 걸림이 없도록 술술 풀어내기 위함이다. 그래야만 기쁨으로 가득 찬 사랑의 시간을 가질 수 있기 때문이다. 그러므로 '서리서리'는 화자의 그리움을 '구비구비' 풀어내어 사랑으로 승화시킬 준비 상태라고 할 수 있다.

초장初章과 중장中章에서 내포의 극대화를 통해 공간화된 시간이 승화된 사랑으로 거듭나려면, 님이 오신 밤이라는 시간과 이불 속이라는 공간에 맞추어 화자와 님이 함께하는 시간으로 환원하지 않으면 안 된다. 님과 함께하는 이 시간은 그리움이라는 내포를 극대화하여 화자가 '서리서리' 넣은 탓에 동짓달 기나긴 밤 시간을 무색하게 할 만큼 무한대로 길어져 있다. 그러므로 '구비구비' 펴내는 시간은 끝이 없는 영원한 시간이 된다. 그야말로 사랑의 완벽한 조화가 아닐 수 없다. 이제 두 사람에게 공간은 존재할 수가 없다. 끝없는 그리움을 '구비구비' 펼쳐 낼 수 있는 함께하는 시간만이 있을 뿐이다. 이처럼 끝도 없이 펼쳐지는 그리움의 시간은 님이 오신 밤이라는 물리적 시간의 중간에 들어가서 멈추지도, 흘러가지도 않는 영원의 시간으로 다시 태어나고, 이로써 화자의 사랑은 완성된다.

이처럼 탁월한 시인이기도 했던 황진이를 만날 날만을 고대하던 전라도 출신 풍류객 임제는, 그녀의 무덤 앞에서 주체할 수 없는 그리움을 느끼고 이를 노래로 풀어냈으니 바로 '청초 우거진 골에'로 시작하는 시조이다.

임제 _청초 우거진 골에 자는다 누엇는다

백호白湖 임제는 전라도 나주 출신으로 호방한 성격과 문학적인 재주를 두루 갖춘 인재였다. 그런 그가 선조 10년(1574) 29세의 나이로 문과에 급제하여 세상에 나왔을 때는 당쟁이 격화되어 사림들의 권력 다툼이 치열하던 때였다. 그는 10여 년에 걸쳐 관직 생활을 했으나 남에게 굽히기를 싫어하고, 당파를 지어 어울리는 것을 싫어하는 자유인이었기에 중앙의 요직에는 있을 수 없어 주로 평안도와 함경도, 전라도와 같은 변방을 떠돌게 된다. 그는 이러한 것에 개의치 않고 새로운 지역에 갈 때마다 한시와 시조와 소설 등을 지어 우리 문학사를 빛냈다. 특히 그는 조선 최고의 풍류객답게 남녀의 사랑과 이별에 대한 시를 여러 편 남겼는데, 15세 여인의 규원閨怨을 노래한 「무어별無語別」은 허균許筠의 문집인 『성소부부고惺所覆瓿藁』와 한치윤韓致奫의 『해동역사海東繹史』에도 실렸으며, 당나라 최고의 염정시인艶情詩人으로 꼽히는 최국보崔國輔의 작품에 견주어도 손색이 없을 정도라는 평을 받았다.

서시처럼 아리따운 열다섯 살 아가씨	十五越溪女
사람들이 부끄러워 말도 못하고 헤어져	羞人無語別
돌아와서 중문을 굳게 닫아 버리고는	歸來掩重門
배꽃에 걸린 달을 향해 소리 없이 우네	泣向梨花月

'말 못 하고 헤어지다'라는 제목이 붙은 이 작품의 모든 구절은 내성적인 여인의 내면과 관계되어 있다. 첫 번째 구절은 사랑하는 마음을 겉으로 드러내지 못하는 아름다운 열다섯 살 소녀를 제시하며 시작된다. 소녀는 사람들의 입방아에 오르내릴까 봐 가슴속에 있는 말을 제대로 하지 못하고 사랑하는 사람과 헤어졌다. 그러고는 사랑하는 마음도, 안타까운 마음도 드러내지 못한 채 집으로 돌아와 중문을 닫아 버린다. 소녀가 할 수 있는 일은 이것이 고작이다. 어디에 하소연도 하지 못하고 혼자서 끙끙 앓는 것이다. 마지막 구절에서 소녀는 답답한 마음을 달랠 길 없어 배꽃 사이로 비치는 달을 보고 우는데, 엉엉 소리도 못 내고 눈물만 흘리면서 느껴 운다.

소리를 내지 않고 운다는 뜻의 '읍泣'은 이 작품의 압권이라고 할 만하다. 이 글자 하나로 인해 작품의 주인공이 소리 내어 울지도 못하고, 자신의 비밀이 드러날까 부끄러워 누구에게 말도 못 하고 하늘의 달을 보고 흐느껴 울 수밖에 없는 소녀의 상황이 눈에 보일 듯 그려진다. 사랑하면서도 이별할 수밖에 없어 더욱 큰 그리움을 품게 되는 청춘의 열병을 앓는 소녀의 마음을 이처럼 곱고도 애절하게 표현한 작품은 흔하지 않다. 조선 시대는 남녀의 이별을 노골적으로 노래한다는 것 자체가 금기시되던 때라 이런 작품은 임제가 아니면 짓기 어려웠다. 그의 이러한 호방함은 시조에 와서 더 유감없이 발휘되었으니, 당대 최고의 기생이었던 황진이의 무덤 앞에서 읊은 작품이 바로 그것이다.

35세 되던 해인 선조 16년(1583)에 임제는 평안도도사平安道都事의 직책을 받고 평안도로 부임한다. 부임길에 마침 개성을 지나게 되므로 천하의 명기로 이름을 떨쳤던 황진이를 만나 보고 싶은 마음을 품는 것은 당연한 일. 그러나 그가 송도에 이르렀을 때 이미 황진이는 이 세상 사람이 아니었고, 싸늘한 무덤만이 그를 반겨 줄 뿐이었다. 그러나 비록 죽은 후이지만 그냥 지나칠 수 없었던 임제는 황진이의 무덤을 찾아가 제사를 지내며 시조를 지어 혼백을 위로한다. 과연 천하의 풍류객다운 면모가 드러나는 대목이 아닐 수 없다. 유몽인柳夢寅이 지은 『어우야담於于野談』에 "송도의 대로변에 황진이의 무덤이 있는데, 임제가 글을 지어 제사를 지냈고, 조정의 평론朝評을 들었다"는 기록이 있는 것으로 보아, 임제의 행동은 당시 조정에서 상당한 파문을 일으켰던 것으로 보인다.

청초靑草 우거진 골에 자는다 누엇는다
홍안紅顔은 어듸 두고 백골白骨만 묻혔나니
잔盞잡아 권勸할이 업스니 그를 슬허하노라

이 시조는 두 개의 표현이 마주 보는 대구 형식으로 되어 있다. 첫 행을 살펴보자. 청초靑草, 곧 '푸른 풀'은 땅에서 나와 하늘로 솟아오르는 것으로, 풀이 우거졌다는 것은 강하고도 무성한 생명력을 의미한다. 임제는 이 풀의 이미지에 펄펄하게 살아 있어야 할 황진이의 모습을 이입시킨다. 오매불망 꼭 한번 만나 보려고 했던 황진이가 땅속에 누워 있다니, 화자의 그리움은 더욱 커진다. 그래서 황진이가 죽었다고 생각하지 않는다. 잠을 자거나 아파서 누웠다고 생각한다. 그러나 그것은 화자의 바람일 뿐, 희망과 현실 간의 거리는 황진이의 부재를 더 절절히 느끼게 한다. 첫 행은 화자의 바람, 두 번째 행은 현실이다.

삶과 죽음에 대한 화자의 현실 인식은 '홍안'과 '백골'이라는 지극히 대립적인 표현으로 구체화된다. 특히 두 번째 행의 마지막 표현인 '묻혔나니'는 읽는 사람으로 하여금 더 큰 슬픔을 느끼도록 한다. 황진이가 죽었다는 사실을 믿을 수 없었던 화자는 첫 번째 행에서 '누엇는다'라는 의문형을 써서 그리움을 드러냈는데, 현실로 돌아온 두 번째 행에서는 체념의 종결어미로써 슬픔을 극대화하고 그리움을 상승시키기 때문이다. 화자가 바라는 모습은 홍안인데 현실은 백골이니, 이 엄청난 거리는 슬픔을 동반한 지독한 그리움으로 채울 수밖에 없다.

이제 지독한 그리움은 대상이 망각된 상태에서 화자 자신의 슬픔과 그리움을 노래하는 세 번째 행으로 이어지게 된다. 살아서 헤어지는 '양관의 이별'(중국 당나라 시인 왕유王維가 친구인 원이元二를 양관陽關으로 떠나보내며 지은 절절한 송별시 「송원이편서안送元二便西安」에서 나온 말로, 이별시의 대명사처럼 쓰인다.)은 술잔을 잡아 권할 사람이라도 있지만, 죽어서 맞는 이별은 술잔조차 권할 수가 없으니 그 슬픔이야 오죽하랴. 두 번 다시 만나지 못할 이별이었기에 그 그리움은 고스란히 화자의 몫이다. 신분제도가 엄연한 유학의 논리가 성행하던 조선 시대에 양반 사대부가 기생의 무덤 앞에서 이런 시를 지어 바치며 제祭를 올렸으니 조정에서 문제 삼은 것은 지극히 당연한 일이었다.

궁중의 축귀 의식, 나례儺禮

세계 어느 민족을 막론하고 과학이 발달하지 못했던 고대로 올라갈수록 삶의 모든 문제를 신神에게 의지하여 해결하려는 경향이 강했다. 인간의 삶에서 나쁜 일을 일으키는 존재들을 '귀鬼'라 하고, 신의 힘을 빌려서 그것을 쫓아내야 한다고 믿었는데, 그러려면 일정한 형식을 갖춘 의식儀式을 행해야 한다고 믿었다. 바로 이것이 축귀逐鬼 의식의 기원이다.

처음에는 가정과 마을을 중심으로 행해지던 의식은 국가 체제가 발달한 뒤에는 궁중에서도 열렸다. 우리나라에서 병이나 나쁜 일을 일으키는 역귀疫鬼를 쫓아내는 행사인 푸닥거리, 즉 '나儺'를 일정한 격식과 예禮를 갖추어서 한다는 뜻의 '나례儺禮'는 이렇게 해서 시작되었다.

탈(가면)을 쓴 사람들이 주축을 이루어 일정한 격식을 갖춘 의식을 행하면 귀신이나 역병을 쫓을 수 있다는 믿음에서 출발한 나례는, 고대 중국 장강 유역의 농업민족인 신농神農씨족의 원시신앙에서 비롯되었다고 기록되어 있다. 이것은 농업이 발달하며 점차 중국 전역으로 전파되어, 선진先秦 시대부터는 왕실에까지 유입되어 국가적인 연례행사로 정립되었다.

『고려사』에 따르면 우리나라에서 나례가 행해진 시기는 1040년(고려 정종 6) 무렵이라고 하는데, 실제로는 이보다 훨씬 앞선 시기부터 행해졌을 것이다. 고려의 나례는 연중행사의 하나로서 한 해가 끝나는 섣달 그믐날 밤에 행해졌는데, 이것을 '대나大儺'라고 하였다. 고려 때의 나례는 비록 한나라의 것을 수용한 것이었으나, 춘하추동春夏秋冬의 계절마다 하던 중국과 달리 세말歲末에만 한 차례 행해졌다. 이때 12~16세 사이의 소년을 뽑아 탈을 쓰는 초라니로 삼았는데, 24명을 1대隊로 하여 2대로 편성하고, 집사자執事者, 방상씨方上氏, 탈을 쓴 22명의 공인工人과 악공樂工 등이 춤을 추며 잡귀를 몰아내는 의식을 행하였다.

나례는 그것이 행해지는 장소와 주재자에 따라 궁정나례, 민간나례, 군軍나례, 사원寺院나례로 나뉘어졌는데, 궁정의 나례를 주관하는 기관은 고려 시대에는 천문을 관장하던 사천대司天臺였고, 조선시대에는 천문과 기후를 관측하는 관상감觀象監이었다.

나례 행사는 처음에는 나쁜 귀신을 쫓는 축귀 의식이 중심을 이루는 엄숙한 궁중 의례였으나, 여기에 노래와 춤 등 온갖 놀이인 가무백희歌舞百戱 및 여러 종류의 잡희雜戱가 더해지면서 놀이가 중심을 이루는 오락적인 행사로 변모되었다. 오락적인 기능이 강화된 나례 행사는 점점 화려해지면서 국가에 재정적인 부담을 주게 되어 영조 30년(1754)에 정식으로 파기되었고, 사신 영접 때 행한 나례 행사는 정조 24년(1800)을 끝으로 시리졌디.

「서동요」_선화공주님은 서동방을 밤에 몰래 안고

생명의 탄생과 밀접하게 관련된 성性은 그것이 주는 크나큰 즐거움으로 인해 아주 오래전부터 예술의 소재로 사용되었는데, 특히 문학에서 중요한 역할을 했다. 우리 문학사에서는 신군神君을 맞이하고자 가야 사람들이 불렀다는 「구지가」에서 그 오래된 원형을 찾아볼 수 있다. 「구지가」에서는 남성과 여성의 성기를 각각 거북의 머리와 불로 상징화하여 표현했는데, 생명의 탄생을 바라는 원시공동체 사람들의 마음이 건국 신화 속에 들어오면서 성이 신과 인간을 연결하는 매개로 쓰인 것이다.

이처럼 가락국 건국 신화에서는 성적인 내용을 담은 노래를 매개로 신과 인간의 감응이 성립하여 하늘에서 신군이 내려오는 계기가 되는데, 후대의 『삼국유사』에 실린 「서동설화薯童說話」에서는 이 노래가 신이 아니라 인간 남녀의 성적인 교합을 매개하는 수단으로 쓰인다는 점이 눈길을 끈다.

백제 소년 서동薯童이 신라의 공주가 아름답다는 말을 듣고 노래를 불러서
궁궐 밖으로 나오게 하여 정을 통한 후 부인으로 삼았다는 이야기에 등장
하는 「서동요薯童謠」는 직접적이면서도 소박한 표현을 통해 화자가 바라는
바를 강력하게 드러내는 방식을 취하고 있다. 먼저 「서동요」의 배경 설화
를 살펴보자.

백제 제30대 무왕武王은 이름이 장璋이었는데, 그의 어머니가 서울의 남쪽
못가에 집을 짓고 살다가 연못의 용과 교통하여서 낳았다. 어릴 적 이름은
서동이었는데, 도량의 크기를 헤아리기가 어려울 정도였다. 항상 마를 캐
서 팔아 생계를 유지했기 때문에 나라 사람들이 이름을 이렇게 부른 것이었
다. 신라 진평왕의 셋째 공주인 선화善花가 매우 아름답다는 소문을 듣고는
머리를 깎고 서라벌로 가서 거리의 아이들에게 마를 먹이면서 친하게 지내
다가 곧 노래를 지어서 아이들로 하여금 부르게 하였으니 그 노래는 다음과
같다.

선화공주님은
남몰래 사랑해 두고
서동방을
밤에 몰래 안고 가다

이 노래가 서라벌 전체에 퍼져서 궁중에까지 들리게 되니, 여러 신하들이
강하게 주장하여 먼 곳으로 공주를 유배 보내게 했다. 공주가 떠날 때에 왕
후는 순금 한 말을 노자로 주었다. 공주가 유배지에 당도하려고 할 즈음에
서동이 도중에 나와 절하면서 모시고 가겠다고 했다. 공주는 그가 비록 어

디에서 온 누구인지 알지는 못했으나 왠지 믿음직스럽고 좋아서 따라가다가 몰래 정을 통했다. 그런 후에야 서동의 이름을 듣고 동요가 효력이 있음을 알았다. 함께 백제로 가서 왕후가 준 금으로 생계를 도모하려고 하니 서동이 크게 웃으면서 말하기를, "이것이 무슨 물건이오?" 하니, 공주가 말하기를 "이것은 황금인데, 한평생 부자로 살 수 있습니다."고 하는 것이었다. 서동이 다시 말하기를, "내가 어릴 때부터 마를 캐던 곳에는 이것이 진흙처럼 쌓여 있다오."라고 하니 공주는 크게 놀라면서 말했다. "이것은 천하의 귀한 보배이니 당신이 지금 그 금이 있는 곳을 안다면 부모님이 계신 궁궐로 보내는 것이 어떻습니까?" 하니, 서동이 좋다고 하는 것이었다. 이에 황금을 모으니 구릉을 이룰 정도가 되었는데, 용화산 사자사의 지명법사에게 금을 수송할 계책을 물으니 법사가 말하기를, "나의 신통력으로 황금을 보낼 수 있으니 그것을 가져오십시오."라고 하는 것이었다. 공주가 편지를 써서 금과 함께 사자사 앞에 가져다 놓으니 법사가 신통력을 발휘하여 하룻밤 사이에 신라 궁중으로 금을 보냈다. 진평왕은 그 신기한 변화를 기이하게 여겨 서동을 존경하는 마음이 생겨 늘 편지를 보내 안부를 묻기도 하였다. 이로 말미암아 인심을 얻어 왕위에 올랐다.

이 노래에서 핵심은 노골적인 성적 표현과 노래가 지니는 강력한 주술력이다. 결혼하지 않은 처녀가 '남몰래 사랑해 두고'나 '밤에 서방을 몰래 안고 가다'는 등의 행동을 했다는 식의 표현은 「구지가」에 등장하는 '거북의 머리'나 '불'처럼 상징화한 비유법도 아니고, 상대되는 것을 앞뒤로 배치하여 긴장감을 고조시켜 카타르시스를 느끼게 하는 수법도 아니어서 예술적 아름다움을 논하기 어렵다. 그러므로 「서동요」를 얘기할 때 그 예술성이나 문학성을 논하는 접근 방식은 바람직하지 않다.

「서동요」가 이처럼 노골적인 표현으로 일관한 것은, 이 노래의 창작 목적이 화자의 정서를 아름답게 표현하는 데에 있지 않고 많은 사람들에게 퍼뜨리는 데 있었기 때문으로 보인다. 여러 사람들에게 노래를 알리려면 직접적이고 노골적인 표현이 가장 빠르고 효과적이다. 그래서 에두르지 않고 정곡만을 찌르는 내용으로 노래를 만들었을 것이다. 이처럼 다른 작품에 비해 예술적 수준이 떨어지는 「서동요」 같은 작품이 성공하려면, 이런 단점을 극복할 만큼 강력한 주술성이 있어야 한다.

가난하고 신분이 낮은 남성이 신분이 높은 부유한 여성을 만나 결혼하고, 그 덕에 왕위에까지 올랐다는 서동 이야기는 전 세계적으로 폭넓게 분포하는 신분 상승형 설화의 범주에 들어간다. 우리나라에서는 나무꾼과 선녀 이야기, 바보 온달과 평강공주 이야기 등이 대표적인데, 서동 이야기가 다른 이야기와 다른 점은 남성 주인공이 적극적으로 이야기를 주도한다는 것과 그 과정에서 노래가 결정적인 구실을 한다는 것이다.

서동은 가난하면서도 신분이 낮은 존재였지만 자신이 가진 능력을 최대한 발휘하는 적극적인 행동으로 선화공주와의 혼인에 성공하고, 인심을 얻어 왕위에까지 올랐다. 가히 영웅담 중의 영웅담이라고 할 수 있다. 여기에서 서동이 사용하는 수법은 민간에서 가장 흔하게 쓰는 '누구는 누구와 그렇고 그런 사이라더라' 식의 '카더라 통신'이다. 입에서 입으로 전해지며 점차 힘을 키워 가는 '카더라 통신'은 그 내용의 사실 여부와 상관없이 거기서 언급되는 대상에게는 치명적인 영향, 즉 강력한 주술력을 발휘한다. 사실이 아닌 것을 사실로 만들어서 바라는 바를 이루는 성질을 주술성이라고 할 때, 언어를 표현 수단으로 하는 노래의 주술력이 가장 강하고, 그중에서도 적나라한 성적 표현을 담은 노래가 가장 강한 힘을 발휘한다. 이는 이러한 성적인 주술성으로 신의 마음까지 움직인 「구지가」의 사례를 보면 알 수 있다.

　이렇게 볼 때 「서동요」는 작품 그 자체의 문학적 예술성보다는, 신과 인간 사이에서 작용하던 성적인 노래가 인간과 인간 사이의 관계를 성립시키는 매개체로 변화·발전하는 과정을 보여 주는 노래라는 점에서 그 중요성을 찾을 수 있다. 인간과 인간의 성적인 교합을 적나라하게 표현하는 가필귀색歌必歸色류의 노래들은 신라를 이어받은 고려에 이르러서는 한층 새로워진 모습으로 나타난다.

「쌍화점」_그 자리에 나도 자러 가리라

　　쌍화점雙花店에 쌍화雙花 사러 갔었는데
　　회회回回 아비 내 손목을 쥐었습니다
　　이 말씀이 이 점店 밖으로 나고 들면
　　다로러거디러
　　조그마한 새끼 광대 네 말이라 하리라
　　더러둥셩다리러디러다리러디러다로러거디러다로러
　　그 자리에 나도 자러 가리라
　　위위다로러거디러다로러
　　그 잔데 같이 덤거츤 것이 없다

　　삼장사三藏寺에 불 켜러 갔었는데
　　그 절 사주社主 내 손목을 쥐었습니다
　　이 말씀이 이 절 밖으로 나고 들면

다로러거디러

조그마한 새끼 상좌上座 네 말이라 하리라

더러둥셩다리러디러다리러디러다로러거디러다로러

그 자리에 나도 자러 가리라

위위다로러거디러다로러

그 잔데 같이 덤거츤 것이 없다

두레박 우물에 물을 길러 갔었는데

우물 용龍이 내 손목을 쥐었습니다

이 말씀이 이 우물 밖으로 나고 들면

다로러거디러

조그마한 두레박아 네 말이라 하리라

더러둥셩다리러디러다리러디러다로러거디러다로러

그 자리에 나도 자러 가리라

위위다로러거디러다로러

그 잔데 같이 덤거츤 것이 없다

술 파는 집에 술을 사러 갔었는데

그 집 아비 내 손목을 쥐었습니다

이 말씀이 이 집 밖으로 나고 들면

다로러거디러

조그마한 시구박아 네 말이라 하리라

더러둥셩다리러디러다리러디러다로러거디러다로러

그 자리에 나도 자러 가리라

위위다로러거디러다로러

그 잔데 같이 덤거츤 것이 없다

「쌍화점雙花店」은 고려 충렬왕忠烈王 때 만들어지거나 수집되어서 왕의 유흥시 불린 노래로 보인다. 『고려사절요高麗史節要』에 의하면, "왕은 여러 소인배들을 가까이 하여 유흥을 즐겼는데, 아첨 잘하는 신하倖臣인 오기吳祁·김원상金元祥과 내시인 석천보石天補·석천경石天卿 등은 노래와 여색으로 왕의 환심을 사기에 힘썼다. 궁중의 음악을 맡아 보던 관현방管絃坊의 대악大樂과 재인才人이 부족하다고 하면서 부하들을 각 도에 보내서 관기官妓로 인물과 재예가 있는 자를 뽑고, 도성 안에 있는 관비官婢나 무당으로 노래와 춤을 잘 추는 자를 선발하여 궁중에 속하도록 했다. 비단옷을 입히고 말총갓을 쓰게 하여 한 무리를 만들어서 '남장男粧'이라고 하면서 새 노래를 가르쳤다. 그 노래에 이르기를, '삼장사에 등을 켜러 갔는데, 사주社主가 내 손목 잡았네, 만약 이 말이 절 밖으로 나간다면, 상좌승이여 이것은 너의 말이라고 하겠네'라고 하였다."

고려의 역사를 기록한 사관의 눈으로 볼 때, 이 노래는 분명히 음탕한 노래이다. 그러나 고려사를 만든 사람들이 고려를 무너뜨리고 조선을 세운 이들이었다는 점을 고려하면, 과연 이 기록을 곧이곧대로 믿어야 할지 의문스러워진다. 조선의 건국자들은 유학의 이념을 중시하는 유학자들이었다. 따라서 「쌍화점」은 표면적으로는 성적인 느낌을 물씬 풍기지만, 그 속에는 당시 사회에 대한 비판과 풍자를 담고 있다고 할 수 있다.

「쌍화점」은 속요 중에서도 독특한 형식으로 되어 있다. 많은 사람들이 가창 과정에 참여하는 도구로 작용하는 '렴斂'은 하나의 장이 끝나는 부분에 위치하는 후렴이 가장 일반적인데, 이 작품에서는 행行과 행 사이에 다양한 형태로 나타나고 있기 때문이다. 「쌍화점」에서 각 장마다 악기의 소리를 흉내 낸 소리로 일정한 위치에 쓰이는 표현들인 '다로러거디러', '더둥성 다리러디러 다리러디러 다로러거디러 다로러', '위위 다로러거디러 다로러' 등이 그것이다. 이 표현들은 언어적 의미를 지니는 사설과 사설 사이에 쓰이는 것이 특징인데, 네 개의 장에서 같은 위치에 반복하여 쓰이므로 '중렴中斂'으로 이름 붙일 수밖에 없다. 그렇다면 「쌍화점」에서는 무엇 때문에 이처럼 복잡한 형태의 렴을 사용하고 있는 것일까?

속요에서는 하나의 장이 네 개의 단락으로 구성되는 특징이 있는데, 「쌍화점」은 시간 순서를 따른다. 우선 과거에 있었던 일이 나오고, 소문이 나기를 바라는 심리, 소문을 들은 사람의 현재 상황, 미래에 벌어질 일이 차례대로 언급된다. 과거, 현재, 미래라는 자연적 시간 순서에 따라 진행되는 작품의 특성으로 볼 때, 장면이 바뀌는 곳에서는 반드시 렴이 쓰인다는 사실에 주목할 필요가 있다.

제1장의 내용을 보자. 첫 부분은 쌍화점에 쌍화, 곧 만두('상화霜花'의 음역으로 호떡, 즉 만두를 가리킨다.)를 사러 갔던 화자가 자신의 손목을 잡은 회회回回 아비와 잠자리를 함께하고선 그 일이 소문날까 봐 염려하는 내용이다. 여기서는 두 남녀가 손을 잡고 잠자리를 함께한 사실이 이미 과거지사로 그다지 중요한 일이 아닌 것으로 취급된다. 화자의 입장에서는 이미 벌어진 일은 어찌할 수 없기 때문에 오히려 그 일이 소문으로 떠돌지 않을까 하는 걱정이 더 크다. 그래서 곧바로 '이 말이 가게 밖으로 새어 나간다면'이라고 노래했다.

그런데 여기서 화자가 정말로 소문이 날 것을 염려하고 있는지 의심하게 된다. 다음 행에서 도리어 소문이 나기를 바라는 것이 아닐까 하는 의심이 생겨난다. 만일 이 일이 소문난다면 옆에서 모든 것을 지켜본 가게의 심부름꾼인 새끼 광대가 그랬다고 생각하겠다는 내용인데, 여기서 화자가 진심으로 소문을 두려워하는지 의구심이 드는 것이다. 화자는 쌍화점 주인과 성적 유희를 벌인 일이 다른 사람들에게 알려지지 않을 수 없으며, 차라리 그러기를 바라는 것 같다. 이런 혐의를 뒷받침하는 표현이 그 뒤에 나오는 중렴 '다로러거디러'이다. 의미를 알기 어려운 이 렴구는 언어적 표현만으로는 온전하게 나타내기 어려운 화자의 복잡 미묘한 감정을 효과적으로 드러내는 장치로 보인다.

더욱이 그 다음에 나오는 '그 자리에 나도 자러 가리라'라는 표현은 이 여인이 아닌 다른 제2의 여인의 현재 바람으로서, 앞선 여인의 속마음에 대한 의구심을 뒷받침한다. 여기서 '더러둥셩 다리러디러 다리러디러 다로러거디러 다로러'라는 매우 긴 형태의 렴이 쓰인 점에 주목해야 한다. 이 렴을 경계선으로 상황이 완전히 바뀐다. 첫째, 쌍화점에 갔던 여인이 벌인 성적 유희에 대한 소문이 이미 났고, 둘째, 화자가 바뀌었으며, 셋째, 시간이 현재로 바뀐다. 이렇게 볼 때 '더러둥셩 다리러디러 다리러디러 다로러거디러 다로러'는 이처럼 복잡한 상황 변화를 효과적으로 압축하여 표현하는 장치라고 볼 수 있다. 즉, 두 사람의 성적 유희가 멀리까지 소문이 났으며, 그 소문을 들은 제2의 여인에게로 장면이 넘어가는 것이다.

작품은 여기에서 그치지 않는다. 1장의 마지막 행에서는 더욱 선정적인 표현이 등장한다. 바로 '그 잔데 같이 덦거츤 것이 없다'이다. 이는 성적 유희를 벌이고 난 뒤의 어지러운 상태를 묘사한 것으로, 부러움과 욕망으로 가득 찬 제3의 여인이 부르는 사설로 볼 수 있다. '덦거츨다'는 아직 정확한 뜻을 알 수 없는 표현이지만, 나무가 무성하다는 뜻의 '울鬱'의 훈과 음이 '덦거츨 울'로 되어 있는 점으로 보아 남녀의 성적 유희가 벌어진 다음의 어지러운 상태를 가리키는 것으로 보인다.

　이처럼 「쌍화점」에 쓰인 렴은 장면의 변화와 화자의 전환 등을 표시하는 동시에, 언어로 표현하기 어려운 복잡한 정서를 나타내는 도구로 활용되었다. 이 노래가 왕이 유흥을 할 때 사용되었다는 점을 감안하면, 궁중에서 소리극 형태로 불리면서 다양한 인물이 등장했을 가능성이 크다. 네 개의 장이 성적 유희의 대상과 소문을 내는 주체만 바뀔 뿐 모두 동일한 내용과 형태인 것으로 보아, 「쌍화점」은 과거에 일어났던 일을 서술하는 화자와 소문이 나기를 바라는 화자, 소문을 듣고 그 자리에 자러 가고 싶다는 화자, 다시 그 소문을 들은 제4의 화자 등 최소한 네 명의 인물이 번갈아 등장하며 노래를 불렀을 것 같다. 그런데 여기서 우리가 생각해 봐야 할 점이 한 가지 더 있으니, 「쌍화점」이 과연 성적인 유희만을 노래하는 작품인가 하는 점이다.

　네 개의 장을 하나씩 떼어 놓고 보면 분명히 노골적이고 음란하다. 그러나 장들을 하나로 연결시켜 보면 새로운 의미가 형성되는 것을 알 수 있다. 우선 작품의 주인공에 해당하는 여성 화자와 화자가 상대하는 성적 대상이 외국인(회회 아비), 승려(사주), 왕실 계층(우물의 용), 서민층(술집 아비)으로 다양하게 등장한다. 그런데 이 인물들이 문제적이다.

　고려는 불교를 국교로 삼은 나라로, 사찰의 수지승이 여성과 성적 유희를 벌인다는 것은 사회적으로 용납되기 어려운 행위였다. 용은 어떠한가. 예로부터 용은 귀한 존재, 즉 왕을 상징했다. 따라서 여기서 말하는 우물의 용은 왕실의 인물로 보아야 한다. 술을 파는 아비는 상인으로서 일반 서민층을 대표하는 인물이다. 외국인과 승려, 왕실, 일반 서민, 이렇게 이 작품에서 성적 유희의 대상으로 등장하는 인물들을 열거해 보면 고려 사회 전체가 아울러진다. 곧, 「쌍화점」은 고려 사회 전체가 성적 놀음에 빠져 타락했다고 말하는 것이다.

이렇게 보면 「쌍화점」은 표면적으로는 음란한 내용을 노래하는 것처럼 보이지만, 실제로는 고려 사회 전체의 타락을 풍자한 노래로 볼 수 있다. 왕이 소인배들을 가까이 하고 유흥을 즐겨서 이렇게 음탕한 노래가 불렸다는 식의 『고려사절요』의 기록을 액면 그대로 믿기 어려운 까닭이 여기에 있다.

「쌍화점」에 나타나는 정서들은 유학을 정치 이념으로 삼았던 조선 시대에 이르면 자취를 감추지만, 그 밑에서는 여전히 이러한 정서가 면면히 흐르고 있었다. 조선 시대의 풍류객은 선비였고, 가인歌人은 기생이었다. 조선 최고의 풍류객으로 손꼽히는 임제와 한우寒雨라는 기생이 주고받은 시조는 이러한 사정을 잘 보여 준다.

임제와 한우 _찬비 맞았으니 녹아 잘까 하노라

앞에서도 언급했다시피 임제는 조선 시대에 둘째가라면 서러워할 풍류객이었다. 엄격한 성리학적 세계관에 경도된 당시 분위기로 볼 때 상당한 물의가 뒤따를 것을 알면서도 임지로 부임하는 도중에 개성에 있는 황진이의 무덤에 가서 술을 따라 놓고 제祭를 지내며 시조까지 지어 읊은 죄로 삭탈관직削奪官職을 당한 일은 임제이기에 가능한 일이었다. 비단 황진이만이 아니다. 임제는 한우, 즉 '찬비(寒雨)'라는 이름의 기생과도 깊은 정을 나누고 이를 작품으로 남겼다.

상세한 기록이 없어서 전후 사정은 알 수 없으나 풍류객 임제와 평양 기생 한우 사이에는 시조 두 편이 화답시 형태로 오고 갔고, 이로 말미암아 두 사람이 잠자리를 같이했다는 기록이 『청구영언靑丘永言』과 『해동가요海

東歌謠』 등에 남아 있다. 『해동가요』에서 황진이, 홍장紅粧, 소춘풍笑春風, 소백주小柏舟, 구지求之, 송이松伊, 매화梅花, 다복多福 등과 함께 한우를 조선 시대 '명기 9인名妓九人'에 넣은 것으로 보아 한우가 이름난 기생이었음은 틀림없는 사실이다. 임제와 한우가 주고받았다는 시조는 다음과 같다.

북천이 맑다커늘 우장 없이 길을 나니
산에는 눈이 오고 들에는 찬비로다
오늘은 찬비 맞았으니 얼어 잘까 하노라

어이 얼어 자리 므스 일 얼어 자리
원앙침 비취금 어디 두고 얼어 자리
오늘은 찬비 맞았으니 녹아 잘까 하노라

짐작하다시피 앞의 시는 임제의 것이고, 뒤의 시는 한우의 것이다. 이 두 시는 화답시和答詩 형태를 띠고 있기 때문에 반드시 함께 읽고 함께 이해해야 한다. 하나의 작품만으로는 그 뜻과 아름다움을 온전하게 드러내기 어렵기 때문이다. 이 작품이 지닌 예술적 아름다움의 핵심은 공간과 비유에 있다. 먼저 공간적인 문제부터 살펴보자.

임제 시 속의 공간은 철저하게 바깥이고, 한우의 것은 철저하게 안이다. 바깥과 안은 상대되는 개념으로 마주 보면서 서로를 향하게 되니, 이는 남자와 여자가 서로를 바라보며 원하는 것과 마찬가지다. 바깥이 안으로 들어가려면, 또는 안이 바깥을 맞이하려면 일정한 소통 수단이 있어야 하는데, 여기서는 비유가 그런 구실을 한다. 임제가 맞았다는 '찬비'가 바로 그것이다. 임제의 시에 나오는 '북천', '길', '산', '눈', '들', '찬비' 등은 모두 추운 바깥 공간을 가리키고, 한우의 시에 등장하는 '원앙침', '비취금', '녹아서 잠' 등은 따뜻한 안쪽 공간을 만들어 낸다. 두 공간을 하나로 이어 주는 수단이 바로 '찬비'이다. 이 표현이 지닌 은유가 둘을 하나로 결합시킨다.

임제는 찬비를 맞아서 추위에 떨면서 얼어 잘 수밖에 없다. 바깥 공간에서는 언제고 눈이 내리거나 비가 오고 바람이 불 수 있다. 이는 지극히 자연스러운 현상이다. 그런데 바깥을 가리키는 자연현상들에 은유라는 예술적인 품격을 더해 주는 말이 바로 찬비(寒雨)라는 표현이다. 바깥에서 내리는 찬비는 자연현상의 하나이지만, 임제의 마음속에 내리는 찬비는 바로 한우라는 기생이다. "들판에서 내리던 찬비가 사람을 따라 마을까지 왔다 寒雨隨人到遠村"고 노래한 조선 후기 실학자 박제가朴齊家의 시구처럼, 임제는 멀고 먼 들판에서부터 찬비라는 이름을 가진 기생에 대한 그리움을 가슴에 품고 그녀가 있는 곳까지 왔던 것이다.

이제 그는 이 '찬비'를 무기로 하여 바깥에서 얼어서 자겠다고 으름장을 놓으며 그녀의 대답을 기다린다. '찬비'와 '얼어 자겠다'니 이 얼마나 노골적인 구애와 협박인가. 이런 표현에 마음이 움직였는지, 한우의 화답은 은근하고 감미롭다. 바깥에서 들어온 '찬비'를 안에서 받아 '녹아 자겠다'라고 함으로써 은유의 본체를 드러내어 실물과 일치시킴과 동시에, '얾'과 '녹음'이라는 대비로써 사랑의 행위를 구체화시키고 있기 때문이다.

임제의 시조에 나오는 '얼어 잘까 하노라'를 '몸이 얼었다'는 것과 '사랑하다'는 두 가지 뜻이 합쳐진 것으로 보아 중의법으로 보려는 견해도 있다. 그러나 그렇게 하면 한우의 작품에서 '어이 얼어 자리 므스 일 얼어 자리'에 대한 해석이 이상해질 수밖에 없으니, 임제의 표현은 구애용 으름장 정도로 보는 것이 타당하다. 또한 '맞았으니'에 대한 해석도 '맞이하다' 혹은 '만났다'라는 뜻으로 보기보다는, 자신의 마음속을 흠뻑 적실 만큼 한우의 존재가 깊이 들어와 있음을 강조한 것으로 보는 편이 문학적으로 더 어울린다. 임제의 '찬비 맞았으니 얼어 잘까 하노라'는 표현으로 자신의 존재가 임제의 마음속에 깊숙이 들어앉았음을 알았기 때문에, '어이 얼어 자리 므스일 얼어 자리'라고 하여 한층 구체적으로 자신의 의사를 표현할 수 있었던 것이다.

결정적으로 한우는 '얼어 잘까 하노라'에 대하여 '녹아 잘까 하노라'라는 표현으로 자신의 뜻을 좀 더 분명하게 밝혔다. 임제가 마음속에 품고 온 '찬비'를 받아들여 자신과 일치시켰으니 이제 그 사랑 속에 녹아들고 싶다는 것이다. 바깥이라는 공간과 안이라는 공간을 이어 주는 소통의 도구인 은유를 통해 두 사람의 사랑이 이루어졌으니, 그리움으로 가득했던 바깥의 공간을 사랑으로 충만한 안의 공간으로 거듭나게 한 두 사람의 시조는 자칫 음란함으로 흐를 수 있는 성적인 행위를 예술적 차원으로 끌어올렸다고 할 수 있다.

시조를 통해 아름답게 승화된 조선 시대 남녀의 사랑은 조선 시대 후기에 이르러서는 과장되고 노골적인 경향을 띠는데, 이는 사설의 특징이기도 하다.

사설시조 _간밤에 자고 간 그놈 아마도 못 잊어라

사설시조辭說時調는 3장 6구라는 평시조平時調(단시조短時調)의 형식이 깨지면서 나타난 시조 형식으로, 초장·중장·종장이라는 시조의 기존 형식은 그대로 유지하되 중장을 길게 한 것을 가리킨다.

500여 년에 걸쳐 존재했던 조선 왕조는 16세기 말과 17세기 초에 있었던 임진왜란과 병자호란을 겪으면서 내부적으로 극심한 변화를 겪게 된다. 18세기에 이르면 전체 인구의 5퍼센트를 넘기지 않았던 양반의 숫자가 나라의 재정을 보충하고자 돈을 받고 명예직 벼슬을 판 공명첩空名帖 제도 등의 여파로 전체 인구의 약 70퍼센트로 급증한다. 이렇게 신분제가 파괴되면서 조선 사회는 급격하게 붕괴하기 시작한다. 전쟁 때문에 발달한 도로를 통해 유통경제가 활성화되며 상업으로 큰 부를 쌓은 거상巨商이 출현하는 등 경제 상황도 크게 달라진다. 전쟁은 농업 기술과 수공업의 발전도 가져왔다. 물적 토대뿐 아니라, 서구에서 천주학天主學과 청나라에서 고증학이 들어오면서 조선의 사상 체계도 크게 흔들리게 된다. 실학이 성행하면서 기존 유학 사상이 설 자리가 좁아진 것이다. 특히 만민평등 사상을 내세우는 천주학 등의 영향으로 일반 서민들의 의식이 크게 성장하고, 이로 인해 문화적으로도 큰 변화가 일어난다. 이 시기에 소설과 판소리가 발달하고, 탈춤이 성행하며, 시조와 가사의 형식과 내용도 바뀌었다.

이때까지만 해도 시조는 3·4조의 음수音數로 된 두 개의 구절이 맞짝을 이루어 하나의 줄(行)을 형성하며 3장의 형식을 이루는 형태였다. 고려 말에 발생한 시조가 수백 년에 걸쳐 동일한 형태를 유지하며 명맥을 이어 올 수 있었던 이유가 바로 여기에 있다. 흔히 시詩가 지녀야 할 가장 중요한 특성으로 정형성과 반복 구조, 압축된 표현 등이 꼽히는데, 우리 시가에서는 시조가 이러한 점을 모두 충족시키는 전형적인 형태의 시가이기 때문이다. 하지만 일반 서민들의 의식이 성장하며 문학 판도에도 변화가 불가피해졌다. 서민 의식의 성장은 문학에 두 가지 커다란 변화를 초래하는데, 하나는 소설을 중심으로 하는 서사문학의 비약적인 발달이고, 다른 하나는 서정이 중심을 이루던 시가가 길어지고 서사화된 것이다.

당시 쓰여진 소설은 침략자를 상대로 싸워 민족을 지키는 충신의 일대기를 다룬 것이 많은데, 비록 일본과 청나라 등을 상대로 한 실제 전쟁에서는 졌지만 가상에서는 이기는 것으로 처리하여 소설에서 대리 복수와 위안을 얻었던 것 같다. 이에 따라 조선 시대에 국문시가의 양대 산맥을 형성했던 가사와 시조도 변화를 겪는데, 특히 시조 분야에서 3장이라는 형식만 유지한 채 중장이 무한히 길어지거나 종장의 형태가 파괴되며 서사화한 사설시조가 성행하게 된다.

흔히 사설시조가 평시조에 비해 우리말 표현을 많이 사용하고 고정된 형식에서 탈피하여 새로운 변화를 시도하는 등 시조의 새로운 장을 열었다고 이해하기 쉬우나, 사설시조의 등장은 시조라는 문학 장르 자체의 퇴조를 가져온 직접적인 원인으로 작용했다. 시조를 비롯한 시가는 그 정형성과 반복 구조, 압축된 표현 등의 정해진 형식을 통해 사람들에게 예술적 아름다움을 전달한다. 이런 규칙을 지키면서 좋은 작품을 만들어 내기란 여간 어려운 일이 아니다. 평생을 학문 연마에 몰두하면서 시를 지은 사대부들의 작품을 높게 평가하는 이유가 여기에 있다. 그런데 17세기 이후에 서민들의 의식이 아무리 성장했다고 하더라도 정해진 틀에 맞춰 수준 높은 작품을 생산한다는 것은 쉬운 일이 아니었다. 서민층의 참여로 작가층이 확대된 것은 좋았으나, 이 새로운 작가층은 까다로운 규칙을 지키며 시를 짓기가 어렵자 정형성과 압축된 표현 등 시조의 형식미를 파괴하기 시작한다. 그 결과 작품의 질이 떨어질 수밖에 없었고, 이것이 시조의 쇠퇴로 이어진 것이다. 다음의 작품은 이 시기에 나타난 사설시조의 특징을 가장 잘 보여 주는 예라고 할 수 있다.

간밤의 자고 간 그놈 아마도 못 잊어라
와야瓦冶놈의 아들인지 진흙에 뽐내듯이 사공沙工놈의 정녕인지 사어沙於대

로 지르듯이 두더지 넝식인지 곳곳이 뒤지듯이 평생平生에 처음이요 흉중에
도 야릇해라

전후前後에 나도 무던히 겪었으되 참 맹서盟誓하지 간밤 그놈은 차마 못 잊
어 하노라

남녀 간의 성관계를 이처럼 노골적으로 표현한 시가 또 있을까. 임제와
한우의 시에서 느껴지는 은근한 비유의 맛이라곤 조금도 느껴지지 않는다.
오직 과장되고 직설적인 표현들이 정제되지 않은 노골적인 비속어와 함께
등장한다. 이런 과장되고 직설적인 표현들은 남녀상열지사男女相悅之詞를
천하게 여기는 성리학의 이념에 묶여 자유로운 표현과는 거리가 멀었던 평
시조의 단조로움에서 벗어나게 하는 동시에, 시 속에 해학과 사실성을 담
아내는 데 크게 기여한다.

비슷한 성격을 보여 주는 사설시조로 며느리를 미워하여 구박만 일삼는
시어머니를 해학적으로 풍자한 '시어머니 며느라기 나빠 부엌바닥을 구르
지 마오', 사랑하는 님을 그리워하는 화자의 심정을 노래한 '바람도 쉬어 넘
는 고개, 구름이라도 쉬어 넘는 고개', 외세의 침략이나 억압에는 꼼짝 못하
면서 백성들을 괴롭히기만 하는 관리들의 꼬락서니를 해학적으로 풍자한
'두꺼비 파리를 물고 두엄 위에 치달아 앉아'로 시작하는 작품 등을 꼽을 수
있다. 이처럼 많은 수의 사설시조에 해학과 풍자의 표현법이 등장하는 것
으로 보아 조선 후기에 다수의 서민층이 새롭게 시조 작가군으로 진입하여
시조 창작을 즐겼음을 알 수 있다.

그러나 이런 사설시조가 평시조의 정형성에서 탈피하여 자유로운 형식
을 만들어 냈는지는 몰라도, 비속어가 중심을 이루는 어휘의 비루함과 서
툰 과장법 및 조잡한 비유법으로 시조를 주관적이고 조악한 문학 형식으로

만든 책임을 면하기는 어려워 보인다. 형식의 파괴를 통한 자유에 몰입하다가 시가가 지녀야 할 본질에서 점점 멀어지게 되었고, 이런 하향적 대중화는 결국 시조 전체를 역사의 전면에서 끌어내리는 결과를 낳고 말았다.

남녀 간의 성을 과장되게 표현하여 해학을 이끌어 내는 사설시조의 특성은 이후 민요에도 그대로 이어진다. 특히 「아리랑」 같은 노래에는 '딱다구리'와 '멍텅구리' 같은 절묘한 비유가 등장한다.

「둥당에타령」_모진 놈 만나서 돌베개 베었네

삶의 현장에서 아주 오래전부터 입에서 입으로 구전되며 불린 민요는 음악적인 성격과 문학적인 성격을 동시에 지닌 민중예술이다. 노래를 부르는 사람이 듣는 사람이기도 하고, 듣는 사람이 부르는 사람이기도 한 민요는 공동체의 구성원이 함께 만든 것이기 때문에 뚜렷한 작자가 없는 것이 특징이다. 또한 가창 과정에 여러 사람이 함께 참여하는 까닭에 후렴을 수반하는 장章을 이어 나가며 부르는 노래가 중심을 이루기도 한다. 내용상 생활 감정을 솔직하게 반영하므로 노래를 부르는 사람들이 지닌 문화적 특성이 잘 드러나고, 그만큼 향토성이 강하다. 이러한 민요가 오랫동안 많은 민중의 사랑을 받으며 이어져 온 이유는, 뭐니 뭐니 해도 많은 이들이 공감할 수 있는 가사 내용에 있다.

성性은 종족 보존과 직결된 문제로 인류가 존속하는 한 인류의 영원한 관심사일 수밖에 없다. 그러므로 우리가 만들어 내는 모든 것은 기본적으로 성적인 것과 관계되어 있다고 해도 과언이 아니다. 성이 예술의 가장 주된 소재와 주제를 이루는 것은 이 때문이다. 우리는 매일같이 남녀가 사랑하고 이별하는 노래를 듣고 그림이나 영상을 접한다. 특히 언어를 매개로 하는 문학은 성적인 내용을 단순히 소재로 삼는 차원을 넘어, 그것을 적극적으로 수용하여 아예 작품의 중심 내용으로 삼았다.

직·간접적으로 민요와 일정한 관련을 맺으며 발달해 온 시가가 다른 문학 갈래에 비해 성적인 소재를 더 적극적으로 수용한 까닭은 폭넓은 향유층의 확보 때문이었다. 시가는 그 특성상 노래로 불려야 하기 때문에 넓은 향유층을 확보해야만 오래도록 맥을 이어 갈 수 있다. 이를 위해 많은 이들이 공감할 수 있는 내용, 그중에서도 성을 적극적으로 수용할 수밖에 없었다.

둥당덩 둥당덩 덩기둥당에 둥당덩

둥당에디야 둥당에디야 덩기둥당에 둥당덩

날씨가 좋아서 빨래를 갔더니만

모진 놈 만나서 돌베개 베었네

덩기둥당에 둥당덩

둥당덩 둥당덩 덩기둥당에 둥당덩

둥당에디야 둥당에디야 덩기둥당에 둥당덩

날씨가 좋아서 나무를 갔더니만

모진 년 만나서 무릎팍 깨졌네

덩기둥당에 둥당덩
_「둥당에타령」

날씨가 너무 좋아서 여성 화자는 시냇가로 빨래를 갔고, 남성 화자는 산으로 나무를 하러 갔다. 그런데 그곳에서 각자 이성을 만나 성관계를 가졌다는 내용이다. 비록 화려한 수사나 절묘한 꾸밈은 없지만 마지막에 나오는

‘돌베개 베었네’와 ‘무릎팍 깨졌네’에 이르면 그 사실적이고 노골적인 묘사에 미소를 짓지 않을 수 없다. 거의 골계미滑稽美 수준이다. 이런 노래를 부르는 사람들은 즐거울 수밖에 없고, 그러한 즐거움 속에서 건강한 활력이 뿜어져 나온다. 내용상 ‘노래는 반드시 성으로 귀결한다’는 가필귀색歌必歸色이지만, 전체로 볼 때는 해학으로 무장한 골계미의 진수를 보여 준다. 이처럼 민요가 솔직 담백한 표현을 중심으로 한다고 하여 수사를 도외시하는 것은 아니니, 다음 작품을 보면 그 비유가 얼마나 절묘한지를 알 수 있다.

「진도아리랑」_딱따구리는 참나무 구멍도 파는데

뒷산에 딱따구리는 참나무 구멍도 파는데
우리 집에 멍텅구리는 있는 구멍도 못 찾네
아리아리랑 스리스리랑 아라리가 났네
아리랑 응응응 아라리가 났네

십오야 밝은 달은 구름 속에서 놀고
이십 안짝 큰애기는 내 품 안에서 논다
아리아리랑 스리스리랑 아라리가 났네
아리랑 응응응 아라리가 났네

_「진도아리랑」

‘아리랑’이 우리 역사에 구체적으로 나타난 시기는 대략 19세기로 추측된다. 시간상으로 보면 200년을 넘지 않는다고 할 수 있다. 장구한 시간에 걸쳐서 형성되고 전승되는 민요의 성격에 비추어 볼 때 ‘아리랑’은 역사가 매우 짧은 노래인 것이다. 그럼에도 불구하고 '아리랑'이 이처럼 민족을 대표하는 노래로 자리 잡게 된 까닭은 무엇일까? '아리랑'에는 어떤 힘이 있기에 이토록 빠르게 전파되어 누구나 부르는 노래가 된 것일까?

이러한 의문에 대해서 구체적인 답을 내놓을 사람은 없다. 왜냐하면 민요는 하루아침에 형성된 것이 아닌 데다 어느 개인이 만든 것이 아니므로 그 형성 시기와 기원, 작자 등을 정확하게 밝힐 수가 없기 때문이다. '아리랑'은 강원도 정선 지방에서 불린「정선아라리」(정선아리랑)가 원조인 것으로 알려져 있다. 고려의 멸망 뒤 정선 지방에 숨어 살던 현자들에 의해 '아리랑'이 발생했을 것이란 주장은 신빙성이 약할지 모르지만, 정선 지방을 중심으로 '아리랑'이 가장 많이 분포되었고, 악곡樂曲의 측면에서나 노래의 형태적 측면에서 정선의「아라리」가 가장 오래된 것으로 보아「정선아라리」를 기원으로 잡는다.

정선은 예로부터 산과 강이 잘 어우러진 풍광으로 유명한 지역이다. 산을 넘지 못하는 강이 굽이굽이 돌면서 만들어 내는 정선의 풍광은 다른 곳에서는 찾아보기 어려운 정취를 느끼게 한다. 보이는 것은 하늘과 산, 강뿐이기 때문에 강을 따라가다 보면 동서남북을 분간하기 어렵다. 또한 산과 물이 6대 4 정도여서 산을 좋아하는 사람이나 물을 좋아하는 사람 모두 만족을 느낄 수 있다. 정선에서 외부로 통하는 길은 수로와 육로가 있는데, 수로는 조양강을 따라 뗏목을 타고 남한강으로 흘러드는 길이다. 물길로 서울까지 닿을 수 있는 이 길은 '아리랑'을 낳고 '아리랑'을 키웠으며, '아리랑'을 다른 지방으로 전파하는 데 가장 큰 역할을 한 통로였다. 육로는 사북, 고한을 지나 싸리재를 넘어 황지를 거쳐 영남으로 통하는 길이다. 그런데 이 길은「정선아라리」의 전파 경로와도 유사하여 주목을 끈다. 강은 산을 넘지 못하지만 사람은 수로와 육로를 따라 강을 건너고 산을 넘으니, '아리랑'은 바로 이 두 갈래 길을 따라 전국으로 퍼져 나갔던 것이다.

이렇게 전파된 '아리랑'이 남쪽으로는 밀양과 진도까지 퍼져 나갔는데, 「밀양아리랑」은 낙동강을 따라 전파되었을 것으로 보이고, 「진도아리랑」은 서울에서부터 시작된 서쪽 평야 지대를 타고 흘러 남도의 「육자배기」와 합쳐지면서 새로운 노래로 만들어진 것으로 보인다. 현재까지 파악된 「진도아리랑」의 가사는 수천 개가 넘는데, 지금도 계속해서 가사가 만들어지고 있으니 현재 진행형 노래라 할 수 있다. 앞에서 제시한 노래로 돌아가 보자.

「진도아리랑」의 첫 구절에 나오는 '딱다구리'와 '멍텅구리'의 대비가 너무나 절묘하여 듣는 이나 부르는 이 모두 웃음을 자아내게 한다. 산에 사는 새인 딱따구리는 단단한 참나무에 구멍을 뚫어서 집을 짓거나 먹이를 찾는 것으로 알려져 있다. 그런데 여성 화자의 집에 있는 남자('멍텅구리')는 구멍을 뚫기는커녕 이미 있는 구멍조차 잘 찾지 못하는 바보이다. 자연 상관물을 가져다가 남편의 성적 무능력을 꼬집는 대비 구조가 노골적인 표현보다 더 후련하게 화자의 속마음을 드러내고 건강한 웃음을 자아내는 마술을 부린다.

이에 비해 두 번째 노래는 상당히 점잖은 편이다. 달과 구름이 서로 엉켜 있는 것을 남녀가 껴안고 노는 것에 견주어 젊은 여성을 품에 안고 싶은 남성 화자의 바람을 꾸밈없이 드러내고 있다. 자연 상관물을 먼저 노래하고 그것이 연상시키는 바에 기대어 속마음을 돌려서 표현하는 수법이다.

여럿이 부르고 함께 즐기는 노래, 속요

'속요俗謠'는 고려 시대에 만들어지고 불린 우리말 노래 중에서 『악학궤범』, 『악장가사』, 『시용향악보』에 실려 있는 작품을 총체적으로 일컫는 말이다. 관가가 아닌 민간을 뜻하는 '속俗'과 민중들이 생활 속에서 악기 반주 없이 부르는 노래라는 뜻의 '요謠'가 합쳐졌다. 속요의 원형은 민요였다가 궁중으로 수용되어 들어오면서 새로운 내용이 덧붙여지거나 고쳐진 작품들로 보인다.

이러한 속요에 대해 조선조 사대부들이 내린 평가는 '남자와 여자가 서로 기뻐하는 내용의 가사를 지닌 노래', 즉 남녀상열지사男女相悅之詞였다. 그만큼 남녀의 성을 노골적으로 표현했다는 것이다. 그래서인지 조선조 기록들은 속요를 언급하며 그 가사가 비속鄙俗하여 싣지 않는다는 뜻의 '사리부재詞俚不載'라는 표현을 자주 사용했다. 그런데 조선조 선비들이 부정적으로 사용한 이 말이 역설적으로 속요의 성격을 가장 잘 드러냈다고 할 수 있다.

조선조 사대부들이 그마나 내용을 추리고 추려서 문헌에 수록한 「가시리」, 「동동」, 「쌍화점」, 「서경별곡」, 「만전춘별사」, 「정석가」 등의 작품들도 모두 남녀 간의 상사想思라는 정서를 노래했다. 즉, '남녀상열지사'는 속요의 본질인 것이다. 조선조 사대부들이 세운 사리부재의 원칙 때문에 문헌에 실리지 못한 작품이 상당수 있었을 것으로 보이지만, 남녀상열지사가 속요의 본질적 성격이라는데에는 별다른 이의가 있을 수 없다.

현전하는 속요가 지닌 두 번째 특징은, 입에서 입으로 전해지는 구전성口傳性이라고 할 수 있다. 문헌에 기록되어 현재까지 전해 오는 작품의 대부분이 민요로 불리던 것을 개작하여 궁중 무악舞樂으로 사용한 것이기 때문에 이러한 성격이 완전히 사라질 수 없었다. 구전되는 노래들은 작품의 내용이 보편성을 지니고, 비슷하거나 똑같은 표현이 여러 작품에 나타나는 경우가 많은데, 속요에도 이런 현상이 나타난다.

고구려 시대의 노래로 추정하기도 하는 「동동」이나 백제 시대의 노래로 여겨지는 「정읍사」, 방아를 찧을 때 부르는 노동요로 보이는 「상저가」, 시집간 여인네가 친정 어머니를 그리는 민요로 보이는 「사모곡」, 신라 때부터 불리면서 전승되었을 가능성이 높은 「처용가」 등은 정서와 표현의 보편성을 간직한 대표적인 작품들이다. 그리고 "구스리 바회예 디신들 긴힛든 그츠리잇가 즈믄히를 외오곰 녀신들 信잇든 그츠리잇가"라는 표현이 공통적으로 나타나는 「정석가」와 「서경별곡」, "벼기더시니 뉘러시니잇가 뉘러시니잇가"가 동시에 보이는 「만전춘별사」와 「정과정」, "아소님하 遠代平生애 여힐술 모락입새"가 중복되는 「만전춘별사」와 「이상곡」 등은 모두 속요의 구전성을 잘 보어 주는 작품이라고 할 수 있다.

속요의 세 번째 성격으로 지적할 수 있는 것은, 다양한 수사법을 활용한 생활정서의 예술적 반영이다. 속요의 구전성에서도 살펴본 대로 속요의 내용이나 표현은 보편성을 확보하고 있는데, 이는 노래를 만들고 부르는 사람들이 생활 속에서 느끼는 다양한 정서들을 화려한 수사법을 동원해 예술적으로 형상화했음을 의미한다. 사랑과 이별, 그리고 그리움의 정서를 자연스럽게 노래한 「서경별곡」, 「가시리」, 「동동」, 「정석가」를 비롯하여 사친事親과 효도의 정서를 노래한 「사모곡」, 「상저가」, 남녀의 상사相思를 노골적으로 노래한 「쌍화점」, 「만전춘별사」, 「이상곡」에 이르기까지 거의 모든 작품이 보편적인 생활정서를 예술적으로 형상화했다. 이처럼 보편적인 생활정서를 사실적이면서도 예술적인 방식으로 작품 속에 반영했다는 점이 속요가 조선 시대의 사대부 시가보다 훨씬 더 다양한 작품을 남기는 데 기여했을 것이다.

다음으로 지적할 수 있는 속요의 성격은 여러 개의 장章으로 나누어지는 '연장체連章體' 형태이다. 속요는 주기적인 반복 구조를 중요한 특징으로 보이는데, 동일한 형태의 장章이 주기적으로 반복되는 것은 작품의 형태를 결정짓는 핵심 요소 가운데 하나이다. 「쌍화점」, 「청산별곡」, 「동동」, 「정석가」, 「만전춘별사」, 「서경별곡」 등의 작품들이 렴斂을 수반하는 연장 형태가 아니었다면 예술적 아름다움을 지닌 한 편의 시가로 성립하기 어려웠을 것이다. 많은 속요 작품들이 연장 형태를 지니는 이유는 창작과 가창 과정에 많은 사람들을 참여시키기 위함인데, 이러한 형태는 민요에서 발달한 것이다.

보편적인 정서를 노래하면서 대對를 이루는 짧은 표현으로 본문을 구성하는 것은 많은 사람들에게 공감대를 형성하기 위함이며, 후렴後斂과 같은 렴을 중요한 형식적 요소로 수반하는 것 역시 많은 사람들이 함께 부르고 즐길 수 있도록 하기 위함이다. 이처럼 연장체 형태의 시가는 다양한 내용을 연속적으로 노래할 수 있는 특징이 있기 때문에 이것이 표현의 개방성으로 이어져서 여러 의미로 해석할 수 있는 함축성을 갖기도 한다. 속요에 속하는 많은 작품들이 조선조 사대부들에게 남녀상열지사로 지탄받으면서도 충성스런 신하가 임금을 그리워하는 노래, 즉 '충신연군지사忠臣戀君之詞'가 되어 조선 초기까지 궁중에서 불릴 수 있었던 이유가 바로 여기에 있다.

「공무도하가」_그대 물을 건너지 마소서

그대 물을 건너지 마소서	公無渡河
막무가내로 물을 건너다	公竟渡河
강물에 빠져 돌아가시니	墮河而死
이를 장차 어찌 하오리까	當奈公何

고조선 때 지어져 한국 문학사상 가장 오래된 작품으로 알려진 「공무도하가公無渡河歌」는 중국 진晉나라 때 사람인 최표崔豹가 지은 「고금주古今注」에 배경 설화가 실려 전하고, 후한後漢의 학자 채옹蔡邕이 지은 「금조琴操」에 노래의 전문이 수록되어 전한다. 이 노래에 대한 기록이 우리나라에 처음 등장하는 것은 조선 중기의 학자 차천로車天輅가 지은 「오산설림초고五山說林草藁」이다. 18세기 이후에는 이형상李衡祥의 『지령록芝嶺錄』, 박지원朴趾源

115

의 『열하일기熱河日記』, 이덕무李德懋의 『청장관전서靑莊館全書』, 유득공柳得恭의 『이십일도회고시二十一都懷古詩』, 한치윤의 『해동역사』 등의 수많은 문헌에 언급되었다.

'공무도하가' 혹은 '공후인箜篌引'으로 이름 붙여진 이 작품은, 머리가 하얗고 술에 취해 있는 미친 남자로 그 이름을 알 수 없어서 '백수광부白首狂夫'로 불리는 사람의 부인이 남편의 죽음을 슬퍼하며 노래를 부른 후 자신도 목숨을 끊었다는 사연을 간직하고 있다. 『고금주』에 실려 있는 배경 설화를 살펴보면 다음과 같다.

「공후인」은 조선진朝鮮津의 나루지기인 곽리자고霍里子高의 부인 여옥麗玉이 지은 것이다. 곽리자고가 새벽에 일어나 노를 저어서 배를 몰고 있는데 머리가 허옇고 미친 남자 하나가 산발을 하고 술병을 손에 든 채 소용돌이치며 흐르는 물을 건너려 하였다. 그 부인이 쫓아와 소리치면서 말리려고 하였으나 미치지 못하여 마침내 강에 빠져 죽고 말았다. 이에 그 여인이 공후箜篌를 잡아당겨 연주하면서 공무도하의 노래를 불렀는데, 그 소리가 몹시 구슬프고 애달팠다. 노래를 끝마치자 스스로 강에 몸을 던져 죽었다. 곽리자고가 집으로 돌아와서 부인인 여옥에게 사연과 노래를 말했더니 그녀는 슬퍼하면서 즉시 공후를 끌어당겨 그 노래를 그대로 부르니 듣는 사람이 눈물을 흘리면서 흐느껴 울지 않는 사람이 없었다. 여옥이 그 노래를 이웃집 여자인 여용麗容에게 전하였는데, 이름을 '공후인'이라고 했다.

箜篌引 朝鮮津卒霍里子高妻麗玉所作也 子高晨起 刺般而櫂 有一白首狂夫 被髮提壺 亂流而渡 其妻隨呼止之 不及 遂墮河水死 於是援箜篌而鼓之 作公無渡河之歌 聲甚悽愴 曲終 自投河而死 霍里子高還 以其聲語妻麗玉 玉傷之 乃引箜篌而寫其聲 聞者莫不墮淚飮泣焉 麗玉以其聲傳隣女麗容 名曰箜篌引焉

이 노래는 노래 자체에 대한 논의보다 이 노래가 중국의 것인가 우리나라의 것인가, 배경 설화가 가진 의미와 등장인물들의 성격, 노래를 지은 사람 등 노래 외적인 내용으로 수많은 논쟁을 불러일으켰다. 『해동역사』의 기록에 따라 처음에는 고조선 때 지어진 우리 노래로 알려졌지만, 이 노래를 먼저 문헌으로 정착시킨 사람들이 중국인이었고, 이후에 이것을 소재로 많은 이들이 새로운 시와 노래를 만들어 냈다는 점, '조선진'이라는 지명이 한반도가 아닌 중국이라는 이유 때문이었다.

배경 설화상 사회 변화로 인해 신화적 세계관이 무너지는 과정에서 발생한 비극으로 백수광부와 그 처를 모두 신적인 존재로 보려는 견해가 있는가 하면, 백수광부의 처·여옥·여용 등 등장인물들을 모두 노래의 저자로 보려는 견해도 있다. 노래 자체에 대한 논의가 부족했던 이유는, 현재 남아 있는 작품이 시경체인 4언4구四言四句 형태로 되어 있어서 원작과 다를 수 있다는 점이 크게 작용한 것으로 보인다. 그러나 다른 기록이 발견되지 않는 이상 현존하는 내용을 원전에 가장 가까운 것으로 볼 수밖에 없는 현실을 감안한다면, 노래 자체를 분석해서 그것이 지닌 예술적 아름다움을 밝혀내는 일을 소홀히 해서는 안 될 것이다.

「공무도하가」를 구성하는 요소로는 강, 강 이쪽의 공간, 강 너머의 공간, 백수광부, 그의 부인을 들 수 있다. 강의 공간에서 일어난 사건은 무리하게 강을 건넌 백수광부의 행위와 그로 인한 그의 죽음이다. 백수광부와 그 부인의 관계에서 볼 때 백수광부의 죽음은 남녀 사이에 존재했던 사랑의 종말을 의미한다. 본디 남녀 간의 사랑은 남자와 여자가 같은 공간에서 함께 숨 쉬면서 서로의 존재를 확인할 수 있을 때에만 가능하기 때문이다. 그러므로 부인의 입장에서 보면 강은 사랑의 종말을 가져온 존재로, 강 너머의 공간은 아무런 의미가 없다. 즉, 백수광부가 무엇 때문에 강을 건너려 했으며, 그 너머의 공간에 무엇이 있는지 따위는 전혀 중요하지 않다. 그리하여 강과 강 이쪽의 공간, 그리고 백수광부와 부인만이 핵심적인 구성 요소로 남게 된다. 여기서 직접적으로 나타나지는 않지만 두 사람 사이에 존재했던 사랑이 또 하나의 구성 요소로 자리하게 된다.

강 이쪽의 공간이 두 사람이 간직한 사랑과 삶을 담보하는 곳이었다면, 강은 두 사람이 간직했던 사랑과 삶을 동시에 끝내는 죽음의 공간이 된다. 그러나 강은 부인이 부른 노래와 그녀의 죽음을 통해 또 하나의 공간을 창조하게 되니, 바로 사랑을 완성시키는 공간이다. 즉, 강은 백수광부의 삶을 마감하게 하고 두 사람의 사랑에 종말을 가져오는 '이별의 강'이자, 노래를 부른 부인이 물에 빠져 죽음으로써 '만남의 강'이 되는 것이다. 두 사람의 사랑은 강 이쪽 공간에서 강 속의 공간으로 옮겨졌을 따름이다. 유한할 수밖에 없는 인간의 사랑이 영원성을 확보하며 승화되는 순간이다.

이것은 이승과 저승의 대립도 아니고, 인간적 세계관이 신화적 세계관을 파괴한 것도 아니며, 삶과 죽음의 대립은 더더욱 아니다. 강은 사랑을 위해 죽을 수 있도록 하고, 그 사랑을 부활시켜 완성시키도록 해 주는 주체가 된다. 덕분에 이 모든 사랑과 죽음은 땅과 물, 삶과 죽음, 이별과 만남, 순간과 영원을 하나로 묶은 예술적 아름다움을 지닌 한 편의 노래로 만들어져 수천 년이 지나도 사람들의 심금을 울리게 되었다.

순간의 종말과 이별을 영원의 만남과 사랑으로 승화시킨 「공무도하가」의 정서는 죽기 전에는 절대로 헤어질 수 없다는 내용의 노래를 통해 후대로 전해지니, 고려 시대의 속요인 「정석가」가 바로 그것이다.

「정석가」_구운 밤이 움이 도다 싹이 나야만

딩이여 돌이여 바로 지금 계십니다

딩이여 돌이여 바로 지금 계십니다

선왕성대先王聖代에 놀고 싶습니다

사각사각 모래 벌에 나는

사각사각 모래 벌에 나는

구운 밤 닷 되를 심고 싶습니다

그 밤이 움이 도다 싹이 나야만

그 밤이 움이 도다 싹이 나야만

유덕有德하신 님과 이별 하겠습니다

옥으로 연꽃을 새깁니다

옥으로 연꽃을 새깁니다

바위에 접붙이고 싶습니다

그 꽃이 삼동三同이 핀다면

그 꽃이 삼동三同이 핀다면

유덕有德하신 님과 이별 하겠습니다

무쇠로 철릭을 만들어 나는

무쇠로 철릭을 만들어 나는

철사로 주름을 박고 싶습니다

그 옷이 다 헐어 버린다면
그 옷이 다 헐어 버린다면
유덕有德하신 님과 이별 하겠습니다

무쇠로 큰 소를 만들어다가
무쇠로 큰 소를 만들어다가
철수산鐵樹山에 놓고 싶습니다

그 소가 철초鐵草를 먹는다면
그 소가 철초鐵草를 먹는다면
유덕有德하신 님과 이별 하겠습니다

구슬이 바위에 떨어진들
구슬이 바위에 떨어진들
끈이야 끊어지겠습니까

즈믄해를 홀로 살아간들
즈믄해를 홀로 살아간들
믿음이야 끊어지겠습니까

　　현재 기록으로 남아 전하는 작품의 형태는 11개 장章으로 되어 있다. 그
러나 첫 번째 장은 군주나 신에 대한 송찬頌讚으로 되어 있어 다른 장의 내

용과 동떨어지는 것을 알 수 있다. 궁중음악으로 개작하는 과정에서 끼어들어간 것으로, 본래의 작품에는 없었을 가능성이 크다.

이렇게 「정석가」의 본래 형태를 생각해 보면, 이 작품은 속요 가운데서도 매우 특이한 구조와 형식으로 되어 있음을 알 수 있다. 각 장은 시조처럼 세 개의 행으로 되어 있는데, 첫 행과 둘째 행은 동일한 표현을 반복적으로 사용하고, 이런 방식이 모든 장에서 같은 형태로 반복된다. 흔히 여러 개의 장으로 된 시가에서 동일한 형태로 반복되는 표현은 장의 맨 끝에 쓰여서 다음 장으로의 진행을 도와주는 후렴後斂이 주를 이루는데, 「정석가」는 장의 맨 앞에서 동일한 표현을 똑같은 구조로 반복하고 있는 것이다. 게다가 일반적으로 후렴은 그 언어적 의미를 파악하기 어려운 표현이 같은 형태로 반복되는 형식으로 되어 있는데, 「정석가」에서는 작품의 내용을 이루는 언어적인 의미가 분명한 표현이 렴의 형태로 쓰이고 있다. 그러면서도 장마다 서로 다른 내용이 반복되고 있으니 특이한 형식이 아닐 수 없다. 다른 속요에서는 찾아보기 어려운 형태이다. 그렇다면 왜 이 작품에서만 이런 특이한 표현 방식이 나타나는 것일까?

우선 이 작품의 내용과 표현 수법을 살펴보자. 현존하는 속요는 대부분 남녀 간의 성애性愛를 노골적으로 노래하는 남녀상열지사男女相悅之詞로 되어 있다. 「정석가」 역시 사랑하는 사람과 헤어질 수 없다는 화자의 굳은 결의를 강하게 드러내는 작품인데, 이를 두 가지 수법으로 표현한다. 하나는 현실 세계에서는 실현 불가능한 일을 제시하여 그것이 이루어진다면 사랑하는 님과 이별하겠다는 방식이고, 다른 하나는 핵심이 되는 내용을 똑같은 형태로 반복하여 표현하는 방식이다. 실현 불가능한 일을 걸고 이별의 불가함을 얘기하는 것은 무슨 일이 있어도 사랑의 끈을 놓지 않을 것이며, 죽기 전에는 절대로 헤어질 수 없다는 화자의 의지를 강력하게 나타낸다.

더욱이 화자가 제시하는 실현 불가능한 일은 네 가지나 된다. 첫 번째 구운 밤을 모래벌에 심어서 그 밤에서 싹이 나는 것이고, 두 번째 옥으로 만든 연꽃을 바위에 심어 그 꽃이 자신이 살아 있는 동안 계속해서 꽃을 피워야 하며, 세 번째 무쇠로 만든 큰 소가 철로 된 나무가 있는 산에 가서 철초를 먹어야 한다. 네 번째, 철사로 주름을 박아서 무쇠로 만든 관복이 다 떨어져야 한다. 그래야만 님과 이별하겠다는 것이다. 구운 밤이나 무쇠로 만든 옷, 옥으로 만든 연꽃, 무쇠로 만든 소는 천지개벽이 일어난대도 싹을 틔우거나, 해어지거나, 꽃을 피우거나, 풀을 먹을 수 없으니 이는 님과 절대로 헤어질 수 없음을 강조한 것이다.

그런데 여기서 고개를 갸우뚱하게 만드는 표현이 있다. 바로 '삼동三同'이다. 삼동의 동同을 겨울을 나타내는 동冬의 잘못된 표기로 보아 '추운 겨울'이라 풀기도 하고, 동을 '묶음'을 나타내는 것으로 보아 세 묶음이라고 해석하기도 하지만, 아직까지 그 뜻이 명확히 풀리지 않았다. 그렇다면 이를 '평생 동안'이라 풀면 어떨까? 여기에는 확실한 문헌적 근거도 있다. 중국 송나라 때에 주변朱弁이란 사람이 지은 「곡유구문曲洧旧聞」에 다음과 같은 이야기가 전한다.

장자후章子厚와 비감 벼슬을 한 조미숙晁美叔은 같은 해에 태어나고, 둘 다 같은 해에 과거에 급제하고, 역시 같은 해에 관직에 나갔으므로 늘 서로를 '삼동三同'이라고 불렀다. 원우元祐(송 철종 때인 1092년)년간에 자후가 지은 시에 '세 번을 같이한 조 비감에게 붙이는 말'이란 바로 이것을 두고 읊은 것이다. 그 후 소성紹聖(1094) 초에 자후는 출세하여 재상이 되었다. 그런데 그가 펼치는 일이 너무 커서 친구인 미숙이 볼 때는 고향에서 세 가지를 함께 했을 때 말했던 것과 크게 달랐다. 이로 인하여 미숙이 자후를 찾아가 만나

힘써 그것에 대해 충고하였다. 그랬더니 자후가 화를 내면서 친구인 미숙을 협陝 땅의 군수로 삼아 내쫓아 버렸다. 미숙이 가깝게 지내는 사람에게 말하기를 '(옛날에는) 세 가지가 같았는데, 지금은 백 가지가 다르다'고 했다.

章子厚與晁秘監美叔 同生乙亥年, 同榜及第 又同爲館職 常以三同相呼 元祐間子厚有詩云 寄語三同晁秘監 乃謂此也 然紹聖初子厚作相 美叔見其施設大與在金山時所言背違 因進謁力諫之 子厚怒黜爲陝守美 叔謂所親曰 三同今百不同矣

출생과 과거 급제, 관직 진출을 함께한 두 친구가 자신들의 우정을 '삼동'이라 부르며 변치 않는 우정을 다짐했는데, 나중에 한 친구가 배신을 하였다는 이야기다. 주변은 이 고사로써 신의를 배신해서는 안 된다는 뜻을 전하려 한 것 같다. 그런데 내용상 세 번을 함께했다는 뜻의 '삼동'이란 말이 그전부터 이미 회자된 말임을 짐작할 수 있다. 두 친구가 늘 서로를 가리켜 '삼동'이라 했다는 점과 이 문헌의 제목을 '곡유구문曲洧旧聞', 즉 곡유 지역에 내려오는 옛이야기라고 했다는 점이 이러한 추측의 근거이다. 이렇게 볼 때 '삼동三同'은 단순히 삶에서 세 번의 일을 같이했다는 정도가 아니라, 평생을 함께한다는 의미가 더 강하다고 볼 수 있다. '삼동'은 화자가 살아 있는 평생 동안을 강조하는 표현인 것이다.

어떤 경우에도 사랑하는 사람을 보내기 싫은 화자는 실현 불가능한 네 가지 일을 내세우고도 부족했다고 느꼈는지, 특수한 형식적 효과를 더하여 한 차원 높은 단계의 강조를 구사한다. 바로 그 실현 불가능한 일을 각 장의 맨 앞에서 똑같은 형태로 반복하는 것이다. 이러한 반복 구조는 화자의 의지를 더욱 강조하는 효과를 낸다.

각 장의 핵심 내용이 하나의 장 안에서 반복되는 구조는 다른 작품에서는 찾아보기 어려운, 「정석가」에서만 볼 수 있는 수법이다. 형식적으로 어떻게 보아야 할지가 문제가 된다. 반복 구조로 되어 있다는 점에서 장 마지막에 쓰여서 집단 가창의 수단으로 쓰이는 렴斂이라고 해야겠지만, 반복되는 내용이 언어적 의미가 확실하고 장의 중심 내용을 이루기 때문에 단순한 렴으로 처리하기 어렵다. 다만 그 내용은 다르지만 동일한 형태의 표현이 모든 장에서 반복되는 데다, 이것이 「정석가」의 형식적 특성을 이루기 때문에 특수한 형태의 렴으로 보는 것이 타당할 듯하다.

장의 끝 부분에 쓰이는 후렴을 집단 가창용으로 본다면, 「쌍화점」처럼 장 중간에 쓰이는 중렴中斂은 장면 전환용으로 볼 수 있다. 이렇게 보면 「정석가」처럼 각 장의 맨 앞에서 반복되는 렴은 '전렴前斂'이라고 볼 수 있는데, 이는 화자의 정서를 더욱 강조하는 구실을 한다. 결국 「정석가」가 전렴이라는 독특한 형식을 취하게 된 것은, 사랑하는 사람과 절대로 헤어질 수 없다는 화자의 의지를 강조하려는 데 그 목적이 있는 것이다.

「정석가」에 담긴 이처럼 강력한 사랑에 대한 의지가 한층 예술적으로 승화된 작품이 고려 시대의 작자 미상 가요인 「서경별곡」이다.

「서경별곡」_사랑해 주신다면 울면서 따르리

서경西京이 아즐가
서경西京이 서울이지만은
위두어렁셩 두어렁셩 다링디리

닦은곳 아즐가
닦은곳 소성경 사랑하지만은

위두어렁셩 두어렁셩 다링디리

헤어진다면 아즐가
헤어진다면 질삼베 버리고
위두어렁셩 두어렁셩 다링디리

사랑하신다면 아즐가
사랑하신다면 울면서 쫓아가겠습니다
위두어렁셩 두어렁셩 다링디리

구슬이 아즐가
구슬이 바위에 떨어진들
위두어렁셩 두어렁셩 다링디리

끈이야 아즐가
끈이야 끊어지겠습니까 나는
위두어렁셩 두어렁셩 다링디리

즈믄해를 아즐가
즈믄해를 홀로 살아간들
위두어렁셩 두어렁셩 다링디리

신信이야 아즐가
신信이야 끊어지겠습니까 나는

위두어렁셩 두어렁셩 다링디리

대동강大洞江 아즐가
대동강大洞江 넓은지 몰라서
위두어렁셩 두어렁셩 다링디리

배내여 아즐가
배내여 놓았으냐 사공아
위두어렁셩 두어렁셩 다링디리

네각시 아즐가
네각시 정욕이 난지도 모르고
위두어렁셩 두어렁셩 다링디리

가는배에 아즐가
가는배에 얹었느냐 사공아
위두어렁셩 두어렁셩 다링디리

대동강大洞江 아즐가
대동강大洞江 건너편 꽃을
위두어렁셩 두어렁셩 다링디리

배타고 들어가면 아즐가
배타고 들어가면 꺾을 것입니다 나는

「서경별곡」은 일정한 주기로 반복되는 '위두어렁셩 두어렁셩 다링디리'를 후렴으로 보아 이를 기준으로 하여 장을 나눌 수밖에 없다. 이렇게 볼 때 이 작품은 14개 장이 된다.

이처럼 형식적으로 14개 장으로 구분되는 「서경별곡」은 내용상으로는 두 개의 장이 서로 맞짝을 이루면서 연결되어 있으며, 의미상으로는 서경에서의 사랑, 뱃사공에 대한 원망, 님과의 이별이라는 세 단락으로 나누어진다.

사랑하는 사람과의 이별을 주제로 한 이 작품에서 가장 중요한 것은 공간적 이미지다. 작품에 등장하는 공간은 서경, 대동강, 강 건너의 셋이다. '서경'은 화자가 살아가는 곳이며, 님과의 사랑이 가능하고, 또 존재했던 곳이다. '대동강'은 이쪽 땅과 저쪽 땅을 물리적으로 갈라놓았지만, 동시에 사랑을 유지할 수 있게 해 준 고마운 공간이기도 하다. 강 건너의 공간은 화자에게는 이별과 사랑의 죽음을 의미하는, 아무런 가치가 없는 곳이다.

이 세 공간 중 화자에게 가장 중요한 공간은 물로 이루어진 대동강이다. 물은 생명체에게는 없어서는 안 되는 귀중한 것이자, 특히 화자에게는 님이 저쪽 땅으로 가지 못하게 막는 고맙고 소중한 존재이다. 그런데 '사공'이 등장하는 순간, 대동강은 화자에게 이별을 가져다주는 공간으로 바뀌고 만다. 화자는 대동강을 그렇게 만든 사공이 원망스러울 수밖에 없다. 그래서 제 아내가 다른 남자와 놀아나는 것도 모르면서 왜 쓸데없이 배를 내어놓아 사랑하는 님이 강을 건너도록 하느냐고 저주를 퍼붓는다. 그러나 이미 이별은 현실이 되었고, 떠나 버린 사랑은 화자가 강을 건너는 것조차 막고 있다. 왜냐하면 강 건너편에는 님을 기다리는 또 다른 사랑이 있기 때문이다. 이제 대동강은 죽음의 강이 되고, 뱃사공은 저승사자일 뿐이다. 화자가 있는 서경도 죽음의 공간이 되어 버렸다.

서경·대동강·강 건너라는 세 개의 공간과 길쌈(질삼베)·뱃사공·꽃이라는 세 개의 존재가 화자와 님 사이에서 서로 맞물리며 전개되는 「서경별곡」은, 님과의 사랑이 가능했던 서경이라는 공간과 그 사랑을 불가능하게 하는 서경이 아닌 공간을 사랑과 이별이라는 상극의 공간으로 설정하고 있다. 이 공간 안에서 화자를 상징하는 '길쌈'과 강 건너의 여인을 상징하는 '꽃'이라는 대립 구도는 작품의 긴장을 높이는데, 이 구도의 원인을 제공한 것이 대동강이라는 공간과 뱃사공이다. 대동강이 사랑의 공간과 이별의 공간을 물리적으로 나누어 준 덕에 자신의 사랑이 존속되었다고 믿은 화자였기에, 강의 이쪽과 저쪽을 건네주는 사공의 등장은 절망적일 수밖에 없다.

공간의 대립 구도로 이별의 슬픔을 노래한 「서경별곡」의 수법은 서민문학이 역사의 뒤안길로 잠시 물러나 있던 조선 전기를 지나 후기로 접어들면서 사설시조라는 새로운 양식으로 재등장한다.

사설시조 _엊그제 님 여읜 내 안이야 어디에다 견주리

나무도 바위 돌도 없는 뫼에서 매에게 쫓긴 까투리 안과

대천 바다 한가운데 일 천석 실은 배에 노도 잃고 닻도 잃고 돛대도 꺾이고

용총도 끊어지고 키도 빠지고 바람 불어 물결치고 안개 뒤섞어 잦아진 날에

갈 길은 천리만리 남은데 사면이 거무스름 저물어 천지적막 까치놀 떴는데

수적水賊 만난 도사공都沙工의 안과

엊그제 님 여읜 내 안이야 어디에다 견줄 수 있으리오

지은이를 알 수 없는 조선 후기의 이 사설시조는 시조의 기본 형식 중 3장의 구조만을 유지하고 나머지는 거의 무시한 채, 오직 화자의 정서를 강조하여 표현하는 데에만 충실한 작품이다. 화자의 정서를 정해진 형식에 맞추어서 표현함으로써 예술적 아름다움을 담아내야 한다는 시詩의 상식을 완전히 깨뜨렸다고 할 수 있다.

'시'라는 문학 양식이 요구하는 여러 가지 형식적 규칙들은 주기적 반복 구조를 통한 소리의 율동으로 율격을 만들어 내어 읽는 이에게 감동을 유발하는 예술적 장치이다. 그렇기 때문에 시는 오랜 세월 동안 정형성의 틀을 유지했다. 한자로 기록한 한시의 경우에는 당나라 때 만들어진 규칙이 지금까지도 그대로 적용되며, 평시조도 고려 말이나 조선 초기에 형성된 3장6구의 형식이 지금까지 지속되고 있다. 반면에 서민 의식의 성장과 함께 등장한 사설시조는 잠깐 동안 전성기를 누리다가 20세기가 시작되기 전에 역사의 전면에서 사라졌으니, 이는 모두 형식적 특성을 파괴한 데서 비롯된 결과이다.

물론 사설시조가 한때나마 그렇게 폭넓게 사랑받은 데에는 그만 한 이유가 있다. 사설시조는 표현 수법이나 내용적인 측면에서 화자의 정서를 솔직하고 직접적으로 드러낼 뿐만 아니라, 우리말 표현을 중심으로 시에 쓰이는 소재의 폭을 크게 확대시켰다.

'나무도 바위 돌도 없는 뫼에서'로 시작되는 이 사설시조는 비록 '동짓달 기나긴 밤을 한 허리를 베어내'겠다며 시간을 공간화하는 황진이 식의 현란한 수사나 오묘한 구조는 갖추지 못했지만, 지극히 현실적인 소재를 동원하여 님과 이별한 화자의 마음을 솔직하게 드러냈다는 점에서 기존 시조에선 볼 수 없는 사실미事實美를 구현한 작품이라 할 수 있다. 황진이의 시조가 님과의 이별을 재회라는 희망적인 가능성으로 표현하여 그리움을 강조했다면, 여기에서는 님과의 이별이 곧 화자의 죽음을 의미하도록 하여 사랑을 지키려는 욕망을 더욱 절실하게 나타내고 있다.

초장은 숨을 곳이 전혀 없는 산에서 육식동물인 매에게 쫓겨 죽음만을 기다려야 할 처지에 놓인 까투리의 속마음으로 시상詩想을 일으키고 있다. 작가가 이런 상황을 설정한 이유는 님과의 이별로 인해 화자가 겪는 고통의 시간이 그만큼 위중危重함을 나타내기 위함이다. 이는 같은 내용과 형태의 표현을 앞에서 반복하여 화자의 정서를 강조하는 「정석가」나 앞부분에서 외부의 사물 현상을 나열하여 화자의 정서를 강조하는 「한림별곡翰林別曲」 같은 경기체가에서 쓰이는 수법과 흡사하다.

이런 표현을 기점으로 중장에서는 그보다 더 긴박한 상태를 설정하여 님과 이별한 화자의 속마음을 표현한다. 짐을 가득 실은 배가 안개가 끼어 앞이 보이지 않는 바다 위에 돛, 돛대, 용총줄, 삿대를 모두 잃어버린 채로 높은 파도를 타고 온 해적을 만났다. 이 짐배의 도사공, 즉 우두머리 뱃사공의 속마음이 어떠하리. 듣는 사람이 절로 한숨이 나올 지경이다.

저자는 이처럼 초장과 중장에서 암유暗喩, 나열羅列, 과장誇張, 점층漸層과 같은 다양한 수사법을 동원하여 긴 호흡으로 인해 자칫 느슨해질 수 있는 내용에 긴장감을 더한다. 다양한 수사법으로 최고조로 높아진 긴장감은 뻔히 알 수 있는 내용을 의문으로 남겨 두어 듣는 사람이 스스로 그 답을 찾아내도록 하는 설의법設疑法을 통해 더 절절하게 드러난다. 사랑이 아니면 죽음을 달라고 외치는 화자의 간절한 마음이 이보다 더 강렬하게 표현되기는 어려울 것이다.

「이상곡」_서리를 밟아 얼음을 만나더라도

비 오다가 개어 아

눈이 내린 날에

서리 사각사각 소리 나는

좁고 굽어 돌아간 길에

다롱디우셔 마득사리 마득너즈세너우지

잠을 앗아간 내 님을 생각하여

그딴 열명길에 자러 오리이까

종종 벽력생함타무간霹靂生陷墮無間

구대셔 싀어딜 내 몸이

종 벽력 아 생함타무간霹靂生陷墮無間

고대서 싀어딜 내 몸이
내님 버려두고 다른 산을 걸으리

이러쳐 뎌러쳐 이러쳐 뎌러쳐
기약期約이겠습니까
아소님하 함께 가자는 기약期約입니다

'서리 밟은 노래'라는 뜻의 「이상곡履霜曲」은 사랑하는 사람과 이별한 후에도 님에 대한 절개를 지키겠다는 여인의 추상같은 의지를 노래했다는 것이 지금까지의 일반적인 해석이었다. 그런데 여기에서 한 가지 의문이 생긴다. 화자는 왜 하필이면 서리를 밟았다고 했을까? 서리를 밟았다는 것이 과연 서릿발 같은 여인의 절개를 강조하는 표현으로 타당한 것일까?

'서리를 밟았다'는 표현을 두고 이렇게 의문이 있는 데다 노래의 내용 중 해석이 어려운 부분까지 있어 「이상곡」은 여러 개의 속요를 합쳐 놓은, 연결성이 가장 희박한 노래로 치부하는 경향이 없지 않았다. 하지만 가집歌集을 편찬한 조선 시대 사람들이 연결성이 희박한 여러 작품을 마구잡이로 엮어 '이상곡'이란 제목을 붙였을 것인가 하는 의문이 뒤따른다. 이렇게 볼 때 '서리를 밟았다(履霜)'는 표현이 지니는 의미를 좀 더 심층적으로 분석해 봐야 한다는 결론이 나온다.

서리는 춥고 맑은 새벽에 땅의 표면이 갑자기 냉각되어 온도가 내려가면서 공기 중에 있던 수증기가 승화昇華하여 땅 표면에 얼어붙은 결정체이다. 서리는 차가운 냉기를 흡수하여 얼어붙은 것이기 때문에 그 온도가 주변보다 훨씬 더 낮다. 그래서 서리에 접촉하면 엄청난 차가움을 느끼게 된다. 이런 성질을 지닌 서리를 '밟는다'는 것은 두 가지 의미가 있다. 하나는 매우 큰 어려움에 처했다는 것이고, 다른 하나는 더 큰 어려움에 처하게 될 것이란 암시다.

첫 번째 의미는 추운 새벽길에 서리를 밟으며 힘들고 고생스럽게 걸어간다는 말이니, 화자가 하는 사랑이 결코 만만한 것이 아니라는 뜻을 담고 있다. 그런데 여기서 '서리 밞음(履霜)'을 단순히 이런 의미로만 생각하면 이 노래는 쉽지 않은 사랑을 하는 어려움을 노래하는 평범한 작품으로 끝나고 말았을 것이다. 「이상곡」의 진짜 묘미는 두 번째 의미에 있다.

서리를 밟으면 그것이 굳어져서 얼음이 되어(履霜堅氷至) 더 큰 어려움을 만나겠지만, 그렇게 되더라도 님에 대한 사랑의 끈을 놓지 않겠다는 화자의 의지가 담겨 있다. 지금도 어려운 사랑을 하고 있지만, 서리보다 더 차갑고 냉혹한 현실을 상징하는 얼음을 만나게 되더라도 님에 대한 사랑은 변함이 없다는 것을 '이상履霜'이란 표현에 담았다. '얼음'의 현실을 만나 죽는 한이 있더라도 사랑을 포기할 수 없는 화자의 마음이 이 말 속에 함축되어 있는 것이다. '이상履霜'의 의미를 이렇게 풀이해 놓고 보면, 작품의 연결에 어떤 빈틈도 없음을 알 수 있다.

이 작품은 크게 세 단락으로 나누어진다. 첫 번째 단락은 '다롱디우셔 마득사리 마득너즈세너우지'까지이고, 두 번째 단락은 '내 님 버려두고 다른 산을 걸으리'까지, 그 이후 마지막까지가 세 번째 단락이다.

첫 단락에서는 비가 오다가 개면서 눈이 내렸고, 다시 추워져서 서걱서걱 소리가 나는 서리 내린 날에 좁고 굽어 돌아가는 길이 나온다. 시간의 진행에 따라 비가 눈으로 바뀌고, 눈이 다시 서리로 바뀌는 상황을 묘사하고 있는데, 이는 낮부터 서리가 내리는 새벽까지를 순차적으로 가리키는 것으로, 그런 상황에서 화자가 걷는 사랑의 행로 또한 '좁고 굽어 돌아간 길'처럼 험하기만 하다. 서리를 밟고 가는 것 같은 어려움을 안고 사랑의 길을 걸어가는 화자에게는 앞으로 죽음보다 더한 고통이 뒤따를 것이다.

첫 단락에서 이미 예견되었듯이, 두 번째 단락에서는 저승길을 의미하는 '열명길', 사후 심판의 장소인 지옥을 나타내는 '벽력생함타무간霹靂生陷墮無間', 생명의 끝인 죽음을 의미하는 '싀어딜' 등의 표현이 연이어 등장한다. 비록 그런 곳에 가거나 그런 것을 만나더라도 님에 대한 사랑에는 변함이 없다. 사랑하다 죽더라도 결코 이 사랑을 놓지 않겠다는 화자의 결연한 의지가 생생하게 나타나는 단락이다.

세 번째 단락은 님과 영원히 함께하겠다는 약속을 다짐하는 내용이다. 이러저러한 잡다한 약속이 아니라 바로 님과 함께 가겠다는 약속만이 중요하고, 화자는 그것만을 지키겠다고 말한다. 어떤 경우에도 님을 버리지 않고, 님과 헤어지지 않겠다는 화자의 이러한 의지는 첫 번째 단락과 두 번째 단락에서 고조된 감정과 결의의 당연한 귀결이다.

이 작품의 성격에 대해서는 여러 가지 견해가 분분했다. 우선, 남편을 잃고 수절하면서 사랑의 욕망에 갈등하는 여인의 한과 죄의식을 노래한 것으로 보는 견해가 있다. 둘째, 님에게서 의심을 받고 있는 여인이 그 의심을 해소하고 사랑을 받고 싶다는 기원을 노래한 것으로 보는 견해, 셋째, 님을 잊지 못하는 여인의 한과 고독한 정황이 노래 전편에 담겨 있다고 보는 견해 등이 그것이다.

이 해석들을 종합해 볼 때, 「이상곡」은 어떤 형태로든 사랑하는 님과 이별한 여인의 한과 고독을 노래한 작품이라고 정리할 수 있다. 그러나 이 같은 해석에는 뭔가 부족해 보인다. 모두 '이상履霜'이라는 표현이 갖는 의미를 깊이 천착하지 않았거나 그릇되게 해석한 것 같기 때문이다. 특히 중국의 기록 가운데 계모에게 핍박을 받았던 효자 윤백기尹伯奇가 새벽에 서리를 밟는 고통을 당하면서도 부모를 원망하지 않았다는 고사인 '백기이상伯

奇履霜'과「이상곡」속 '이상履霜'의 의미를 연결시킨 것은 이 작품에 담긴 사랑의 감정을 지나치게 협소하게 해석했다는 인상을 준다.

「이상곡」은 외부의 조건과 상황으로 인해 힘든 사랑을 해야 하는 화자의 현재 상태를 비, 눈, 서리, 좁고 굽어 돌아간 길 등에 빗대어 시상詩想을 일으킨다. 두 번째 단락에서는 비와 눈이 내리는 외적 공간에서 내적 공간으로 옮겨 가 화자의 심리 상태를 묘사한다. 화자는 이 사랑이 더욱 어려워질 것이라고 생각한다. 그리고 서리를 밟는 사랑도 힘들지만 그것이 얼음이 되는, 곧 죽음을 맞이하거나 그보다 더한 고통을 당하는 한이 있더라도 결코 이 사랑을 버리지 않겠노라 다짐한다. 그러나 화자의 이러한 결의도 님과 이별을 한다면 아무런 소용이 없을 터, 그래서 마지막 단락에서 화자는 오직 함께할 약속만이 있을 뿐 다른 어떤 것도 존재할 수 없음을 강조한다.

이처럼「이상곡」은 외적 공간과 내적 공간을 서리가 얼음이 되는 상황과 연결시켜 사랑의 영원성을 노래한, 뛰어난 예술성과 곡진한 서정성을 담아낸 작품이라 하겠다.「이상곡」에 나타나는 사랑하다 죽겠다는 결연한 의지는 다른 속요에서 변화된 형태로 나타나는데,「만전춘별사」가 그것이다.

「만전춘별사」_ 어름우에 님과 나와 얼어죽을 망정

어름우에 댓잎자리 보와 님과 나와 얼어죽을 망정
어름우에 댓잎자리 보와 님과 나와 얼어죽을 망정
정情둔 오늘밤 더디 새오시라 더디 새오시라

경경고침상耿耿孤枕上에 어찌 잠이 오리오

서창西窓을 열어제끼니 도화桃花가 피었도다

도화桃花는 시름 없어 소춘풍笑春風하는구나 소춘풍笑春風하는구나

넋이라도 님과 함께 가는 것으로 여겼더니

넋이라도 님과 함께 가는 것으로 여겼더니

벼기더시니 뉘러시니잇가 뉘러시니잇가

올하 올하 아련 비올하

여울일랑 어디 두고 소에 자러오느냐

소 곧 얼면 여울도 좋으니 여울도 좋으니

남산南山애 자리보아 옥산玉山을 베고 누워 금수산錦繡山 이불 안에 사향麝香

각시를 안아 누워

남산南山애 자리보아 옥산玉山을 베고 누워 금수산錦繡山 이불 안에 사향麝香

각시를 안아 누워

약藥든 가슴을 맞추십시다 맞추십시다

아소님하 원대평생遠代平生에 여힐 것을 모르고 싶습니다

　　형태상 여섯 개의 장으로 나누어지는 「만전춘별사滿殿春別詞」는 '만전춘'
과 '별사'를 각각 분리시켜 이해하는 경향이 강했다. 그래서 '만전춘'은 '궁
궐에 봄이 가득한 것'을 의미하고, '별사'는 '만전춘'과는 다른 별도의 노래라
는 '별곡別曲'으로 풀이하는 것이 일반적이었다. 그러나 이런 풀이는 두 가
지 문제점을 안고 있다.

우선, '만전춘'이 과연 궁궐에 봄이 가득한 희망의 상태를 의미하는가 하는 문제가 있다. 일반적으로 '만滿'은 가득하다, 만족하다, 풍족하다, 흡족하다, 일정한 한도에 이르다 등 긍정적인 의미로 해석된다. 그러나 「만전춘」에서도 이렇게 해석해야 할지 의문이다. 왜냐하면 작품의 내용이 희망적이거나 만족스러운 상태와는 거리가 멀기 때문이다. 여기에 '전춘殿春'을 궁궐의 봄이 아닌 다른 의미로 보면, '만'의 의미가 180도 달라진다. '전춘'은 음력 3월을 달리 이르는 말이기도 하다. 이렇게 보면 '만전춘滿殿春'은 봄이 거의 끝나 간다는 부정적인 의미를 띠게 된다. 봄이 끝난다는 것이 무슨 뜻인가? 곧 사랑의 종말이 아니겠는가. 만기滿期, 만료滿了 등의 표현에서 알 수 있듯이, '만滿'에는 끝난다는 의미도 들어 있기 때문에 '전춘'을 늦봄으로 보는 것이 노래의 성격과 일치하는 해석이다.

다음으로 살펴보아야 할 것이 '별사'의 해석이다. '별곡'이라 하지 않고 '별사'라는 명칭을 붙인 작품은 오직 「만전춘별사」 하나뿐임을 감안할 때, 여기에 쓰인 '별사'가 '별곡'과 같은 의미가 아닐 가능성이 매우 크다. 오히려 '별別'은 이별, '사詞'는 노랫말로 보아 이별의 가사나 노래로 해석하는 편이 더 타당하다. 이로써 '만전춘별사'의 의미가 새롭게 모습을 드러낸다. 곧, '봄이 끝나는 시점에서 부르는 이별의 노래'가 되는 것이다.

이렇게 '만전춘별사'의 의미를 '만전춘'과 이 노래와는 다른 별도의 노래란 뜻으로 해석하지 않고, 봄의 끝에서 부르는 이별의 노래로 보면 각 장章이 독립적인 내용을 담고 있어 해석이 쉽지 않다는 해석상의 난점도 깨끗하게 해결된다.

「만전춘별사」는 '어름우에 댓잎자리 보와 님과 나와 얼어죽을 망정'이라는 화자의 바람으로 시작된다. 얼음 위에 얇은 대나무 잎으로 짠 자리를 깔고 누워서 함께 얼어 죽는 한이 있더라도 님과 만나서 정을 나누는 이 밤이 천천히 샜으면 좋겠다는 것이다. 사랑에 목숨을 걸겠다는 화자의 강인한 의지와 함께, 화자가 지금 하는 사랑이 얼마나 슬프고 애절한 사랑인지를 짐작할 수 있다. 이처럼 죽음을 각오한 사랑이지만, 결국 님과의 사랑이 이루어지지 않았음이 다음 장에서 드러난다.

두 번째 장에서는 근심과 걱정으로 가득한 외로운 침상, 복숭아꽃, 꽃의 웃는 모습과 함께 밤늦도록 잠을 이루지 못하는 화자의 상태가 그려진다. 사랑을 이루지 못한 화자의 모습이 여기서부터 대상과 철저하게 분리되어 대비를 이루는 것이 특징이다. 복숭아꽃이 웃는 모습과 밤늦도록 잠들지 못하는 화자의 모습은 너무나 대조적이어서 깊은 슬픔과 아픔을 자아낸다. 비록 복숭아꽃도 봄이 끝나면 떨어지는 아픔을 당하겠지만, 곧 열매를 맺어서 키우는 기쁨을 다시 누릴 것이다. 다시 님과 만나서 결실을 맺을 수 없는 화자의 상황과는 너무나 대조적이어서 절망감을 가중시킨다. 그래서 화자는 자신의 사랑에 훼방을 놓은 존재에 원망의 화살을 돌린다.

세 번째 장 '넋이라도 님과 함께 가는 것으로 여겼더니 벼기더시니 뉘러 시니잇가 뉘러시니잇가'에는 두 가지 대상이 등장한다. 넋과 '삐딱하게 말하던' 사람이다. 넋은 죽어서라도 님과 함께하려는 화자의 의지를, 삐딱하게 말하던 사람(벼기더시니)은 화자의 사랑을 깬 원망의 대상을 나타낸다. 그러나 다른 이를 원망해 봐도 아무런 소용이 없음을 화자도 알고 있다. 다음 장에서 원망이 애정 어린 시선으로 바뀌는 것은 이 때문이다.

네 번째 장은 비오리(비올하), 여울, 웅덩이(소沼)가 중심을 이루는데, 소와 여울 사이를 왔다 갔다 하며 머무는 비오리에게 화자가 묻고 직접 답하는 방식으로 되어 있다. 원래의 보금자리인 소를 버리고 여울에 갔던 비오리가 다시 소에 자러 오는 것을 본 화자는, 무엇 때문에 여울을 버리고 다시 소에 오느냐고 묻는다. 그런 뒤 곧바로 말하기를, 소가 얼면 여울도 좋겠다며 이별을 암시한다. 수컷 비오리는 몸 색깔이 오색찬란하여 아름다운 데다가 강이나 연못 등을 자유롭게 오가며 서식하는 습성이 있기 때문에 비오리를 님으로 여기는 데에는 별 무리가 없다. 여기서 화자가 비오리와 같은 님을 원망하기보다는 오히려 그 습성을 이해하고 사랑하려 한다는 것을 알 수 있다.

이어서 남산과 옥산, 금수산, 사향각시, 약든(약이 들어 있는) 가슴 등이 등장한다. 이 다섯 번째 장이 분분한 해석과 논의를 불러일으키는 장이다. 남산과 옥산, 금수산 등을 각각 남성, 여성, 남성으로 풀이하여 이 부분의 화자를 남성으로 보는 견해도 있고, 사향각시를 나이 어린 궁녀로 보기도 한다. 이렇게 보면 당연히 작품의 일관성이 떨어질 수밖에 없다.

우선 이 부분에서 화자가 남성으로 바뀌어야 할 이유를 어디에서도 찾을 수 없기 때문에, 남산과 금수산을 남성의 상징물로 보는 해석은 취하기가 어렵다. 그보다는 남산과 옥산, 금수산, 사향각시 등을 여성이 남성의 사랑을 얻으려 할 때 필요로 하는 것으로 보는 편이 설득력 있다. 특히 약든 가슴을 맞추고 싶다는 표현 때문에 화자가 사랑하는 남성이 다른 여성과 잠자리를 함께하는 것으로 보기도 하나, 이것은 '사향각시'를 잘못 이해한 결과이다.

사향각시는 사랑하는 남성을 품 안으로 불러들이고자 여성들이 가슴에 품고 다니던 사향 주머니(麝香囊)로, 사랑을 회복시켜 주는 묘약이다. 따라서 '약藥든 가슴을 맞추십시다'라는 말은, 화자가 가슴에 사향 주머니를 품고 누워서 사랑의 묘약이 든 가슴을 님과 맞추겠다는 뜻이 된다.

이러한 소망을 바탕으로 마지막 장에서 화자는 자신이 살아 있는 평생 동안 이별을 모르고 살았으면 좋겠다는 기원을 노래하며 작품을 마무리한다.

이렇게 1장부터 6장까지 나오는 표현들을 풀이해 보면, 「만전춘별사」는 작품의 제목에서부터 내용에 이르기까지 사랑을 위해서는 죽음도 불사하겠다는 화자의 강렬한 의지가 일사분란하게 연결되는 노래임을 알 수 있다. 특히 각 장 마지막에서 화자의 바람을 반복하는 대목은 작품 전체를 관통하는 화자의 정서를 대변해 준다. 사랑을 위해 목숨을 걸고, 사랑의 종결에 죽음으로 맞서는 이러한 정서는 후대의 노동요 「진주난봉가」로 고스란히 이어진다.

「진주난봉가」_울도 담도 없는 집에 시집살이 삼 년 만에

울도담도 없는집에 시집살이 삼년만에
시어머니 하신말씀 애야아가 며늘아가
진주낭군 오실테니 진주남강 빨래가라
진주남강 빨래가니 산도좋고 물도좋아
우당탕탕 두들기는데 난데없는 말굽소리
곁눈으로 힐끗보니 하늘같은 갓을쓰고
구름같은 말을타고 못본듯이 지나더라

검은빨래 검게빨고 흰빨래는 희게빨아
집이라고 돌아오니 사랑방이 소요하다
시어머니 하신말씀 애야아가 며늘아가
진주낭군 오셨으니 사랑방에 올라가라
사랑방에 올라가니 아홉가지 술을 놓고
기생첩을 옆에끼고 권주가가 한창이라

아랫방에 내려와서 아홉가지 약을먹고

비단석자 목을메고 자는듯이 죽었더라

진주낭군 이말듣고 버선발로 뛰어나와

내이럴줄 내몰랐다 사랑사랑 내사랑아

기생첩은 삼년이요 본디처는 백년인데

내이럴줄 내몰랐다 사랑사랑 내 사랑아

너는죽어 꽃이되고 나는 죽어 나부되야

삼월춘풍 호시절에 무궁무궁 놀아보자

민중의 생활 감정을 솔직하고 사실적으로 담아내는 민요 중 그 역사가 가장 오래된 것은 '밭매기 노래'와 '빨래 노래'이다. 오래된 역사를 지닌 노래일수록 그 구조가 서사적이고 신화적인 내용을 보이는 것이 특징인데, 바로 이 노래가 그러하다. '시집살이 노래'이자 '빨래 노래'의 일종으로 '진주낭군가'로 불리기도 하는 「진주난봉가」는 경남 진주 지방에서 전해 내려오는 민요이다.

고려 때 사록司錄 벼슬을 지낸 진주 지방의 위제만魏齊萬이란 사람이 월정화月精花라는 기생에게 빠져서 부인이 병들어 죽는 것도 모를 정도였는데, 고을 사람들이 그 부인을 추모하여 부른 노래인 「월정화」와 이 노래를 연결하여 보기도 한다. 고려 때 지어졌다는 노래가 전해지지 않아서 정확한 내용은 알 수 없지만, 기생첩으로 인해 부인이 죽었다는 내용이 비슷하다는 것이다.

「진주난봉가」는 세 단락으로 나누어진다. 첫 단락은 남편에 대한 믿음과 사랑 하나만으로 울도 없고 담도 없을 만큼 가난한 시집에서 3년을 견딘 새색시의 고된 시집살이를 담고 있다. 둘째 단락은 남편이 기생첩과 함께 있는 것을 본 주인공이 배신감을 견디지 못하고 죽음을 택하는 내용이다. 세 번째 단락은 부인이 죽은 것을 본 진주 낭군이 후회하며 슬퍼하는 내용이다.

첫 단락부터 살펴보자. 전통 사회의 여성에게 시부모가 사는 시집이란 존재는 모든 것이 낯선 타향과도 같은 곳이었다. 생전 처음 보는, 자신과는 전혀 다른 문화와 환경에서 살았던 사람들 속에 끼어들어가 한 식구로 지낸다는 것은 보통 어려운 일이 아니었다. 시집온 새색시가 이처럼 낯선 시집살이를 견딜 수 있었던 것은 '벙어리 3년, 귀머거리 3년, 장님 3년'이란 말처럼 무슨 일에도 흔들리지 않는 끈질긴 인내심과 남편에 대한 믿음, 이 두 가지 때문이었다. 인내심이 본인의 몫이라면, 후자는 자신의 의지로는 어찌할 수 없는 남편의 몫이었다. 그런데 이 남편의 역할이 대부분 문제를 일으켰다. 남편의 사랑 없이 시집살이를 하는 새색시는 천애고아 같은 느낌을 가질 수밖에 없는데, 두 번째 단락이 바로 이러한 내용을 담고 있다.

모진 가난을 견디며 시부모를 봉양해 온 부인의 정성은 아랑곳하지 않고 오랜만에 집에 돌아온 남편은 기생첩을 옆에 끼고 아홉 가지 술을 벌여 놓고 권주가를 부르고 있다. 새색시가 보기에 이는 자신의 노고와 사랑을 철저히 배신하는 행위다. 절망에 빠진 색시는 사랑의 종말과 함께 죽음을 선택한다. 믿음을 저버린 남편에 대한 원망이나 자기 신세에 대한 한탄도 없다. 노래는 지극히 현실적이고 사실적으로 색시의 죽음을 이야기한다. 바로 이 점이 앞에서 살펴본 속요와 다른 점이다.

속요가 그리는 사랑의 모습이 이상적이라면, 민요가 노래하는 사랑은 지극히 현실적이다. 민요 속에서는 사랑도 생활의 한 부분일 뿐, 어떤 경우에도 함께하겠다는 그런 사랑이 아닌 것이다. 그런데 민요 속에 등장하는 남편의 사랑은 새색시의 사랑에 비해 오히려 이상적이다. 이로 인해 생긴 거리가 새색시를 죽음으로 내몬다.

세 번째 단락은 여주인공의 죽음으로 인해 드러나는 사랑에 대한 생각이 남성과 여성에게 얼마나 다른지를 극명하게 보여 준다. 진주 낭군은 기생첩은 잠시 유희를 즐기는 대상일 뿐 자신이 돌아갈 곳은 결국 조강지처糟糠之妻뿐인데 어이하여 죽었느냐며 탄식한다. 남편을 유일한 사랑의 대상으로 삼고 이를 위해 모든 것을 감내했던 새색시의 사랑과는 질적으로 다르다.

여성에게는 사랑이 유일무이한 것으로 절대적인 가치를 띤다. 이는 기회만 생기면 여러 사랑을 할 수 있다고 믿는 남성과 엄청난 차이가 아닐 수 없다. 이처럼 서로 다른 남녀의 사랑관이 사랑과 이별을 노래한 시가의 화자가 대부분 여성인 이유를 설명해 준다. 여성은 남자가 생기는 순간부터 그 사람만 보지만, 남성은 여자가 생기는 순간 세상의 모든 여자를 보게 된다고나 할까. 따라서 사랑 때문에 죽음을 택하는 여성의 심리를 남성은 도저히 이해하지 못한다. 그래서 죽은 뒤에 꽃과 나비가 되어서 즐겁게 놀아 보자는 남편의 외침은 새색시에게 전달되지 못하는 공허한 외침일 따름이다. 현실에서 이루지 못한 사랑을 죽어서 이룰 수 있다고 여성은 믿지 않기 때문이다. 그런 까닭에 전통 사회의 여성들에게는 독수공방獨守空房의 설움이 가장 컸다. 조선 후기의 잡가인 「상사별곡」에서는 죽음보다 더한 사랑에 대한 갈망과 고독의 슬픔이 적나라하게 드러나 있다.

「상사별곡」 _ 인간 서름 많은 중에 독수공방 더욱 섧다

인간서름 많은중에 독수공방 더욱섧다

상사불견 이내진정 어느누가 짐작하리
이런저런 헛된근심 다풀쳐 버려두고
자나깨나 깨나자나 님못보아 가슴답답

묘한태도 맑은소리 눈에암암 귀에쟁쟁
보고지고 님의얼굴 듣고지고 님의소리
비나이다 비나이다 하나님께 비나이다
진정으로 비는것은 님을보기 비나이다

전생차생 무슨죄로 우리양인 서로만나
이별말자 굳은언약 천금같이 맺었더니
세상일이 마가많고 조물이 시기하야
일조낭군 이별하니 소식조차 돈절하다

이별이 불이되어 태우나니 간장이라
눈물이 비가되면 붙는불을 끄련만은
한숨이 바람되어 간장이 더욱탄다
나며들며 빈방안에 다만한숨 벗이로다

만첩청산 들어간들 어느낭군 날찾으리
날개좋은 학이되면 날아가서 보련만은
산은첩첩 천봉이오 물은중중 소沼이로다
오동추야 밝은달에 이내시름 깊었어라

19세기 후반부터 서민층을 중심으로 유흥 공간에서 불리기 시작한 '잡가雜歌'는 여러 종류의 소리를 잡스럽게 섞어서 부른다는 뜻에서 이러한 명칭을 얻었다. 놀이에 적합한 곡이면 무엇이든 받아들여 노래로 부른 것이 잡가의 가장 중요한 특징인데, 시조·가사·민요·판소리·12가사十二歌詞(「백구사」·「죽지사」·「어부사」·「행군악」·「황계사」·「춘면곡」·「상사별곡」·「권주가」·「처사가」·「양양가」·「수양산가」·「매화 타령」 등 조선 후기에 널리 불린 12편의 가사) 등에서 서정적인 부분들을 무차별적으로 받아들여 짜깁기 방식으로 만들어 불렀기 때문에 내용이나 형식 면에서 체계나 일관성을 찾아보기가 쉽지 않다.

그래서 당시 전문 소리꾼이라고 할 수 있는 가객歌客, 명창, 기생 등에게는 멸시를 받았지만, 조선 후기에 급성장한 서민문화를 대변한다는 점에서 문화사나 문학사적으로 중요한 의미를 지닌다. 유흥 공간에서 불리기 적합한 내용과 형식을 수용했기 때문에 내용상 남녀의 사랑과 이별에 대한 것이 중심을 이룰 수밖에 없는데, 사랑하는 사람과 이별하고 그리워하는 마음을 노래한 「상사별곡」 같은 작품이 대표적이라고 할 수 있다.

「상사별곡」은 내용상 다섯 개의 장으로 나누어 볼 수 있다. 모든 장이 밖과 안이 맞짝을 이루도록 짜여 있어서 그 대비를 통해 화자의 정서를 엿볼 수 있다. 첫 장은 혼자 빈방을 지키는 독수공방獨守空房과, 님을 보지 못해 답답한 마음을 마주 보게 배치했다.

둘째 장은 겉으로 드러나는 기원祈願 행위와 그 속에 감추어진 그리움을 마주 보게 하여 애타게 님이 보고 싶은 화자의 심정을 절절하게 표현했다. 셋째 장은 한순간이라는 시간을 수반하는 이별의 현장을 먼저 진술한 뒤, 그 후로 소식이 완전히 끊겼음(頓絶)을 얘기하여 그리움이 얼마나 깊은지를 드러냈다. 넷째 장은 홀로 있는 빈방과 한숨 속에 묻어나는 절대적인 고독감을 대비시켜 화자의 괴로운 심정을 노래했으며, 마지막 장은 둥근 달과 깊은 시름을 대비시켜 화자의 슬픔을 실감나게 표현하였다.

이처럼 「상사별곡」은 밖과 안, 님과 화자, 사물 현상과 관념적 세계를 대비시켜 죽음보다 더한 고통을 당하고 있는 시적 화자의 심리 상태를 적나라하게 묘사한 것이 특징이다. '상사相思'의 '사思'는 '그리워하다'는 뜻이니, 헤어져 있어서 만나지 못하는 두 사람이 서로를 그리워하는 마음을 의미한다. 그러나 화자가 사랑하는 님은 이러한 그리움을 아는지 모르는지 아무런 소식이 없다. 어쩌면 화자가 사랑하는 님은 이미 이 세상 사람이 아닐 수도 있다. 살아서 이별했건 죽어서 이별했건 간에 화자에게 님과의 이별은 인생에서 가장 큰 시름을 가져다주는 사건으로, 그 뒤로 화자의 삶은 오직 님에 대한 그리움과 애달픔뿐이다.

생활 전체가 님에 대한 그리움으로 가득 찼으니 삶의 나머지 부분들은 있어도 없는 것이요, 살아 있어도 죽은 것이나 마찬가지다. 비록 눈에는 보이지 않지만 보이는 것은 님의 모습뿐이요, 들리지는 않아도 들리는 것은 님의 음성뿐이다. 이별은 불이 되고, 한숨은 바람이 되어 간장에 불을 붙여서 자꾸 태우니 견뎌 낼 재간이 없다. 한숨으로만 보내는 세월은 스스로 생각해도 한심하기 이를 데 없다. 그럼에도 불구하고 님에 대한 그리움을 멈출 수가 없고, 그렇게 하고 싶은 마음도 전혀 없다. 이것이 바로 상사병이다. 날이 갈수록 깊어지는 시름은 몸을 상하게 하여 결국 죽음을 부를 수도 있는데, 어쩌면 화자는 그것을 바라는지도 모른다. 살아서 이별해야 한다면 차라리 죽어서 함께하려는 것이다. 화자는 독수공방을 하느니 한시라도 빨리 세상을 버리고 님의 곁으로 가고 싶은 마음뿐이다.

사랑에 살고, 사랑에 죽고, 이별하느니 죽음을 택하고, 죽어서도 이별하지 않겠다는 지독한 사랑의 결정판이다. 그러나 아무리 뿌리쳐도 이별은

끝끝내 찾아왔으니, 선조들은 그러한 이별의 정한^{情恨}도 그냥 드러내지 않
았다.

08 **버들로도** 못다 한 이별

헤어짐과 만남의 변증법

오광운 _민머리 버드나무 벌써 가지가 없어

영암 태수가 되어 지방으로 가는 정내주鄭來周를 보내며　　　送靈巖使君鄭來仲

무성하게 우거진 뜰 앞의 버드나무　　　　　肺肺庭前柳

꺾어서 준 꽃은 희기가 눈과 같은데　　　　　折之花如雪

아침에 태수와 이별의 선물로 주고　　　　　朝贈太守別

저녁에 태수와 이별의 선물로 주네　　　　　暮贈太守別

민머리 버드나무 벌써 가지가 없어　　　　　柳禿已無枝

꽃이 핀 난초로 버들을 대신 하도다　　　　　繼以芳蘭折

버들은 오히려 쉽게 쇠하여 시들지만　　　　柳枝猶易衰

난향은 끝내 사라지지 않기 때문이네　　　　蘭香竟不滅

조선 후기 영·정조 시대의 명재상으로 이름이 높은 번암樊巖 채제공蔡濟恭의 스승이기도 했던 약산藥山 오광운吳光運(1689~1745)은 18세기에 활약한 남인南人을 대표하는 문인이다. 그는 남인의 영수 격인 허목許穆의 사상적 전통을 이어받아 6경六經을 중심으로 한 문학론을 전개하면서도 시대적 환경에 맞는 작품을 써야 한다고 주장하였다. 오광운은 특히 시에서 갖추어야 할 요건으로 '격格, 조調, 정情, 성聲, 색色, 취趣'를 제시하였는데, 그중에서 '정'과 '취'를 가장 중요한 요소로 꼽았다. 친구와의 이별을 슬퍼하는 정서를 담은 이 시는 약산의 그러한 문학관을 충실하게 반영한 작품이라고 할 수 있다.

절친한 친구를 멀리 떠나보내는 심정을 읊은 이 시는 기승전결의 구조를 잘 갖춘 5언율시五言律詩로 되어 있다. '기起'에서는 뜰 앞에 서 있는 무성한 버드나무를 통해 시상을 일으킨다. 첫 번째 구절의 '폐폐肺肺'는 나무나 풀이 무성한 모양을 묘사한 말로, 여기서는 뜰 앞의 버드나무가 그렇다. 이것은 그토록 무성한 버드나무를 모두 꺾어서 민머리가 되었음을 표현하려 한 일종의 복선 장치라고 할 수 있다.

두 번째 구절에도 이러한 장치가 등장하는데, 눈처럼 흰 버들 꽃이 그것이다. 만물이 소생하는 만남의 계절에 친구와 이별하는 상황을 노래하기 위한 장치로 볼 수 있다. 앞에서 일으킨 시상을 이어받아 발전시키는 이 부분을 '승承'이라고 하는데, 친구와의 이별이 너무나 아쉬워 하루 종일 버드나무만 꺾어 주는 상황을 노래했다. 아침에 만나서 이별의 선물로 버드나무를 꺾어 주었는데, 저녁에도 이별의 선물로 버들을 꺾어서 주었다고 한 것으로 보아 아침부터 저녁까지 이별 의식을 치렀지만 아직도 친구를 보내지 못하고 있음을 알 수 있다. 어디선가 끊기는 끊어야 할 텐데, 어떻게 해야 이별을 받아들일 수 있을지 화자로서는 도무지 감이 잡히지 않는다.

시상을 한 바퀴 돌려 표현함으로써 감정의 최고조를 이루는 부분인 '전轉'에서는 버들로 다하지 못한 이별의 정을 난초로 대신한다고 하여 시인의 슬픈 심정을 드러냈다. 아침부터 저녁까지 버드나무 가지만 꺾어서 이별의 선물로 주다 보니 이제는 버드나무가 민머리가 되고 말았다. 이쯤 되면 이별 의식을 멈출 만도 하지만, 시인은 여기서도 멈추지 못한다. 다음 구절에서 없어진 버들가지 대신에 꽃이 핀 난초를 꺾어서 버들을 대신한다고 한 것이다. 난초 꽃은 한두 개뿐이라 버들처럼 계속 꺾어서 줄 수가 없으니 이제 물리적인 이별 의식은 종결해야 한다. 시인은 물리적인 의식을 한 단계 격상시킨 다른 차원의 이별 의식을 준비한다.

작품 전체를 마무리하는 부분인 '결結'에서는 어쩔 수 없이 이별을 하기는 하지만 아쉬운 마음이 오래갈 것임을 '난향蘭香'을 통해 표현했다. 그 수가 많은 버들가지는 쉽게 시들지만, 난초의 향기는 시인의 아쉬운 마음만큼이나 오래도록 지속된다.

가히 '버들가지로 묶은 이별'이라고 할 만큼 이 작품은 명작이다. 이별의 아쉬움과 애틋한 정을 이처럼 간곡하게 노래한 작품은 그리 흔하지 않다. 최고의 이별시로 보통 중국에서는 당나라 시대의 시인이자 화가인 왕유王維의 '양관삼첩陽關三疊'(왕유가 양관으로 친구를 보내며 지은 「송원이편서안送元二便西安」의 끝 두 구절을 후대 사람들이 세 번씩 불렀다는 데서 '삼첩'이라 한다.)을 꼽고, 우리나라에서는 고려 시대의 문인인 정지상鄭知常의 '해동삼첩海東三疊'(뒤에 나오는 「송인」을 가리키는 별칭)을 꼽지만, 오광운의 작품도 두 작품에 결코 뒤지지 않는다.

아침부터 저녁까지 버드나무 가지를 꺾어서 건네는 이별 의식은 그 자체로 헤어지기 싫어하는 마음을 담은 행위다. 그러나 버드나무 가지는 유한한 것이어서 나중에는 더 꺾을 가지가 없다. 하지만 두 사람의 우정은 이처럼 끝이 보이는 것이 아니다. 이제 화자는 난초를 끌어들여 그 향기와 우정을 연결시킨다. 비록 버들가지나 난초 꽃처럼 손으로 만지고 눈으로 볼 수 있는 것은 아니지만 그보다 훨씬 더 긴 여운을 남기는 난초 꽃 향기야말로 화자가 생각하는 우정의 모습이다.

이처럼 오광운은 버들가지를 보고 그 유한함을 느꼈지만 버들을 통해 영원한 사랑을 노래한 이도 있으니, 바로 조선 중기의 기생 홍랑이다.

홍랑 _밤비예 새잎 곧 나거든 날인가도 여기소서

조선 선조 때 함경남도 홍원 출신의 이름난 예기藝妓, 곧 예술적 재능으로 기생의 소임을 했던 홍랑洪娘은 천민 신분이던 기생으로서는 꿈도 꾸지 못할 지위에까지 올라갔던 인물이다. 조선 시대 최고의 명문가라고 할 수 있는 해주 최 씨의 묘역(파주시 교하읍 다율리)에 그녀의 무덤과 비석이 버젓이 있으며, 지금까지도 해마다 그 앞에서 시제와 제사가 모셔진다.

이 무덤을 근거로 그녀의 삶을 추적해 들어가 보면 역사 속에 각인된 한 여인의 지고지순한 사랑을 만날 수 있다. 문장, 서화, 악기 등 여러 가지 기예에 능했던 홍랑은 한 남자를 평생 모시는 일부종사一夫從事를 꿈꾸었기 때문에 연회장에서 흥이나 돋우면서 미색을 흘리는 여느 기생과는 그 마음가짐이 달랐다. 그런 그녀의 성품을 알아보고 그녀로 하여금 세세생생世世生生 변하지 않을 뜨거운 사랑을 간직하게 한 사람이 있었으니, 당시 문명文名이 높았던 고죽孤竹 최경창崔慶昌이었다.

최경창은 29세에 대과大科에 합격하여 북방의 군사 지휘관을 보좌하는 북평사北評事 직을 거쳐 임금에게 간諫하는 사간원 정언司諫院正言 직을 맡아보다가 영광군수로 좌천되었는데, 이에 충격을 받고 관직에서 사직하였다. 그 후 대동도찰방大同道察訪으로 복직했다가 1577년 그의 재주를 아낀 선조가 종성부사種城府使 직에 특별 제수하여 부임했으나, 중앙 관료들의 모함을 받아 성균관 직강直講으로 강등되어 서울로 돌아오는 도중 종성 객관에서 객사했으니 이때가 선조 16년(1583)으로 최경창의 나이 마흔 다섯이었다.

최경창은 학문과 문장에 능하여 이이李珥, 송익필宋翼弼, 정철鄭澈 등 당대의 대문호들과 교류했고, 시에도 능하여 3당시인으로 꼽히기도 했다. '3당시인三唐詩人'은 조선 선조 시대에 활동한 세 사람의 시인을 가리키는 말로, 허균의 스승으로 유명한 손곡蓀谷 이달李達과 천재 시인 옥봉玉峰 백광훈白光勳, 그리고 최경창을 함께 일컫는 말이다. 이들의 시는 당풍唐風, 그중에서도 만당晚唐의 성향을 강하게 드러내는 것으로 평가받는데, 송宋의 시풍이 중심을 이루던 당시로서는 파격적이고 신선하지 않을 수 없었다. 조선조 최고의 문장가로 꼽히는 교산蛟山 허균은 이들의 시에 대해 맑고 새로우며, 우아하고 곱다는 뜻으로 '청신아려淸新雅麗'라고 평하였다. 특히 고죽 최경창의 시는 붕당朋黨으로 갈등이 고조되어 있던 당시의 정치 현실을 비판적으로 바라본 작품과 속세와 떨어진 고고한 삶을 읊은 것이 많아서 그의 됨됨이를 짐작하게 한다.

이처럼 당대의 대시인인 최경창과 기생 홍랑의 만남은 고죽이 북평사로 부임해 갔던 1573년(선조 6) 가을에 이루어졌다. 그때부터 두 사람은 사랑에 빠졌던 것 같다. 그러나 두 사람의 만남은 그리 길지 못했으니, 이듬해 봄에 최경창이 중앙 관직으로 올라가야 했기 때문이다. 비록 사랑한 기간은 짧았지만 헤어짐은 길었다. 최경창을 서울로 보내기 아쉬웠던 홍랑은 쌍성雙城(함경남도 남쪽의 영흥永興)까지 배웅하고, 애끓는 마음을 다잡으며 경성으로 돌아온다. 그렇게 남쪽으로 길을 재촉하던 최경창은 비가 내리고 어두워진 함관령咸關嶺(홍원과 함흥 사이에 있는 고개)에 유숙하는데, 이때 버드나무 가지와 함께 홍랑의 시조 한 편이 배달되어 왔다.

묏버들 가려 꺾어 보내노라 님의 손대
주무시는 창밖에 심거 두고 보소서
밤비에 새잎 곧 나거든 날인가도 여기소서

이를 본 최경창은 곧바로 이 시를 '번방곡飜方曲'이란 제목의 한시로 옮겨 적었다. "折楊柳寄與千里人(절양류기여천리인) 爲我試向庭前種(위아시향정전종) 須知一夜新生葉(수지일야신생엽) 憔悴愁眉是妾身(초췌수미시첩신)"

홍랑이 지어 보낸 시조는 겨우 석 줄 45자에 불과하지만, 그 구조적 절묘함과 사실적 묘사는 듣는 이의 마음을 사로잡기에 충분하다. 이 시의 가장 중요한 특징은, 구조상 첫 장의 공간과 마지막 장의 공간이 일치하는 공간적 순환성을 띤다는 점이다. 초장의 첫 줄은 사랑하는 님과 이별하고 홀로 남게 된 화자가 있는 곳으로, 묏버들(산버들)이 있는 이별의 공간이다. 비록 지금은 혼자 남았으나 님과 함께했던, 사랑을 만나고 사랑을 이루었던 공간이다. 그런 행복했던 공간이 고독과 그리움의 장소로 바뀌었다. 화자는 이별의 공간을 사랑의 공간으로 바꾸고자 묏버들을 골라 꺾어 님에게로 보낸다.

중장인 둘째 줄은 화자가 사랑하는 님이 계신 공간이다. 님이 있는 곳도 고독과 그리움의 공간인 것은 마찬가지다. 화자는 님이 주무시는 창밖에 묏버들을 심어 두고 봐 달라고 부탁한다. 비록 꺾인 버들가지 잎이 시들더라도 사랑하는 사람이 보낸, 그 사람의 분신 같은 것이니 옆에 두고 보면 그리움이 덜어질 것이다. 여기서 다른 해석도 가능하다. 화자는 굳이 버들

가지를 방 안이 아닌 창밖에 심으라고 한다. '창窓'은 두 사람 사이를 가로막고 있는 신분과 지역의 벽을 상징한다고 볼 수도 있다. 실제로 두 사람 사이에는 양반과 천민이라는 신분상의 벽과, 함경도 지역 사람은 서울로 들어갈 수 없게 한 법('양계兩界의 금禁')이라는 현실적 장애가 가로막고 있었다. 홍랑은 자신이 최경창에게는 창밖에 심겨져 있는 버드나무에 불과하다는 것을 은연중에 드러낸 것이다.

그럼에도 불구하고 님에 대한 화자의 사랑은 멈출 수가 없다. 오히려 밤사이 비라도 내려 새 잎이 나거든 자신으로 여겨 달라고 청한다. 그러면 님이 혼자 있는 외로움의 공간은 둘이 함께 있는 사랑의 공간으로 바뀔 것이다. 간절한 사랑과 이별로 인한 슬픔이 극에 달하지 않고서는 생각하기 어려운 표현이다.

이로써 사랑의 장소에서 그리움이 가득한 장소가 되어 버린 화자의 공간(초장)과 역시 홀로 있는 님의 공간(중장)이 화자의 분신이라 할 '새잎'의 등장으로 사랑이 가득한 공간으로 바뀐다. 이처럼 시의 처음과 끝이 같은 구조를 갖는 공간의 순환이 일어나도록 하는 존재가 바로 '버드나무 가지'다. 그러므로 버드나무 가지는 이 작품의 핵심 요소가 된다.

예로부터 버드나무 가지는 이별의 선물이나 애정의 징표로 여겨져 이별 노래에도 빈번히 등장하는 단골 소재이다. 잘 휘어지지만 금방 원래 모습으로 돌아가는 성질 탓이기도 하고, 젊음은 오래가지 않으니 청춘을 외롭게 보내지 않으려면 빨리 돌아오라는 뜻이 담겨 있기도 하다. 여인의 마음은 바람에 흔들리는 버들가지 같다는 뜻도 담겨 있지만, 이런 의미들만으로는 홍랑이 꺾어 보낸 버들가지에 내포된 의미를 설명하기에 부족하다.

홍랑이 꺾어서 최경창에게 보낸, 창밖에 심어 두면 밤비에 새잎이 난다는 버들의 의미는 지극히 현실적이다. 버드나무가 지닌 속성을 통해 사랑을 표현했기 때문이다. 주로 물가나 길가에 많이 서 있는 버드나무는 생명력이 강해서 아무 데서나 잘 자라는 습성이 있다. 반면에 수분을 많이 흡수해야 하기 때문에 가지를 꺾으면 금방 시든다. 이 때문에 젊음은 오래가지 않는다는 의미로 해석하기도 하지만, 이는 버드나무의 속성을 잘 몰라서 하는 소리다. 버들가지는 시들고 나서 한참이 지난 뒤라도 땅에 꽂고 물을 주기만 하면 금방 다시 살아난다. 비록 님과 이별하듯 꺾여서 죽은 듯 보이지만, 땅에 다시 꽂히면, 즉 님을 다시 만나면 버들가지로 상징되는 사랑은 다시금 생명을 얻을 것이다.

버드나무의 이런 속성을 간파하고 이를 변치 않는 사랑으로 승화시킨 홍랑의 비범함이 드러나는 대목이다. 조선 시대의 교통 여건으로 볼 때 함관령에서 서울까지 가는 데는 아무리 적게 잡아도 일주일은 걸렸을 것이다. 그 사이에 시든 버들가지를 창밖에 심으면 다시 비를 맞고 새잎을 틔울 것이다. 그 잎이 바로 홍랑, 곧 사랑이다. 옛사람들이 이별의 선물로 버들가지를 선택했던 이유가 바로 여기에 있으니, 이를 시로 형상화한 홍랑의 시조야말로 사실주의 문학의 극치를 보여 준다고 해도 과언이 아니다.

죽었다 다시 살아나는 버드나무의 성질처럼 자신의 사랑은 영원할 것이라고 노래한 시조의 내용 그대로, 최경창에 대한 홍랑의 사랑에는 변함이 없었다. 서울로 돌아간 연인이 이듬해에 병들어 누웠다는 소식을 들은 그녀는, 밤낮을 가리지 않고 꼬박 일주일을 걸어 그의 거처로 가서 정성껏 간호하여 병을 낫게 했다. 그러나 이 일로 인해 최경창이 함경도와 평안도 지역 사람들의 도성 출입을 금지하는 양계兩界의 금禁을 어겼다는 이유로 파직을 당하고 만다. 홍랑은 어쩔 수 없이 다시 경성으로 돌아간다. 이때 최경창이 한시 한 편을 지어서 난蘭과 함께 보내니 그 내용은 다음과 같았다.

말없이 마주 보며 유란을 주노라   相看脉脉贈幽蘭

오늘 하늘 끝으로 떠나고 나면 언제 돌아오리   此去天涯幾日還

함관령에 올라서 옛 노래를 부르지 마라   莫唱咸關舊時曲

지금까지도 비구름에 청산이 어둡나니   至今雲雨暗靑山

이 시의 내용처럼 두 사람은 정말로 다시 만나지 못한다. 이로써 신분과 현실의 벽을 넘어 끈질기게 이어진 두 사람의 사랑은 끝나는 것처럼 보였다. 그러나 시들었던 버드나무에 다시 새잎이 나듯이 고죽에 대한 홍랑의 사랑은 끝날 줄을 몰랐으니, 최경창이 죽었다는 소식을 들은 그녀는 숯으로 얼굴을 망친 후 경기도 파주에 있는 연인의 묘소를 찾아가 3년간 시묘살이를 한다. 그러다가 임진왜란이 터지자 최경창이 남긴 시고詩稿를 챙겨 피난길에 올랐고, 전쟁이 끝나자 그의 후손에게 원고를 전한 뒤 세상을 떠난다. 그 후 홍랑이 보여 준 뜨겁고 변하지 않는 사랑에 감동한 고죽의 후손들이 그녀를 할머니로 모시기로 하여 지금껏 제사를 받들고 있는 것이다. 참으로 아름다운 사연이 아닐 수 없다.

버들가지를 소재로 홍랑이 남긴 시조에는 이런 감동적인 사랑이 숨겨져 있다. 이와 비슷하게 강물과 눈물만으로 이별의 슬픔을 노래하여 영원성을 얻은 노래가 정지상의 「송인」이다.

정지상 _대동강 물이야 어느 때에 마르리오

비 갠 언덕 위에 풀빛은 더 푸른데   雨歇長堤草色多

님 보내는 남포에 슬픈 노래 울리네   送君南浦動悲歌

대동강 물이야 어느 때에 마르리오　　　　　　　大同江水何時盡

해마다 이별눈물 푸른 물에 보태는걸　　　　　　別淚年年添綠波

고려 때 시인 정지상鄭知常이 지은 이 작품은 '송인送人'으로 불리는데, 우리나라 이별시로 많은 사람들의 입에 오르내려 후대의 시인들치고 이 작품을 차운次韻하여 시를 짓지 않은 이가 드물 정도이다. 조선 시대에 평양에 온 중국 사신이 대동강 모란대 밑의 부벽루浮碧樓에 걸려 있는 현판의 시들을 모조리 떼어 버렸는데, 정지상의 「송인」과 목은牧隱 이색李穡이 지은 「부벽루浮碧樓」만은 절창이라고 하여 남겨 두었다는 일화가 전해진다.

평양 출신의 정지상(?~1135)은 고려 예종과 인종 대의 문신으로, 수도를 평양으로 옮겨야 한다는 '서경천도론西京遷都論'으로 인해 당대 최고의 문장가로 일컬어지던 김부식金富軾에 맞서다가 죽임을 당한 비운의 시인이다. 이규보李奎報가 지은 시화집詩話集『백운소설白雲小說』에 의하면, 김부식은 그 후로 음귀陰鬼가 되어 나타난 정지상 때문에 괴로워했다. 그러다가 절에 간 김부식이 화장실에서 일을 보고 있는데, 정지상의 귀신이 나타나서 음낭을 세게 잡는 바람에 죽었다고 한다.

「송인」은 이별의 현장을 노래하고 있기 때문에 시간상 현재이지만, 과거와 미래를 모두 담는 내용으로 듣는 이의 심금을 울린다. 시상을 일으키는 기起에 해당하는 첫 구절은 비가 갠 뒤에 더욱 파랗게 된 강둑의 풀을 소재로 하고 있다. 지금까지 비 덕분에 님이 떠나지 못했는데, 이제 비가 개니 남겨질 사람의 가슴은 푸른빛을 띠는 풀처럼 멍이 들었다. 비가 그쳐 헤어짐을 앞둔 마음의 멍이 스머들기라도 한 듯이 강 언덕의 풀빛이 푸르기만 하다고 했으니 절묘한 감정이입이라 아니할 수 없다.

이런 시상을 이어받은 둘째 구절은 이별의 현장을 구체적으로 묘사하고 있다. 남포에서 배를 타고 떠나는 님을 잡지는 못하고 그저 구슬픈 노래만 부르고 있으니 이 얼마나 애달픈 심정이며, 얼마나 기가 막힌 광경인가! 그러나 시인은 이별의 슬픔만을 간직한 현재에 머무르지 않고 먼 미래의 이별까지 쓸어 담으려 한다.

전轉에 해당하는 세 번째 구절에서는 대동강 물이 언제 마를 것인가라고 반문함으로써 앞으로도 영원히 마르지 않을 것임을 노래한다. 대동강의 물이 마르지 않을 이유는 이별하는 사람의 눈물이 수없이 보태질 것이기 때문이다. 시인은 차마 다음 구절을 잇지 못하고, 마지막 구절에서 다른 사람의 눈물을 끌어와 자신의 마음을 드러낸다.

기승전결 중 결結에 해당하는 마지막 구절은 대동강의 물이 마르지 않았고, 않을 수밖에 없는 이유를 구체적으로 제시한다. 이 부분에서 핵심을 이루는 것은 '해마다'라는 의미를 지닌 '년년年年'이다. 과거에도 여러 해를 지나면서 수많은 사람들이 이별을 했고, 앞으로도 장구한 세월 동안 또 다른 사람들이 이별할 것이다. 이로써 시인은 과거와 현재와 미래를 하나로 묶어서 자신의 심정을 더욱 절실하게 드러낸다. 읽는 사람으로 하여금 절로 무릎을 치게 하는 절창이 아닐 수 없다.

이후 수많은 사람들의 입에 오르내리게 된 「송인」은 후대 사람들이 이별을 할 때면 뒤의 두 구절을 세 번씩 반복해서 읊조리는 작품, 곧 '해동삼첩海東三疊'으로 자리를 굳힌다. '삼첩' 혹은 '삼첩가三疊歌'라는 말은 중국 당나라 때의 시인인 왕유가 먼 서쪽의 양관으로 부임해 가는 친구 원이元二를 보내면서 지었다는 시(「송원이편서안送元二便西安」)의 끝 두 구절을 후대 사람들이 세 번씩 부른 데서 유래했다. '양관곡陽關曲' 혹은 '위성곡渭城曲'이란 별칭으로 불리는 이 작품은, "위성의 아침 비는 가벼운 티끌을 적시는데, 객사 앞의 푸른 버드나무는 푸르기가 새롭구나, 그대에게 술 한 잔을 또 다시 권하

노니, 서쪽으로 나가 양관에 가면 벗이 없기 때문이네(渭城朝雨浥輕塵 客舍靑靑
柳色新 勸君更進一杯酒 西出陽關無故人)"라고 되어 있다.

　이별할 때 이 시의 뒤 두 구절을 세 번씩 연창하는 중국 풍습에 영향을
받아 「송인」의 두 구절을 '해동삼첩'이라 하였는데, 정서상의 차이 때문인
지는 몰라도 '양관삼첩'보다 '해동삼첩'의 두 구절이 더욱 절묘하게 느껴진
다. 이별의 슬픔이 극대화되는 동시에 이 슬픔을 지극한 아름다움으로 승
화시켰다는 느낌이 들기 때문이다. 술 한 잔에 담긴 이별의 정도 지극하지
만, 떨어지는 눈물 때문에 강물이 마르지 않는 것과 어찌 비교가 될꼬!

　이처럼 우리 민족의 정서는 이별을 이별로 끝내지 않고 영원하게 이어질
사랑과 우정으로 승화시키는데, 조선 시대의 기생인 매창이 지은 시조에도
이러한 정서가 잘 드러난다.

매창 _이화우 흩날릴제 울며 잡고 이별한 님

전라도 부안 지역의 기생이었던 매창梅窓은 선조 6년(1573) 계유년癸酉年에
태어났다고 하여 '계생桂生' '계랑桂娘'이라고도 하는데, 시문詩文과 거문고에
재주가 뛰어나 당대의 문사였던 유희경劉希慶, 허균, 이귀李貴 등과 교류했
던 '시기詩技'로 알려져 있다. 광해군 2년(1610)에 37세의 나이로 세상을 떠
난 그녀는 평생을 부안에서 살았는데, 그녀의 시 짓는 솜씨가 얼마나 뛰어
났던지 부안 사람이면 그녀의 작품을 외울 정도였다고 한다. 그녀가 세상
을 떠나고 58년이 지난 1668년(현종 9) 12월에 부안현 아전들이 외우고 있
던 수백 편의 시 가운데서 58수를 모아 시집을 만들었다고 하니 부안 사람
들의 매창 사랑이 얼마나 깊었는지를 짐작할 수 있다.

　그녀의 시집은 '매창집梅窓集'이란 제목으로 변산에 있는 개암사開巖寺에서 발간되었는데, 후기인 발문跋文에는 시집을 발간하게 된 사연이 상세히 적혀 있다. 부안을 중심으로 한 변산반도 등지에는 그녀와 관련된 유적들이 지금까지 그대로 보존되어 있다. 이 중 가장 주목해야 할 것이 매창의 무덤이다. 조선 시대에는 기생의 무덤을 따로 만들지 않고 주로 공동묘지에 시신을 묻었는데, 매창도 부안 시내에서 남쪽으로 5리쯤 떨어진 봉덕리 공동묘지에 매장되었다. 그 뒤 이곳은 '매창이뜸'이라고 불렸다. 그렇게 내려오던 매창이뜸이 20세기 말에 택지 개발지로 지정되어 사라질 위기에 처했으나 부안 군민들의 노력으로 보존이 결정되어, 지금은 '매창공원'으로 거듭나서 군민들의 휴식처가 되었다. 신분사회였던 조선 시대에 천민인 기생의 몸으로 시집이 발간되고, 그 묘소가 문화유산으로 보존되는 인물은 매창밖에 없을 것이다.

　그러나 아무리 시와 거문고에 뛰어났더라도 기생이라는 신분상의 굴레를 벗어날 수는 없었는데, 그 인고忍苦와 사랑에 대한 그리움이 작품 곳곳에서 묻어난다. 그런 그녀가 평생 몸과 마음을 바쳐 사랑한 사람이 촌은村隱 유희경이다. 비록 유희경(1545~1636)의 자세한 가계는 알 수 없지만, 허균의 『성수시화惺馬詩話』에 "천인이기는 하지만 한시에 능통한 사람"이라고 되어 있는 것으로 보아 신분이 미천했던 것 같다. 천민이었지만 시재詩才가 워낙 뛰어나서 3당시인(이달·백광훈·최경창)의 스승이었던 사암思菴 박순朴淳에게 당시唐詩를 배울 정도였다. 특히 상례喪禮에 밝아서 국상이나 사대부 상喪의 집례集禮를 맡아 보았다고 한다. 그런 공로를 인정받아 나중에는 종2품의 품계에 해당하는 가의대부嘉義大夫까지 올라갔고, 세상을 떠난 후에는 정2품에 해당하는 자헌대부한성판윤資憲大夫漢城判尹으로 추증되었으니, 유희경은 조선 시대의 신분의 벽을 실력으로 뚫은 인물이라고 할 수 있다.

유희경의 문집인 『촌은집村隱集』 행장行狀에는 그와 매창이 처음 만난 순간이 기록되어 있다. "그가 젊은 시절에 부안에 놀러 갔는데, 이름난 기생에 계생癸生이란 사람이 있었다. 그가 서울에서 이름난 시인이란 말을 들은 매창이 묻기를 '유희경과 백대붕白大鵬(선조 때의 천민 시인) 가운데 어느 분입니까?'라고 했다. 유희경과 백대붕의 이름이 이처럼 먼 곳까지도 알려져 있었던 것이다. 유희경은 일찍이 기생을 가까이 한 적이 없었으나 이에 이르러 계율을 깨 버리고 서로 풍류를 즐겼다."

유희경은 매창을 만난 자리에서 시를 한 수 지었다. "일찍부터 남쪽의 계랑이란 이름이 유명해서, 시 짓는 재주와 노래 솜씨가 서울에까지 울렸더라, 오늘에야 서로 보아 참모습을 대하니, 하늘에서 내려온 선녀인 것 같구나.(曾聞南國桂娘名 詩韻歌詞動落城 今日相看眞面目 却疑神女下三淸)" 이 시에서 선녀 같다고 한 것은 아마도 외모가 아니라 매창의 시와 거문고 솜씨를 두고 한 말 같다. 왜냐하면 매창의 정신적인 연인이었던 허균이 남긴 글을 보면, 비록 용모는 아름답지 않지만 시와 거문고 솜씨가 뛰어나다고 되어 있기 때문이다.

두 사람이 처음 만난 것은 임진왜란이 일어나기 직전인 1591년 무렵으로 보인다. 매창과 유희경이 만났다는 기록은 『촌은집』에만 등장하는데, 연도를 밝히지 않고 막연히 젊은 시절이라고 하여 정확한 시기를 알기 어렵다. 그러나 얼마 지나지 않아서 임진왜란이 일어났고, 이때 유희경이 의병에 가담하겠다며 서울로 가는 바람에 이별한 사실로 볼 때, 두 사람이 만나서 사랑을 나눈 시기는 1591년 후반으로 보는 것이 합당하다. 채 1년이 안 되는 짧은 기간이다. 그러나 유희경이 여자를 가까이 하지 않는다는 계율을 깨고 사랑에 빠졌다는 점을 상기할 때 두 사람의 사랑이 꽤 강렬하고 극적이었음을 짐작할 수 있다. 두 사람은 이렇게 난리를 만나 헤어진 뒤 전쟁이 끝날 때까지, 혹은 매창이 세상을 떠날 때까지 다시는 만나지 못했던 것 같다. 최경창과 홍랑의 경우처럼 이별에 대한 기록이 없기 때문에 정확한 내막은 알 수 없지만, 연인과 이별한 후 가을바람이 부는 날 그리움으로 몸부림치던 매창이 시조 한 수를 지었다. 이것이 저 유명한 '이화우 흩날릴제'로 시작되는 작품이다.

이화우梨花雨 흩날릴제 울며 잡고 이별한 님
추풍세우秋風細雨에 저도 날 생각는가
천리에 외로운 꿈만 오락가락 하노매

우리에게 너무나 익숙한 이 시조는 형식적으로는 시간의 역행 구조를, 내용적으로는 이별의 슬픔을 그리움으로 연결하여 예술적 아름다움으로 승화시켰다는 특징이 있다. 먼저 시간의 역행 구조를 살펴보자.

이화梨花, 곧 배꽃이 비처럼 흩날리는 계절인 봄은 우주의 무수한 생명체가 새롭게 태어나고 수많은 만남이 이루어지는 시간이다. 그런 만남의 시간에 매창과 유희경은 차마 떨어지지 않는 소매를 부여잡고 울며 이별한다. 우주의 시간은 만남의 시간이지만, 화자가 처한 현실의 시간은 이별의 시간이 되어 절묘한 대비를 이루고 있다. 생명이 탄생하는 시간을 사랑의 죽음이라는 시간으로 치환하여 노래함으로써 이별의 슬픔을 더욱 고조시키는 수법이 바로 시간의 역행 구조이다. 이러한 역행 구조는 다음 행으로 이어지며 새로운 희망을 싹틔운다.

가을바람이 불고 가랑비가 내리는 죽음의 시간이지만, 화자의 시간은 이와 정반대이다. '저도 날 생각는가'라는 표현은 비록 몸은 멀리 떨어져 있으나 두 사람이 서로 그리워하고 있음을, 사랑의 끈이 끊어지지 않았음을 나타내기 때문이다. 초장에서는 생명의 탄생과 만남의 시간에 사랑의 죽음과 이별을 노래하여 이별의 슬픔을 승화시키고, 중장에서는 생명의 죽음과 이별의 시간에 그리움과 만남에 대한 희망을 드러내어 사랑을 부활시키고 있는 것이다.

이처럼 절묘한 시간의 역행 구조는 종장으로 이어지면서 한층 고조된 정서를 풀어낸다. 현실적으로는 여전히 외로운 처지지만, '천리에 외로운 꿈만 오락가락한다'고 하여 연인에 대한 꿈이라도 꿀 수 있는 것은 앞에서 보여 준 시간의 역행 구조로 승화된 이별의 슬픔과 사랑의 부활 때문이다. 종장에서는 이러한 구조가 공간적 한계를 극복하는 디딤돌이 되니, 천 리나 되는 거리를 두고 떨어져 있는 두 사람 사이에 오가는 꿈은 영원한 사랑의 꿈으로 거듭나게 된다.

시조라는 짧은 형식 속에서 시간의 역행 구조로 이별의 슬픔을 그리움으로 바꾸고, 공간적인 한계를 넘어 사랑의 부활을 꿈꾸는 것은 매창처럼 탁월한 사인이 아니고서는 생각하기 어려운 수법이다. 이처럼 시간적 순환성을 통해 상상의 세계를 현실화하는 작품들을 만나 보자.

화려한 서정시풍, 당풍唐風

고구려와의 전쟁에서 패해 멸망한 수나라의 뒤를 이어서 중국 대륙에 등장한 제국이 선비족 출신이 세운 당나라(618~907)이다. 당나라 때에는 유교儒敎 관련 내용이 과거 시험의 주요 과목이 되는 등 유학과 문학이 크게 발달하였다. 유학의 이념을 중심으로 하는 문화가 발달하면서 귀족 중심의 문학이 크게 부흥했는데, 이 시기에 우리가 '한시漢詩'라고 부르는 근체시近體詩 형식이 완성되었다.

'당시唐詩'라고도 불리는 근체시의 발달 과정은 당나라의 역사에 따라 초당初唐 —성당盛唐—중당中唐—만당晩唐의 네 시기로 구분하여 살펴볼 수 있다. 대부분의 시인들이 관리였던 7세기의 '초당' 시기는 궁정시가 중심을 이루었는데, 그에 따라 화려한 수사적 기법을 자랑한 왕발王勃, 노조린盧照隣, 양형楊炯, 낙빈왕駱賓王 등이 이름을 떨쳤다.

당대의 최전성기라고 할 수 있는 8세기의 '성당' 때는 걸출한 시인들이 다수 배출되었다. 수사와 내용이 조화를 이루는 시풍이 유행한 이 시기의 대표적인 시인들로는 이백李白과 두보杜甫를 정점으로 하여 왕유王維, 맹호연孟浩然, 왕창령王昌齡, 고적高適 등이 있다.

8세기 후반에서 9세기 초반까지의 '중당' 기에는 평이한 표현을 중시한 백거이白居易, 원진元稹, 개성적이면서도 난해한 표현을 즐겨 쓴 한유韓愈, 이하李賀 같은 시인들이 활동했다. 한유와 유종원柳宗元 등은 한나라 이전의 문체를 규범으로 하여 시를 지어야 한다는 '고문부흥운동'을 주도하기도 했다.

9세기 중반부터 10세기 초반까지인 '만당' 시대는 섬세하면서도 감상적인 시풍이 주류를 이루었다. 대표적인 시인으로는 두목杜牧, 이상은李商隱, 온정균溫庭筠, 위장韋莊 등을 들 수 있다.

당나라 때 완성된 한시는 형태에 따라 오언시五言詩와 칠언시七言詩로 구별된다. '오언시'는 하나의 구절이 다섯 글자로 이루어진 것이고, '칠언시'는 하나의 구절이 일곱 글자로 이루어진 시를 가리킨다. 오언시와 칠언시는 다시 절구絶句와 율시律詩로 구분되는데, 절구는 네 개의 구절이 한 편의 작품을 이루는 것이고, 율시는 여덟 개의 구절이 한 편의 작품을 이루는 것이다.

이 시기에는 한시를 짓는 여러 가지 규칙도 완성되는데, 첫째 구절의 마지막 글자와 짝수 구절의 마지막 글자는 반드시 동일한 평성平聲에 속하는 글자를 쓰도록 하는 '압운押韻'의 법칙, 기승전결의 법칙, 상대가 되는 구절을 마주 보도록 놓아서 표현의 묘미를 추구하는 대구對句의 법칙, 평성과 측성仄聲을 일정한 규칙에 맞도록 써야 하는 평측의 법칙 등이 확립되어 정형시로서의 모습을 완전하게 갖춘다.

이처럼 당나라 때 형성된 한시의 풍격風格을 '당풍唐風'이라고 하는데, 이때 지어진 시의 가장 중요한 특징은 뜻과 감흥을 중시한다는 점이다. 그렇기 때문에 논리적이고 분석적인 송나라 시대의 시풍과는 대조를 이룬다. 당시唐詩는 시인의 정서를 그대로 드러내는 흥興을 중시했기 때문에 서정적이고 함축적인 표현들이 주를 이룬다. 그래서 고사故事 등을 인용하여 논리적으로 시상詩想을 전개하며 그 뜻을 확장시키는 용사用事가 많이 보이지 않는다.

당풍을 한 마디로 말하면, 직관적인 정서 표현을 중시하면서 시인의 흥취에 충

실한 시작詩作 기풍이라고 할 수 있다. 따라서 당풍 시는 화려하고 절묘한 비유
적인 표현을 많이 사용하고, 정서의 자연스런 발로를 중요하게 여기는 성향이
있다. 그런데 당나라의 마지막 시기인 '만당' 기에는 섬세하고 감상적인 시풍이
주류를 이루면서도 지나친 형식주의로 빠지면서 퇴폐적인 경향을 띠기도 했다.

「모죽지랑가」 _ 눈 깜짝할 사이에 만남을 만들겠습니다

6세기에 이르러 신라는 불교를 국교로 받아들이면서 정신세계의 합일을 시도하고, 화랑도라는 수련 조직을 통해 정치적 단결을 이루면서 성읍연맹城邑聯盟의 정치체제에서 탈피하여 강력한 중앙집권 군주제를 확립하게 된다. 이러한 민족 통합의 과정에서 승려이면서 화랑의 낭도郎徒이기도 했던 낭승郎僧들이 민요를 수용하여 새로운 형태로 발전시킨 것이 바로 향가鄕歌였다. 이 향가가 7세기 들어 민족적 시가로 발전하며 10구체 형태의 '사뇌가계詞腦歌系 향가'를 낳는다. 사뇌가계 향가의 가장 중요한 특징은 개인적인 서정을 중심으로 한다는 점인데, 특히 득오得烏라는 낭도가 죽지랑竹旨郎이란 화랑을 사모하여 지은 노래인 「모죽지랑가慕竹旨郎歌」는 개인이 지닌 서정성을 시간과 공간을 넘나드는 미학으로 잘 형상화했다.

간 봄 그리워함에

모든 것이 우리 시름

아름다움 나타낸 모습이

주름살이 지려 하옵니다

눈 깜짝할 사이에

만남을 만들겠습니다

랑郎이시여!

그리운 마음에 가는 길

다북쑥 우거진 구렁에

잘 밤 있으리이까

「삼국유사」에 실려 있는 배경 설화에 의하면 죽지랑과 득오는 화랑과 낭도 사이로, 득오가 죽지를 무척이나 존경하고 따랐다고 한다. 그런데 득오는 본인의 의사와 상관없이 죽지의 곁을 떠나 다른 곳에서 부역을 하며 어려움을 겪었다. 흠모하고 사랑하는 사람은 옆에서 늘 보고 있어도 그리운 법인데 멀리 떨어져서 오랫동안 보지 못했으니 그 그리움이야 오죽했으랴. 이러한 그리움과 애틋함이 「모죽지랑가」에 잘 표현되어 있다.

「모죽지랑가」는 전체 구조 속에 시간을 교묘하게 개입시키는 특이한 구조로 되어 있다. 여기에서 사용되는 시간은 두 갈래로 나누어서 생각할 수 있다. 화자가 지닌 그리움이라는 정서를 효율적으로 표현하기 위한 시간의 역행逆行과, 그리움으로 가득한 시인의 현재 상황을 표현하기 위한 시간의 순행順行이 그것이다. 이처럼 「모죽지랑가」에 구현된 시간은 과거로의 역행과 미래로의 순행이 어우러져 화자의 그리움을 극대화하고 있다.

먼저 시간의 역행 구조를 보자. 이 작품에서 화자는 자신이 흠모하고 사랑하는 대상과 멀리 떨어져 있어 그에 대한 그리움이 극에 달한 상태이다. 그러나 화자는 이 그리움을 직접적으로 표현하지 않는다. '간 봄', '그리워함에' 등의 표현은 과거에 시인이 사모하는 대상과 함께했던 시간들을 가리키는 표현으로, 그 대상이 부재한 지금 화자는 그때를 회상하여 자신이 지닌 사모의 정을 극대화하여 표현하는 시간의 역행 구조를 취하고 있다. '아름다움 나타낸'과 '주름살' 역시 아름다웠던 과거의 모습과 늙어 가는 현재의 모습을 대비시켜 그리움을 극대화하는 표현이다.

봄이 아닌 현재의 상황에서 봄을 그리워하는 처음의 방식과 달리, 세 번째 줄과 네 번째 줄에서는 과거의 아름다움을 바탕으로 현재의 늙음을 노래함으로써 화자의 그리움을 나타내고 있으니 절묘한 표현 방법이 아닐 수 없다. 앞에서 보이는 시간의 역행은 화자가 지니고 있는 시름의 원천이 님의 부재에 있음을 부각시켜 그리움을 강조하는 구조이고, 뒤에서 보이는 시간의 역행은 사모의 대상이 처한 현재를 통해 과거의 아름다움을 봄으로써 슬픔을 극대화하는 방법이다. 화자의 시름과 슬픔을 강조하는 이중의 역행 구조는 그 속에 담긴 의미를 더욱 부각시키는 효과를 발휘한다. 왜냐하면 현재를 바탕으로 과거를 보고, 그 과거를 통하여 현재의 그리움을 극대화하는 방법은 역행된 시간을 길게 설정함으로써 그 시간만큼 그리움의 크기를 극대화하는 효과를 낳기 때문이다.

화자는 여기서 그치지 않는다. 앞에서 시름과 슬픔을 바탕으로 극대화한 그리움의 정서를 이번에는 현재를 바탕으로 미래로 옮겨 가는 수법으로 절절히 노래하기 때문이다. 과거가 있어야 현재가 있고 현재가 있어야 미래가 있다는 것은 당연한 이치건만, 화자는 길고 긴 물리적 시간을 최대한 단축시키려 시도한다. 이는 시간을 거슬러 그리움의 길이만큼 물리적 시간의 길이를 최대한 길게 하려는 앞의 방식과 대립되는 방식이다. 화자의 이러한 의도는 '눈 깜짝할 사이'와 '만남', '그리운 마음에'와 '잘 밤 있으리이까'에 잘 나타난다.

앞의 두 표현은 미래에 일어날 가능성이 있는 만남을 현실로 앞당겨서 선점先占하는 방식을 취하고 있다. 어떤 대상에 대한 강렬한 욕구는 원하는 것이 이루어지는 방향으로 인간을 움직여 미래를 먼저 차지하게 한다. '눈 깜짝할 사이'와 '만남'은 이처럼 그리움을 앞당기는 욕구의 표현이 된다. 화자가 품고 있는 죽지랑에 대한 그리움과 사모의 정이, 님과의 만남을 일각이라도 빨리 실현시키겠다는 의지로 구체화되는 것이다. 화자와 님이 얼마나 멀리 떨어져 있는지는 알 수 없지만, 현실적으로 화자가 죽지랑을 만나는 데에는 물리적인 시간이 필요하다. 화자는 이조차 기다릴 수가 없다. 그래서 '눈 깜짝할 사이'라고 표현했다. 실제로는 아무리 빨라도 눈 깜작할 사이에 만날 수 없지만, 화자의 강렬한 욕구는 현실을 뛰어넘어 미래에 먼저 가 닿는다.

이처럼 미래를 선점하여 님과의 정신적 만남에 도달한 화자는, 이제 사모와 그리움의 대상인 죽지랑을 만나러 떠난다. 그리고 이제 님을 만나러 가는 데 걸리는 현실적 시간이 화자의 마음을 무겁게 한다. 초초해진 화자는 일각이라도 빨리 님을 만나고자 잠도 자지 않고 달려가겠다고 노래한다. 앞에서 '눈 깜짝할 사이'와 '만남'이라는 표현으로 시간을 선점하여 사모의 정과 그리움을 극대화했다면, '그리운 마음에'와 '잘 밤 있으리이까'는 물리적인 시간을 단축하여 현실적인 만남을 빨리 이루려 하는 화자의 마음을 담고 있다.

이처럼 「모죽지랑가」는 현재를 중심으로 과거와 미래 양 방향으로 향하는 화자의 정서를 겹이중의 시간 구조로 노래하고 있다. 「모죽지랑가」에 보이는 겹이중의 시간 구조는 현재를 기점으로 하여 과거와 미래로 향하는 시간 역행 및 순행이 하나이고, 과거로의 시간 역행에는 그리움의 길이만큼 시간을 길게 하는 수법을, 미래로의 시간 순행에서는 재회에 대한 욕구만큼 시간을 짧게 하는 수법을 사용한 것이 두 번째이다. 바로 이러한 형식이 「모죽지랑가」를 최고의 향가 작품으로 올려놓는 데 결정적인 역할을 했다.

과거와 현재와 미래를 역행과 순행이라는 구조로 표현한 「모죽지랑가」의 구조는 배경 설화로도 뒷받침된다. 「모죽지랑가」의 배경 설화는 크게 두 부분으로 나뉜다. 먼저 득오와 죽지랑의 관계에 대한 것으로, 득오가 죽지를 사모하는 만큼 죽지랑도 득오를 지극히 아꼈다는 전반부의 이야기가 있다. 다른 하나는 죽지랑은 승려가 환생하여 화랑으로 태어난 경우로, 죽지랑이 얼마나 훌륭한 인물인지를 보여 주는 후반부의 출생담이다. 전반부는 향가와 관련된 이야기로, 후반부는 불교의 연기적緣起的 순환 시간과 관련된 이야기로 볼 수 있다.

전반부의 이야기는 죽지랑을 사모하는 득오의 마음이 「모죽지랑가」의 역행 시간 구조로 실현된 것으로, 후반부의 이야기는 불교의 연기적 순환 시간이 애국·애족의 세속적 순환 시간으로 치환된 것으로 볼 수 있다. 향가에 나타난 이러한 시간 구조는 조선 시대에 이르면 시간의 순환 구조를 통해 공간의 이동이 가능한 경지로까지 나아가는데, 바로 사대부들이 지은 조선 초기의 가사가 이런 양상을 띤다.

「성산별곡」_인간의 시간에서 선계의 공간으로

가사歌詞는 시조와 더불어 조선 시대 시가문학의 양대 산맥을 이루는 시가 형식이다. 주로 놀이 공간에서 향유된 시조가 작가 개인의 정서를 노래하기에 알맞은 형식이었다면, 가사는 정치적 이념과 교훈적인 내용들을 중심으로 그 속에 작가의 이념과 정서를 담아낸 문학 갈래라고 할 수 있다.

조선조의 가사문학은 불우헌不憂軒 정극인丁克仁이 지은 「상춘곡賞春曲」으로 시작되었다고 본다. 물론 가사의 효시는 고려 말의 나옹화상懶翁和尙이 지었다는 「서왕가西往歌」나 「승원가僧元歌」라고 할 수 있으나, 가사가 조선조 사대부들이 주로 지은 한글문학 갈래였음을 생각할 때 정극인의 「상춘곡」을 그 본격적인 출발점으로 잡는 것이 타당하다. 이후 조선조 사회가 끝날 때까지 많은 수의 작가들이 가사 창작에 참여하여 다양하면서도 엄청난 양의 작품들을 지어 낸다. 조선조 후기에 가서는 영남 지방을 중심으로 부녀자들의 '내방가사內房歌辭'까지 등장하여 그 폭이 더욱 넓어진다.

이러한 발달 과정에서 특히 조선 초기에 사대부들이 지은 가사 작품은 순환적 시간이 개입하는 구조로 되어 있다는 점이 특이하다. 가사에서 시간이 작품에 관여하는 방식은 크게 두 가지로 구분되는데, 하나는 인간 세상인 하계下界에서 신선의 세계인 선계仙界로 가는 과정에 관여하는 방식이고, 다른 하나는 선계에서 하계로 오는 과정에 개입하는 방식이다.

하계에서 선계로 들어가는 과정에 순환적 시간이 개입하는 작품은 대부분 서사·본사·결사의 3단 구성으로 되어 있다. '서사序詞'는 작품의 시작 부분으로, 작가가 지향하는 선계의 시공時空으로 들어가기 전의 도입 부분이다. 이때의 시간과 공간은 일치하는 것이 특징이다. 여기서의 시간은 작가가 처한 현재로서, 인간 세상에서의 삶이 녹아 있는 직선적이고 순간적이며 한번 흘러가면 다시는 돌아오지 않는다. 음모와 모략이 소용돌이치고, 생로병사가 지배하는 시간인 것이다. 그러므로 서사의 시간은 바로 인간의 시간이 된다. 영원성도 없고, 순수함도 없으며, 모든 것이 상대적이고 순간적인 상태가 바로 서사 부분에서 보이는 시간의 의미다.

서사의 시간은 이처럼 세속적이지만, 공간은 약간 다른 성격을 띤다. 왜 냐하면 이러한 유형의 작품들은 모두 세속적인 공간의 끝이며 선계적인 공 간의 시작점이 될 수 있는 곳을 소재로 삼고 있기 때문이다. 「성산별곡」의 무대가 되는 식영정息影亭이 그렇고, 나중에 살펴볼 송순이 지은 「면앙정가 俛仰亭歌」의 소재가 되는 면앙정俛仰亭도 그러하다. 작품의 소재가 되는 이 공간들은 현실 안에 있으면서도 세상의 끝에 있는, 일정한 장치를 통하면 언제든지 선계의 공간으로 들어갈 수 있는 상태를 간직하고 있다. 따라서 바로 뒤에 오는 '본사本詞'에서는 하계에서 선계로 옮겨 갈 수 있는 장치가 필연적으로 요구된다.

선계의 공간은 하계의 그것과는 구별되는 신성성과 순수성을 간직한, 시 간의 구속을 받지 않는 공간이다. 조선 시대의 사대부가 추구하는 이상적 세계관이 실현될 수 있는 공간인 것이다. 그렇다면 가사 작품의 작자는 어 떤 수단을 통해 하계의 공간에서 선계의 공간으로 들어가게 될까? 하계의 공간에서 선계의 공간으로 들어가는 매개체로 작용하는 것이 바로 시간인 데, 이때의 시간은 하계의 시간이면서 동시에 선계의 시간으로 갈 수 있는 장치를 내장하고 있어야 한다. 우리 인류가 인지하는 시간은 어디에서 와 서 어디로 가는지 알 수 없고, 놀아오지도 순환되지도 않는 직선 개념이다. 그러므로 이 시간은 절대 반복될 수 없고 순간적이다. 다만 시간이라는 것 자체만이 영원할 뿐이다. 따라서 인간의 능력으로 파악되는 하계의 시간은 비반복적인 순간의 연속일 뿐, 그것 자체가 영원성을 가질 수는 없다.

반면에 선계의 공간과 시간은 영원한 것으로 설정된다. 따라서 선계에 들어가려면 일회적이고 순간적인 하계의 시간을 반복적이고 순환적으로 바꾸어야 한다. 즉, 회귀하지 않는 단선적인 시간을 일정한 주기로 반복되 는 순환적인 시간으로 바꿔야만 선계의 시·공으로 들어갈 수 있다. 여기에 활용되는 것이 바로 사계절의 순환이다. 봄·여름·가을·겨울은 1년을 주기로 반복된다. 이러한 자연현상을 작품의 구성 요소로 끌어들이면 일회적 시간을 순환적 시간으로 돌려놓을 수 있다. 순환 개념을 획득한 시간은 순간적으로 흘러가는 것이 아니라 순환하는 존재로 탈바꿈하고 영원성을 획득한다. 이에 따라 작품에 담긴 작가의 정서 또한 시간을 넘어서서 사계절이란 순환적 시간에 실려 영원성과 순수성을 가진 선계의 시·공으로 옮아 가게 된다.

이렇게 하여 선계의 시·공으로 옮겨 온 작가는 작품의 '결사結詞' 부분에서 자신의 이상을 드러내어 표현하게 된다. 영원성을 얻은 선계의 시간과 공간은 작가에게 무한한 가능성을 열어 준다. 결사에서의 시간은 영원성 속에서 정지한 것이나 다름없이 되고, 공간은 모든 번민과 고통에서 벗어난 순수의 공간이 된다. 이에 따라 작가는 신선神仙으로, 주변 환경 또한 그렇게 설정된다.

결사에서 형상화되는 시간은 서사에서 표현된 시간처럼 현재의 시간이 되, 순간적 시간이 아닌 영원한 시간이 되어 질적으로 전혀 다른 현재가 된다. 이에 따라 공간 개념 역시 크게 바뀌는데, 하계의 질서에서 영향을 받는 공간에서 선계의 질서에 부응하는 공간으로 바뀌게 되기 때문이다. 좀 더 구체적으로 말하면, 작품의 소재가 되는 공간의 시간들이 사계의 시간을 통해 순환성으로 파악되면서 영원성과 관계를 맺게 되고, 이것이 선계에 대한 표현과 맞물리면서 선계의 시간으로 지양止揚되는 양상을 띠게 된다.

序詞

어떤 지날 손이 성산에 머물면서

서하당 식영정 주인아 내말 듯소

인생 세간에 좋은일 많건만은

어찌 한강산을 갈수록 낫게여겨

적막 산중의 들고아니 나시는고

송근을 다시쓸고 죽상의 자리보아

져근덧 올라앉아 어떤고 다시보니

천변에 떴는구름 서석을 집을삼아

나는듯 드는양이 주인과 어떠한가

창계 흰물결이 정자 앞에 둘러스니

천손운금을 누구라서 베어 내여

잇는듯 펼치는듯 헌사키도 헌사쿠나

산중에 책력없어 사시를 모르더니

눈 아래 펼친 경이 철철이 절로 나니

듣거니 보거니 일마다 선간이라

本詞

매창 아침 볕에 향기에 잠을 깨니

산옹의 하올 일이 곧 없지도 아니하다

울 밑 양지편의 외씨를 심어 두고

매거니 도두거니 빗김에 다루어 내니

청문고사를 이제도 있다하겠다

망혜를 재촉해 신고 중작을 흣디디니

도화핀 시내길이 방초주에 이었구나

잘닦은 명경 중 절로 그린 돌병풍

그림자로 벗을 삼고 새와 함께가니

도원은 여기로다 무릉은 어디인가

남풍이 건듯 불어 녹음을 헤쳐내니
절 아는 괴꼬리는 어디로서 오던고
희황 벼개 위에 풋잠을 얼풋 깨니
공중 젖은 난간 믈 위에 떠 있구나
마의를 갖추어입고 갈건을 기우쓰고
구부락 비기락 보는것이 고기로다
하룻밤 비기운에 홍백련이 섞어피니
바람끼 업어서 만산이 향기로다
염계를 마주보아 태극을 묻는듯이
태을진인이 옥자를 헤쳤는듯
노자암 바라보며 자미탄 곁에두고
장송을 차일삼아 석경에 앉아보니
인간 유월이 여기는 삼추로다
청강의 떳는 오리 백사에 옮아앉아
백구를 벗을삼고 잠길줄 모르나니
무심코 한가함이 주인과 어떠한가

오동 서리달이 사경에 도다오니
천암만학이 낮인들 그러할까
호주 수정궁을 뉘라서 옮겨왔는가
은하를 건너뛰어 광한전의 올랐는듯
짝맞은 늙은솔은 조대에 세워두고

 시간과 공간을 자유롭게 넘나들다

그아래 배를띄워 가는대로 던져두니

홍요화 백빈주 어느사이 지났길래

환벽당 용의 소가 배앞에 닿았나니

청강녹초변에 소먹이는 아이들이

홍취를 못이겨 단적을 빗겨부니

물아래 잠긴용이 잠깨어 일어날듯

내의 기운에 나온 학이

제깃을 버리고 반공에 숫아뜰듯

소선 적벽은 추칠월이 좋다하되

팔월 십오야를 모두어찌 자랑하는가

섬운이 사권하고 물결이 채잔적의

하늘에 돋은달이 솔위에 올랐으니

잡다가 빠진줄이 적선이 야단스럽구나

공산에 쌓인 잎을 삭풍이 거두러불어

떼구름 거느리고 눈까지 몰아오니

천공이 호사로워 옥으로 꽃을지어

만수천림을 꾸며서 내었도다

압여흘 꽁꽁얼어 독목교 빗겼는데

막대멘 늙은중이 어느절로 갔단말인가

산옹의 이부귀를 남에게 말마시오

경요굴 은세계를 찾을 사람 있을지라

산중에 벗이없서 황권를 쌓아두고

만고인물을 거슬러 헤어보니

성현은 커니와 호걸도 많기도많다

하늘 생기실제 곧무심 할가만은

어찌 한시운이 일락배락 하였는고

모를일도 많거니와 애닯음도 끝이없다

기산에 늙은고불 귀는어찌 씻었던가

박표를 떨친후에 행장이 더욱높다

인심이 낯같아서 볼수록 새롭거늘

세사는 구름이라 험하기도 험하구나

엊그제 빚은술이 어느정도 익었으니

잡거니 밀거니 싫도록 마셔대니

마음에 맺힌시름 져으기 더는구나

거문고 시욹었어 풍입송이로구나

結詞

손인동 주인인동 다잊어 버렸어라

장공에 떳는 학이 이골의 진선이라

요대월하에 행여 아니 만났는가

손이 주인에게 이르되

그대 귄가 하노라

　이 「성산별곡」에서 서사序詞의 시간과 공간은 하계에 머물러 있다. 여기
서는 화자와 주인이 하나로 합일되지 않아서 소통이 불가능한 상태이다.
화자는 아직 하계에 있고, 상대편 주인은 선계에 있기 때문이다. 그렇기 때

문에 아직까지 화자는 지나가는 길손에 불과하고, 일방적으로 주인에게 말을 건네는 정도이다. 화자와 주인은 시간상으로나 공간상으로나 엄청나게 먼 거리에 있는 것이다. 시·공이 서로 다른 상태에 있기 때문에 선계의 주인은 하계의 화자에게 어떤 말도 하지 못하고 화자의 물음에도 대답하지 않는다. 결국 서사에서는 화자의 일방적인 독백으로 작품이 이어져 나갈 수밖에 없다.

본사本詞로 접어들며 화자는 주인이 머물고 있는 공간에 좀 더 가까이 다가간다. 봄·여름·가을·겨울로 나뉘어져 구성된 본사는 사계절의 순환을 통해 일회적으로 지나가는 시간을 끊임없이 순환하는 시간으로 돌려놓는 데 성공한다. 이렇게 직선의 시간을 곡선의 시간으로 돌려놓음으로써 화자는 비로소 선계의 시·공으로 들어갈 수 있는 여지를 발견한다. 그러나 저자인 송강松江 정철은 사계절의 순환만으로 본사를 구성하지 않고 각각의 계절에 하루의 순환을 맞대응시킨다. 그렇게 이중적 순환의 시간성을 담아내어 작품의 예술적 완성도를 높였다. 봄-아침, 여름-낮, 가을-밤, 겨울-새벽이 대응되는 이중적 순환은 하계의 일회적 순간성에서 선계의 순환적 영원성으로 들어가는 데 더욱 강력한 매개로 작용하며, 나아가 작가의 이념을 예술적으로 실현하는 데 중요한 몫을 담당하게 된다.

본사에서 형상화한 순환적 시간성에 힘입어 선계의 시·공으로 들어온 화자는 이제 주인과 마주하며 술을 마시고 대화를 주고받을 수 있게 된다. 결사가 주인이 화자에게 질문을 하는 방식으로 진행될 수 있는 것은 이 때문이다. 손과 주인의 구분이 없어진 상태가 되자, 서사에서는 어떤 반응도 보이지 않던 주인이 신선을 보았느냐고 화자에게 묻는다. 이처럼 작품은 선계의 인물인 주인과 하계의 인물인 화자가 완벽한 일치를 보이면서 선계의 시간 속에 함께하는 것으로 마무리된다. 「성산별곡」은 작가가 지닌 탁월한 언어 조탁 능력과 순환적 시간성을 바탕으로 한 구조적 예술성이 돋보이는 가사문학의 백미로 손꼽힌다.

「사미인곡」_선계의 공간에서 인간의 시간으로

「사미인곡思美人曲」은 송강 정철이 전라도 창평昌平으로 귀양을 가서 송강정松江亭에 머물 때 지은 가사이다. 이 작품은 「속미인곡續美人曲」, 「관동별곡關東別曲」과 함께 조선 시대 최고의 '충신연군지사忠臣戀君之詞'로 꼽힌다. 조선 후기의 소설가인 김만중金萬重은 수필집 『서포만필西浦漫筆』에서 이 세 작품을 "동방의 이소離騷"라고 극찬한 바 있으며, 홍만종洪萬宗은 『순오지旬五志』에서 「사미인곡」을 중국 삼국시대의 충신인 제갈공명諸葛孔明이 지은 「출사표出師表」에 견줄 만하다고 했다. 중국 초楚나라의 충신이었던 굴원屈原이 지었다는 장편 서사시 「이소」와 유비劉備의 책사였던 공명이 지었다는 「출사표」는 그 충성스런 내용과 아름다운 문체로 이름이 높은데, 송강의 가사를 그에 견줄 만하다고 했으니 최고의 찬사가 아닐 수 없다.

이 몸 생겨날 때 님을 따라 생겨나니
한평생 연분이며 하늘 모를 일이런가
나 하나 젊어 있고 님 하나 날 괴시니
이 마음 이 사랑 견줄 곳 다시없다
평생에 원하기는 함께 살자 하였더니
늙어서 무슨 일로 홀로 두고 그리는고
엊그제 님을 모셔 광한전에 올랐더니

그 사이 어찌하여 하계에 내려오니
올적에 빗은 머리 허트러진 삼년일세
연지분 있지만은 누굴 위해 곱게 할고
마음에 맺힌 시름 첩첩이 쌓여 있어
짓느니 한숨이오 지느니 눈물이라
인생은 유한한데 시름은 끝이 없네
무심한 세월은 물 흐르듯 하는구나
염량이 때를 알아 가는 듯 다시 오니
듣거니 보거니 느낄 일도 많기도 많다

동풍이 문득 불어 적설을 헤쳐내니
창밖에 심은 매화 두세 가지 피었어라
가뜩이나 냉담한데 암향은 무슨 일인가
황혼에 달이 들어 베개머리에 비치니
느끼는듯 반기는듯 님이신가 아니신가
저 매화 꺾어내어 님계신데 보내고자
님이 너를 보고 어떻다 여기실가

꽃 지고 새잎 나니 녹음이 깔렸는데
비단장막 적막하고 수 장막이 비어 있다
부용을 걷어놓고 공작을 둘러 두니
가뜩 시름 많은데 날은 어찌 길기만한가
원앙금 베어놓고 오색실 풀어내어
금자로 견주어서 님의 옷을 지어내니

수품은 커니와 제도도 갖추었구나
산호수 지게 위에 백옥함의 담아두고
님에게 보내려고 님 계신데 바라보니
산인가 구름인가 험하기도 험하구나
천리만리 길에 뉘라서 찾아갈까
가거든 열어두고 날인가 반기실가

하룻밤 서리김의 기러기 울며 갈 때
위루에 혼자 올라 수정렴을 걷으니
동산에 달이 돋고 북극에 별보이니
님인가 반기니 눈물이 절로 난다
청광을 피워내어 봉황루의 붙이고자
루위에 걸어두고 팔황에 다 비추어
심산궁곡을 낮과 같이 만드소서

건곤이 폐색하여 백설이 같은 빛인데
사람은 커니와 날새도 끊어졌다
소상남반도 춥기가 이렇커든
옥루고처야 더욱 일러 무엇하리
양춘을 붙여내어 님 계신 데 쏘이고자
모첨에 비친 해를 옥루에 올리고자
홍상을 차려입고 취수를 반만 걷어
일모수죽에 생각도 많기도 많네
짧은 해 쉽게 져서 긴 밤을 곧추 앉아

청등 걸린 곁에 자개공후 놓아 두고
꿈에나 님을 보려 턱 받치고 비겼더니
앙금도 차기도차구나 이 밤은 언제 샐까

하루도 열두 때 한 달도 서른 날
잠깐도 생각말자 이 시름 잊자 하니
마음에 맺혀있어 골수에 끼쳤으니
편작이 열이 와도 이 병을 어찌하리
어와 내 병이야 이 님의 탓이로다
차라리 죽어져서 범나비 되오리라
꽃나무 가지마다 간 데 족족 다니다가
향 묻힌 날개로 님의 옷에 옮으리라
님이야 날인 줄 모르셔도내 님 좇으려 하노라

「사미인곡」도 「성산별곡」처럼 서사·본사·결사의 형태로, 봄·여름·가을·겨울이라는 사계절의 순환을 통해 공간 이동이 가능한 구조로 되어 있다. 다만 「성산별곡」은 하계에서 선계로 올라가는 상승의 구조인 데 반해, 「사미인곡」은 선계에서 하계로 내려오는 하강 구조라는 점이 다르다. 이는 작가인 송강이 임금의 곁을 떠나 전라도 창평으로 귀양을 가서 지은 작품이라는 점에 기인한 것으로 보인다. 하늘의 선녀가 죄를 짓고 인간 세계로 내려와 하늘나라를 그리워하듯, 원래 자신이 있던 서울을 선계로 설정하고, 귀양 와 있는 창평을 하계로 설정하여 임금에 대한 그리움과 충성을 곡진하게 노래하는 작품이 바로 「사미인곡」이기 때문이다.

이 작품에서 중심이 되는 시간은 현재이다. 서사의 시간도 현재이고, 본사의 시간도 현재이며, 결사의 시간도 현재이다. 그러나 서사의 현재와 결사의 현재는 본질적으로 다르다. 서사의 현재는 과거로 향하는 역행의 시간이고, 결사의 현재는 미래를 향하는 순행의 시간이며, 본사의 현재는 돌고 도는 사계절이 담긴 순환적 시간이다. 과거 지향적인 현재에서 출발하여, 사계절의 순환적 시간을 거치면서 미래 지향적인 현재로 거듭나기 때문이다. 그런데 「사미인곡」에서는 「성산별곡」에서처럼 공간의 이동이 일어나지 못한다. 왜냐하면 귀양이 아직 풀리지 않은 상태이기 때문이다. 이처럼 이 작품은 공간적 이동이 불가능한 귀양이라는 현실을 배경으로 작가의 슬픔과 애절한 그리움, 안타까움을 담아내었다.

「사미인곡」처럼 선계에서 하계로 진행하는 구조로 된 작품의 시간은 「성산별곡」처럼 현재에서 현재로 진행하며, 본사를 이루는 시간 역시 사계의 시간과 맞물려서 표현된다는 점에서 현재와 사계절이라는 두 개의 순환이 맞물리는 양상을 띤다. 사계절의 순환은 영원성을 얻기 위한 장치이지만, 동시에 영원의 시간 속에 있는 선계에서 순간의 시간이 지배하는 하계로 작품을 진행시키기 위한 장치이기도 하기 때문에 작품 속에서 역행 구조를 형성하게 된다. 이것은 작가가 처한 현실과 이 현실에서 느끼는 복잡한 심경이 빚어낸 결과라고 할 수 있다.

서사에서 보이는 시간은 현재이지만, 동시에 이곳에 과거의 시간이 끼어든다. 이러한 현상은 「사미인곡」 계통의 작품들이 대부분 이별한 군주를 그리워하는 내용으로 되어 있다는 사실을 생각하면 쉽게 이해할 수 있다. 과거의 선계에서 현재의 하계로 내려온 작가에게 사계절의 순환은 하강의 시간으로 작용할 수밖에 없다. 그러므로 마지막 부분인 결사가 죽음으로 이어지는 것은 필연적인 결과라고 할 수 있다. 죽지 않고서는 잃어버린 영원성을 되찾을 방법이 없기 때문이다. 영원성과 순수성을 가졌던 선계의 시·공에서 그 역행이라고 할 수밖에 없는 순간성과 비순수성을 가진 시·공으로의 이동이 그러한 결과를 낳은 것이다.

이처럼 현재의 시간에 과거의 시간이 맞물리고, 이것이 사계절의 순환성으로 이어지며 영원성을 획득하지만, 그것은 선계로의 상승이 아니기에 결사에서는 현재에 미래가 개입하며 기쁨이나 충만함이 아닌 걱정과 기원으로 종결된다. '님이야 날인 줄 모르셔도 내 님 좇으려 하노라'. 이는 '요대월 하에 행여 아니 만났는가 손이 주인에게 이르되 그대 건가 하노라'로 끝나는 「성산별곡」의 결사와 분명 다른 분위기다. 그도 그럴 것이 「사미인곡」에서는 저자가 자유로운 공간 이동이 불가능한 귀양 상태이다. 그래서 앞날을 기약할 수밖에 없다.

이러한 기원에도 불구하고 귀양의 현실은 쉬이 끝나지 않았다. 「사미인곡」의 속편인 「속미인곡續美人曲」이 나온 배경에는 저자의 이러한 암울한 현실이 자리하고 있다. 하지만 송강 정철이 지은 '양미인곡兩美人曲'의 영향력은 실로 막강하여, 이후 비슷한 부류의 작품이 쏟아져 나와 미인계 작품이 문학의 한 계열을 형성했다. 김춘택金春澤의 「별사미인곡別思美人曲」, 이진유李眞儒의 「속사미인곡續思美人曲」, 양사언楊士彦의 「미인별곡美人別曲」 등은 모두 「사미인곡」을 본받아서 지어진 것들이다.

「면앙정가」_두 나래 펼치고 천리를 날아가리

「면앙정가俛仰亭歌」는 면앙정 송순宋純이 관직에서 물러나 고향인 전라도 담양의 제월봉霽月峰 아래에 '면앙정'이란 정자를 짓고, 주변의 경치와 계절의 변화에 따른 자신의 느낌을 노래한 가사이다. 조선조 사대부에게는 피난처나 다름없는 강호로 돌아가 자연의 순리를 배우며 심성을 수양하는 '강호가도江湖歌道'는 가사의 중요한 흐름을 형성하였는데, 「면앙정가」가 이런 흐름을 잘 보여 준다.

「면앙정가」는 아름다운 우리말 표현과 반복법·점층법·대구법 등 적절한 수사법으로 주변 경치를 잘 묘사하여 작품 자체로도 높이 평가받지만, 정극인이 지은 「상춘곡」의 맥을 잇는 호남권 가사문학의 원류로서 정철의 「성산별곡」이나 「관동별곡」에 절대적인 영향을 미친 작품으로 문학사적으로도 중요한 의미가 있다. 조선 후기의 비평가인 홍만종은 『순오지』에서, "호연지기를 유감없이 발휘했으며, 말의 짜임이 맑고 아름다우며 유창하다"고 평했다.

序詞

무등산 한 줄기 산이 동쪽으로 뻗어있어

멀리 떨쳐와 제월봉이 되었거늘

무변대야에 무슨 짐작 하느라

일곱구비 한데 옴쳐 문득문득 벌렸는듯

가운데 구비는 구멍에 든 늙은 용이

선잠을 갓 깨어 머리를 앉혔으니

너래바위에 송죽을 헤치고 정자를 앉혔으니

구름탄 청학이 천리를 가리라 두 나래 벌렸는듯

옥천산 용천산 내리는 물이

정자 앞 넓은 들에 올올이 퍼진듯이

넓거든 기노라 푸르거든 희지말지

쌍룡이 뒤트는 듯 긴 깁을 펼쳤는듯

어디로 가느라 무슨 일 바빠서

닫는 듯 따르는 듯 밤낮으로 흐르는 듯

물 좋은 모래사장은 눈처럼 펴졌거든

어지러운 기러기는 무슨 것을 어르느라

앉으락 내리락 모두락 흩으락

노화를 사이 두고 울면서 좇아다니는고

넓은 길 밖이오 긴 하늘 아래

두르고 꽂은 것은 산인가 병풍인가 그림가 아닌가

높은 듯 낮은 듯 끊는 듯 잇는 듯

숨거니 뵈거니 가거니 머물거니 어지러운 가운데

이름난 것처럼 하늘도 두려워 않고

오뚝이 섯는 것이 추월산 머리 짓고

용귀산 봉선산 불대산 어등산 용진산

금성산이 허공에 벌려 있어

원근창애에 머물러 한 짓도 많기도 하다

本詞

흰구름 뿌연 연하 푸른 것은 산람이라

천암만학을 제 집으로 삼아 두고

나면서 들면서 이렇게도 구는구나

오르거니 내리거니 장공의 떠나거니

광야로 건너거니

푸르락 붉으락 옅으락 짙으락

사양과 섞어져서 세우까지 내리는구나

남여를 재촉해 타고 솔 아래 굽은 길로
오며 가며 하는 적의
녹양에 우는 황앵 교태 겨워 하는구나
나무 풀 잦아져서 수음이 얼린 때에
백척난간에 긴 졸음 내어 펴니
수면양풍이야 그칠 줄 모르는가

된서리 걷힌 후에 산 빛이 금수로다
황운은 또 어찌 만경에 편 것인가
어적도 흥에 겨워 달을 따라 부는구나

초목 다 진 후에 강산이 매몰커늘
조물이 헌사하여 빙설로 꾸며 내니
경궁요대와 옥해은산이 안저에 벌였어라
건곤도 풍요하여 간 곳마다 경치로다

結詞

인간을 떠나와도 내 몸이 겨를 업다
이것도 보려 하고 저것도 들으려하고
바람도 하려하고 달도 맞으려 하고
밤일랑 언제 줍고 고기란 언제 낚고
시비란 뉘 닫으며 진 꽃이란 뉘가 쓸까
아침이 부족하니 저녁이라고 싫을소냐

오늘이 부족하니 내일이라 유여하랴

이 산에 앉아보고 저 산에 걸어보니

번로한 마음에 버릴 것이 아주 없다

쉴 사이 없거든 길이나 바꾸리오

다만 한 청려장이 다 무디어 가는구나

술이 익었으니 벗이라 없을소냐

불리고 타이고 켜이고 흔들도록 하며

온가지 소리로 취흥을 재촉하니

근심이라 있으며 시름이라 붙었으랴

누우락 앉으즈락 굽으락 젖히락

읊으며 휘파람 불며 마음대로 노니

천지도 넓고 넓고 일월도 한가하다

희황을 모를러니 지금이 그렇구나

신선이 어떠한지 이 몸이 그렇구나

강산풍월 거느리고 내 백년을 다 누리면

악양루에 이태백이 살아온들

호탕정회야 여기서 더할소냐

이 몸이 이렁굼도 역군은이샷다

「면앙정가」는 「성산별곡」과 달리 본사보다 서사와 결사가 훨씬 더 길어
진 형태이지만, 사계절이란 순환적 시간이 선계에 이르는 중요한 도구가
되는 방식은 똑같다. 두 작품 모두 강호가도를 추구하는 같은 계열의 노래
로서, 지어진 시기로 보아 「성산별곡」(1560)이 「면앙정가」(1524)의 영향을
받았음을 알 수 있다.

저자는 면앙정이 자리한 제월봉의 모양이 한 마리 학이 무등산에 뿌리를 둔 채 천 리를 가려고 날개를 편 형국이며, 이 학의 머리에 해당하는 곳이 바로 면앙정임을 강조하여 자신이 학을 탄 신선의 경지에 있음을 암묵적으로 드러냈다. 그러면서 면앙정에서 바라보는 풍광을 역동적으로 묘사하여 자신이 머물고 있는 공간이 이미 속세를 떠나 있음을 더욱 강조하고 있다. 자신이 머무는 면앙정은 어떤 신선도 부럽지 않을 만큼 모든 것을 갖춘 곳이라는 것이다.

사계절에 대한 묘사가 중심을 이루는 본사는, 비록 내용은 짧지만 시간의 순환을 통해 선계를 지향하는 의식을 분명하게 보여 준다. 봄 하늘을 장식한 구름과 비는 땅에 생명을 주어 만물을 키우는 여름으로 이어 주니, 푸르름을 동반한 한가함 속에 아름답고 풍요로운 가을이 기약되어 있다. 이 가을의 풍족함은 곧바로 강산이 사라지는 겨울로 이어지지만, 이러한 '죽음'은 진정한 선계를 만드는 데 필요한 준비 과정이 된다. 면앙정 아래 펼쳐진 겨울의 풍광은 바로 신선이 사는 곳을 보여 주는 '경궁요대瓊宮瑤臺'와 '옥해은산玉海銀山'의 세상이기 때문이다.

이 경궁요대의 세상은 날개를 펼친 학을 타고 하늘나라에 오르고 싶은 작가의 생각을 그대로 드러낸 것으로, 결사에서 신선의 생활을 노래하는 매개체가 된다. 결사에 이르러 화자의 삶은 신선의 삶 그 자체가 되고, 어떤 것과도 바꿀 수 없는 상태가 된다. 마음이 시키는 대로 놀고 행동해도 아무것도 거리낄 것이 없다. 이미 화자는 선계의 중앙에 들어와 있는 상태이기 때문이다.

이처럼 「면앙정가」는 강호가도의 원류를 이루는 작품답게 시간과 공간의 문제가 대단히 중요하게 다루어진다. 서사의 시간과 결사의 시간은 똑같이 현재이지만, 서사에서는 과거의 시간이 개입하여 정자가 존재하는 지리적 특징을 묘사하고, 결사에서는 미래의 시간이 개입하여 신선과 다름없는 강호의 생활을 노래한다. 그렇기 때문에 과거의 시간에서 미래의 시간으로 갈 수 있는 장치가 필요해지고, 본사의 시간은 사계절을 노래하는 순환의 시간에 근거를 둘 수밖에 없게 된다. 다만, 화자가 이미 선계에 들어와 있다는 점이 앞의 '양미인곡'과 다른 점이다.

화자가 머물고 있는 면앙정은 이미 하계인 속세가 아니라 선계이다. 즉, 면앙정이 있는 공간은 이미 선계의 영역이기 때문에 작품 속에 묘사되는 사계절의 시간은 하계에서 선계로 이동하는 데 필수적인 도구가 아니라, 선계의 입구가 되는 정자가 있는 공간의 의미를 한 차원 끌어올려 선계의 가운데로 가져다 놓는 역할을 한다. 이에 따라 시간적 순환성이 갖는 의미도 약화된다. 저자는 자연을 사랑하고 자연의 생활을 즐기는 자신의 삶이 이미 선계와 닿아 있다고 여긴 것이다.

강호에 대한 사대부의 이러한 의식은 시조라는 문학 갈래와 만나 한층 심화된다. 자연을 닮는 차원을 넘어서 자연과 합일을 이루려는 시도는 인간과 자연이 나누어지지 않은 원래의 상태를 노래하기에 이른다.

짧은 '가사歌詞', 긴 '가사歌辭'

정해진 악곡樂曲이 있으며, 악기의 반주를 수반하여 부르는 노래로 지배층을 중심으로 만들어지고 불린 노래를 '가歌'라고 한다. '사詞'는 음악적 악곡을 중심으로 하면서 문학적 성격을 띠는 노랫말을 메워 넣는 방식으로 만들어진 시가를 가리킨다. 그러므로 '가사歌詞'는 음악적 성격을 중심으로 하면서 길이가 길지 않은 시가이다.

우리나라에서 '사詞'가 본격적으로 발달한 시기는 고려 후기라고 할 수 있는데, 그 후의 기록들에서 '가사'라는 말은 음악적인 성격을 중심으로 하는 시가를 가리키는 일반적인 명칭으로 사용되었다. 즉, 긴 노래인 장가長歌가 아닌 비교적 짧은 형태의 시가를 가리키는 일반적인 용어가 바로 '가사歌詞'이다. 그렇기 때문에 시가문학에서 '가사歌詞'라고 하면 주로 고려 말에서 조선 전기에 걸쳐 만들어진 시가 형식으로, 100행 내외의 길이를 가지고 있으면서 4·4의 율조律調를 지닌 작품을 가리킨다.

그런데 고려 시대에 이르러 속요가 퇴조하면서 새롭게 등장한 것이 '가사歌辭'였다. 이것은 고려 말에 불교의 포교가布敎歌에서 출발했는데, 조선 시대에 이르러서는 사대부들의 전유물로 크게 발달하였다. 고려 말이나 조선 전기에 지어진 가사는 음악적인 성격이 강하고 100행을 넘지 않는 짧은 형태로 지어졌기 때문에, 이런 형태의 작품을 '가사歌詞'로 부르기도 한다. 이러한 과정을 거쳐 발달한 가사歌辭는 조선 중기 이후 들어 다양한 형식을 갖춘 시가로 발전하는데, 수백 행에서 수천 행에 이르는 장편가사가 등장하기도 했다.

가사의 길이가 점차 길어진 것은, 조선 후기에 소리를 내어서 읊조리는 방식의 낭송朗誦이 발달하면서 시가문학이 점차 산문화된 경향에 따른 것이라고 할 수 있다. 조선 후기에 이르러 길어진 형태의 새로운 가사歌辭가 등장하기는 하지만, 그렇다고 해서 짧은 형태의 노래로 불리는 가사歌詞가 사라진 것은 아니었다. 시와 노래가 결합된 형태의 노래로 불리는 가사歌詞는 여전히 가창되었고, 이는 조선 말기에 '잡가雜歌'라는 새로운 노래를 낳는 데에도 기여했다.

조선 시대에는 짧은 형태를 지니면서 노래로 불리는 가사歌詞가 19세기 말에서 20세기 초까지도 지속적으로 만들어지고 불렸고, 조선 중기 이후로는 사대부들이 주로 창작한 긴 형태의 새로운 가사歌辭가 등장하여 20세기 초반까지 위세를 떨쳤다. 그러므로 '가사'라고 하면 짧은 형태의 '가사歌詞'와 긴 형태의 '가사歌辭'가 있음을 염두에 두어야 한다.

10 본래 하나였으니 나눌 필요가 있으랴

사대부의 자연관

월산대군 _무심한 달빛만 싣고 빈 배 저어 오노라

추강에 밤이 드니 물결이 차노매라

낚시 들이치니 고기 아니 무노매라

무심한 달빛만 싣고 빈 배 저어 오노라

월산대군月山大君(1454~1488)은 조선조 제9대 임금인 성종成宗(1457~1494)의 형으로, 제7대 임금인 세조世祖(1417~1468)의 왕세자였지만 일찍 세상을 떠나 성종 때 왕으로 추존된 덕종德宗의 아들이다. 왕위를 물려받을 수 있는 가장 유리한 조건을 갖추었으나, 음모와 모함이 난무하는 정치계의 권모술수에 염증을 느껴 동생인 성종에게 권좌를 넘겨주고 양화도楊花渡 북쪽에 망원정望遠亭을 짓고 자연과 함께 풍류로 여생을 보냈다.

그의 시는 맑고 깨끗한 데다 공교로운 표현을 쓰지 않아도 물 흐르듯이

사람의 마음속에 녹아들고, 특별한 솜씨를 부리지 않았는데도 화려한 문채
文彩를 이루며, 애써 깎고 다듬지 않아도 군더더기 하나 없을 정도로 깔끔
해서 세속을 초월한 감을 주는 것이 특징이다. 이러한 시풍대로 시조 역시
맑고 깨끗한 표현이 중심을 이루면서 자연과 하나 된 화자의 모습을 잘 그
려내고 있다. 그의 시조에서는 자연만 있고, 자연에서 분리된 사람은 없는
것이다.

　초장은 '가을'과 '밤'과 '물결'과 '차가움'이 자연의 섭리 안에서 조화롭게
어울리는 모습을 강조하고 있다. 겨울로 가는 길목이 되는 가을은 햇볕은
따스하지만 때로 한기가 느껴질 만큼 기온이 내려가는 계절이다. 밤이 되
니 기온은 더 내려가고 추워질 수밖에 없다. 추운 가을 밤, 강물 역시 차갑
게 변한다. 모든 것이 관계를 맺으며 유기적인 질서에 따라 돌아가는 자연
이기에, 한 가지 요소가 변하면 그에 따라 다른 요소들도 움직이는 조화로
운 상태를 이렇게 노래했다.

　중장은 이러한 자연의 조화가 인간과 관련을 맺으면서 깨질 수 있음을
보여 주며 시상詩想의 반전을 꾀하는 점이 특징이다. '낚시'와 '들이침'은 자
연의 흐름을 거스르는 인간의 자연스럽지 못한 행동을 나타낸다. 고기가
낚시 미끼를 아니 무는 것은 이러한 인간의 행위, 자연의 조화를 깨뜨리는
인간의 개입에 대한 자연의 거부를 보여 준다. 인간의 개입은 늘 자연의 조
화를 깨뜨린다. 그러나 화자는 인간이 아닌 자연의 편이다. 그래서 그런 자
연의 거부가 하나도 이상하지 않다.

　이러한 생각은 종장에서 구체화된다. '무심함'과 '달빛'은 자연의 원래 모
습이고, 이 무심한 달빛을 실은 '빈 배'는 자연의 섭리에 순응한 화자의 모
습이다. 화자는 무심한 달빛 아래서 빈 배의 상태, 자연과 하나였던 원래
자신의 모습이 된다. 잠시나마 자연에 순응하지 못했던 자신을 뒤로 한 채

원래의 모습으로 돌아오니 이보다 더 평안하고 순수한 것은 없다.

　월산대군의 이 작품은 인간과 자연은 원래가 하나이며, 자연의 이치에 순응하며 살아가는 것이야말로 최고의 삶이라는 생각을 잘 담아냈다. 이러한 세계관은 후대의 유학자들에게도 전해졌는데, 그 결실이 앞서 살펴본 대로 강호가도江湖歌道 계열의 작품들이다. 그러나 후대의 작품들에선 '빈배의 미학'을 찾아보기 어렵다. 그보다는 인간의 입장에서 자연을 대한다는 느낌을 더 강하게 풍긴다.

이황 _ 이 불치병을 고쳐 무엇하료

조선 시대 사대부들은 인간을 포함하여 우주 안에 있는 모든 현존재를 분리하지 않은 상태로 싸안고 있는 것을 자연으로 인식하는 경향이 강했다. 그들이 추구하는 이상향은 언제나 자연 속에 있었으며, 그 속에서 인간 본래의 본성을 찾을 수 있다고 믿었다. 그러나 인간도 본래는 자연의 일부였으며 원래의 자리로 돌아가야 한다고 하는 것은 그만큼 인간이 자연과 멀리 떨어진 채 살아왔으며, 그 삶의 현장도 그러하다는 사실을 자인하는 것이라고 할 수 있다.

　조선조 사대부들은 태어나는 순간부터 확고한 신분과 풍족한 생활을 보장받는 한편, 정치적으로는 모략과 술수가 판치는 가장 세속적인 현실을 상부구조로 하는 삶을 살았다. 그들의 정신세계는 거짓과 위선이 없는 자연의 순수성에 목말라 했으며, 그러한 세계를 이상향으로 여기고 그곳으로 돌아가고자 했다.

　사대부의 이러한 자연관을 반영하는 작품은 여러 종류가 있는데, 특히 유흥 공간에서 주로 향유되며 개인적인 정서를 담아내는 데 주로 사용한 시조에서 두드러지게 나타난다. 조선조 중기 최고의 도학자道學者로 손꼽히는 퇴계退溪 이황李滉도 이러한 시조를 12편 남겼는데, 이것이 바로 '도산십이곡陶山十二曲'이다. 이황에 따르면 이 12편은 크게 전6곡과 후6곡으로 나눌 수 있는데, 앞의 6편은 마음속의 뜻을 나타내고, 뒤의 6편은 배움에 대해 말한 것이다.(陶山六曲者二焉 其一言志 其二言學) 앞의 6편은 마음속의 뜻을 말한 것이라고 하니 자신의 이념적인 부분을 드러냈다고 할 수 있고, 뒤의 6편은 배움을 말한 것이라고 하니 후세 사람들을 위한 것이라 할 수 있다.

　사람의 마음속에서 생기는 것으로 아무런 목적도 없는 단순한 느낌을 '정情'이라 하고, 사람이 마음속에 간직한 뜻 중에서 일정한 목적이나 사사로운 노림이 있는 생각을 '지志'라고 한다. '지'는 기본적으로 이념성을 띨 수밖에 없다. 따라서 '지'를 말한(言志) 것이라고 한 전6곡에는 퇴계가 평소에 지니고 있던 세계관과 자연관이 담겨 있다고 볼 수 있다.

이런들 어떠하며 저런들 어떠하료

초야우생草野愚生이 이러타 어떠하료

하물며 천석고황泉石膏肓을 고쳐 무엇하료

　'도산십이곡' 중 전6곡의 첫 번째 작품으로, 자연과 인간에 대한 작가의 생각이 잘 드러나 있다. 초장은 작가가 자연의 일부가 되어 살아가는 현실을 노래했다. 인간이 만든 세상에 비해 자연에는 일정하게 정해진 형태랄 것이 없다. 어떤 모습, 어떤 상태일지라도 제 위치만 잘 지키고 있으면 이렇다 저렇다 하지 않는 것이 자연이다. 생긴 대로 살아가며, 생긴 대로의 상태에 만족하는 것이 자연인데, 그것을 닮고 싶은 마음을 이렇게 노래했다.

중장은 작가가 처해 있는 현실의 삶이 바로 이런 자연과 닮아 있음을 노래했다. '초야우생草野愚生'은 초야에 묻혀 사는 어리석은 사람, 곧 이황 자신이다. 번다한 관직 생활을 버리고 산수 자연을 벗 삼아 초야에 묻혀 사는 자신의 삶을 사람들은 어리석다고 할지 모르지만, 어리석다 한들 무슨 문제가 있겠느냐는 것이 화자의 생각이다. 어리석으면 어리석은 대로 사는 것이 자연의 이치이니 그것을 따르는 것을 탓할 순 없다는 것이다. 화자는 이런 생활 방식을 바꿀 생각이 조금도 없다.

종장에서는 이런 생각이 구체적으로 드러난다. '천석고황泉石膏肓'은 연하고질煙霞痼疾처럼 자연을 사랑하는 마음이 너무 깊어 이미 고칠 수 없는 병처럼 되어 버린 상태를 가리킨다. 이는 자연이 사람의 일부가 되고 사람은 자연의 일부가 된 상태, 곧 인간과 자연이 분리되지 않았던 본래의 모습으로 돌아간 것이다.

그러나 이황의 이 시조가 자연과 인간이 하나 된 본래의 모습을 추구했다고 하기에는 석연치 않은 점이 있다. 무엇보다 작품에 쓰인 중요한 표현들이 자연 속에 동화된 상태가 아닌, 인간의 입장에서 자연을 바라보는 시각을 드러낸다. 초장에 나오듯이 '이런들' '저런들' 따지는 것은 자연이 아니라 인간이다. '이런들 어떠하며 저런들 어떠하료'는 자연과 분리된 채로 자연을 바라보는 인간이 자연을 바라보며 하는 말이다.

중장의 '초야우생'이란 표현 역시 철저히 인간적이다. 진정 자연과 하나 된 인간이라면 초야에 묻혀 사는 자신을 '어리석은 사람'이라고 자조하지 않을 것이다. 종장에서 천석고황을 고치지 않는다는 표현 역시 인간적일 수밖에 없다. 샘과 돌(泉石)을 사랑하는 마음을 불치병(膏肓)으로 여기는 마음 자체가 이미 자연과 분리된 상태임을 스스로 입증한 셈이기 때문이다. 작가가 조선 최고의 도학자였다는 사실을 감안하면 어느 정도 이해가 되지만, 예술적 아름다움보다는 문학에도 도를 실어야 한다고 하는 유학자 특유의 문학관을 넘어서지 못했다고 할 수 있다.

'도산십이곡'이 지닌 이러한 한계는 '호남가단湖南歌壇'의 중심을 이룬 면앙정 송순에 이르러 한층 높은 예술적 경지로 거듭나게 된다.

송순 _십년을 경영하여 초려삼간 지어 내니

시조는 3행으로 이루어지는 짧은 시가 형태 속에 예술적 아름다움을 모두 담아야 하기 때문에 일정한 수준의 문학적 소양을 갖춘 사대부나 기생들이 주 향유층일 수밖에 없었다. 17세기 이후 서민문화가 활성화되기 전까지는 시조를 지었던 거의 모든 작가는 사대부들이었고, 기생들은 극히 일부만 작가로 참여했던 것으로 파악된다. 시조는 유학을 통치 이념으로 삼았던 조선 사회에서 성행하며 예술적 아름다움을 완성했기 때문에 당시에 형성된 모든 문화가 그랬듯이 유학의 범주를 벗어날 수 없었다. 따라서 일부 기생들의 작품을 제외한 나머지 작품들은 유학의 이념을 바탕으로 자연과 하나가 되려는 생각을 노래한 것이 중심을 이룬다는 특징이 있다. 「면앙정가」를 지은 송순의 시조는 이를 잘 보여 준다.

십년을 경영하여 초려삼간草廬三間 지여 내니
나 한 간 달 한 간에 청풍 한 간 맡겨두고
강산은 들일 데 없으니 둘러 두고 보리라

이 작품의 작가에 대해 김천택金天澤은 「청구영언」에서 성종 때 사람인 송순宋純, 혹은 인조 때 사람 김장생金長生이라며 정확한 작자를 밝히지 않았다. 그런데 송순(1493~1582)의 전기에 대한 기록을 보면 그가 이 시조의 작가임을 분명하게 알 수 있는 증거가 여러 가지 나온다.

송순은 당쟁이 치열하던 16세기에 당시 최고의 권력자였던 김안로金安老의 미움을 사 파직을 당하고 정계에서 물러나 1533년 41세 때 담양으로 낙향한다. 고향으로 돌아온 그는 10년 전인 1524년에 구입해 두었던 제월봉 아래의 땅에 3간짜리 초당草堂을 짓고, 이름을 '면앙정俛仰亭'이라 붙인다. 면앙정 주변의 낮 풍광을 소재로 한 한시 한 편과 인용한 작품과 동일한 내용으로 된 한시 한 편을 합하여 '면앙정잡가 2수'라는 제목으로 문집에 실어 놓은 점, 그리고 면앙정을 짓는 데 꼬박 10년이 걸렸다는 사실 등으로 보아 이 시조의 작가는 송순이 틀림없다. 더구나 그가 지은 가사인 「면앙정가」에 「면앙정잡가俛仰亭雜歌」 두 편의 내용이 고스란히 포함된 것으로 보아 다른 사람을 작가로 거론할 이유가 없을 듯하다.

이렇게 볼 때 '십년을 경영하여…'는 사대부 특유의 추상적 자연관이 아닌, 초라한 3간짜리 초옥을 짓고 자연을 벗 삼아 향촌에서 소박하게 생활한 작가의 실제 삶이 녹아든 사실적인 시조라 할 수 있다. 면앙정 주변의 풍광을 소재로 자연의 일부가 되어 살아가는 삶이 결코 허영이나 환상이 아니라고 노래한 「면앙정가」를 결부시켜 보면 이러한 해석이 더욱 힘을 얻는다.

또한 이 시조를 지은 시기가 김안로에 의해 강제로 정계에서 물러나 실의에 찬 상태였다는 사실을 근거로 달과 청풍, 강산 등의 표현 속에는 정치적 소외로 말미암은 좌절과 저항, 다짐 등이 녹아 있다고 해석하기도 한다. 이렇게 보면 이 시조에서 노래하는 자연은 즐거움이나 추상적인 어떤 것이 아니라 부정적 정치 현실을 극복하려는 구체적인 항거의 언어가 된다.

미학적으로 이 시조의 가장 중요한 특징은, 인위적인 힘을 가하지 않고 있는 그대로의 자연을 인정하고 그런 자연과 함께하는 것을 바탕으로 자연의 아름다움을 노래했다는 점이다. "송나라 하늘에 떠 있는 달과 들판을 건너 물위로 불어오는 맑은 바람은 귀로 들으면 소리가 되고, 눈에 담으면 아름다움이 된다. 이것은 누구나 자신의 것으로 삼아도 금하는 사람이 없으며, 아무리 많이 쓰더라도 마르지 않으니(江上之淸風與山間之明月 耳得之而爲聲 目寓之而成色 取之無禁 用之不竭 「적벽부赤壁賦」)"라고 한 송나라 시인 소식蘇軾(소동파)의 말처럼, 그 아름다움을 초막 안으로 들여서 나의 것으로 만든다고 한들 무엇이 문제이겠는가? 문제가 되기는커녕 자연에 해가 되지 않으면서 인간에게는 즐거움을 주니 이보다 더 좋은 일이 어디에 있겠는가? 나와 달과 청풍이 한 간씩 차지하고 나란히 앉았으니 자연은 사람이 되고, 사람은 자연이 되는 물아일체가 바로 이런 상태일 것이다.

이런 호사스런 일을 10년이나 경영해서 겨우 얻었으니 얼마나 다행인지 모를 정도로 행복하다는 화자의 생각이 초장에 담겨 있다. 그러나 작가의 삶과 연결시켜 볼 때 여기서 말하는 10년은 단순한 시간적 의미만을 가리키지 않는다. 작가는 그 10년이란 세월을 당쟁의 한복판에서 보냈기 때문이다. 죽고 죽이는 정쟁의 소용돌이를 겪으면서 그가 얻은 것이 바로 유배나 다름없는 낙향이었으니 그 허탈함을 어찌 한두 마디 말로 할 수 있었겠는가! 호된 대가를 치르고 고향으로 돌아와서야 비로소 자연의 소중함을 알았으니, 여기서 말하는 10년은 바로 '인간 경영'에 대한 미련을 버리지 못했던 어리석은 시간을 가리킬 것이다.

자연을 자연 그대로 두고 즐겨야 한다는 작가의 생각은 마지막 종장에서 절정을 이룬다. 작가는 강산江山을 정자 안으로 들이지 않고 둘러쳐 있는 그대로 두고 보겠다고 말한다. 면앙정은 3간짜리(1간은 6자, 1.8미터) 정자이니 자연을 들일 공간이 없기도 하지만, 그보다 더 중요한 것은 강산이 작가에게 주는 의미일 것이다. 강산은 자연의 한 부분이기는 하지만 그 속에는 인간이 살고 있으며, 그것을 더 많이 차지하려고 서로 다투는 공간이다. 그러므로 밝은 달과 맑은 바람과는 질적으로 다른 자연일 수밖에 없다. 이러한 강산을 집 안으로 들인다는 것은 자칫 엄청난 위험을 초래하는 일이 될 수 있다.

역사적으로 강산을 집 안으로 들여 사유화한 경우를 적지 않게 찾아볼 수 있다. 계유정난 때 수양대군을 도와 왕위에 올린 한명회韓明澮가 한강의 남쪽 언덕에 자신의 호를 따서 지은 압구정狎鷗亭이 바로 그런 경우이다. '압狎'은 높은 지위에 있는 존재가 자신보다 아래에 있거나 힘이 없는 존재를 희롱하거나 예뻐해 준다는 의미를 담은 글자이다. 그러므로 '압구정'이란 이름은 자연으로 대표되는 '갈매기(鷗)'를 철저히 상전上典의 입장에서 예뻐하겠다는 뜻을 담고 있다 하겠다. 그래서 그런지 압구정이란 정자는 흔적도 없이 사라졌다. 이는 조선 초기의 문신 황희黃喜가 지은 정자로, 똑같이 '갈매기(鷗)'란 글자가 들어갔지만 그 뜻은 전혀 다른 '반구정伴鷗亭'과 대조적이다. '반구정'은 갈매기와 벗한다는 뜻이다.

강산이 얼마나 위험한 것인지를 너무나 잘 알았던 송순은 애초부터 자연을 면앙정 안으로 들일 생각이 전혀 없었다. 그러므로 이 작품의 종장은 자연을 자연 그대로 두고 즐기는 것이 호연지기浩然之氣를 기르는 기본 자세라는 의미와 함께, 이미 주인이 있는 위험한 강산을 면앙정 안으로 들이고 싶지 않다는 개인적인 의미도 담고 있다고 이해할 수 있다.

이처럼 송순의 시조는 정치적 좌절에서 비롯된 생활 현실에 근거하여, 자연은 있는 그대로 두고 그것과 하나가 되어야 한다는 것을 강조하는 조선 사대부의 의식을 간결한 표현으로 승화시킨 작품이다. 이와 맥을 같이

하는 작품으로 이황과 함께 활동하다 인종의 승하 뒤 곧바로 낙향한 김인후金麟厚(1510~1560)의 시조를 꼽을 수 있다.

청산靑山도 절로절로 녹수綠水도 절로절로
산도 절로 물도 절로 하니 산수간山水間 나도 절로
아마도 절로 생긴 인생이라 절로절로 늙사오려

이 작품의 핵심어는 '절로'라는 단어이다. '절로'는 '다른 힘을 빌리지 아니하고 제 스스로, 또는 인공의 힘을 더하지 아니하고 자연적으로'라는 뜻이다. 저자는 이 단어를 통해 인간이 자연의 일부이고, 그렇게 될 때 진정한 호연지기를 터득할 수 있다는 생각을 드러내고 있다.

사실 '절로'처럼 자연의 본질을 잘 드러내는 표현도 흔치 않다. 인간의 입장에서 보았을 때 자연에 존재하는 모든 사물과 현상은 스스로 나타나고 스스로 사라지는 것으로, 그런 것이야말로 가장 자연적이다. 모든 요소가 미세한 상태로 녹아 있는 '공空'의 세계에서 와서 일정한 시간 공간을 차지하고 있다가 때가 되면 다시 '공'의 상태로 돌아가는 것이 바로 자연의 이치이기 때문이다. 이를 거스를 때 문제가 생기는 것으로, 화자가 보기에 자연에서 그런 행동을 하는 존재는 인간밖에 없다. 그러므로 자연과 함께 살아가는 방법을 사람이 배운다면 우주 질서에 아무런 문제도 생기지 않을 것이다.

초장은 추상抽象 과정의 첫 단계로 '청산'과 '녹수'의 특성을 '절로'라는 표현으로 나타냈다. 두 사물과 현상은 말할 것도 없이 자연 속에서 저절로 생겨나고, 저절로 존재하고, 저절로 사라지는 것들이다.

중장은 추상 과정의 두 번째 단계로, 초장의 표현을 이어받아 그것을 그대로 화자 자신에게 연결시켰다는 것이 특징적이다. 산도 절로이고 물도 절로이니, 그 사이에서 삶을 살아가는 화자도 절로일 수밖에 없다는 것이다. 자연과 화자가 하나 되는 순간이다. 이로써 종장에서 화자의 정서를 마무리하여 표현할 준비가 모두 끝난다.

종장은 절로 생긴 인생과 절로 늙어가는 것이 서로 마주 보도록 짜여졌다. 어디에서 왔는지 모르지만 자연의 순리대로 저절로 생겨났기 때문에 늙어서 사라지는 것도 절로 할 수밖에 없다. 이것이 삶이다. 이처럼 자연과 완전하게 일치된 삶을 보여 주는 것이 저자의 결론이다. 조선 시대 사대부의 이러한 자연관은 이를 한층 높은 경지로 끌어올린 성혼의 작품에서 더욱 빛을 발한다.

성혼 _말 없는 청산이요 태 없는 유수로다

말 없는 청산靑山이요 태 없는 유수流水로다
값없는 청풍靑風이요 임자 없는 명월明月이라
이 중에 병 없는 이 몸이 분별없이 늙으리라

이 시조를 지은 작가는 송순이 세운 면앙정의 현판을 써 준 것으로 알려진 성수침成守琛의 아들 성혼成渾(1535~1598)이다. 조선 중기의 유학자였던 성혼은 율곡 이이와 함께 서인西人의 학문적 원류를 형성한 사람으로, 율곡과 퇴계의 학문을 절충했다는 평을 받기도 한다.

관직에 나아가 정치를 하기보다는 학문을 즐겼던 그는 이 시조에서 인간의 삶과 자연이 어떤 관계를 유지하는 것이 바람직한지를 노래했다. 여섯 개의 구절로 이루어지는 짧은 형태의 시조에서 각 구절은 내용상 독립적이면서도 구조적으로는 연결되도록 구성되어야 한다. 바꾸어 말하면, 각 구절의 독립된 내용이 하나의 작품으로 완성되려면 표현 방식상의 형식적 통일성을 갖추어야 한다는 것이다. 시조에서 구조적 통일성을 담보하는 가장 중요한 특성이 바로 초장·중장·종장이라는 3장 형식인데, 이 3개 장의 구성 방식이 시조의 문학적 특성을 결정짓는다.

시조의 형식적 성격을 구성하는 음수音數(3·4나 4·4 등)와 음보音步 면에서 이 시조의 초장과 중장은 완전히 일치하는 모습을 보인다. 시상의 전개에서 초장과 중장은 외부의 사물 현상 중에서 화자의 정서를 드러내기에 가장 적합한 것만을 뽑아내어 표현하는 '추상抽象' 과정에 해당한다. 이때 형식적 특성을 형성하는 음수율이나 음보율도 똑같이 형성된다고 본다. 반면에 종장은 초장과 중장에서 추상화하여 나타낸 화자의 정서를 총괄하며 마무리하는 '개괄概括' 과정에 해당한다. 종장의 율격적 형태가 초장이나 중장과 다른 것은 이 때문이다.

이 시조의 초장과 중장에서 계속 반복되는 표현은 '없는'이다. 이 표현을 중심으로 앞에는 인간적인 것을, 뒤에는 자연적인 것을 배치했다. '말', '태', '값', '임자' 등은 모두 자연에는 없는, 인간이 만든 것이다. '말'은 인간의 입을 통해 나오는 소리로, 말하는 사람의 뜻을 상대에게 전하는 의사 전달의 매개체이다. 그런데 이 말이 온갖 사건을 일으키는 빌미가 된다. 말로 인해 두 나라가 전쟁을 벌이기도 하고, 개인과 개인이 서로 미워하고 죽이기도 한다. 그렇기 때문에 예로부터 '입과 혀는 근심과 걱정을 불러오는 문이요, 몸을 망치는 도끼(口舌者禍患之門滅身之斧也)'라고 했던 것이다. 이에 반해 청산은 말이 없으니 근심과 걱정을 만들어 낼 일도 없다. 저자가 초장의 첫 구절에서 '말'과 '청산'을 마주 보게 배치한 이유가 바로 여기에 있다.

초장에 나오는 또 다른 단어로 '태態'가 있다. '태'는 물리적으로 일정한 모양을 가리키는데, 모양 안에 본질적인 부분을 감추고 있기 때문에 이 자체에 매달리면 사물 현상의 본질을 놓치게 된다. 본질을 올바르게 보지 못하면 잘못된 지식을 바탕으로 잘못된 판단과 행동을 할 수 있기 때문에, 집착은 인간이 늘 경계하고 조심해야 할 것이다. 그런데 자연의 일부로 존재하는 흐르는 물에는 집착을 낳는 일정한 '태'가 없다. 일정한 형태에 집착하지 않으니 무엇이나 품을 수 있고, 무엇을 만나더라도 문제를 일으키지 않는다. 인간이 그렇게만 살 수 있다면 더 이상 바랄 것이 없을 정도의 이상적인 삶이 될 것이다.

중장의 첫 구절에 나오는 '값'은 인간이 주관적으로 매기는 가치로서 자연적인 것과 가장 거리가 멀다. 그런데 이 주관적인 가치로 매겨지는 '값' 때문에 온갖 비리와 투쟁이 끊이지 않으니 이것이야말로 비자연적인 것의 극치이다. 반면에 자연적인 상태의 산과 들에 부는 맑은 바람은 굳이 값을 매길 필요가 없다. 누구에게나 공평하고 누구나 마음대로 쓸 수 있는 것이기 때문이다. 저자는 이런 자연의 모습을 닮고 싶은 마음을 '값'과 '청풍'의 대비로써 표현했다.

중장의 다음 구절에 등장하는 '임자'는 사물 현상에 대한 독점적 소유를 인정해야만 성립하는 개념으로, 주인과 노예의 관계를 형성하게 한다. 욕심에서 비롯되는 소유, 이 소유를 기반으로 한 '임자'는 비자연적인 개념일 수밖에 없다. 그러나 하늘에 떠 있는 밝은 달(明月)에는 주인이 있을 수도, 있을 필요도 없다. 달은 우주 내에 있는 모든 존재에게 골고루 밝은 빛을 나누어 준다. '임자'라는 표현과 '명월'이라는 표현을 마주 보게 한 것 역시 자연과 하나가 되고 싶은 화자의 정서가 표현된 것이다.

이러한 화자의 정서는 종장에서 전체적인 개괄 과정을 거쳐 자연에 완전히 순응하는 태도로 수렴된다. 몸에 이상이 생겨 정상적으로 활동하지 못하는 것을 가리키는 '병'이라는 표현은 사람과의 사이에서 생길 수 있는 여러 가지 괴로움, 하나가 되지 못한 자연과의 사이에서 생겨나는 여러 가지 문제를 의미한다. 그러나 자연의 일부로서 그것과 하나가 되어 살아가는 화자에게는 이 병이 있을 수 없다. 왜냐하면 초장과 중장에서 노래한 것처럼 화자는 병을 일으킬 수 있는 요소들을 제거한 삶을 살기 때문이다. 그러므로 이제 화자는 나타났다가 소멸하는 자연의 사물 현상이 보여 주는 순리에 맞춰서 사라지는 과정만 남겨 놓은 상태이다. 종장의 마지막 구절에 등장하는 '분별'과 '늙음'이 바로 그것이다.

세상 물정에 대한 바른 생각이나 판단이라는 뜻을 가진 '분별分別' 역시 매우 인간적인 개념이다. 자연은 인간이 하듯이 주관적으로 분별하지 않는다. 그렇기 때문에 화자는 분별 따위는 전혀 염두에 두지 않는다. 그저 때가 되면 나타났다가 때가 되면 사라지는 자연현상처럼 늙어 갈 따름이고, 이것이 바로 자연과 하나 되는 최고의 방법이라는 것을 잘 안다. '없음'을 매개로 하여 '분별'과 '늙음'을 마주 보도록 배치한 이유가 바로 여기에 있다.

이렇듯 자연과 인간이 원래 하나였다는 사고방식을 바탕으로 한 월산대군의 시적 세계는 돌고 돌아 김인후와 성혼의 작품에 이르러 비로소 어느 정도 궤도에 올라갔다.

11 **노래로** 세상을 다스리리니

가악계 시가의 구조미

'남녀상열지사'와 '충신연군지사'의 상관성

'남자와 여자가 서로 기뻐하는 음탕한 내용의 노래 가사'라는 뜻의 '남녀상
열지사'는 고려 시대 노래인 속요에 대해 조선 시대의 사대부들이 내린 평
이다. 이 음탕함과 외설스러움이 고려 시대 노래의 일반적인 속성이라고
여긴 조선의 유학자들은, 그 가사가 너무 저속하여 모두 실을 수 없다는 말
을 덧붙이며 많은 작품들을 후대에 전하지 않았다. 이런 기록으로 볼 때 고
려 시대의 노래 중 조선 유학자들의 '검열'을 넘지 못한 채 사라진 작품들이
상당수 있었을 것으로 추측된다. 여기서 유학자들은 어떤 기준에 따라 기
록으로 남길 노래를 선별했을까 하는 의문이 든다.

　'조선 시대 3대 가집歌集'인 「악학궤범」·「악장가사」·「시용향악보」에
실려 있는 작품들을 살펴보면 이에 대한 단서를 얻을 수 있다. 이 책들에
실려 전하는 노래들은 대부분 여성이 남성을 사랑하고 그리워하는 내용으

로 되어 있다. 이성에 대한 감정은 남녀가 다를 바가 없는데, 왜 하필이면 여성이 남성을 사랑하는 내용으로 된 작품들만 기록된 것일까? 여기에는 조선조 사대부들의 세계관과 재치가 숨어 있다.

조선조 사대부들은 임금을 하늘에 비유하고, 신하와 백성을 땅에 비유했다. 또한 남자는 생명의 근원을 가지고 있는 존재로 하늘에 해당하고, 여자는 생명을 받아서 키워 내는 존재로 땅에 해당한다고 보아 음양의 조화를 자연과 인간의 질서와 연결시켜 이해하려고 했다. 이러한 생각은 기본적으로 유학에 바탕을 둔 것으로 그들이 지향했던 정치 이념과도 밀접한 관련이 있기 때문에 조선 시대의 문화에 미친 영향이 매우 컸음은 두말할 나위가 없다. 그들은 이런 사고방식을 통해 여성과 남성의 관계를 신하와 임금의 관계로 치환시켜 생각할 수 있는 이론적인 근거를 확보했으며, 이를 근거로 여성이 남성을 그리워하는 내용을 충성스러운 신하가 임금을 그리워하는 것으로 곧바로 치환하여 이해할 수 있었다.

이러한 사정은 3대 가집에 기록된 속요의 형태를 살펴보면 쉽게 확인할 수 있다. 「동동」과 「정석가」를 보면 작품의 첫째 장과 나머지 장 사이의 연관성을 찾기 어려운 데다, 첫 장의 내용을 군주와 관련지어 해석할 여지가 크다. 「동동」과 「정석가」의 한 부분을 보자.

덕德일랑 곰배에 받잡고
복福일랑 림배예 받잡고
덕德이여 복福이라 하는 것을
바치러 오십시다 아으
동동動動다리

정월正月 내리는 물은 아으
얼기도 하고 녹기도 하는데
누릿 가운데 나서는
몸이여 홀로 살아가는구나 아으
동동動動다리

이월 보름에 아으
높이 켠 등燈불 같구나
만인萬人 비춰실
모습이로다 아으
동동動動다리

삼월 지나며 핀 아으
만춘滿春 진달래꽃이여
남나 부러워한 모습을
디니고 나셨도다 아으
동동動動다리

_「동동」 제1 · 2 · 3 · 4장

딩이여 돌이여 바로 지금 계십니다
딩이여 돌이여 바로 지금 계십니다
선왕성대先王聖代에 놀고 싶습니다

사각사각 모래 벌에 나눈

사각사각 모래 벌에 나눈

구운 밤 닷 되를 심고 싶습니다

그 밤이 움이 도다 싹이 나야만

그 밤이 움이 도다 싹이 나야만

유덕有德하신 님과 이별 하겠습니다　　　　　　　　　_「정석가」 제1·2·3장

모두 13개 장으로 되어 있는 「동동」은 첫째 장을 제외한 나머지 장에서 정월부터 섣달까지 달별로 님에 대한 그리움을 담고 있다. 아직까지 '곰배' 와 '림배'가 무슨 뜻인지 해석되지 않은 상태라서 첫째 장의 의미를 정확하게 알기는 어렵지만, 둘째 장 이하의 내용과 커다란 차이가 난다는 것은 쉽게 알 수 있다. 왜냐하면 첫째 장은 덕德과 복福을 누군가에게 바친다는 내용인 데 반해, 둘째 장부터는 님에 대한 적나라한 그리움이 이어지기 때문이다.

이러한 상황은 「정석가」에서도 동일하게 나타나는 점으로 보아 일정한 의도를 갖고 속요를 개작한 흔적으로 볼 수 있는 단서가 된다. 모두 12개 장으로 되어 있는 「정석가」의 핵심 내용은 사랑하는 님을 절대로 보낼 수 없다는 화자의 애끓는 심정이다. 그런데 첫째 장은 옛 성군이 다스리던 때와 같은 지금의 태평성대에 함께 노닐고 싶다는 내용으로 되어 있어 이후의 장들과 큰 차이를 보인다. 결국 「동동」이나 「정석가」의 도입부는 조선 시대에 새로 삽입된 것으로 보아야 한다.

그렇다면 고려 시대의 노래는 음탕하고 저속한 '상열지사相悅之詞'가 많아서 그 내용을 전할 수 없다고 했던 조선의 까다로운 사대부들이 본사本詞의 내용과는 상당히 동떨어진 도입부를 끼워 넣으면서까지 이 노래들을 기록

으로 남긴 까닭은 무엇일까?

  유학을 정치 이념으로 삼는 나라를 세우고자 이성계를 왕으로 추대했던 사대부들은 사실 고려 왕조에서 과거 시험을 통해 관직에 진출한 사람들이었다. 비록 왕조를 바꾸는 역성易姓혁명으로 나라를 새로 세우기는 했어도 475년간이나 지속된 고려의 제도와 문화를 한순간에 없애기는 어려웠을 것이다. 이를 궁중 의식과 연결지어 보면, 새로운 나라에 걸맞은 예악禮樂을 일시에 급조하기도 어려웠을 것이고, 급격한 변화는 자칫 백성들의 반감을 살 우려도 있었다. 이런 이유로 조선 초기에는 고려 때부터 사용하던 노래를 궁중에서 그대로 사용할 수밖에 없었는데, 이때 노골적인 내용의 속요를 그대로 사용하는 것은 유학자들의 정치 이념에 맞지 않았을 것이다. 그래서 나온 것이 도입부의 삽입구였다.

  조선 초 유학자들이 선택한 절충안을 구체적으로 살펴보면 첫째, 여성이 남성을 그리워하는 내용과 표현이 중심을 이루는 노래를 선택하고, 둘째, 작품의 맨 앞이나 뒤에 송도頌禱나 송축頌祝의 내용을 동일한 형태로 삽입하고, 셋째, 그것을 충신연군지사로 해석하는 것이었다. 그들은 이 세 가지 원칙에 따라 고려속요를 선별 및 개작했다. 현존하는 상당수의 속요 작품이 이러한 변개變改 과정을 거쳤을 가능성이 크다는 사실은 작품의 도입부에 송도나 송축을 끼워 넣은 것으로 볼 수 있는 「동동」과 「정석가」 외에도 작품의 맨 뒤에 같은 내용을 끼워 넣은 것으로 보이는 「이상곡」, 「만전춘별사」를 비롯하여, 후렴에 해당하는 부분을 바꾸어 동일한 효과를 노린 것으로 보이는 「가시리」 등을 통해 확인할 수 있다. 비록 이러한 노래들은 조선 사회가 전체적으로 안정을 찾은 성종 대 이후에는 쓰이지 않게 되지만, 그 전통은 여전히 시가에 살아 숨 쉬고 있었던 것으로 보인다. 조선 시대에 지어진 것으로 이른바 '미인계美人係 가사'가 그 증거이다.

조선조 명종~선조 연간의 문인이었던 양사언이 지은 것으로 추정되는 「미인별곡」을 비롯하여, 선조 때의 문인인 송강 정철이 지은 「사미인곡」과 「속미인곡」은 후대에 큰 영향을 미쳤으니, 숙종 때 제주도로 귀양을 갔던 김춘택(1670~1717)이 지은 「별사미인곡」, 영조 때 추자도로 유배를 갔던 이진유(1669~1730)가 지었다는 「속사미인곡」 등이 모두 이 계열의 작품이라고 할 수 있다. 물론 정철이 지은 '양兩미인곡'의 제목에 똑같이 들어간 '사미인思美人'이란 말은 중국 초나라의 충신이었던 굴원이 지은 초사楚辭(굴원과 그 말류末流의 사辭를 모은 책 또는 그 문체의 명칭)에서 취해 온 것으로 보이지만, 그 표현 방법과 내용의 구성 방식 등이 완전히 다르기 때문에 굴원의 영향을 더 논하기는 어렵다.

이런 점을 고려할 때 '미인계 가사'의 구성 방식은 '남녀상열지사'의 속요에 일정한 내용을 첨가하여 '충신연군지사'로 만들었던 조선 초기 사대부들의 생각과 전통을 이어받으면서, 그 제목은 굴원의 초사에서 가져왔다고 보는 것이 타당할 것이다.

「용비어천가」의 시가사적 의미

'악장樂章'은 왕권국가의 궁중에서 제전祭典이나 연례宴禮를 행할 때 연주하는 음악인 주악奏樂에 맞추어 부르던 노래이다. 그러므로 악장은 기본적으로 음악과 관련된 문학이며 왕권국가가 성립한 이래로 어느 시대에나 있었다고 할 수 있다. 가야와 신라, 고구려, 백제 등에도 악장으로 볼 수 있는 노래들이 있었을 것이나, 이 명칭은 주로 조선 초기 궁중 의례에 사용하던 노래를 지칭하기 때문에 우리 문학사에서 '악장'이라고 하면 조선 초기의 것을 가리킨다.

악장의 발달 과정을 보면, 초기에는 고려 말기에 발달한 경기체가의 영향을 받아 주로 창업의 신성성과 선대 임금의 위업 및 공덕을 기리거나 당대 군주(今上)의 만수무강 및 자손의 번성을 송축頌祝하는 내용이 중심을 이루었다. 따라서 초기의 악장은 경기체가 형태의 작품이 많았다. 정도전鄭道傳이 지은 「납씨가納氏歌」·「문덕곡文德曲」·「정동방곡靖東方曲」·「신도가新都歌」, 윤회尹淮가 지은 「봉황음鳳凰吟」, 작가를 알 수 없는 「축성수祝聖壽」·「가성덕歌聖德」·「유림가儒林歌」·「오륜가五倫歌」·「연형제곡宴兄弟曲」·「북전北殿」 등은 모두 조선의 창업을 칭송한 작품들이다. 표기 방법도 주로 한문과 한문에 토를 단 것이 주를 이루어서 한문악장漢文樂章이나 현토악장懸吐樂章의 범주에 넣을 수 있을 정도이다. 이때까지만 해도 경기체가의 영향에서 벗어나지 못하고 있던 악장이 발달하는 결정적인 계기가 된 사건이 바로 한글의 창제였다.

세종世宗이 1446년(세종 28) 9월에 제정하여 공포한 훈민정음訓民正音(백성을 가르치는 바른 소리)은 우리말을 소리 나는 대로 적을 수 있는, 우리 민족 고유의 문자 시대를 여는 출발점이라고 할 수 있다. 세종은 훈민정음의 창제 도중인 1445년(세종 27) 4월에 왕명으로 조선 왕조의 창업을 칭송한 노래(악장)을 편찬하도록 하여 1447년(세종 29) 5월에 간행하게 하니, 이 노래가 바로 훈민정음으로 지어진 최초의 문헌인 「용비어천가龍飛御天歌」이다. 정인지鄭麟趾·안지安止·권제權踶 등이 짓고, 성삼문成三問·박팽년朴彭年·이개李塏 등이 주석을 달고, 정인지가 서문을 쓰고, 최항崔恒이 발문跋文을 쓴 「용비어천가」는 목판본으로 10권 5책으로 되어 있다. 이렇게 하여 완성된 「용비어천가」를 임금의 거둥이나 궁중 잔치 때 연주하던 아악곡雅樂曲인 여민락與民樂 가락에 얹어서 부르기도 했는데, 그것이 바로 제1장, 제2장, 제3

장, 제4장, 제125장이다.

모두 125개 장으로 되어 있는 장편 악장인 「용비어천가」는 고려속요나 경기체가의 영향에서 벗어나지 못했던 기존의 작품과 형식적인 측면에서 커다란 차이를 보인다. 여민락으로 불렸던 부분을 보자.

해동海東 여섯 용이 날아서 일마다 천복天福이시니

고성古聖이 동부同符하시니　　　　　　　　　　　　　_제1장 해동장

뿌리 깊은 나무는 바람에 아니 흔들릴세 꽃 좋고 열매 많으니

샘이 깊은 물은 가뭄에 아니 그칠세 내를 이뤄 바다에 가나니　_제2장 불휘장

주국周國 대왕이 빈곡豳谷에 살으시어 제업帝業을 여시니

우리 시조始祖 경흥慶興에 살으시어 왕업을 여시니　　　　　_제3장 주국장

적인狄人 가운데 가시니 적인이 범하거늘 기산岐山 옮기심도 하늘의 뜻이니

야인野人 가운데 가시니 야인이 범하거늘 덕원德源 옮기심도 하늘의 뜻이니

　　　　　　　　　　　　　　　　　　　　　　　　　_제4장 적인장

천세天世 위에 미리 정하신 한수북漢水北에 누인개국累仁開國하시어 복년卜年

이 끝없으니

성신聖神이 이으셔도 경천근민敬天勤民하셔야 더욱 굳을 것입니다

임금아 아르소서 낙수洛水에 산행山行 가 있어 선조만을 믿겠습니까

　　　　　　　　　　　　　　　　　　　　　　　　　_제125장 천세장

제1장부터 제108장까지는 조선 건국의 유래가 아주 오래되었음과 윗대부터 조상들이 얼마나 많은 공덕을 쌓았는지를 노래하여 태조의 창업이 하늘의 명령에 따라 행해졌음을 밝히고 있다. 제109장부터 제125장까지는 후대의 왕들에게 경계의 말을 전하며 자손과 나라의 영원한 발전을 기원하는 내용으로 되어 있다. 한 마디로, 하늘의 명을 받아 조선을 세웠다는 당위성과 조선 왕조가 자자손손 영원히 발전하고 이어 가기를 바라는 기원을 담고 있다. 신흥국가로서 아직까지 안정을 찾지 못했던 조선이라는 나라의 성격을 백성들에게 널리 알리는 내용이었던 것이다.

악장의 문학적·시가사적 측면에서 볼 때 「용비어천가」는 그 내용보다는 형식에 더 큰 가치가 있다. 건국의 정당성이나 태평성대에 대한 기원, 새로운 수도와 문물제도에 대한 찬양, 왕실의 성덕을 기리는 내용 등은 이전에도 존재했던 것으로 새로울 것이 없기 때문이다. 형식적인 면에서 「용비어천가」는 악장의 본래 영역이라고 할 수 있는 4언구言句나 장단구長短句 형태의 한문 악장, 속요와 경기체가의 영향을 받은 후렴구, 한시문漢詩文에 토를 달아서 만든 현토체懸吐體 악장과 판이하게 다른 형식을 보인다. 조선 시대 악장 형식의 완성을 보여 준다고 해도 지나치지 않을 정도의 새로운 형식적 완성도, 바로 이 점이 「용비어천가」가 지닌 문학(사)적 의의라 하겠다.

「용비어천가」의 모든 장章은 두 개의 행 혹은 단락이 서로 마주 보는 형태를 취하고 있다. 마주 본다는 것은 서로 상대되는 내용이나 표현을 앞뒤로 배치하여 대對를 이루도록 한다는 의미인데, 첫 부분인 1장과 마지막 부분인 125장을 제외한 모든 장이 이런 구성으로 되어 있다. 1장과 125장도 두 개의 행이나 단락이 마주 보는 형태이기는 하지만 그 내용이나 표현이 대를 이루지 않기 때문에 예외적인 것으로 본다.

「용비어천가」의 모든 장이 두 개의 구성단위가 서로 마주 보는 구조를 취한다는 것은 두 가지 의미가 있다. 이는 우선 속요와 경기체가에서 앞의 것을 개괄하여 화자의 정서를 나타내는 구실을 하던 렴敛이 사라지고, 앞의 것과 대를 이루면서 화자의 의중을 담아내는 구성단위가 그 자리를 대신하는 독자적인 악장 형식이 완성되었음을 의미한다. 사실 시가에서 '렴'은 화자의 정서를 개괄하는 구실을 하지만, 무엇보다 여러 사람을 가창에 참여시키는 역할이 가장 크다. 이처럼 악장이 기본적으로 궁중 행사용 음악이라는 점을 감안하면「용비어천가」는 악장으로서 부적합한 작품이라고 할 수 있다. 초기의 한문악장이나 현토악장 등이 렴을 수반하는 방식을 취할 수밖에 없었던 이유는 그때까지 사회적으로나 문학적으로 고려의 영향에서 완전히 벗어나지 못한 상태인 데다 고유의 문자가 없었기 때문으로 보인다. 그러던 것이 한글의 창제로 문자 체계를 완전히 새롭게 할 수 있는 계기를 마련함으로써 이를 기반으로 새로운 형식의 노래를 창작할 수 있는 능력을 갖게 되었다.

「용비어천가」의 모든 장이 마주 보는 구조로 되어 있다는 형식적 특성은 또한, 마주 보는 구조가 장으로 나누어지면서 이어지는 방식을 취하기 때문에 장의 구분만 없애면 곧바로 가사歌辭와 동일한 형태가 될 수 있음을 의미한다. 시조와 함께 조선 시대 국문시가의 양대 산맥을 형성한 사대부 가사의 구성 방식을 보면 이러한 사실을 명확하게 알 수 있다. 사대부 가사의 초기 작품인 정극인의 「상춘곡」, 송순의 「면앙정가」 등을 보면 4음4보격補格의 구조 단위가 하나의 행을 이루면서 그것이 서로 마주 보는 형태로 반복되고 있다. 이는 「용비어천가」와 동일한 구조이다. 「면앙정가」의 한 부분을 예로 들어 보자.

무등산 한 줄기 산이 동쪽으로 뻗어있어

멀리 뻗쳐와 제월봉이 되었거늘

무변대야에 무슨 짐작 하느라
일곱구비 한데 옴쳐 문득문득 벌렸는듯

가운데 구비는 구멍에 든 늙은 용이
선잠을 갓 깨어 머리를 앉혔으니

이처럼 두 행씩 짝을 맞추어 「용비어천가」의 장처럼 나누어 놓으니, 「면앙정가」도 두 개의 행이 서로 마주 보는 형태를 취하면서 단락을 형성하고 있음을 알 수 있다. 이런 표현 방식은 「성산별곡」이나 「사미인곡」 등에서도 똑같이 목격된다. 사대부 가사의 기원과 발생을 악장에서 찾을 수 있는 가능성을 보여 주는 지점이다. 이렇듯 「용비어천가」는 단순히 악장 형식의 완성이라는 차원이 아니라, 시가사의 맥락에서 그 의미를 짚어 볼 필요가 있다. 즉, 「용비어천가」의 형식은 앞 시대 작품인 속요와 경기체가 등의 영향에서 완전히 벗어나게 하고, 동시에 뒤 시대 작품인 가사의 형성에 일정하게 기여한 일종의 징검다리 역할을 했음을 알 수 있다.

백성을 교화한 '훈민訓民' 노래

조선의 정치 이념은 유학儒敎이었다. 공자孔子에게서 시작된 유학은 인간의 모든 도덕을 관통하는 인仁을 최고 이념으로 삼고, 수신修身 · 제가齊家 · 치국治國 · 평천하平天下의 실현을 목표로 하는 윤리학이자 정치학이라고 할 수 있다. 고려 말기에 새로운 지배 세력으로 부상한 신흥 사대부들은 이러한 유학을 정치 이념으로 채택하고, 이를 바탕으로 성립된 조선에서 유학은 사회의 모든 이념과 문화생활을 지배하는 사상이 되었다. 그러나 유학이 우리 민족 삶의 근거로 자리 잡기까지는 적잖은 어려움이 있었다. 무엇보다 오랫동안 우리 민족의 의식을 지배한 불교의 영향력에서 벗어나기가 쉽지 않았다.

그래서 조선 초기에 불교에 대한 탄압이 대대적으로 이루어졌고, 조선 시대 전체를 통틀어 숭유억불崇儒抑佛 정책이 시행되었다. 그러나 신라 시대 때부터 고려 시대에 이르기까지 1천 년 가까이 우리 민족의 정신과 삶을 지배해 온 불교를 하루아침에 뿌리 뽑을 수는 없었다. 조선의 통치 세력은 유학을 나라의 근간 이념으로 만들고자 각고의 노력을 쏟았다. 이 과정에서 국가적 행사나 궁중 의전 등은 물론이고, 일반 백성들의 각종 통과의례와 '문학이 성리학적 도道를 형상해야 한다'는 문이재도文以載道의 문학관에 이르기까지 조선 백성의 모든 삶이 유학의 방식을 따르게 되었다.

유학을 삶의 바탕으로 만들려는 지배층의 의지가 잘 반영된 개념이 바로 백성을 가르친다는 뜻의 '훈민訓民'이다. 나라를 경영하는 지배층이 백성을 가르친다는 말에는 두 가지 의미가 담겨 있다. 하나는 우매하고 어리석은 백성들이 자신들의 뜻을 제대로 펼쳐서 표현할 수 있도록 하여 조금이라도 안락한 삶을 누릴 수 있도록 하는 것이고, 다른 하나는 통치자들이 전하고자 하는 바를 백성들이 제대로 알아듣고 잘 따를 수 있도록 그들의 의식과 문화를 조성하는 것이다. 첫 번째 의미는 세종이 「훈민정음」의 서문(『훈민정음예의본訓民正音例義本』)에서 명확하게 밝힌 내용이기도 하다.

여기에서 세종은 우리나라 말은 지배층 사람들이 주로 쓰는 중국의 말글과 달라서 우리말밖에 알지 못하는 일반 백성들이 자신의 뜻을 펼쳐서 주장하고 싶어도 그렇게 할 수 없다며, 우리말의 소리에 가장 가깝게 표기할 수 있는 새로운 글자를 만들어서 백성들의 생활을 편하게 하도록 하겠다고 한다. 그렇기 때문에 한글의 이름도 '백성을 가르치는 바른 소리'란 뜻의 '훈민정음訓民正音'이라 지었다.

백성의 생각과 생활 문화를 통치 이념에 맞게 바꾸려는 '훈민'의 두 번째 목적은 당연히 조선의 통치 이념인 유학의 원리를 삶의 근거로 만드는 방향으로 진행되었다. 백성들에게 어렵기만 한 한문이 아니라 배우기 쉬운 한글을 익히게 하고, 여기에 노래로도 불릴 수 있는 시조나 가사 등을 적극 활용하는 것이 그 구체적인 방법이었을 것이다. 짧은 글로 된 시조는 큰 주제를 여러 개의 작은 주제로 나누어서 표현하기에 가장 적합한 형태이고, 시조보다 긴 가사는 작가의 이념을 비교적 쉽고 상세하게 표현할 수 있다는 장점이 있다. 이런 성격을 지닌 시조와 가사 노래들을 '훈민가訓民歌'라고 하는데, 유학의 이념을 전파하는 데는 가사보다 시조가 더 선호되었던 것으로 보인다.

백성의 교화를 목적으로 하는 훈민가에서 사대부들이 가사보다 시조를 더 선호한 까닭은 무엇일까? 우선 시조는 그 길이가 짧고, 하나의 주제를 독립적으로 표현하기 좋은 문학 형식이다. 길이가 짧다는 것은 압축적 표현과 절묘한 수사 등 문학적 기교를 발휘하기에 적합하다는 뜻이기도 하다. 한시漢詩를 통해 시문학 특유의 압축된 표현과 화려한 수사의 묘미에 이미 익숙해진 사대부들로서는 당연한 선택이었을 것이다. 여기에 짧은 형태의 시조가 개인적인 정서를 실어서 표현하기에 적합하다는 점도 크게 작용했을 것이다. 유학의 이념을 개인적인 정서에 실어 노래하면 그것을 듣는 사람들도 그 이념에 쉽게 친숙해지고 동화되기 때문이다. 또한 복잡한 주제와 구성으로 이루어진 긴 형태의 가사보다는 특수한 주제를 독립적으로 노래할 수 있는 시조가 백성을 교화하기에 더 쉽다는 것은 당연한 얘기다.

훈민가 계열의 노래는 조선 초기부터 꾸준히 만들어졌는데, '훈민시조'를 가장 먼저 지은 이는 15~16세기의 문신 주세붕周世鵬이었다. 1551년 황해도 관찰사가 된 주세붕은 백성들의 풍속이 무지함을 보고 오륜五倫과 학문에 대한 내용을 15편의 시조에 담아 사람의 큰 윤리를 밝혔다. 「어부가漁父歌」를 지은 이현보李賢輔의 아들 이숙량李叔樑은 부자·형제·친척 사이의 도리를 온전하게 하라고 권고하는 '분천강호가汾川江湖歌' 6수를 짓기도 했다.

훈민시조는 조선 중기의 윤선도·박인로와 함께 '조선 시대 3대 시인'으로 꼽히는 송강 정철(1536~1593)의 '훈민가訓民歌' 16수에 이르러 절정기를 맞이한다. 그 외에도 박선장朴善長(1555~1616)·김상용金尙容(1561~1637)·박인로 등의 '오륜가五倫歌'가 있으나, 그 내용이 다분히 관념적이라 문학적 측면에서 송강의 수준을 넘어서지 못한 것으로 평가된다. 정철의 '훈민가' 몇 편을 살펴보자.

아버님 날 낳으시고 어머님 날 기르시니
두 분 곧 아니시면 이 몸이 살았을까
하늘같은 끝없는 은덕 어찌 다 갚사오리

어버이 살았을 때 섬기기 다하여라
지나간 후면 애닯다 어이 하리
평생에 고쳐 못할 일 이 뿐인가 하노라

아녀자 가는 길 사나이 돌아가듯이
사나이 지나는 길 아녀자 피해가듯

제 남진 제 계집 아니거든 이름 묻지 말거라

오늘도 다 새었다 호미 메고 가자꾸나
내 논 다 매거든 네 논 좀 매어 주마
오는 길에 뽕 따다가 누에 먹여 보자구나

이고 진 저 늙은이 짐 벗어 나를 주오
나는 젊었거니 돌인들 무거울까
늙기도 서럽거든 짐조차 지실까

　　모두 유교 사상의 근간을 이루는 세 가지 강령綱領(군위신강君爲臣綱·부위
자강父爲子綱·부위부강夫爲婦綱)과 다섯 가지 인륜人倫(부자유친父子有親·군신유
의君臣有義·부부유별夫婦有別·장유유서長幼有序·붕우유신朋友有信), 즉 '삼강오
상三綱五常'을 내용으로 하고 있다. 이처럼 훈민가는 백성들의 실제 생활과
관련된 내용으로 되어 있는데, 화자가 모두 '나'로 설정되어 있는 점이 특징
이다. 시조를 듣고 즐기는 사람들이 시조의 내용을 자신의 상황과 연결지
어 이해하도록 한 것이다.

 노래로 세상을 다스리리니

최치원 _시비하는 세상의 소리 귀에 들릴까

열두 살에 당나라로 유학을 떠났던 최치원崔致遠(857~?)은, 7년 뒤인 874년 빈공과賓貢科(외국인 과거)에 합격하여 지방의 관리로 부임한다. 그런데 이 듬해인 875년 '황소黃巢의 난'이 일어나자 이 농민반란을 정벌하는 책임자인 제도행영병마도통諸道行營兵馬都統이 된 고변高騈의 종사관從事官이 되어 저 유명한 「토황소격문討黃巢檄文」을 지어 문명을 떨치게 된다. 최치원의 문장이 얼마나 뛰어났으면 이 격문을 읽던 황소가 의자에서 굴러 떨어졌다는 말이 전해질 정도이다.

그렇게 17년간 당나라에서 지내던 최치원은 29세가 되던 서기 885년 고국으로 돌아온다. 그러나 신라는 이미 멸망의 길로 접어든 상태였고, 여전히 위세를 떨치는 골품제骨品制 탓에 6두품 신분의 최치원은 자신이 가진 능력과 뜻을 제대로 펼칠 수가 없었다. 그러나 지방의 관직을 전전하면서도 나라를 바로 세우려는 노력을 게을리하지 않은 끝에, 진성여왕眞聖女王 때 그가 제안한 시무책時務策이 받아들어져 6두품 출신이 오를 수 있는 최고 관등인 아찬阿飡에까지 오른다. 하지만 그의 정치 개혁안은 실행되지 못했다.

정치 현실과 왕실의 행태에 실망한 최치원은 여러 지방을 떠돌다가 마흔 살의 나이에 은퇴하여 세상을 피해 살아간다. 만년에는 가야산 해인사에 들어가 머물렀던 것으로 확인된다. 이때 지은 것으로 보이는 '제가야산독서당題伽倻山讀書堂'이란 제목의 시에는 세상을 향한 실망과 좌절이 잘 표현되어 있다.

첩첩한 바위에 미친듯이 뿜어 여러 봉에 울리니	狂噴疊石吼重巒
바로 옆에 있는 사람의 말도 들리기가 어려워라	人語難分咫尺間
시비하는 세상의 소리 귀에 들릴까 늘 두려워서	常恐是非聲到耳
흐르는 물을 시켜 산을 완전히 둘러싸게 했다네	故教流水盡籠山

사람은 눈으로 보고 귀로 듣는 것에서 많은 정보를 얻는다. 그런데 공간적으로 멀리 떨어져 있으면 보는 것은 안 볼 수 있어도 멀리서도 들리는 것은 어쩔 수 없이 듣게 된다. 아무리 세상과 거리를 두고 살아도 사람들이 오가면서 여러 가지 세상일을 전하기 때문이다. 가야산 속에 숨은 화자도 보기 싫은 것은 안 볼 수 있었으나, 그곳에까지 들리는 세상의 온갖 소리는 듣지 않을 수가 없었다.

이 시는 세상과 절연된 산속에서 세상의 소리를 듣는 괴로움을 읊고 있다. 인간의 모든 것이 미치지 않는 자연 속으로 완전하게 숨어 버리고 싶은 마음이 작품 전체에 충만해 있다.

이 시의 배경이 되는 것은 두 가지다. 하나는 산속의 공간이며, 다른 하나는 소리다. 산속이라는 장소는 물리적으로 세상과 단절된 공간이자 화자가 머무는 현실적 공간이다. 작품에서 직접적으로 드러나지는 않지만 이러한 산속의 공간이 바로 시상詩想의 출발점이다. 산속은 자신을 거부한 세상을 버리고 들어온 공간으로, 세속의 복잡한 시비와 멀리 떨어져 살고 싶은 시인의 바람을 실현할 수 있는 공간이다. 그런데 이 공간에까지 세상의 소리가 들어와 시인의 마음을 불편하게 한다. 세상을 피해서 산속으로 들어온 시인에게 이 소리는 세속의 기억을 일깨우는 괴로움의 근원이다. 당연히 시인은 그 소리에 귀를 막고 싶다. 이 소리를 가려 주는 것이 깊은 골짜기로 흐르면서도 온 산을 울리는 물소리다. 첫 구절에 등장하는 물소리는 겹겹이 펼쳐져 있는 돌 사이를 휘감아 돌며 요란한 소리를 내어 산봉우리를 울린다. 산속에서 일어나는 여러 가지 현상 중에서 시인이 굳이 물소리를 택한 이유는 이것만이 세상일로부터 자신을 자유롭게 해 줄 거라는 믿음 때문이다.

이렇게 시작한 첫 구절의 시상을 이어 받는 두 번째 구절에서, 시인은 세상의 소리를 전하는 사람의 말소리조차 묻어 버리는 물소리의 요란함을 강조하여 자신의 바람을 우회적으로 드러낸다. 세 번째 구절은 이 바람을 문학적으로 표현한 것이다. 시인은 시비하는 세상의 소리가 조금이라도 들릴까 봐 늘 두려워한다.

그렇기 때문에 결말에 해당하는 마지막 구절에서 흐르는 물로 하여금 산 전체를 둘러싸도록 하여 세상의 소리를 전혀 들을 수 없게 했다고 노래한다. 그야말로 세상과 완전하게 단절된 온전한 '피은避隱'을 이룬 셈이다. 이처럼 자연과 하나가 되면서 세상과 완벽하게 단절된 상태를 추구하는 최치원 식 숨음은 조선 시대에 이르러 자연을 사랑하면서 심성을 연마하는 유교적 피은으로 바뀐다. 윤선도의 「오우가」가 대표적인 작품이라 할 수 있다.

윤선도 _두어라 이 다섯밖에 또 더해 무엇하리

송강 정철, 노계 박인노와 더불어 '조선 시대 3대 시인'으로 꼽히는 고산孤山 윤선도尹善道(1587~1671)는 조선조 사회가 임진왜란과 병자호란이라는 양 란兩亂을 겪으면서 엄청난 변화를 모색하던 17세기에 주로 활동한 문인이다. 당시는 당쟁 또한 매우 치열했는데, 상대적으로 세력이 약했던 남인 집안에서 태어난 윤선도는 정치적으로 불우한 삶을 살았던 것으로 보인다. 19년간의 유배 생활과 20여 년에 걸친 은둔 생활이 말해 주듯이, 그의 생애는 결코 평탄했다고 보기 어렵다.

개인적으로는 불우한 삶을 살았던 윤선도였지만, 문학적으로는 조선 시대 3대 시인으로 꼽힐 정도로 큰 족적을 남겼다. 조선 시대 최고의 가사 작가로는 송강 정철과 노계 박인노를 들지만, 최고의 시조 작가로는 윤선도를 꼽을 만큼 시조에 뛰어난 재주를 보였다. 특히 우리말로 된 시조를 75수나 남겼다는 것은 우리말과 우리 문화에 대한 그의 애정이 남달랐음을 보여 주는 증거라고 할 수 있다. 연시조聯詩調인 「오우가五友歌」나 「어부사시사漁父四時詞」 같은 작품이 시조 문학사에 끼친 영향과 그 예술적 가치는 어느 누구와도 비교가 어려울 정도이다.

윤선도의 작품에 유독 시조가 많은 이유는, 격렬했던 정치적 삶과 달리 본의 아니게 자연과 함께하는 시간들이 많았던 윤선도에게 장편 가사보다는 단편 시조가 개인적인 정서를 표출하기에 손쉬웠기 때문이다. 조선의 사대부 선비들이 남긴 시조를 보면 자연과 하나가 된다고 하면서도 하나가 되지 못하고 늘 관조하는 태도를 보이는데, 윤선도 역시 이러한 한계를 보인다. 그럼에도 불구하고 「오우가」는 작품의 구성 방식과 우리말 구사 면에서 어느 누구도 따라오지 못할 탁월한 솜씨를 보이는 수준 높은 예술 작품이라 하겠다.

내 벗이 몇인고 하니 수석과 송죽이라
동산에 달 오르니 그 더욱 반갑구나
두어라 이 다섯밖에 또 더해 무엇하리

구름 빛이 좋다 하나 검기를 자주 한다
바람 소리 맑다 하나 그칠 적이 많으니라
좋고도 그치지 않기는 물뿐인가 하노라

꽃은 무슨 일로 피어서 쉬이 지고
풀은 어이 하여 푸른 듯 누르나니
아마도 변치 않을 손 바위인가 하노라

더우면 꽃 피고 추우면 잎 지거든
솔아 너는 어이 눈서리를 모르느냐
구천의 뿌리 곧은 줄 글로 하여 아노라

나무도 아닌 것이 풀도 아닌 것이
곧기는 누가 시켰으며 속은 어찌 비었는가
저렇고 사시에 푸르니 그를 좋아 하노라

작은 것이 높이 떠서 만물을 다 비추니

밤중의 광명이 너만 한 이 또 있으랴

보고도 말 아니 하니 내 벗인가 하노라

여섯 편의 시조로 이루어진 「오우가」는 화자인 시인과 그의 다섯 벗인
자연, 그리고 화자가 속해 있던 세상이 삼각 구도를 형성하는 구조로 되어
있다는 점과, 다섯 벗으로 압축된 자연에 대한 관조적 찬양이 정치적 이념
과 현실적 이상을 바탕으로 하고 있다는 점이 가장 중요한 특징이다.

먼저 구도를 보자. 화자인 시인은 세상과 대립 혹은 불신의 관계를 맺고
있다. '이 다섯밖에 또 더해 무엇하리'와 '구름', '바람', '꽃', '잎', '나무', '밤중'
등은 모두 이러한 대립과 불신을 강조하는 표현으로 볼 수 있다. 특히 '이
다섯밖에 또 더해 무엇하리'라는 표현은 자신이 그동안 속해 있던 정치적
현실에서는 벗으로 삼을 만한 대상이 없었음을 강조한다.

반면에 '다섯 벗'은 화자에게 확고한 믿음을 주는 대상이다. 그래서 시인
은 이 다섯 가지 자연만을 좋아한다. 여기에는 세상의 현실도 자연의 다섯
벗과 같았으면 하는 시인의 바람이 숨겨져 있다. 화자의 다섯 벗이 존재하
는 자연과 화자가 속해 있던 세상은 화자가 생각하는 이상적 현실과 엄청
난 괴리가 있다. 이러한 구도가 여섯 편의 작품에 모두 적용되기 때문에 삼
각 구도는 「오우가」를 이루는 핵심이라고 할 수 있다. 이제 이 구도를 바탕
으로 시인의 정치적 이념과 이상이 작품 속에서 어떻게 결합하는지를 살펴
보자.

'내 벗이 몇인고 하니 수석과 송죽이라'로 시작되는 첫 번째 작품은 「오
우가」의 서시序詩에 해당하는 것으로, 다섯 벗을 소개하는 역할을 한다. 여

기에 더하여 마지막 구절의 '이 다섯밖에 또 더해 무엇하리'로써 화자가 세상을 바라보는 시각과 세상과의 단절 의지를 명확하게 드러낸다. 지금까지 살았던 곳에서 관계를 가졌던 벗들은 쓸데없는 존재들이므로 그런 관계는 모두 버리겠다는 강력한 의지와 불신을 느낄 수 있다.

이러한 그의 생각은 이어지는 두 번째 시에서도 그대로 드러난다. '구름 빛이 좋다 하나 검기를 자주 한다'. 물에 대한 찬양을 주된 내용으로 하는 두 번째 작품과 바위의 불변성을 찬양하는 세 번째 작품에서는 세태에 대한 강력한 비판을 통해 벗의 진실성을 드러내고 있다. 구름의 빛이 좋기는 하지만 쉽게 검어지고, 맑은 바람 소리가 일시적으로는 기분을 상쾌하게 하지만 그치는 때가 많으니 그 또한 믿을 바가 못 된다. 이러한 구름과 바람의 단점이 전혀 없는 흐르는 물이야말로 진정으로 사랑할 만한 대상이다. 앞에서는 감언이설을 일삼다가 돌아서면 음모를 꾸미는 세태를 자연 상관물의 성질에 빗대어 비판하면서 자신의 바람을 나타냈다고 볼 수 있다.

'나무도 아닌 것이 풀도 아닌 것이'로 시작되는 네 번째 작품과 '작은 것이 높이 떠서 만물을 다 비추니'로 시작되는 다섯 번째 작품 역시 세상 속에서 서로 부대끼며 살아가는 인간사에 대한 비판과 바람을 노래하고 있다. 더우면 꽃이 피고 추우면 잎이 지는 것처럼 세상에 존재하는 모든 사람은 시류의 변화에 따라 웃고 울면서 서로 배반하고 죽이면서 살아간다. 그러나 소나무는 어떠한가. 눈과 서리가 내리는 추운 겨울에도 꿋꿋하게 서서 묵묵히 견딜 뿐이니, 이런 모습이야말로 사람들이 배워야 할 덕목이 아닌가.

또, 나무도 아닌 것 같고 그렇다고 풀도 아닌 것 같은 대나무는 둘째가라면 서러울 정도로 곧은 존재이다. 속이 비어 있다는 결점이 있으면서도 1년 내내 푸른빛을 잃지 않으니, 이 역시 화자가 바라는 이상적인 인간상이다. 이처럼 자연의 벗을 찬양하며 세태와 인간을 비판하고 또한 희망을 노래한 화자는, 마지막 시에서 모든 것을 품에 품을 수 있는 존재로 하늘의 달을 노래한다. 달은 유학에서 가장 높은 경지에 오른 사람인 군자君子에 대한 지향을 나타낸다. 비록 밤중처럼 어두운 세상이지만 그것을 밝게 비추어 모든 것을 보면서도 말없이 보듬어 주는 존재인 달이야말로 화자가 추구하는 최고의 인격자이다.

전라도 해남에 있는 금쇄동金鎖洞이라는 산속의 공간을 배경으로 하여 지어진 「오우가」는 이처럼 시인이 지닌 정치적·현실적 이념과 자연에 대한 이상적인 관념을 절묘하고 화려한 수사로써 삼각 구도의 틀 안에 결합시킨, 시조의 경지를 최고로 올려놓은 작품으로 평할 수 있다. 현실과 이상의 괴리에서 몸부림치는 모습을 보여 주는 윤선도의 이러한 숨음은, 박인로에 이르러 유학자의 최고 경지라고 할 수 있는 '안빈낙도安貧樂道'의 숨음으로 승화된다.

박인로 _명리에 뜻이 없어 누항陋巷에 살고 보니

노계 박인로(1561~1642)는 조선 중기의 무인武人으로 경상도 영천 출신이다. 비록 한미한 향반鄕班의 무인 집안에서 태어났으나 유학의 덕목을 따르고 실천하는 데서는 내로라하는 문인 사대부보다 더 철저했으며, 조국의 위기 앞에서는 과감하게 군사로 종군하기도 했다. 특히 아홉 편의 가사와 70여 수의 시조를 남긴 대시인으로, 정철·윤선도와 함께 '조선의 3대 시인'으로 꼽힌다.

박인로의 창작 활동은 생애의 중반을 넘기면서 시작된 것으로 보이는데, 38세의 나이로 수병水兵이 되어 좌병사左兵使인 성윤문成允文의 휘하에 있을 때인 1598년 전쟁으로 지친 병사들을 위로하기 위해 지은 「태평사太平詞」가 첫 작품이다. 그 후 41세 때인 1601년에는 한음 이덕형을 만나 부모에 대한 그리움을 노래한 시조인 「조홍시가早紅柿歌」를 지었고, 45세가 되던 해에는 통주사統舟師가 되어 부산으로 부임해 가면서 배 위에서 무인다운 기개와 절절한 애국정신을 읊은 「선상탄船上嘆」을 지었다. 51세가 되던 1611년에는 손님으로 다시 이덕형을 방문하여 그가 은거하던 용진리龍津里의 풍광을 노래한 「사제곡沙堤曲」을 짓고, 요즘 생활이 어떠냐고 묻는 주인의 물음에 사는 것이 곤궁하지만 안빈낙도의 즐거움을 버리지 않겠다는 뜻을 담아 「누항사陋巷詞」를 짓기도 했다.

그 뒤 박인로는 유학과 주자학에 더욱 심취하여 생활하다가 75세가 되던 1635년, 영남의 안절사按節使로 부임한 이근원李謹元의 덕치를 찬미하는 「영남가嶺南歌」를 지었다. 76세 때에는 말년을 보낼 택지를 노계에 마련하고, 그곳의 풍광과 한가로운 생활을 노래한 「노계가蘆溪歌」를 지었다. 세상에 남길 것은 효도·우애·청백이며, 가슴에 간직할 것은 충과 효임을 강조하며 수기치인修己治人을 실천한 그의 생애의 전반부는 임진왜란이라는 전쟁을 맞아 싸움터에 나아간 무인으로서의 면모가 두드러지며, 후반부의 삶은 비록 생활은 곤궁하지만 유학의 덕목을 배우고 실천하는 사대부로서의 면모가 나타난다. 「누항사」는 그의 사대부적 면모를 가장 잘 보여 주는 작품이라고 할 수 있다.

序詞

어리석고 멍청하기는 나보다 더한 이 없다

길흉화복은 하늘님께 맡겨 두고

누항 깊은 곳에 띠집을 지어 놓고

바람불고 비오는 날 썩은 짚을 땔감삼아

서홉 밥 닷 홉 죽에 연기만 잔뜩 풍기는데

설 데운 숭늉으로 빈 배 속일 뿐이로다

사는 것이 이렇다고 장부 뜻을 바꿀손가

안빈낙도 한 생각을 적을망정 품고 있어

마음대로 살려고 하니 날이 갈수록 어긋나네

가을이 부족커든 봄이라 여유가 있겠는가

주머니가 비었거든 병이라고 담겨 있을까

가난하고 힘든 인생이 천지간에 나 뿐이라

춥고 배고픔 아무리 절박한들 단심을 잊을소냐

옳음에 몸을 맡겨 죽어야 끝난다고 생각하여

자루와 주머니에 한줌한줌 모아 넣고

5년의 전쟁 속에 죽을 결심 가지고 있어

시체 넘고 피를 건너 몇 백 번을 싸웠던가

本詞

내 한 몸 여유 있어 가족을 돌볼손가

가난한 살림에 노비 주인 구분도 없거든

봄이 왔다 알림을 어느 사이 생각하리

농사는 노비에게 물어야하나 누구에게 물을고

몸소 일함이 내가 할 일임을 알겠노라

들판에서 밭갈던 노인 천하다 할 이 없건만

아무리 갈고 싶어도 무슨 소로 갈 것인가

가뭄이 너무 심해 농사철이 다 늦는데

서쪽 둑 높은 곳에 금방 개인 지나는 비에

길 위에 잠시 흐르는 물을 반쯤만 대어놓고

소를 한 번 빌려주마 탐탁찮게 하는 말에

친절타 여긴 집 어둑한 황혼에 허겁지겁 달려가

굳게 닫힌 문밖에 하염없이 혼자 서서

큰 기침 애햄이를 오래도록 한 후에야

어 그 누구신고, 염치없는 나입니다

밤이 늦어 가는데 그 어찌 와 계신고

해마다 이러하기 구차한 줄 알지만은

소 없는 궁한 집에 걱정 많아 왔노라고

공짜로나 값을 받거나 빌려 줄만 하지만은

다만 어젯밤에 건너 집에 저 사람이

목 붉은 장끼를 기름 튀게 구워내고

갓 익은 백일주를 취하도록 권하나니

이런 은혜를 어찌 아니 갚을손가

내일로 빌려주마 약속을 하였으니

약속 어겨 미안하여 말씀하기 어렵도다

사실이 그러하면 설마 어찌 하겠습니까

떨어진 짚신에 헌갓 쓰고 맥없이 물러오니

초라한 모습에 다만 개가 짖는구나

작은 집에 들어간들 잠이 와서 누었으랴

북창에 기대어 앉아 새벽을 기다리니

무정한 오디새는 나의 한을 돋우는구나

아침내내 슬픈 표정 먼 들을 바라보니

즐기던 노랫소리도 흥 없이 들리는구나

세상물정 모르는 한숨만 그치지를 않는구나

아까운 저 쟁기는 보습도 매우 좋아서

가시가 엉킨 묵은 밭도 쉽게도 갈련만은

텅 빈 벽 중간에 쓸데없이 걸려있구나

봄갈이도 끝나가니 후리쳐 던져두자

結詞

강호에 한 꿈을 꾼 지도 오래더니

먹고 살기 힘들어 어느덧 잊었도다

시내를 바라보니 녹죽綠竹이 많고 많네

훌륭한 군자들아 낙싯대하나 빌려주오

갈대꽃 깊은 곳 명월청풍明月淸風 벗을 삼아

임자 없는 풍월강산風月江山 저절로 늙으리라

무심한 백구야 오라 하며 말라 할까

다툴 이 없음은 다만 이뿐인가 하노라

한심한 이 몸에 높은 뜻이 있겠냐만

두세 이랑 논밭은 다 묵혀 던져두고

있으면은 죽을 먹고 없으면 굶을망정

남의 집 남의 것은 부러워 말 것이라

내 빈천 싫어하니 손 젓는다 물러가며

남의 부귀 부러우니 부른다고 올 것인가

인간 어떤 일이 천명 아님이 있으랴만

가난을 원망 않음도 어렵기는 하지만은

내 생에 이렇다고 설운뜻은 없노매라

단사표음簞食瓢飮 이런것을 만족하게 여기노라

평생에 한 뜻을 호의호식에 두지 않고

태평한 세상에 충과 효를 일을 삼아

형제화목 붕우유신 어느 누가 외다 하리

그 밖에 남은 일은 생긴 대로 살겠노라

3단 구성으로 되어 있는 이 작품은 '서사'에서는 과거의 이념적이면서 실천을 강조했던 자신의 삶을 노래하고 있으며, '본사'에서는 아무것도 할 수 없는 현실의 삶을 사실적으로 노래했다. '결사'에서는 사느라고 힘들어서 잠시 잊었던 안빈낙도의 꿈을 다시 떠올려 유학의 덕목대로 살겠다는 미래의 삶을 노래하여 시간적인 완결 구조를 갖추었다는 점이 이 작품의 가장 중요한 특징이다.

서사는 유학의 관념을 중심으로 하고 있어 다분히 이념적이다. 유학에서 가르치는 대로 길흉화복吉凶禍福을 하늘이 주관한다고 믿었으나 뜻대로 되는 것이 하나도 없으니, 가난에 찌든 생활만이 자신을 반길 뿐이다. 이념적인 내용의 서사가 예술적 아름다움을 창조할 수 있는 것은 이념을 행동으로 옮긴 시인의 실천적 행위 덕분이다. 전쟁에 직접 참여하여 조국과 민족을 위해 한목숨 버리려 했던 영웅적인 행위가 동반되지 않았다면, 서사는 관념적 푸념의 수준을 벗어나지 못했을 것이다.

본사는 서사와 다른 미학을 드러낸다. 본사에서는 자신이 처한 현실 생활을 사실적으로 노래하여 이상理想으로 현실을 극복하는 것이 근본적으로 불가능함을 노래한다. 이제 화자는 노비의 힘에 의존하던 농사일을 직접 해야 한다. 그런데 모든 것이 경제 논리로 움직이는 현실에서 돈이 없으면 소 한 마리 빌리기조차 힘들다. 이러한 경제 논리는 유학에서 최고의 정치논리로 내세우는 천명天命으로도 어찌할 수가 없는 최상위의 생활 덕목이다. 본인의 힘으로는 아무런 대응책도 강구할 수 없는 지극히 단순하면서도 참혹한 현실 앞에서 화자는 좌절한다. 하늘의 명령인 천명으로도, 자신이 가지고 있는 보잘것없는 힘으로도 어쩌지 못하는 현실에서 화자는 문득 참된 자신을 발견한다. 이를 가능하게 한 것이 시에서 가감 없이 표현된, 현실을 있는 그대로 드러내는 시인의 현실 인식이다. 즉, 시인은 참혹할 정도로 어려운 현실을 사실적으로 묘사하면서 자신이 추구하던 본래 모습을 발견하고, 다시 안빈낙도의 이상적 세계로 돌아갈 수 있는 힘과 용기를 얻는다.

이제 화자는 과거의 초심으로 돌아가 미래의 삶에 대한 의지를 더욱 굳게 다진다. 경제 논리가 지배하는 현실적 삶을 떠나 청풍명월로 벗을 삼고 임자 없는 풍월강산 속에서 다투지 않고 살아가면서, 남의 것과 남의 일을 탐내지 않고 부러워하지도 않으며, 나라에 충성하고 부모에 효도하고 형제 간에 화목하며 친구 간에 신의가 있는 삶을 살면서 '한 소쿠리의 밥과 표주박의 물'(단사표음簞食瓢飮)에 만족하겠다는 것이다. 이는 현실을 초월한 신선의 경지다. 조선 시대 사대부가 추구한 완벽한 피은避隱이 이루어진 순간이라 하겠다.

「상춘곡」_아무렴 백년인생이 이만하면 어떠하리

변변하지 못한 밥을 먹으면서 물 한 모금 마시고, 팔을 베개하고 누웠어도 즐거움이 그 가운데에 있도다. 불의한 것과 부귀한 것은 나에게 뜬구름과 같으니라(飯疏食飮水 曲肱而枕之 樂亦在其中矣 不義而富且貴 於我如浮雲).

　『논어論語』의 「술이述而」편에 나오는 이 말은 유학의 최고 덕목이라고 할 수 있는 안빈낙도安貧樂道를 단적으로 보여 준다. 유학을 정치 이념으로 삼고 수신제가修身齊家를 중요하게 여겼던 조선 시대의 사대부들은 누구나 인용한 내용을 이상적인 삶의 지향점으로 설정하여 그것을 몸소 실천하려는 목표가 있었다. 그들의 이런 생각은 독자적인 세계관을 형성하여 정치적 이념으로 작용했을 뿐만 아니라, 생활 전체를 관통하여 그들이 만들고 즐겼던 문학예술의 핵심적인 주제가 되었다. 따라서 조선 시대 사대부들이 지은 시가문학에는 안빈낙도에 대한 내용이 어떤 형태로든 녹아들어 있다

237

고 해도 과언이 아니다.

조선 전기의 문인이었던 불우헌 정극인丁克仁(1401~1481)은 영달을 탐하지 않으면서 후진 양성에 힘쓰고, 안빈낙도를 몸소 실천한 인물로 높이 평가받는 인물이다. '세상을 잊고 근심하지 않는다'는 뜻의 '불우헌不憂軒'이라는 호에서도 알 수 있듯이, 그는 안빈낙도의 도를 실천하는 데 조금의 머뭇거림도 없었다. '우憂'는 '이렇게 하는 것이 좋을지 저렇게 하는 것이 좋을지를 결정하지 못하고 머뭇거림'을 뜻한다. 그렇기 때문에 근심을 가리킨다. 정극인은 스스로 도를 행함에 어떤 머뭇거림도 없었기 때문에 호 또한 이렇게 지었다.

그의 이런 생각이 잘 담긴 작품이 6장으로 되어 있는 「불우헌곡不憂軒曲」이다. 세조가 단종을 폐위하자 정극인은 벼슬을 버리고 향리인 태인泰仁에서 후진 양성에 전념하였다. 이에 1472년 성종이 그 공을 인정하여 삼품교관三品敎官의 벼슬을 내리자, 정극인이 임금의 성은에 감동하여 지은 작품이다. 경기체가의 형식을 취하여 안빈낙도의 즐거움과 가르침이 가져다주는 보람 그리고 임금에 대한 은총과 자신의 진퇴進退 등을 노래했다. 그러나 이 경기체 시가보다는 정확한 연대는 알려지지 않았지만 이후에 지어진 「상춘곡賞春曲」에 안빈낙도의 삶이 더 진술하게 표현되어 있다.

序詞_지락至樂

속세에 묻힌 분들 나의 생애 어떠한가

옛사람의 풍류에 미칠가 못미칠가

천지간 남자 몸이 날만한 이 많건만은

산림에 묻혀있다고 지락을 말 것인가

조그마한 초가집을 벽계수 앞에 두고

송죽 깊은 곳에 풍월주인 되었어라

本詞_동흥同興

엊그제 겨울 지나 새봄이 돌아오니

복숭아 살구꽃은 석양 속에 피어 있고

버들과 꽃다운 풀 가랑비에 푸르도다

칼로 마름질 했는가 붓으로 그렸는가

조물의 재주가 사물마다 야단스럽네

수풀에 우는 새는 춘흥을 못이기어

소리마다 교태로구나

물아일체物我一體이니 흥이야 다를소냐

동락同樂

사립문에 걸어보고 정자에 앉아보니

거닐며 노래하여 산의 하루 고요한데

한가하고 참된 맛 알이 없이 혼자로다

이봐 이웃들아 산수 구경 가자꾸나

답청踏靑은 오늘 하고 몸 씻음은 내일하세

아침에는 나물캐고 저녁에는 낚시하세

갓 괴어 익은 술을 두건으로 걸러놓고

꽃나무 가지 꺾어 수를 놓고 먹으리라

동유同遊

화풍이 건듯 불어 녹수綠水를 건너오니

청향淸香은 잔에 지고 낙화는 옷에 진다

술동이가 비었거든 날 다려 아뢰어라

조그만 아이 시켜 술집에가 술을 사서

어른은 막대 짚고 아이는 술을 매고

미음완보微吟緩步하여 시냇가에 혼자 앉아

맑은 모래 좋은 물에 잔 씻어 부어들고

맑은 물을 굽어보니 떠오나니 도화桃花로다

동감同感

무릉도원 가깝도다 저 산이 그것인가

솔 사이 오솔길에 두견화 꺾어 들고

봉우리 급히 올라 구름 속에 앉아보니

수많은 여러 마을 곳곳에 벌려 있네

산과 물에 비친 햇발 비단을 펼쳐논듯

엊그제 검던 들이 봄빛이 완연쿠나

結詞_낙도樂道

공명功名도 날 피하고 부괴도 날 피하니

청풍명월 밖에 어떤 벗이 있을 것인가

단표누항簞瓢陋巷에도 헛된 생각 아니 하네

아무렴 백년인생이 이만하면 어떠하리

　　일반적으로 고려 말의 승려인 나옹화상이 지었다는 「서왕가西往歌」나 「승원가僧元歌」가 우리나라 최초의 가사歌辭 작품으로 알려져 있는데, 조선 시대 사대부가사의 효시로는 이 「상춘곡」이 꼽힌다. 조선 시대 사대부가사의 흐름과 그 영향 관계를 보면, 송순이 지은 「면앙정가俛仰亭歌」는 「상춘곡」에서, 정철이 지은 「성산별곡星山別曲」은 「면앙정가」에서 영향을 받은 것으로 파악된다. 따라서 「상춘곡」은 호남의 가사문화권을 형성하는 시작점이자 기초가 되는 작품임이 틀림없다.

특히 「성산별곡」과 「면앙정가」의 구성 방식과 시간 구조가 거의 일치한다는 점을 고려할 때 두 작품 간의 영향 관계보다 「상춘곡」과 「면앙정가」의 관계가 훨씬 중요한 의미를 띤다. 왜냐하면 「면앙정가」는 봄이라는 시간에 한정하여 노래하는 방식을 취한 「상춘곡」의 구성 방식에 사계절의 순환이라는 시간 구조를 더하여 사대부가사의 비약적인 발전을 이끌어냈기 때문이다. 「상춘곡」에 비해 「면앙정가」가 훨씬 더 정제된 모습을 보이기는 하지만, 시간의 순환성을 넣은 것을 제외하고는 「상춘곡」의 구성 방식을 그대로 이어 가기 때문에 가사문학의 발달 과정에서 「상춘곡」이 차지하는 비중은 매우 크다 하겠다. 「상춘곡」의 구조적 특성을 보면 이러한 사실을 쉽게 알 수 있다.

「상춘곡」은 우리 시가의 전통적인 특성이라 할 '3단 구성'을 기본 뼈대로 삼았다. 서사 – 본사 – 결사의 구성 방식이 그것인데, 이는 향가나 시조의 3단 구성 방식과 일맥상통한다고 할 수 있다. 그러므로 「상춘곡」은 우리 시가의 전통 양식을 바탕으로 삼았으며, 후대의 사대부가사 역시 이러한 전통을 고스란히 간직했음을 짐작할 수 있다. 「상춘곡」 같은 가사의 구조가 향가나 시조와 크게 다른 부분은, 본사에 해당하는 부분이 다시 네 개의 단락으로 나누어진다는 점이다.

「상춘곡」의 본사는 첫째, 세상의 만물이 봄의 흥취를 함께 느끼는 '동흥同興', 둘째, 이웃과 즐거움을 함께한다는 '동락同樂', 셋째, 어른과 아이가 노소동락하여 산수자연에서 함께 노닌다는 '동유同遊', 넷째, 자연의 아름다움을 함께 느낀다는 뜻을 지닌 '동감同感'의 네 부분으로 나누어진다. 이러한 표현 방식은 이 작품의 영향을 직접적으로 받은 「면앙정가」와 「성산별곡」, 「사미인곡」 등의 기본 골격을 형성하는 중요한 특징이다. 다만 후대의 작품과 차이가 있다면 「상춘곡」에서는 사계절의 순환이라는 시간 구조가 나타나지 않는다는 것이다.

「상춘곡」이 구성적으로 향가나 시조와는 다른 두 번째 특징은, 주인과 손님의 대립 구도에서 출발하여 둘이 하나 되는 화합으로 끝을 맺는 방식이다. 「상춘곡」을 보면 주인인 화자가 속세에 사는 사람들에게 자신의 현재 생활을 자랑하는 것에서 시작하여, 마지막에는 속세의 사람들이 살아가는 누추한 거리(누항陋巷)에 함께 살면서 안빈낙도를 지키며 하나가 되겠다고 노래한다.

서사에 등장하는 '속세에 묻혀 지내는 사람들'(홍진紅塵)은 화자와 멀리 떨어져 있는 다른 공간에 있는 데다 화자가 추구하는 지극한 즐거움(지락至樂)을 알지 못하여 함께하기 어려운 존재들이다. 이렇듯 서사에서는 주인인 화자와 손님인 속세의 사람들이 서로 대립 관계를 형성하고 있다.

그런데 본사에 들어가면서부터 화자가 먼저 마음을 열어 바깥의 것을 받아들이기 시작한다. 바로 봄의 흥취다. 꽃과 버들과 풀과 새 등 우주의 삼라만상은 모두 춘흥을 이기지 못해서 야단스러울 정도로 요란하다. 화자는 '물아일체物我一體'라는 한 마디 말로 이러한 야단스러움 속에 자신도 빠져들었음을 고백하고 자연과 이웃을 향해 서서히 마음을 열어 간다. 본사의 두 번째 단락에서 화자는 '한가하고 참된 맛'(한중진미閒中眞味)를 혼자 즐기려고 하지 않고 목소리를 높여 노골적으로 이웃을 유혹한다. 이 부분에 청유형 표현이 등장하는 것은 이 때문이다. 모든 사람이 함께 즐기자고 권하는 '이봐 이웃들아 산수 구경 가자꾸나'(만인동락萬人同樂)가 그것이다.

본사의 세 번째 단락에서는 수직 관계로 이루어진 인간관계를 뛰어넘어 자연 속에 함께 노니는 것을 노래하고 있다. 아이와 어른이 술동이를 메고 자연 속에서 '작은 소리로 읊으며 천천히 거닐고'(미음완보微吟緩步) 함께 앉아서 놀이를 하는 '동유同遊'가 그것이다. 이어서 본사의 네 번째 단락에서 화자는 공간적으로 더 높은 산봉우리로 올라가서 '수많은 여러 마을'(천촌만락千村萬落)의 사람들과 봄의 경치를 함께 느끼고자 하니 '동감同感'이 그것이다.

이처럼 「상춘곡」 본사의 앞 두 단락은 화자가 맺고 있는 자연과 사람의 수평 관계를, 뒤의 두 단락은 화자가 맺고 있는 사람과 자연의 수직 관계를 노래했다. 이제 결사에 이르면 화자는 수많은 사람들과 함께 누추하고 가난한 삶을 살아야 하는 누항陋巷에 자신이 있음을 받아들이고, 그러면서도 헛된 생각을 전혀 하지 않는 것이 진정한 안빈낙도라고 노래한다. 서사의 도입부에서 '붉은 먼지가 가득한 세상'이란 뜻의 '홍진紅塵'이라고 했던 바로 그곳에서 많은 사람들과 함께 살면서 '광주리에 담긴 찬밥과 표주박(물)'(단사표음簞食瓢飲)을 마시면서도 자신의 이념인 '안분지족安分知足'을 지키겠다는 것이다. 그것이 진정한 선구자의 경지이니, 인생이 이 정도가 되면 더는 바랄 것이 없다.

「상춘곡」에 스며 있는 이러한 안빈낙도의 이념은 다른 문학 갈래에서도 종종 목격할 수 있다. 대표적인 것이 평생을 황해도 개성에 숨어 살면서 유학의 도리를 굳게 지키며 학문에 매진한 서경덕이고, 그의 시이다.

서경덕 _ 나이가 드니 안회의 가난을 달게 여기네

황진이·박연폭포와 함께 '개성의 뛰어난 세 가지'(송도삼절松都三絶)로 불리고, 당대의 절세가인이라고 일컬어지는 황진이의 유혹을 뿌리쳤다는 이야기가 전해 오는 화담花潭 서경덕徐敬德(1489~1546)은 스스로 공부했는데도 터득한 경지가 높아 조선의 유학자들에게도 높이 평가받은 인물이다. 특히 『주역周易』에 밝아 신흠申欽(1566~1628) 같은 이는 "조선에서 주역의 방법을 제대로 깨우친 사람은 서화담뿐"이라고 했다.

서경덕은 우주에서 생성과 소멸을 하는 모든 것은 무한히 변화하는 기氣의 율동이라면서, 기가 모이면 사물이 이루어지고 흩어지면 사물이 소멸하지만 그것의 근본을 이루는 기 자체는 소멸하지 않는다고 주장하였다. 또한 '이理'라고 하는 것은 기의 주재主宰로써 기의 바깥에 있지 않다는 기일원론氣一元論을 펼치기도 했다. 독학으로 경지에 이른 그는 가난하게 살면서도 벼슬길에 나가지 않고 개성의 오관산五款山에 있는 화담에 머물며 학문 연구와 후진 양성에 힘썼다.

그는 특히 예학禮學을 중시하여 중종과 인종이 세상을 떠나자 스스로 상복을 입기도 했으며, 가난 속에서도 흐트러짐이 없었으니 유학에서 말하는 안빈낙도를 몸으로 실천한 사람이라고 할 수 있다. 마음속에 품고 있는 회포를 읊은 다음의 시는 이러한 삶의 태도를 잘 보여 준다.

마음에 품은 것을 노래함(述懷)

글 읽을 때에는 천하의 다스림에 뜻을 두었는데   讀書當日志經綸

나이가 드니 안회의 가난을 도리어 달게 여기네   歲暮還甘顔氏貧

부귀는 다툼이 있는지라 손대기가 어렵기만한데   富貴有爭難下手

산수는 금할 이 없으니 몸을 편안히 할 수 있네   林泉無禁可安身

산나물 캐고 낚시질만 해도 그럭저럭 배 채우고   採山釣水堪充腹

맑은 바람 밝은 달에 시 읊으니 마음이 상쾌하네   咏月吟風足暢神

배움은 미혹하지 않아야 진정으로 즐거울 것이니   學到不疑眞快闊

한평생을 헛되이 살다 가지 않도록 해 주었네   免敎虛作百年人

칠언율시七言律詩로 된 이 작품은 세상에 대해 학자가 가져야 할 생각과 태도를 담고 있다. '수련首聯'(율시의 첫째 구와 둘째 구)인 제1구와 제2구는 시인의 욕망과 자족自足이다. 공부가 부족했던 젊은 시절에는 사람으로 태어난 이상 누구나 가져 보는 세상의 다스림에 뜻을 두었다. 그러나 나이가 들고 학문이 깊어질수록 옛날 공자의 제자였던 안회顔回가 가난하게 생활하면서도 스승의 가르침을 따르고 실천하여 도를 즐겼던 것이 더 가슴에 와 닿는다. 세상을 다스리려는 마음은 욕망에서 오는 것이니, 끝없는 집착으로 권력과 부귀를 탐하게 되므로 세상과 부딪힐 수밖에 없다. 그러나 그것을 포기하고 스스로의 생활에 만족(안분자족安分自足)하면 그 순간이 바로 도를 실천하는 것이 되니, 안회의 가난이 그것이었다. 세상 속에 살면서도 세상과 부딪치지 않고 스스로 만족하며 옮기지 않는 것이 진정한 도학자의 삶인 것이다.

서로 상반되면서 마주 보도록 구성하는 대구對句의 법칙에 맞도록 지어야 하는 '함련頷聯'(율시의 셋째 구와 넷째 구)인 제3구와 제4구는 인간과 자연이 마주 보는 구성 방식을 취하고 있다. 부귀는 세상에서 삶을 살아가는 많은 사람들이 중요하게 여기는 것으로 모두 탐내는 것이기 때문에 함께 경쟁을 할 자신이 없는 시인으로서는 손을 댈 엄두조차 나지 않는다. 경쟁은 다툼을 낳고 다툼은 여러 문제를 일으키는 원인이 되기 때문이다. 따라서 시인은 어느 누구와도 경쟁하지 않고 금지하지도 않는 산수山水를 찾아 그것을 즐김으로써 제 한 몸을 편안하게 하는 데 몰두한다. 자연은 마음대로 취해도 금하는 사람이 없고, 아무리 써도 없어지지 않으니(取之無禁 用之不渴), 자연의 일부로 시인 한 사람 정도는 얼마든지 수용될 수 있다고 보는 것이다. 인간과 자연, 어려움과 편안함, 분쟁과 평화의 대비를 통해 삶에 대한 시인의 생각을 잘 드러낸 부분이라고 할 수 있다.

'경련頸聯'(율시의 다섯째 구와 여섯째 구)인 제5구와 제6구는 인간과 자연의 대비를 통해 자신의 생각을 강조하는 단계를 넘어 도학자의 경지에 올라간 상태를 노래하고 있다. 속세의 사람들이 생각할 때는 산나물을 뜯고, 물고기를 잡아서 살아가는 것이 결코 풍족한 삶이 될 수 없다. 그러나 시인은 그보다 더 중요하게 생각하는 풍족함이 있기 때문에 그런 정도는 아무런 문제가 되지 않는다. 맑은 바람과 밝은 달을 벗 삼아 시를 읊는 것으로 정신을 풍족하게 하니, 세상의 눈으로 볼 때는 지독한 가난일지 모르지만 시인의 눈으로 볼 때는 가장 풍족한 부자가 된다. 공자께서 강조한 안빈낙도의 도를 가장 가깝게 실천하는 삶인 것이다.

시인의 이러한 생각은 '결련結聯'(율시의 일곱째 구와 여덟째 구)으로 가면서 인생에 대한 달관의 경지로 이어진다. 제7구와 제8구에서 시인은 완벽한 도학자의 경지에 오른다. 자신이 행하는 어떤 것에도 흔들림이나 의심이 없는 상태에 올라 진정한 즐거움을 맛보게 되었으니, 후세 사람들이 시인을 평가할 때 최소한 헛되게 한평생을 살다 간 인물로 평하는 정도는 면할 것이라고 노래한다. "배우고 생각하지 않으면 멍청하고, 생각만 하고 배우지 않으면 위태롭다(學而不思則罔 思而不學則殆)"는 공자의 말을 꾸준히 실천했기 때문이다.

이러한 안빈낙도의 이념을 조선 시대의 명필 한석봉은 우리말 시가로 노래했다.

한석봉 _짚방석 내지 마라 낙엽엔들 못 앉으랴

석봉石峯 한호韓濩(1543~1605)는 글씨 공부를 한 지 3년 만에 나라에서 치르는 시험에 장원을 하고 집으로 돌아갔다가 어두운 방 안에서 떡을 써는 어머니와 글씨로 겨루기를 한 다음, 자신의 글씨가 아직 경지에 이르지 못했음을 깨닫고 더욱 노력하여 조선 최고의 서예가가 되었다는 일화로 유명하다. 한호는 조선 후기의 서예가이자 금석학자로 유명한 추사秋史 김정희金正喜(1786~1856)와 쌍벽을 이루는 명필가로 평가받는다.

명종 22년(1567)에 진사시에 합격하고, 선조 16년(1583)에는 종6품의 벼슬로 기와와 벽돌 제조를 관장하는 와서瓦署 별제別提에 제수되었다가 나중에는 흡곡현령縕谷縣令과 가평군수加平郡守를 지냈다. 최근 북에서 발굴하여 발표한 묘비문에 '조선국 통훈대부 가평군수 증 승지 한공지묘朝鮮國通訓大夫加平郡守贈承旨韓公之墓'라고 되어 있다는 것으로 보아, 사후에 왕명의 출납을 맡아 보는 벼슬인 승지를 추증한 것 같다. 이 비석에 의하면 한호는 명필로 이름을 떨쳤는데, 사람들이 그의 글씨 한 장을 얻으면 마치 구슬이나 옥돌을 얻은 것처럼 여겼고, 왕과 왕족들도 그의 글씨를 병풍이나 책상에 놓고 즐겼다고 한다. 중국의 사신들까지도 그에게 글씨를 부탁해서 얻어 갈 정도였는데, 명나라 학자였던 왕세정王世貞이 "노한 사자가 돌을 부수는 것 같고, 목마른 준마가 물로 달려가는 것 같다"고 그의 글씨를 극찬한 내용도 묘비에 남아 있다고 한다. 특히 글씨에 조예가 깊었던 선조가 한호를 극진히 총애했는데, 그의 병이 위독해지자 어의를 보낼 정도였다고 한다.

이처럼 뛰어난 글 솜씨로 중국에까지 이름을 떨친 그였지만 남아 전하는 문집이 없고, 기록도 많지 않아서 그의 사상이나 삶의 궤적을 정확하게 알기 어렵다. 그나마 한문학의 대가 월사月沙 이정구李廷龜가 지은 「한석봉묘갈명병서韓石峯墓碣銘幷序」와 조선 중기 최고의 문장가인 교산 허균이 지은 제문祭文 등을 통해 일부나마 그 행적을 살필 수 있다. 특히 한석봉이 허균의 작은 형인 허봉許逢과 스승인 이달李達과 막역한 사이였기 때문에 허균이 석봉을 몹시 따랐던 것 같다. 허균은 제문에서 석봉의 글씨를 평하기를 "작은 글씨는 사자 발톱으로 돌을 할퀸 듯하고, 큰 글자는 용이 서린 듯하다(小楷猊抉 大字龍纏)"고 했다. 또 석봉의 시에 대해서는 "만년에는 시학詩學에도 통하여 도잠(도연명)과 유종원의 문정에 들었고, 시가 쉬운 데다 광활하고 순수하여 읊으면 맑은 기운이 감돈다(晩通詩學 陶柳門庭 夷曠沖粹 詠之淸冷)"고 극찬했다. 그러나 애석하게도 석봉이 지은 시는 남아 전하는 것이 없고, 다만 김천택의 「청구영언」 등에 시조 한 편이 실려 전할 뿐이다.

짚방석 내지 마라 낙엽엔들 못 앉으랴
솔불 켜지 마라 어제 진 달 돋아 온다
아이야 탁주산챌濁酒山菜망정 업다 말고 내여라

이 작품의 화자에게는 손님이 있다. 이 손님은 딱히 사람이라기보다는 화자가 살아가면서 마주치는 어떤 것이다. 그것은 사람일 수도 있고 동물일 수도 있다. 그런데 이 손님은 화자보다 높거나 낮은 존재여서는 안 된다. 화자와 동등한 자격으로 대등하게 마주할 수 있는 그런 존재여야 한다. 같이 앉을 때 짚방석을 낼 필요가 없고, 소나무 가지로 불을 지필 필요도 없다. 필요 없는 정도가 아니라 그런 것을 대단히 싫어한다고 보는 편이 더 정확할 것이다. 왜냐하면 짚방석과 관솔불은 손님의 범위를 축소시킬 가능성이 크기 때문이다.

짚방석을 낸다는 것은 그 손님을 아무 데나 앉힐 수 없다는 뜻이다. 그런 손님을 맞으려면 반드시 일정한 장소와 격식이 필요하다. 그러나 낙엽이 쌓인 곳이면 어디서든 마주 앉을 수 있는 손님이라고 하면 얘기가 달라진다. 심지어 사람이 아닌 것도 '손님'이 될 수 있다. 우주 삼라만상이 모두 화자와 마주할 수 있는 손님이 될 수 있는 것이다. 이것은 관솔불의 경우도 마찬가지다. 송진으로 불을 켜는 관솔불로는 바로 앞에 있는 것밖에 비추지 못하지만, '어제 진 달'은 세상 만물을 골고루 비추어 준다.

바람이 불면 바람을, 나뭇잎이 흔들리면 나뭇잎을, 비가 오면 비를 낙엽에 앉혀 손님으로 맞으리라! 화자는 여기에 만족하지 않는다. 왜 꼭 한 가지 대상만을 손님으로 맞아야 하는가. 화자는 눈에 보이는 모든 것을 손님으로 맞고 싶다. 그렇기 때문에 하늘에 높이 떠서 만물을 두루 비추는 달을 등장시킨다. 화자가 맞고 싶은 손님은 자연 전체이다. 낙엽과 달빛으로 맞이하는 손님은 너무 방대하지만, 화자가 가진 것이라고는 뿌연 빛의 탁주와 산에서 나는 산채 나물밖에 없다. 그것으로 자연의 모든 손님을 대접하려 하고, 또 할 수 있다고 믿는 화자는 안분자족安分自足의 도를 몸소 실천하는 도학자이다.

14 노동의 고통을 즐거움으로 바꾸다

노동과 시가의 관계

'풍요'_오다 오다 오다 공덕 닦으러 오다

우리의 일상생활은 식량을 얻고자 육체를 움직이는 노동과 노동 과정에서 소비된 노동력을 재생산하는 여가餘暇가 두 축을 이루며 이루어진다. 예로부터 노동을 할 때에는 육체적 고통을 덜고 능률을 높이고자 노래를 불렀는데, 이때 부른 노래를 '노동요勞動謠'라고 한다. 놀이를 할 때도 즐거움을 더하고자 '여가요餘暇謠'를 불렀다. 다만, 생명의 유지와 직결된 행위인 노동이 노동력을 재생산하는 여가보다 우선하기 때문에 노동요의 역사가 더 길다고 할 수 있다.

우리나라의 노동요 가운데서 가장 오래된 것은 밭매기 노래와 빨래 노래일 것으로 추정된다. 농사보다는 수렵이 시대적으로 훨씬 앞서지만 이때는 신호음 정도를 주고받았을 것으로 보이기 때문에 정착 생활과 함께 시작된 밭농사 노래가 시기적으로 가장 먼저 등장했을 것이다. 옷의 역사 또한 오래되었기 때문에 옷을 깨끗하게 하는 빨래 노래도 밭매기 노래 못지않게 오래되었다고 볼 수 있다. 밭매기 노래와 빨래 노래가 서정과 서사가 분리되기 이전부터 불렸다는 것은, 수많은 민요 중에서 유독 두 부류의 노래가 신화적인 서사 구조를 보인다는 사실에서도 확인할 수 있다.

그런데 노동요를 부르던 사람들은 주로 피지배계급에 속하고 기록 수단을 갖지 못한 무문자층無文字層이었기 때문에 전해지는 자료가 거의 없다. 우리 역사를 봐도 한반도와 만주를 중심으로 한 고대국가가 출현하기 전까지 불린 노래들은 기록으로 남아 전하는 것이 많지 않다. 신라에서도 국가 발생의 초기에 해당하는 기원전후 시기인 유리왕 때 길쌈 노래로 보이는 「회소곡會蘇曲」이 있었다고 하나, 가사가 전하지 않아 그 정확한 내용을 알 수 없다. 후대로 와서도 노동과 관계된 노래는 잘 보이지 않는데, 고려 때 일연이 지은 『삼국유사』에 노동요로 볼 수 있는 특이한 향가가 한 편 실려 있어 눈길을 끈다. 일반적으로 '풍요風謠'라고 부르는 것인데, 해당 작품의 명칭이라기보다는 당시에 불린 민요로서 일을 하면서 부른 노동요일 가능성이 크다. 무엇보다 이 작품의 구성 방식이 전형적인 노동요의 구조를 보인다. 우선 『삼국유사』의 기록을 보자.

승려인 양지良志는 조상이나 고향은 알 수 없고, 다만 그 행적이 선덕왕 때 있었다. 석장錫杖 끝에 포대 하나를 걸어 놓으면 석장이 저절로 날아가 보시하는 집에 가서 흔들어 소리를 내었는데, 그 집에서 알고 재齋에 쓸 비용을 담았다. 자루가 차면 석장이 날아서 다시 돌아왔으므로 절 이름을 석장사錫杖寺라고 하였다. 신통하고 기이하여 헤아리기 어려운 것들이 모두 이와 같았다. 그 밖에도 여러 재주에 능통해서 신묘함이 비길 데가 없었으며, 또한 글 솜씨도 매우 좋았다. 영묘사 장륙존, 천왕상, 아울러 전탑의 기와와 천왕사 탑 아래의 팔부신장, 법림사의 주불삼존, 좌우 금강신 등은 모두 그가 조성한 것이다. 영묘사와 법림사 두 절의 현판을 썼고, 또 일찍이 벽돌을 새겨서 작은 탑 하나를 만들고 아울러 삼천불을 조성하여 절 안에 모셔 두고 지극히 공경했다. 그가 영묘사의 장륙존상을 만들 때에는 선정禪定에 들어 삼매三昧의 경지를 받아 진흙을 다루는 의식을 행할 때 성안의 모든 백성이 앞다투어 진흙을 날랐다. 그때 부른 노래는 다음과 같다.

오다 오다 오다
오다 서럽더라
서럽다 우리들이여
공덕 닦으러 오다

지금까지도 이 지방 사람들은 방아를 찧을 때 모두 이 노래를 부르는데, 그것은 대개 여기에서 시작된 것이다.

釋良志 未詳祖考鄕邑 唯現迹於善德王朝 錫杖頭掛一布袋 錫自飛至檀越家 振拂而鳴 戶知之 納齋費 俗滿則飛還 故名其所住曰 錫杖寺 其神異莫測皆類此 旁通雜譽 神妙絶比 又善筆札 靈廟丈六三尊 天王像 幷殿塔之瓦 天王寺塔下八部神將 法林寺主佛三尊 左右金剛神等 皆所塑也 書靈廟 法林二寺額 又嘗彫磚造一小塔 竝造三千佛 安其塔置於寺中 致敬焉 其塑靈廟之丈六也 自入定 以正受所對 爲揉式 故傾城士女爭運泥土 風謠云 來如來如來如 來如哀反多羅 哀反多矣徒良 功德修叱如良來如 至今土人春相役作皆用之 蓋始于此 _『三國遺事』, 卷四 良志使錫

양지라는 승려가 황룡사 구층탑, 진평왕의 옥대玉帶와 함께 '신라의 세 가지 보물'로 꼽히는 장륙존상丈六尊像을 만들 때 진흙이 많이 필요했는데, 성안 사람들이 몸을 사리지 않고 노래를 부르며 진흙을 날랐다는 것이다. 정확한 명칭이 전해지지 않아서 '풍요'라고 불리는 이 노래는, 민요적인 구조에 포교적인 내용과 표현을 담고 있는 독특한 향가 작품이다.

'오다 오다 오다'로 시작되는 이 노래의 가장 중요한 특징은 반복법을 중심으로 하는 수사적 표현 기법이다. 이 작품에는 '오다'가 다섯 번이나 등장하는데, 현존하는 민요에도 이처럼 강력한 반복법이 사용된 예가 흔치 않다. 특히 처음과 마지막이 '오다'로 되어 있는 점에 주목해야 한다. 시가에서 화자의 생각이 강하게 강조되는 부분이 처음과 끝인데, 이 두 곳에서 모두 '오다'라고 한 것을 보면 이 표현을 얼마나 강조했는지를 알 수 있다.

'오다'라는 말이 갖는 의미를 보면 이 점이 더욱 분명해진다. '오다'는 '어떤 사람이나 존재가 말하는 사람 혹은 기준이 되는 사람 쪽으로 움직여 위치를 옮기다'라는 뜻인데, 이 노래에서는 명령의 뜻을 내포할 수 있는 단정적인 어법으로 쓰여 더 강력한 의미를 발산한다. 따라서 '풍요'의 표현은 공덕을 닦으러 오라는 정도의 이끎이 아니라, 오지 않고는 도저히 견뎌 낼 수 없어서 이미 와 있다는 것, 그래서 수많은 사람들이 그곳에 모여드는 상황을 형상화하고 있다.

두 번째로 지적할 수 있는 이 작품의 중요한 특징은, 앞 행의 마지막 표현을 바로 다음 행에서 받아 다시 반복한다는 점이다. 작품의 행을 네 개로 나눌 때 첫 행의 마지막 표현인 '오다'는 둘째 행의 첫 표현이 되고, 둘째 행의 마지막 표현인 '서럽더라'는 셋째 행의 처음에서 다시 반복된다. 이런 반복 구조는 여러 개의 장으로 이루어진 노래에서 렴斂과 같은 구실을 하는 것으로 보이는데, 앞과 뒤의 내용을 연결시키기보다는 동일한 소리로 행과 행을 연결하여 쉽게 기억하고 부를 수 있게 한다. 다만 중간의 셋째 행과 넷째 행은 같은 표현으로 이어지지 않는데, 이는 '공덕'이라는 표현 때문인 것 같다. 이는 조금 뒤 다시 살펴볼 것이다.

세 번째로 지적할 수 있는 이 작품의 특징은 작품의 구조이다. 이 노래는 기본적으로 인간과 승려가 서로 마주 보는 형태를 취하고 있다. 인간은 서러움을 간직한 중생이고, 승려는 그 서러움을 없애고 인간을 부처 앞으로 인도하는 존재이다. 서러움을 없앤 자리에 부처의 마음, 곧 불심佛心이 들어가야 하는데, 그것은 부처께 바치는 선업인 공덕功德을 통해서만 가능하다. 그러므로 서러움을 간직한 우리는 모두 공덕을 닦아서 부처의 세계로 나아가야 한다. 이런 이유로 셋째 행과 넷째 행은 동일한 표현으로 이어질 필요가 없다. 왜냐하면 셋째 행까지의 '우리'는 서러움을 간직한 중생에 불과하지만, 넷째 행에서 공덕을 닦아 부처의 세계로 들어갔기 때문이다. 즉, 공덕을 닦으러 온 순간 이미 괴로운 사바세계娑婆世界를 넘어섰음을 셋째 행과 넷째 행의 단절로써 표현한 것이다.

이처럼 일종의 노동요로 추정되는 '풍요'는 물질을 구하는 데 바쳐지는 인간의 노동을 영혼의 구제라는 신성한 노동으로 바꾸어, 수많은 중생을 제도濟度하여 하나로 모으는 종교적인 노래라고 할 수 있다. 고된 노동에 새로운 가치를 부여하여 노동의 의미 자체를 바꿔 버리는 노래는 고려 시대에도 찾아볼 수 있다. 노동을 부모에 대한 효성으로 변화시킨 방아 노래 「상저가相杵歌」가 그것이다.

「상저가」 _형편없는 밥이라도 남기시면 내 먹으리

효孝는 우리 민족의 대표적인 미풍양속이다. 일부에서는 부모에 대한 효성이 유학儒學의 전유물인 양 말하지만, 역사 기록들을 보면 유교의 이념이

들어오기 훨씬 전부터 우리 선조들은 부모에게 지극한 효를 다했음을 알
수 있다. 신라 초기에 부모에 대한 효를 다하면서 사랑하는 사람에 대한 약
속도 지킨 설씨녀薛氏女 이야기나, 진성여왕(재위 887~897) 때의 여성으로
자신의 몸을 팔아 어머니를 봉양한 효녀 지은知恩의 이야기는 효의 전통이
비단 유교에서 비롯된 전통만은 아님을 알 수 있다.

  이러한 효의 전통은 고려를 거쳐 조선으로 넘어오면서 체계화되며 사회
의 근본 이념으로 자리 잡게 된다. 유학을 정치 이념으로 하는 새로운 질서
로 이루어진 나라를 만들어야 했던 조선은 효와 충을 중심으로 하는 도덕
적 규범과 준거에 따라 백성들을 교화하려는 노력을 꾸준히 전개하였다.
특히 훈민정음의 창제에 맞추어서 중국과 우리나라의 이야기 중에서 효자
나 충신, 열녀의 행적을 그림으로 그려서 설명한 『삼강행실도三綱行實圖』가
꾸준히 간행되어 백성들의 교화를 인도했다. 다만, 조선 시대의 효 개념은
정치적인 성격이 강하여 논리적으로 체계화된 만큼 지나치게 이념적이라
는 비판도 받는다.

  고려 시대의 노래를 상당히 많이 전하는 문헌으로 『악학궤범』·『악장가
사』와 더불어 '조선조 3대 가집歌集'으로 꼽히는 『시용향악보』에는 부모에
대한 효성을 강조하는 특이한 형식의 노래 한 편이 실려 있어 눈길을 끈다.
『시용향악보』에 가사와 악보가 실려 있는 「상저가」는 '풍요'와 마찬가지로
노동 과정에서 불린 노래지만, 단순한 노동의 차원을 넘어 노동을 통한 효
성이라는 이념을 강하게 내포하고 있다.

  듥긔동 방아나 찧어
  히얘
  게우즌 밥이나 지어

히얘

아버님 어머님께 바치고
히야해
남기시면 내 먹으리
히야해
히야해

「상저가」의 형식적 특징은 크게 세 가지다. 첫째, 말 그대로 흥을 돋우는 구실을 하는 구절인 조흥구助興句가 쓰였다. 둘째, 두 개의 구조 단위로 나누어진다. 셋째, 각 구조 단위를 이루는 두 개의 구절이 원인과 결과의 관계를 형성한다.

먼저 시의 가요적 성격을 높이는 조흥구에 대해 알아보자. 속요에 쓰인 조흥구는 화자의 정서를 효과적으로 표현하는 보조 수단으로, 언어적인 의미는 없는 일종의 음향이다. 이러한 의미 없는 구절이 주기적으로 반복되는 구조가 특징이다. 「처용가」·「동동」·「정과정」 등에 나오는 '아으', 「서경별곡」에서 쓰인 '아즐가', 「정석가」·「서경별곡」·「가시리」 등에 보이는 '나는', 그리고 「상저가」에 쓰인 '히얘'(히야해) 등이 조흥구이다. 「상저가」의 각 행 마지막에 쓰인 '히얘' 혹은 '히야해'는 언어적 의미 없이 반복적으로 쓰이며, 화자의 정서를 보조하는 구실을 하는 것으로 보이기 때문에 노래의 흥을 돋우는 조흥구로 구분된다. 이처럼 방아를 찧을 때 부르는 노래 속에 조흥구가 들어간 것은 이런 구절이 노동 행위에 리듬감을 부여하여 작업을 부드럽게 할 뿐 아니라, 행의 끝에서 앞의 사설과 뒤의 사설을 이어 주는 구실을 하기 때문이다.

 노동의 고통을 즐거움으로 바꾸다

「상저가」의 두 번째 특징은 두 개의 구조 단위로 나누어지는 것이다. 앞의 단위는 식량을 생산하는 구체적인 노동 행위와 관계되고, 뒤의 단위는 앞의 노동으로 생산한 결과물을 부모에게 바치는 것으로 효성과 관련된다. 앞의 단위에서는 육체적인 노동이 중심을 이루면서 화자가 주체가 되고, 뒤의 단위는 관념적인 이념이 중심을 이루며 부모가 주체가 된다. 그러므로 앞의 단위는 화자의 노동 행위가 대상에 작용하여 식량을 생산하는 '만듦'이 핵심을 이루게 되고, 뒤의 단위는 화자가 부모에게 그 식량을 바쳐 봉양하는 '먹음'이 가사의 핵심을 이루게 된다. 이는 물질적인 먹을거리를 구하는 것을 기본으로 하는 육체적인 노동을 피안의 세계에 이르는 신성한 노동으로 바꾸어 노동 행위에 종교성을 부여하는 '풍요'와 동일한 구조라고 할 수 있다.

세 번째로 살펴야 하는 「상저가」의 특징은 두 개로 이루어진 각 구조 단위가 원인과 결과의 관계로 결합되었다는 점이다. 먼저 앞 단위를 형성하는 두 구절을 보자. '덜커덩(듧긔동)' 방아를 찧는 것은 밥을 지을 재료를 만드는 행위이므로, 두 번째 구절의 '게우즌(거친)' 밥을 짓는 결과의 원인이 된다. 찧고 짓는 두 개의 행위가 이처럼 원인과 결과로 긴밀하게 결합되어 화자의 노동 행위를 효로 완성시킨다. 두 번째 구조 단위 역시 이와 같은 형태로 되어 있다. 부모에게 먹을거리를 '바치는' 행위의 결과로 '남긴' 것이 나오기 때문이다. 화자는 부모가 남긴 것을 자신이 먹겠다고 하여 효심의 깊이를 최고조로 끌어올린다.

이처럼 「상저가」는 짧은 노래 속에 '만듦'과 '먹음', 생산과 소비, 육체적 노동과 정신적 이념을 짝 지워 이를 원인과 결과로 결합시키는 절묘한 구성법을 구사하고, 여기에 '히애'와 '히야해'라는 조흥구를 넣어 형식적인 완성도까지 높였다. 노동과 효, 노래를 한데 결합시킨 「상저가」의 표현 방식은 조선 시대 들어 좀 더 해학적으로 변모한다.

사설시조 _논밭 갈아 기음매고

철저한 신분사회였던 조선은 양반과 상놈(반상班常)의 구별이 뚜렷한 데다 국가의 기본 이념인 유학 사상의 영향으로 문학예술 분야도 이념적인 편향을 띠었다. 그런데 16세기 말에 발발한 임진왜란과 17세기 초엽의 병자호란은 조선 사회 전체를 바꾸어 놓고도 남을 만한 큰 충격을 몰고 왔다. 무엇보다 사회의 근간을 이루었던 신분제가 흔들리며 퇴조한다. 이는 권력을 독점한 사대부 양반 계급의 몰락, 곧 국가권력의 약화를 초래한다. 국가권력이 약해지면 백성들의 힘이 강해지는 것은 당연한 역사적 귀결이다. 이처럼 17세기 이후 조선 사회가 급변하면서 서민의식이 급속도로 성장하고, 이것이 폭발적인 문화적 팽창을 초래하면서 문학에도 엄청난 변화가 찾아온다.

소설의 발달과 사설시조의 등장이 가장 큰 변화라고 할 수 있는데, 당시에 실제 전쟁에서는 졌지만 정신적으로 이기겠다는 생각을 반영한 고전소설의 일종인 '군담소설軍談小說'이 큰 인기를 끈다. 이 소설의 인기가 얼마나 대단했던지 소설을 전문적으로 읽어 주는 '전기수傳奇叟'라는 직업이 생겨날 정도였다. 뿐만 아니라 사대부의 유흥 공간에서 지어지고 불리던 평시조가 서민층에까지 파급되면서 시조의 형식을 깬 새로운 시조 작품이 나타났는데, 이것이 바로 '사설시조辭說時調'이다. 대부분 중장의 내용을 늘리는 방식으로 지어진 사설시조는 평시조에 비해 작품의 분량이 상당히 길어서, 시조 앞에 '사설(아니리)'이라는 음악 용어가 붙었다.

이렇게 발생한 사설시조는 한문투 표현이 중심을 이루던 평시조에 비해 우리말 표현을 많이 쓰고, 유학과 관련된 소재와 주제에 한정돼 있던 평시조의 한계에서 벗어나 생활 전반으로 소재와 주제를 넓혔다. 그러나 축약과 압축을 중심으로 하는 절묘한 표현과 주기적 반복의 율동을 바탕으로 정형성의 아름다움을 추구한 평시조의 성격에 변화를 가져와 시조 문학 전반을 퇴조시킨 주범으로 평가받기도 한다. 즉, 사설시조가 생겨나면서 소재와 주제의 다양성을 확보하는 데에는 성공하지만, 초장과 중장이 동일한 구조를 이루는 세 줄 형식과 3·4음수 중심의 4음보 율격을 무너뜨려 결과적으로 뛰어난 작가들의 참여를 어렵게 했다는 것이다. 20세기 들어 민족혼을 되살리는 노력의 일환으로 시조부흥운동이 일어나기는 했지만, 시조가 문학사의 전면에 다시 등장하는 것은 불가능해졌다. 시조의 향유층을 넓힌다는 차원에서 시도된 사설시조의 등장이 오히려 향유층을 축소시켜 시조 문학 전체의 쇠퇴를 가져온 것은 참으로 아이러니가 아닐 수 없다.

이와 같은 단점에도 불구하고 소재의 폭을 넓히고 다양한 주제를 마음껏 노래할 수 있게 된 것은 사설시조가 우리 문학사에 끼친 긍정적인 영향이라고 할 수 있다. 다음 작품을 보면 사설시조가 노동의 고통을 해학으로 풀어내어 즐겁게 일하는 데 크게 기여했음을 쉽게 알아차릴 수 있다.

논밭 갈아 기음매고 베잠방이 대님 쳐 신 들메고
낫 갈아 허리에 차고 도끼 갈아 둘러메고 무림산중 들어가서 삭정이 마른 섶을 베거나 잘라내어 지게에 짊어 지게막대 받쳐놓고 샘을 찾아가서 점심 도시락 다 비우고 곰방대를 톡톡 털어 잎담배 피워 물고 콧노래하며 졸다가 석양이 재 넘어갈 때 어깨를 추스르며
긴 소리 짧은 소리 하며 어이갈고 하더라

　이 작품은 한 농부가 아침부터 저녁까지 일을 시작하여 끝맺는 노동 과정을 별다른 수식이나 특별한 구조 없이 시간적 순서에 따라 화자의 정서와 연결시켜 관찰자 시점으로 담담하게 노래한 사설시조이다. 아침에 일찍 일어난 농부는 논과 밭에 나가 김을 맨다. 그리고 산에 갈 채비를 한다. 옷을 제대로 입고 신발 끈을 고쳐 맨 다음, 낫과 도끼를 갈아 허리에 차고 산으로 가서 땔감을 장만하여 집으로 돌아오기 바로 전까지의 과정이 노래 속에 담겨 있다. 내용을 보면 알 수 있듯이 이 작품은 사대부나 기생처럼 시조의 창작과 향유에 전문적인 소양이 있는 사람들이 지은 작품과는 사뭇 다르다.

　이 작품의 특징은 크게 두 가지로 볼 수 있다. 하나는 관찰자의 시점으로 작품이 진행되는 것이고, 다른 하나는 대상을 희화화戱畵化하여 해학미를 창출한다는 것이다. 이 작품의 화자는 일을 하는 농부가 아닌 제3자 같다. 이 관찰자는 농부가 일을 하는 모양을 시간 순서에 따라 담담하게 읊는다. 화자가 직접 일을 하는 사람이 아닌 듯 그려지기 때문에 작품에서 노동의 고통 따위 느껴지지 않는다. 노동이 힘들다는 느낌보다는 농부가 그것을 즐기는 듯한 느낌마저 준다. 이것이 바로 화자가 관찰자 시점을 견지하는 이유이다. 화자가 자기 자신을 지켜보는 관찰자가 됨으로써 노동의 고통이나 힘듦을 잊고 즐겁게 일할 수 있는 효과를 내기 때문이다. 그러므로 이 시조의 화자는 관찰자 시점을 유지하는 농부 자신이다. 이렇게 함으로써 시조는 노동 과정을 희화화하여 표현하는 독특한 미학적 효과를 거둔다.

　이 시조가 노동 과정을 시간 순서에 따라 객관적으로 묘사하면서도 익살스러운 느낌을 주는 것은, 관찰자적 화자가 바로 일을 하는 농부 자신이기 때문이다. 노동의 진행 순서를 날줄로 하여 작품의 틀을 잡고, 해학적인 표현을 씨줄로 사용하여 즐거운 느낌을 전달한다. 이 날실과 씨줄이 어우러지며 힘든 노동 행위와 그 과정이 아무렇지도 않은 것처럼 그려지고, 해학미마저 전달하는 것이다. 이처럼 희화화는 작품을 감상하는 사람으로 하여금 재미있게 그려진 한 편의 그림을 보는 것처럼 느끼고 저절로 웃음 짓게 한다. 이러한 해학미는 사대부나 기생의 평시조에서는 좀처럼 찾아보기 어려운 특성이다. 그런데 일반 서민들이 시조 창작 대열에 대거 합류한 조선 후기에 지어진 대부분의 사설시조에서 해학미가 발견된다. 따라서 관찰자적 화자를 통한 희화화와 해학미는 사설시조의 중요한 미학적 특성이라고 해도 크게 틀리지 않는다.

사설시조 특유의 해학미는 민요를 만나면서 더 구체적이고 경쾌하게 변모하니, 경상북도 상주 지방에 전해지는 「모심기노래」는 이를 잘 보여 준다.

「상주 모심기노래」_상주함창 공갈못에 연밥 따는 저 처자야

논농사를 주로 하면서 농업이 산업의 중심을 이루었던 전통 사회에서 모심기는 노동의 핵심 과정이었기 때문에, 이때 불리는 '모심기노래' 역시 노동요에서 가장 큰 비중을 차지한다. 그럼에도 불구하고 역사적으로 보면 '모심기노래'는 그렇게 오래된 민요가 아니다. 모를 못자리에서 논으로 옮겨 심는 모심기 자체가 그리 오래된 일이 아니기 때문이다.

한자로 '이앙移秧'이라고 하는 모심기는 모판에서 싹을 틔워서 키운 모를 물이 고여 있는 논에 다시 옮겨 심는 농사법으로, 이 방법이 일반화된 것은 17세기 이후이다. 따라서 모심기의 역사는 불과 수백 년이다. 벼를 경작하는 방법에는 물이 없는 밭에 심는 건파乾播 방식과 물이 있는 논에 심는 수파水播 방식이 있는데, 건파보다 수파의 수확량이 훨씬 많다. 그럼에도 불구하고 17세기 이전까지는 국가에서 수파법을 금지했는데, 그 이유는 기후 때문이었다. 우리나라의 기후는 모심기를 해야 하는 봄에는 강수량이 적어서 모를 심을 만큼의 물을 확보하기가 어려운 때가 많다. 제때 모심기를 하지 못하면 한 해 농사를 망칠 수밖에 없고, 백성들이 수확을 못 하면 세금을 거둘 수가 없어서 국고가 비게 되고, 그렇게 되면 통치 행위 자체가 어려워지기 때문에 나라에서 수파 방식의 모심기를 금지하고 나섰던 것이다. 건파를 하면 수확량이 많지 않아서 세금을 많이 거둘 수는 없어도 안정된 세수稅收를 확보할 수 있었다.

이러한 국가 정책이 수파, 곧 모심기 권장으로 바뀐 것은 임진왜란(1592)과 병자호란(1636)이라는 양란兩亂을 겪으면서였다. 이 두 전쟁으로 국토의 80퍼센트가 황폐화되자 빠른 시간 안에 농토를 회복하여 수확량을 늘리는 것이 국가의 최대 과제로 떠올랐다. 조선 정부는 하는 수 없이 모심기를 권장하게 되었고, 봄 가뭄을 극복하고 모를 심을 수 있도록 전국에 저수지를 만들기 시작했다. 이렇게 시작된 모심기는 18세기에 들어 전국적으로 확대되었고, 지금까지 전해지는 '모심기노래' 역시 이때 이후에 만들어진 노래들이다. 이처럼 「모심기노래」의 역사는 길게 잡아도 300년을 넘지 못하니 '밭매기 노래'나 '빨래 노래' 같은 노래에 비해서는 턱없이 짧다. 그럼에도 불구하고 '모심기노래'가 우리나라 노동요의 중심을 이루는 것은 전통 사회에서 논농사가 차지하는 비중이 그만큼 컸음을 의미한다. 20세기 중반까지는 우리 민족이라면 '모심기노래' 한두 소절쯤 모르는 이가 없을 정도로 모내기 철이면 전국에서 '모심기노래'가 불렸다.

민요는 창작과 향유 과정에 참여하는 사람이 많으면 많을수록 세련되게 진화하는데, '모심기노래'가 대표적인 경우라고 할 수 있다. 그중에서도 경상도 상주尙州 지역에서 불린 '모심기노래'는 유장한 느낌을 주는 곡조와 세련되고 재치가 넘치는 표현으로 많은 사람들에게 사랑을 받았다.

모시야 적삼 안섶 안에 연적 같은 젖 좀 보소

많이야 보면 병 난단다 담배씨만치만 보고가소

이 물꼬 저 물꼬 다 헐어놓고 쥔네 양반 어데갔소

장터 안에 첩을 두고 첩의 방에 놀러갔네

상주함창 공갈못에 연밥 따는 저 처자야

연밥 줄밥 내 따 줄게 요내 품에 안겨주소

이 빼미 저 빼미 다 심어놓고 반달만치 남았구나

니가 무슨 반달이냐 초승달이 반달이제

남녀가 서로 주고받으며 부르는 '교환창交換唱' 형식으로 되어 있는 이 노래는 두 구절씩 끊어지는 분장分章 형태이면서 후렴後斂을 수반하지 않는 것이 특이하다. 또한 앞 구절은 사실적이고 현실적인 내용으로 비교적 무거운 느낌을 주는 데 반해, 그것을 이어받는 뒤 구절은 비현실적이고 해학적인 내용으로 구성하여 가벼운 느낌을 전달하는 것도 중요한 특징이다.

모심기를 할 때는 보통 남녀가 편을 갈라서 작업을 하는데, 이때 남성은 앞 구절을 부르고 이를 받아 여성이 뒤 구절을 불렀다. 이것이 바로 교환창의 가창 방식이다. 한 사람이 노래를 부르면 여러 사람이 그것을 받아서 후렴 같은 것을 부르는 '선후창先後唱'과는 상당히 다른 방식으로, 주로 빠른 속도를 요구하지 않는 노동 과정에서 많이 채택한다. 앞 구절은 사실적이고 공격적이거나 요구 사항이 구체적으로 드러나는 내용이 주를 이루고, 뒤 구절은 앞에서 노래한 내용을 수용하면서 동시에 살짝 비틀어 희화화함으로써 웃음을 자아낸다.

모를 심을 때는 물이 가득한 논에 들어가서 허리를 구부린 채 일을 해야 한다. 이때 모시옷을 입고 엎드려서 일하는 여성의 옷섶 사이로 분통 모양의 젖가슴이 아련하게 보이게 된다. 그것을 본 남성들이 이 모양을 그대로 노래 속 사설로 가져온 것이 첫 번째 노래의 앞 구절이다. '젖 좀 보소' 하자, 이를 받은 여성 화자는 화를 내기는커녕 너무 많이 보면 상사병이 날지도 모르니 조금만 보고 가라고 너스레를 떤다. '담배씨'는 검은색으로 매우 작아서 손으로 집기도 어려울 정도이다. 이 담배씨만큼만 보고 가라고 했으니, 노래를 부르는 사람의 얼굴에 절로 미소가 지어졌을 것이다.

이처럼 창으로 찌르면 방패로 막는 전쟁놀이와 같은 내용으로 구성된 노래를 앞서거니 뒤서거니 부르며 모를 심으면 아무리 고된 노동이라도 놀이처럼 느껴졌을 것이다. 그런데 노동의 고통을 즐거움으로 바꾸는 데에는 가필귀색歌必歸色의 논리가 그대로 적용된다. 성에 대한 이야기는 만인 공통의 관심사인 데다 그것만큼 큰 즐거움을 선사하는 소재도 드물기 때문에, '모심기노래'의 내용은 성적인 것이 주를 이룰 수밖에 없었다.

희화화를 통해 만들어지는 해학미는 「상주 모심기노래」 전체에 나타난다. 누구는 논에 엎드려 힘들게 일하고 있는데, 정작 논 주인은 보이지 않는다. 필경 다른 일로 잠시 자리를 비웠을 테지만, 주인이 첩의 방에 놀러 갔다고 놀려 대면 얼마나 즐거운가. 이러한 은근한 성적 암시는 이어지는 연에서도 마찬가지다. 멀쩡하게 연밥을 잘 따고 있는 처녀를 큰 소리로 부른 다음, 자신의 품에 안겨 달라거나 부모를 섬겨 달라는 식의 수작을 건다.

이처럼 '모심기노래'는 유장한 가락에다 성적인 내용을 희화화시키는 수법을 접목시켜 그 노래를 부르는 이들의 노동 행위와 정신세계를 밝고 건강하게 만들었다. 노래가 삶을 풍요롭게 만든다는 말이 이런 것이 아니고 무엇이겠는가.

15 경기체가에 담긴 유학자들의 정신세계

추상과 개괄의 미학

「한림별곡」_오만하고 방탕하여 숭상할 바가 못 되더라도

고려 고종년간高宗年間에 한림제유寒林諸儒(한림학사)들이 합작하여 지었다는 「한림별곡翰林別曲」은 유학을 정치 이념으로 하여 고려 말에 새롭게 형성된 신흥 사대부들이 자신들의 일상생활과 정신세계를 노래한 최초의 경기체가로, 조선 시대 도학자들에게는 방탕하다는 비판을 듣기도 한 작품이다.

　조선 중기 최고의 유학자라고 할 수 있는 퇴계 이황은 '도산십이곡'이란 제목으로 열두 편의 시조를 지었는데, 작품의 뒤에 붙이는 발문跋文에서 "저 한림별곡 같은 유의 노래는 비록 문인의 입에서 나왔지만 호기로 자만矜豪하고 방탕한 데다 무례하고 방자하며, 세상을 우습게 여기기(희압戱狎) 때문에 군자로서 숭상할 바가 못 된다"고 혹평했다. 유학의 논리에 엄격했던 조선 시대의 사대부가 보기에 「한림별곡」 같은 작품은 외설에 가까울 정도로 음탕한 데다 세상을 우습게 보는 오만함까지 보이므로, 이황이 직접 나서서 노래의 참모습을 보이고자 '도산십이곡'을 지었다는 것이다.

퇴계의 이 발언은 다소 과한 점이 없지 않지만, 세상을 잘 다스리고 편안하게 하려면 개인의 심성을 수양하는 것이 중요하다고 여긴 조선의 이념에 비추어 보면 수긍할 만하다. 그도 그럴 것이 조선 시대 국문 시가의 양대 산맥을 형성했던 시조와 가사를 보면, 지배층에 속했던 사대부들이 지은 것 가운데 나라에 대한 충성, 부모에 대한 효, 형제에 대한 우애, 친구 사이의 믿음, 산수자연 속의 심신 수양의 범주를 벗어난 작품을 찾아보기가 어렵다.

그렇다면 「한림별곡」은 과연 어떤 내용을 담고 있기에 이황이 이처럼 심하게 평했을까? 「한림별곡」은 한문 표현이 중심을 이루기 때문에 원문 옆에 현대어 해석을 붙여 살펴보자.

유원순의 문장, 이인로의 시, 이공로의 사륙변려문

이규보와 진화의 운을 맞추어서 쓰는 글

유충기의 대책문, 민광균의 경서해독, 김양경의 시부

시험장의 광경 어떠합니까?

금의의 문하에서 나온 문하생들, 금의의 문하에서 나온 문하생들

나를 포함해 몇 사람이나 됩니까?

元淳文 仁老詩 公老四六 / 李正言 陳翰林 雙韻走筆 / 沖基對策 光鈞經義 良鏡詩賦 / 위 試場

ㅅ 景 긔 엇더ᄒᆞ니잇고 / (葉)琴學士의 玉笋門生 琴學士의 玉笋門生 / 위 날조차 몃부니잇고

당서, 한서, 장자, 노자, 한유와 유종원의 문집

이백과 두보의 문집, 난대영사 문집, 백락천의 문집

시경과 서경, 주역과 춘추, 주대예기

주까지 모두 외우는 모양 어떠합니까?

태평광기 4백여 권, 태평광기 4백여 권

두루 보는 광경 어떠합니까?

唐漢書 莊老子 韓柳文集 / 李杜集 蘭臺集 白樂天集 / 毛詩尚書 周易春秋 周戴禮記 / 위 註조

처 내 외옴 景 긔 엇더ᄒ 니잇고 / (葉)太平廣記 四百餘卷 太平廣記 四百餘卷 / 위 歷覽ㅅ 景

긔 엇더ᄒ 니잇고

안진경체, 비백체, 행서체, 초서체

소전과 대전의 서체, 과두의 서체, 우서와 남서

양수염의 붓과 쥐수염의 붓을 비스듬히 들어

점을 찍은 광경 어떠합니까?

오생 유생 두 선생의, 오생 유생 두 선생의

달리듯이 쓰는 광경 어떠합니까?

眞卿書 飛白書 行書草書 / 篆籀書 蝌蚪書 虞書南書 / 羊鬚筆 鼠鬚筆 빗거드러 / 위 딕논 景 긔

엇더ᄒ 니잇고 / 吳生劉生 兩先生의 吳生劉生 兩先生의 / 위 走筆ㅅ 景 긔 엇더ᄒ 니잇고

황금주, 백자주, 송주와 예주

죽엽주, 이화주, 오가피주

앵무잔과 호박잔에 가득 부어서

권하여 올리는 광경 어떠합니까?

유령 도잠 두 신선의, 유령 도잠 두 신선의

취한 광경 어떠합니까?

黃金酒 柏子酒 松酒醴酒 / 竹葉酒 梨花酒 五加皮酒 / 鸚鵡盞 琥珀盃예 ᄀ득브어 / 위 勸上

ㅅ 景 긔 엇더ᄒ 니잇고 / (葉)劉伶陶潛 兩仙翁의 劉伶陶潛 兩仙翁의 / 위 醉혼ㅅ 景 긔 엇더

ᄒᆞ니잇고

홍목단 백목단 정홍목단

홍작약 백작약 정홍작약

능수버들 옥매화 노랑 자주 장미, 지란 영지 동백

어우러져 핀 광경 어떠합니까?

합죽 도화 같은 고운 두 분, 합죽 도화 같은 고운 두 분

서로 어리어 비추는 광경 어떠합니까?

紅牧丹 白牧丹 丁紅牧丹 / 紅芍藥 白芍藥 丁紅芍藥 / 御柳玉梅 黃紫薔薇 芷芝冬柏 / 위 間發

ㅅ 景 긔 엇더ᄒᆞ 니잇고 / (葉)合竹桃花 고온 두분 合竹桃花 고온 두분 / 위 相映ㅅ 景 긔 엇더

ᄒᆞ니잇고

아양의 거문고, 문탁의 피리, 종무의 거문고

대어향, 옥부향, 쌍 가얏고

김선의 비파, 종지의 해금, 설원의 장고

밤을 보내는 광경 어떠합니까?

일지홍이 비껴 부는 피리, 일지홍이 비껴 부는 피리

듣고서야 잠들고 싶어라

阿陽琴 文卓笛 宗武中琴 / 帶御香 玉肌香 雙伽倻ㅅ고 / 金善琵琶 宗智稽琴 薛原杖鼓 / 위 過

夜ㅅ 景 긔 엇더ᄒᆞ니잇고 / (葉) 一枝紅의 빗근 笛吹 一枝紅의 빗근 笛吹 / 위 듣고아 좀드러

지라

봉래산 방장산 영주의 삼신산

이곳에 있는 홍루각의 아리따운 미녀

검은 머리 미인이 비단 휘장 속에 주렴을 반만 걷고

올라서 오호를 보는 광경 어떠합니까?

버드나무 대나무가 있는 정자 언덕에,

지저귀는 꾀꼬리 소리 반갑기만 하구나

蓬萊山 方丈山 瀛洲三山 / 此三山 紅縷閣 婥妁仙子 / 綠髮額子 錦繡帳裏 珠簾半捲 / 위 登望

五湖ㅅ 景 긔 엇더ᄒ니잇고 / (葉) 綠楊綠竹 栽亭畔애 綠楊綠竹 栽亭畔애 / 위 喊黃鸎 반갑

두세라

당당당 당추자 쥐엄나무에

붉은 실로 붉은 그네를 맵니다

당기시오 밀으시오 정소년이여

내가 가는 곳에 남이 갈까 두렵구나

섬섬옥수 두 손 길에, 일지홍이 비껴 부는 피리, 섬섬옥수 두 손 길에, 일지

홍이 비껴 부는 피리

손잡고 함께 노는 광경 어떠합니까?

唐唐唐 唐楸子 皂莢남긔 / 紅실로 紅글위 미요이다 / 혀고시라 밀오시라 鄭少年하 / 위 내

가논ᄃᆡ 눔 갈셰라 / (葉) 削玉纖纖 雙手ㅅ길헤 削玉纖纖 雙手ㅅ길헤 / 위 携手同遊ㅅ 景 긔

엇더ᄒ니잇고

「한림별곡」은 여덟 개의 장으로 이루어진 정형 시가이다. 각 장마다 후
렴구에 해당하는 반복구인 후소절後小節이 있고, 두 구절씩 끊어지는 분장
分章 형태이기 때문에 여덟 개의 장이 모두 독립된 것처럼 보이기도 한다.
그렇지만 작품을 자세히 살펴보면 각 구절들이 일정한 관계에 따라 유기적
으로 연결되어 있음을 알 수 있다.

크게 세 단락으로 나누어지는 이 작품은 1장부터 3장까지는 사대부의 생활에 반드시 필요한 것, 즉 사대부가 해야 할 일과 그것에 대한 화자의 생각을 노래하고 있으며, 4장부터 6장까지는 사대부의 유흥에 필요한 것들과 유흥에 대한 낭만적인 생각을 노래하고 있다. 그리고 7장과 8장은 사대부의 이상적인 생활과 사랑에 대해 노래하는데, 7장은 앞의 1장부터 3장까지의 내용을 받아서 마무리하고, 8장은 4장부터 6장까지의 내용을 받아서 마무리했다고 볼 수 있다.

1장은 당시 선비들 가운데서 특출한 재주로 유명한 사람들의 글솜씨를 노래한다. '원순元淳'은 고려 고종 때 문신으로 문장으로 이름을 날린 유승단俞升旦이다. '인로仁老'는 시 짓기에 남다른 재주가 있어 당대 석학들과 시와 술을 나누며 어울려 '해좌칠현海左七賢'의 한 사람으로 불린 이인로李仁老이다. '공로公老'는 누구인가? 고려 명종 때 사람으로 특히 사륙변려문四六倂驪文(후한 말기에 시작되어 당나라 중기까지 유행한 문체로 4자와 6자 대구를 기본으로 한다.)에 능했던 이공로李公老이다.

두 번째 행에 나오는 '이정언'은 이규보李奎報이다. 명문장가로 이름을 떨친 이규보는 우정언右正言, 좌사간左司諫 등의 벼슬을 거쳤다. 매호梅湖 진화陳澕 역시 문장과 시문으로 일세를 풍미했던 고려의 문장가이다.

세 번째 행에 나오는 '충기沖基'는 유충기劉沖祺, '광균光鈞'은 고종 때 경전의 뜻을 잘 밝혔던 민광균閔光鈞, '양경良鏡'은 고종 때 문무에서 활약한 김인경金仁鏡(혹은 김양경)이다.

다섯 번째 행에 나오는 금의琴儀는 고려 말의 문신으로 관료를 뽑는 과거의 시험관을 여러 번 지내면서 많은 문하생을 두어서 큰 세력을 형성하였는데, '금학사의 옥순문생'은 이를 말한 것이다.

이처럼 「한림별곡」의 1장에 등장하는 이들은 모두 역사적으로 실존했던 문장가들이다. 시의 내용을 보면 이들의 행적을 사실적으로 묘사하고 있어, 자칫 사실을 단순히 나열한 정도로 해석하기 쉽다. 그러나 어떤 소재이든 일단 시가 속으로 들어와 작품의 일부를 이루게 되면 그것이 가졌던 본래의 의미나 기능보다 더 많은 의미와 기능을 재생산하기 마련이다. 그렇다면 「한림별곡」의 저자들은 이러한 사실의 나열로 무엇을 말하려고 했던 것일까.

언급된 문장가들이 활약한 시기는 12~13세기 명종과 고종 때로, 이 시기는 역사적으로 '무신정권' 집권기로 구분된다. 1170년 이의방이 일으킨 '보현원의 난' 이후 1270년(원종 11)까지 꼭 100년간 지속된 이 문화적 암흑기 때 문신들이 할 수 있는 일이라곤 공부를 열심히 하여 실력을 기르는 것뿐이었고, 그것이 삶의 지향점이 될 수밖에 없었다. 따라서 1장은 선비가 해야 할 이상적인 것을 노래했다고 볼 수 있다. 이는 2장과 3장을 보면 더욱 분명하게 알 수 있다.

2장에서는 당시 과거를 보려면 반드시 습득해야 할 서책書册들을, 3장에서는 중국에서 만들어진 유명한 글씨체들을 노래했다. 서책과 글씨체는 선비라면 반드시 갖춰야 할 기본 소양이다. 결국 「한림별곡」의 1장부터 3장까지는 당시 선비들의 삶의 척도를 노래했다고 할 수 있다. 이러한 주제를 노래하며 유명한 사람이나 책 등을 언급한 것은, 여러 사람들이 함께 부르고 즐길 수 있도록 하기 위함이다. 이처럼 「한림별곡」은 역사적 인물과 사실들을 나열한 점이 특이하지만, 결국에는 열거된 사실들을 통해 화자의 정서와 생각을 표현한다는 점에서 다른 시들과 다를 바가 없다. 나머지 장들도 마찬가지 구조이다.

4장의 주제는 술이다. 술은 빛깔이 없지만 사람의 얼굴을 붉게 하고 흥분시켜 즐겁게 하는 성질이 있기 때문에 오래전부터 흥겨운 자리에서는 빼놓을 수 없다. 이 여러 가지 술을 마시고 취하는 광경이 4장의 내용이다.

이어지는 5장과 6장은 여성과 악기가 주는 향락과 관계된 것들이다. 5장은 온갖 종류의 꽃을 열거하며 남녀상열男女相悅을 노골적으로 노래한다. 문학에서 꽃은 여성을 상징하므로, 5장은 아름다운 여성들이 많이 모여 있는 광경, 즉 선비들이 기생들을 불러 노는 광경을 담고 있다. 6장에서 열거되는 여러 종류의 악기들은 놀이에 빠질 수 없는 음악을 나타낸다.

술, 여성, 음악은 남성들의 유흥에서 빼놓을 수 없는 핵심적인 것들로, 4·5·6장은 당시 선비들의 놀이에 대해 노래했다고 볼 수 있다. 즉,「한림별곡」의 1·2·3장은 선비라면 반드시 해야 할 일을, 4·5·6장은 선비들의 여가와 놀이에 대해 노래한 것이다.

이어지는 7장에서는 노장사상老莊思想의 중심을 이루는 신선이 살고 있다는 산과 정자(봉래산, 방장산, 영주 삼신산)를 열거하며 선비들이 동경하는 신선의 삶을 노래했다. 이른바 '문화적 암흑기'로 불리는 시기에 순수한 노장사상을 추구하기란 현실적으로 어려웠다. 그래서 '검은 머리 미인'과 함께 지내면서 꾀꼬리 소리를 그리워하는 낭만적 삶이 차선책으로 제시된다.

마지막 8장은 남녀가 등을 밀어 주며 그네를 뛰는 광경을 노래하고 있다. 결국 '그네'는 화자가 생각하는 남녀 관계의 상징이다. '버드나무 대나무가 있는 정자 언덕'을 그린 7장이 1·2·3장에서 노래한 사대부의 할 일을 이상적으로 마무리한 것이라면, 8장은 4·5·6장에서 노래한 사대부의 놀이를 놀이의 종착점인 남녀의 사랑으로 마무리했다고 볼 수 있다. 이러하니 조선의 도학자인 이황이「한림별곡」을 "자만하고 방탕한 데다 무례하고 방자하"다고 평한 것도 무리는 아니다.

살펴본 대로「한림별곡」은 고려 후기 사대부의 일과 놀이, 이상적인 삶과 사랑에 대한 생각을 전대절前大節(경기체가에서 본문을 이루는 앞의 4행)과 후소절後小節('긔 엇더ᄒ니잇고')이라는 특수한 구조로 노래한 서정시가이다. 「한림별곡」에서 형성된 경기체가의 이러한 성격은 다음에서 살펴볼 「죽계별곡」을 통해 그대로 이어진다.

「죽계별곡」_아 사계절 즐거이 노십시다

「죽계별곡竹溪別曲」은 고려 말의 신흥 사대부 안축安軸이 지은 것으로, 자신의 고향이며 관향貫鄕(본관)이기도 한 홍주順興의 풍광을 서정적으로 노래한 경기체가이다. 안축의 문집인 『근재집謹齋集』에 실려 전하는 이 작품은 다섯 개의 장章을 각 장마다 후렴에 해당하는 후소절을 붙여서 이어 가는 분장체分章體 형식으로, 최초의 경기체가 작품인 「한림별곡」의 표현 기법을 이어 받았다. 간혹 문학적인 표현과 기교가 다소 떨어진다는 평을 받기도 하지만, 일정한 공간을 배경으로 그곳에서 느낄 수 있는 생활의 정서를 낭만적으로 노래했다는 점에서 작품의 의의를 찾을 수 있다. 「죽계별곡」은 모두 한문으로 되어 있어 우리말 번역을 먼저 제시하고, 원문은 그 뒤에 붙인다.

죽령의 남쪽 안동의 북쪽 소백산 앞에	竹嶺南 永嘉北 小白山前
천년의 흥망 속에 풍류를 간직한 순흥에	千載興亡 一樣風流 順政城裏
오래전 취화봉에 왕자 태를 묻었다는데	他代無隱 翠華峯 天子藏胎
아 좋은 세상 이룬 그 경치 어떠합니까	爲釀作中興 景幾何如
옛날 벼슬하는 이들이 한가롭게 지낸 정자	淸風杜閣 兩國頭御
아 산 좋고 물 맑은 경치 그 어떠합니까	爲 山水淸高 景幾何如

숙수루와 복전대와 승림정자   宿水樓 福田臺 僧林亭子

초암동과 욱금계와 취원루 위에   草庵洞 郁錦溪 聚遠樓上

반은 취하고 반은 깨어 있는데   半醉半醒

분홍 꽃이 핀 산에 비 내리는 속을   紅白花開 山雨裏良

아 흥에 겨워 노니는 그 광경 어떠합니까   爲 遊興 景幾何如

고양지의 술꾼들처럼 비단신 신은 삼천객처럼   高陽酒徒 珠履三千

아 손잡고 서로 노니는 광경 어떠합니까   爲 携手相遊 景幾何如

채봉이 날고 옥룡이 서린 푸른 산기슭에   彩鳳飛 玉龍盤 碧山松庵

지필봉과 연묵지를 갖추어서 지은 향교   紙筆峯 硯墨池 齊隱鄕校

육경에 심취하고 역사를 공부하는 선비들   心趣六經 志窮千古 夫子門徒

아 봄에 공부하고 여름에 거문고 울리니   爲 春誦夏絃

그 광경이야말로 어떠합니까?   景幾何如

해마다 삼월이면 멀리서 오시는   年年三月 長程路良

아 큰소리로 새 손님을 맞는 그 광경 어떠합니까?   爲 呵喝迎新 景幾何如

초산효 소운영 피는 정원의 좋은 시절   楚山曉 小雲英 山苑佳節

꽃은 만발한데 그대 위해 열린 버들그늘로   花爛熳 爲君開 柳陰谷

다시 오길 기다리며 홀로 난간에 기대어   忙待重來 獨倚欄干

새봄에 나온 꾀꼬리 소리 나는 곳에   新鶯聲裏

아 한 떨기 붉은 구름 길게 드리워져   爲 一朶紅雲垂未絶

타고난 아름다움 가진 봉선화 피는 때에   天生絶艶 小桃紅時

아 천리에 떨어져서 서로 그리워함을 어찌하겠습니까   爲 千里相思又奈何

살구꽃 날리고 방초는 무성한 봄에 잔 잡고   紅杏紛紛 芳草萋萋 樽前永日

짙은 녹음 은은한 단청에 거문고에는 훈풍이요   綠樹陰陰 畵閣沈沈 琴上薰風

황국과 단풍은 청산을 물들인데 기러기 날아가니   黃菊丹楓 錦繡靑山 鴻飛後良

아 눈빛과 달빛이 서로 비추니   爲 雪月交光

그 광경이야말로 그 어떠합니까?   景幾何如

중흥의 성대에 길게 장락태평하니   中興聖代 長樂太平

아 사계절 즐거이 노십시다   爲 四節遊是沙伊多

5개 장으로 이루어진 「죽계별곡」은 경기체가의 형식을 그대로 이어받으면서도 「한림별곡」에 강하게 나타나는 낭만적 정서를 최대한으로 절제하고, 시간과 공간을 적절하게 배치하여 독특한 미학을 드러낸다.

1장은 홍주, 곧 순흥順興의 경치를 읊으며 이곳이 매우 오랜 역사를 지니고 있음을 노래하고 있다. 홍주는 '순흥順興'으로 개칭되었다가 이후 영주와 봉화로 나뉘어졌는데, 제목에 쓰인 '죽계竹溪'는 풍기 지역과 가까운 순흥의 한 지역명이다. 소백산과 안동 사이에 있는 순흥은 좋은 기운을 간직한 곳으로, 오래전부터 왕자의 태를 묻어서 왕실의 번창을 기원할 정도로 복된 땅이라는 것이다. 첫째 장에서 화자는 순흥의 과거를 노래하여 이곳의 역사성을 강조했다.

2장은 공간적 배경을 설정하여 풍류로써 심신을 수양하는 선비들의 모습을 노래하고 있다. 숙수루와 복전대와 승림정자, 초암동과 욱금계, 취원루 등을 거닐며 술을 마시고 호연지기를 기르는 선비들의 현재 모습은 죽계의 문화적 우월함을 드러낸다. '고양지高陽池 술꾼'이란 마을의 술자리에 참석해서 흠뻑 취해 돌아오는 것을 말한다. 진晉나라 사람 산간山簡이 양양

襄陽에 있을 때, 그 지방의 호족인 습씨習氏네 집 연못인 고양지를 자주 찾아가 술을 마시고는 번번이 만취해서 부축을 받고 돌아온 데서 유래된 말이다. '비단신 신은(珠履) 삼천객三千客'은 중국 초楚나라 춘신군春申君과 조趙나라 평원군平原君이 현인을 우대하여 그 문하에 모인 식객이 3천 명이나 되었다는 고사에서 나온 말이다. 한번은 평원군이 자신의 식객을 춘신군에게 보내면서 자신이 식객을 얼마나 우대하는지를 자랑하려고 대모잠玳瑁簪을 꽂고 칼집도 주옥으로 장식하게 했는데, 막상 가서 보니 춘신군의 식객들 중 상객上客은 모두 주옥으로 장식한 신발을 신고 있었다고 한다.

3장은 '향교'라는 공간을 통해 선비들의 학문 세계를 현재의 시간 속에서 노래했다. '채봉彩鳳'은 빛깔이 고운 봉황새이고, '지필봉'(영귀산)은 종이와 붓 모양을 갖춘 산봉우리이며, '연묵지'는 벼루와 먹의 모양을 갖춘 연못을 가리키는 것으로, 지필봉과 연묵지는 곧 문방사우文房四友이다. 이처럼 학문의 전당으로서 적합한 조건을 두루 갖춘 향교에서 공부하는 선비들의 모습은 현재의 죽계가 얼마나 중요한 의미를 지닌 지역인지를 보여 준다.

4장은 향교 앞에 펼쳐져 있는 정원과 버들 길이란 공간을 봄이라는 현재의 계절과 연결시켜 사랑하는 사람과 멀리 떨어져 있는 데서 오는 그리움을 노래하고 있다. '초산효楚山曉'와 '소운영小雲英'은 정원에서 같이 노닐던 기녀들의 이름이다. 그리움의 대상을 구체적으로 묘사하지 않아서, 그 대상이 누구 혹은 무엇인지에 대해 여러 가지 해석의 여지가 있다.

마지막 장인 5장은 사계절의 변화에서 느낄 수 있는 태평성대의 모습이다. '방초芳草'는 향기로운 풀이다. 무성한 봄―짙은 녹음(여름)―황국黃菊과 ·단풍―눈빛(겨울)은 각각 사계절을 나타낸다. 봄부터 겨울까지의 1년이란 시간적 흐름을 순환적 시간으로 바꾸어 영원성을 획득하는 구성법이다. 오래도록 태평성대를 누리겠다고 하여 미래까지 점하는 효과를 발휘하는, 이 작품에서 가장 절묘한 부분이다.

　이처럼 「죽계별곡」은 과거에서 출발하여 현재의 공간적 특성을 노래한 다음, 시간의 순환성을 이용해 이 공간에 영원성을 부여하여 유학을 이념으로 하는 사대부 특유의 세계관을 풍류와 그리움, 태평성대에 대한 갈망이라는 서정적 차원으로 끌어올린 작품이다. 안축의 이러한 사고와 표현 수법은 서울의 모습을 노래한 「화산별곡」에 이르러 좀 더 노골적으로 유교의 태평성대를 추구하는 쪽으로 바뀐다.

「화산별곡」_화산의 남쪽 한수의 북쪽 조선의 명당자리에

「화산별곡華山別曲」은 조선 초기 최고의 문장가인 변계량卞季良(1369~1430)이 지은 경기체가 형식의 악장이다. 변계량은 10년 넘게 대제학大提學 자리에 있으면서 나라의 외교문서를 도맡아 짓는 등 명문장가로 이름을 떨쳤다. 나중에는 태조가 재위한 6년간의 역사를 기록한 『태조실록太祖實錄』의 편찬과 『고려사』의 개수改修에도 참여하였다.

　「화산별곡」은 세종 7년인 1415년에 지어진 것으로 총 8장으로 되어 있는데, '화산華山'은 삼각산, 곧 북한산의 다른 이름으로 조선의 도읍지가 된 한양을 찬양했다. 이 작품은 변계량의 문집인 『춘정집春亭集』과 『악장가사』, 『세종실록世宗實錄』, 『증보문헌비고增補文獻備考』 등에 실려 있다. 노래의 내용이나 기능으로 보아서는 악장이 틀림없으나, 표현 방식에서 「한림별곡」에서 보이는 형식적 정형성을 그대로 간직하고 있기 때문에 악장으로 쓰였다 하더라도 경기체가로 분류된다. 문학의 갈래를 결정하는 데는 그 내용이나 쓰임보다 형식적 특성이 핵심 요소로 작용하기 때문이다.

화산의 남쪽 한수의 북쪽 조선의 명당자리에

신성하고 황금궁궐의 너른 땅 사통오달한데

웅장, 날렵하여 하늘이 지은 형세에 음양이 조화하니

아 도읍을 정한 그 광경이야말로 어떠합니까?

태조와 태종이 창업하여 교훈을 남겼으니

태조와 태종이 창업하여 교훈을 남겼으니

아 잇고 지키는 광경이야말로 어떠합니까?

華山南 漢水北 朝鮮勝地 / 白玉京 黃金闕 平夷洞達 / 鳳峙龍翔 天作形勢 經緯陰陽 /

偉 都邑 景其何如 / 太祖太宗 創業貽謀 / (再唱) / 偉 持守 景其何如

안에서 선위를 받고 상국의 허락을 얻으니 광명정대한데

도둑을 금하고 경제를 살리니 왜국이 진심으로 굴복하고

선업을 잇고 펼쳐내니 천지가 교합하고 사방이 편안하네

아 태평한 그 광경이야말로 어떠합니까?

지성으로 하는 충효는 이웃과 화목하는 도리이니

지성으로 하는 충효는 이웃과 화목하는 도리이니

아 이 둘을 얻은 광경이야말로 어떠합니까?

內受禪 上稟命 光明正大 / 禁草竊 通商賈 懷服倭邦 / 善繼善述 天地交泰 四境寧一 /

偉 太平 景其何如 / 至誠忠孝 陸隣以道 / (再唱) / 偉 兩得 景其河如

경외함을 가지고 게으름과 욕심을 경계하여 몸소 인의를 행하니 경연을 열
고 경사를 널리 보니 배움을 하늘과 땅을 통달하였고

집현전을 두고 일 년 내내 배움을 열어 춘추로 시문을 짓도다 아 학문을 숭
상하는 그 광경이야말로 어떠합니까?

하늘이 낸 성인과 같은 학문의 아름다움이여

하늘이 낸 성인과 같은 학문의 아름다움이여

아 고금에 그러한 광경이야말로 어떠합니까?

存敬畏 戒逸欲 躬行仁義 / 開經筵 覽經史 學貫天人 / 置集賢殿 四時講學 春秋製述 /

偉 右文 景其何如 / 天縱之聖 學問之美 / (再唱) / 偉 古今 景其何如

병서를 읽고 진법도 배우며 군사훈련을 하며 시절을 따르고

넓은 곳 골라 사냥하고 수많은 기병들이 빠르게 말을 달리나

죽임에 씨를 남기고 즐거움에도 절제를 하도다

아 무술을 배우는 그 광경이야말로 어떠합니까

준비하고 반성함은 편안함에 위태함이 있음을 잊지 않음이라

준비하고 반성함은 편안함에 위태함이 있음을 잊지 않음이라

아 미리 대비하는 그 광경이야말로 어떠합니까?

訓兵書 敎陳兵 以習坐作 順時令 / 擇閑曠 不廢蒐狩 萬騎雷 / 殺不盡物 樂不極盤 /

偉 講武 景其何如 / 長慮却顧 安不忘危 / (再唱) / 偉 豫備 景其何如

천재를 두려워하고 가난을 딱히 여겨 제사를 극진히 하고

충직한 이는 등용하고 간사한 이는 내치며 형벌은 신중히 하고

옛것을 상고하여 지금을 논하며 종일 통치에 힘쓰고 매일을 삼가도다

아 나태하지 않는 그 광경이야말로 어떠합니까?

하늘이 성군을 내시어 동방의 백성들에게 베푸시니

하늘이 성군을 내시어 동방의 백성들에게 베푸시니

아 천세를 누리옵소서

懼天災 悶人窮 克謹祀事 / 進忠直 退姦邪 欽恤刑罰 / 考古論今 夙夜圖治 日愼一日 /

偉 無逸 景其何如 / 天生聖主 以惠東人 / (再唱) / 偉 千歲乙 世伊小西

경회루, 광연루가 높고도 넓게 트이고 뚫려 있어

나쁜 연기 흩어지고 맑은 기운 들어오도다

하늘 밖 바라보니 강산풍월 펼쳐있어 답답함이 활짝 퍼지네

아 올라서 구경하는 광경이야말로 어떠합니까?

봉래, 방장, 영주의 신선들이 사는 삼신산이여

봉래, 방장, 영주의 신선들이 사는 삼신산이여

아 어느 시대에나 찾겠습니까?

慶會樓 廣延樓 崔嵬敞豁 / 軼烟氛納灝氣 / 遊目天表 江山風月 景象萬千 宣暢鬱埋 /

偉登覽景其何如 / 蓬萊方丈瀛洲三山 / (再唱) / 偉何代可覓

자애와 효성이 지극하니 천성은 함께 즐기고

인과 공경이 지극하니 성군 명신이 잘 맞는도다

천하보다 걱정은 먼저고 즐거움은 나중이며 즐기나 넘치지 않으니

아 연회에 모신 광경이야말로 어떠합니까?

하늘이 성군을 낳아 동국 백성의 부모가 되니

하늘이 성군을 낳아 동국 백성의 부모가 되니

아 만만세를 이으시옵소서

止於慈止於孝 天性同懽 / 止於仁止於敬 明良相得 / 先天下憂後天下樂 樂而不淫 /

偉侍宴景其何如 / 天生聖主 父母東人 / (再唱) / 偉萬歲乙世伊小西

농잠을 권장하고 민생을 두텁게 하여 나라의 근본을 기르고

예양을 높이고 충신을 숭상하여 민심을 굳게 결속하니

덕택이 빛나고 풍속이 다스려지고 칭송 소리 넘쳐나니

아 길이 다스려지는 그 광경이야말로 어떠합니까?

북악산과 한강수가 조선의 왕업과 함께하니

북악산과 한강수가 조선의 왕업과 함께하니

아 아울러 장구한 그 광경이야말로 어떠합니까?

勸農桑厚民生 培養邦本 / 崇禮讓尙忠信 固結民心 / 德澤之光 風化之治 頌聲洋溢 /

偉長治景其何如 / 華山漢水 朝鮮王業 / (再唱) / 偉幷久景其何如

8개 장으로 되어 있는 이 작품은 크게 전반부와 후반부로 나눌 수 있다. 전반부는 1장부터 4장까지로 국가의 창업과 그 근본을, 5장부터 8장까지의 후반부는 태평성대와 그 근본을 노래하고 있다.

1장은 한강의 북쪽이자 화산의 남쪽에 자리한 하늘이 내린 명당에 나라의 터전을 잡았으니 그 기반이 굳고 신성하다고 노래한다. 조선 시대에는 서울을 '한양漢陽'이라고 했는데, 여기서 '한漢'은 국토의 중심을 흐르는 큰 강이라는 뜻으로 한강을 가리키고, '양陽'은 물의 북쪽이며 산의 남쪽이 되어서 배산임수背山臨水의 터전임을 뜻한다. 한 마디로, 한양은 한강의 북쪽, 삼각산의 남쪽이라는 의미다. 이처럼 신성한 땅에 도읍을 잡았지만 이를 오래 유지하려면 그 근본이 되는 것이 있어야 하는데, 이어지는 4장까지의 내용이 그것이다.

2장은 서로 끌고 밀어주는 화목한 삶의 기틀이 되는 충효를 노래하고 있다. 상대를 존중하면서 지위에 맞게 대우하는 '충忠'과 윗사람의 좋은 점을 본받고 따르는 '효孝'가 뒷받침되어야 창업의 땅이 더욱 굳건해질 수 있음을 강조했다.

3장은 충효를 잘 지키고 이어 가려면, 또 백성을 잘 교화하려면 학문이 반드시 필요하다는 점을 노래하고 있다. 학문을 숭상하지 않으면 충효가 제대로 지켜질 수 없고, 그렇게 되면 나라의 근본이 흔들릴 것이다.

4장은 이러한 나라를 보전하려면 반드시 무예와 국방이 필요하다고 노래한다. 군사훈련과 사냥 등으로 익히 무예는 나라와 백성을 지키는 데 결정적인 구실을 할 것이다. 그러므로 이 또한 나라의 근본이라 할 수 있다. 이처럼 1장부터 4장까지의 주된 내용은 창업의 신성성과 그것을 이루는 근본이다.

작품의 전반부가 창업의 신성성을 제시하고 그것의 근본을 노래했다면, 후반부는 이와는 반대의 표현 방식을 취하고 있는 점이 특징이다. 맨 마지막 장인 8장에서 강조하는 태평성대의 근본을 이루는 것들을 5장부터 7장까지에서 노래하고 있기 때문이다.

5장은 언제나 삼가고 게을리 하지 않으면서 훌륭한 통치로써 백성을 편안하게 하는 하늘이 낸 성군을 찬양하고 축수하는 내용이다. 백성을 아끼고 사랑하는 성군이야말로 태평성대를 이루는 근본이다.

6장은 하늘이 낸 성군이 머무는 곳인 궁궐의 신성함을 강조하고 있다. 봉래蓬萊, 방장方丈, 영주瀛洲의 삼신산三(神)山처럼 웅장한 곳이 도성의 궁궐이니 어떤 나쁜 기운도 범접할 수 없다. '삼신산三神山'은 중국 도가道家에서 신선이 사는 곳으로 알려진 전설 속의 산이다. 중국 발해만渤海灣의 동쪽에 있는 것으로, 봉래산蓬萊山·방장산方丈山·영주산瀛洲山의 세 산을 가리킨다. 우리나라에서는 금강산·지리산·한라산을 '삼신산'으로 부른다. 사마천이 지은 『사기史記』에 의하면 이곳에 신선이 살고 있으며, 먹으면 죽지 않는다는 불사약不死藥이 있다고 하여 진시황이 이것을 구하려고 동남동녀 수천 명을 보냈으나 돌아오지 않았다는 고사가 전한다.

7장은 하늘이 낸 성군을 모시고 연회에 모여 나라를 통치하는 신하들의 훌륭함에 대해 노래하고 있다. 백성보다 걱정은 먼저 하고 즐거움은 나중에 누리니 이보다 더한 성군과 신하들이 어디 있겠는가! 이것이야말로 태평성대를 이루는 근본 중의 근본이다.

8장은 앞의 5·6·7장에서 노래한 내용을 바탕으로 이루어진 태평성대를 찬양하며, 농업과 양잠(農蠶)과 예의와 공손(禮讓)으로 다져진 조선이야말로 세상에서 제일가는 태평성대를 이룩한 나라가 아니겠느냐고 노래하고 있다.

이처럼 「화산별곡」의 전반부와 후반부는 음양이 마주 보며 서로를 원하는 것과 같은 구조로 되어 있다. 명당, 충효, 학문, 국방에 대해 노래하는 전반부(1~4장)는 나라의 토대가 되는 땅, 곧 음陰의 성질을 얘기한다고 볼 수 있다. 반면에 성군, 궁궐, 연회, 태평성대를 주제로 하는 후반부(5~8장)는 땅을 근거로 그 위를 지배하는 하늘, 곧 양陽의 성질을 이야기한다.

우주 만물의 생성과 소멸을 음양과 오행의 변천으로 설명하는 '음양오행설陰陽五行說'에 의하면, 양은 높은 곳에 있으면서 위로 올라가려는 성질을, 음은 낮은 곳에 있으면서 아래로 내려가려는 성질이 있다. 그러므로 양이 위에 있고 음이 아래에 있으면 양과 음은 만날 수 없어 어떤 것도 만들어 내지 못하게 된다. 음양이 합쳐져서 새로운 것을 만들어 내려면 양과 음의 위치가 서로 바뀌어야 한다. 「화산별곡」의 전반부와 후반부가 바로 그런 형태를 취하고 있다. 음은 아래로 향하고 양은 위로 향하는 음양론의 논리에 따라 상하가 서로 화합하여 새로운 것을 만들어 내니, 그것이 바로 태평성대이다. 따라서 「화산별곡」이야말로 유학의 이념을 바탕으로 한 구조적 미학의 극치를 보여 주는 작품이라고 해도 큰 무리가 없을 것이다.

정도전 _시 속에 그림이 있고, 그림 속에 내가 있네

정도전鄭道傳(1342~1398)은 불교를 철저하게 배척하는 주자학 중심의 이념으로 조선 건국에 깊이 관여한, 유학을 국시國是로 하는 지배 체제를 조선에 확립시킨 학자이자 정치가이다. 고려 말기에 유학자로 이름을 떨친 '여말삼은麗末三隱' 중 한 사람인 이색의 문하에서 정몽주鄭夢周(1337~1392), 이숭인李崇仁(1349~1392), 윤소종尹紹宗(1345~1393) 등과 동문수학하고, 원나라를 가까이 하고 명나라를 배척해야 한다는 친원배명親元排明 정책에 반대하다가 유배를 가기도 했다. 그러다 이성계의 막료가 되어 구세력을 몰아내고 귀족들의 사유지를 환수하여 나라에 귀속시키는 과전법科田法을 실시하는 등 조선 개국의 정치적·경제적 토대를 마련하였다.

이성계를 추대하여 조선을 세운 뒤에는 군사·외교·행정·역사·성리학 등의 거의 모든 분야에서 활약하고, 「납씨가納氏歌」·「정동방곡靖東方

曲」・「문덕곡文德曲」・「신도가新都歌」 등의 경기체가와 악장을 지어서 문필가로서의 면모를 과시하였다. 한편으로는 고려의 멸망을 아쉬워하고, 다른 한편으로는 조선의 태평성대를 위해 전념하겠다는 양면적인 정서를 드러낸 시조를 남기기도 했다.

정도전은 정치적 야망과 문필에 대한 욕심이 커서 동문수학하며 문경지교刎頸之交를 맺었던 이숭인의 시재詩才를 시기하여 그의 목숨을 빼앗기까지 했다. 서거정徐居正이 지은 『동인시화東人詩話』에는 다음과 같은 기록이 실려 전한다.

하루는 이숭인이 지은 시 「오호도嗚呼島」를 보고 크게 칭찬하였다. 며칠 뒤에 정도전도 「오호도嗚呼島」 시를 지어서 스승인 이색에게 보여 주며 말하기를 "옛사람이 지은 시 속에서 우연히 발견하였습니다."고 하였다. 이를 본 이색이 말하기를 "이 작품도 참으로 잘 지은 것이기는 하다. 그러나 이 정도의 작품은 공부를 한 사람이면 누구나 지을 수 있으니 이숭인의 경지를 따라갈 수 없다."고 했다. 나중에 정도전이 나라의 권력을 잡았을 때 이색이 이숭인의 목숨을 살리려고 애를 썼으나 결국 죽임을 당하고 말았으니, 당시 사람들이 말하기를 이것은 「오호도」 때문이 아니라고 하기 어렵다고 하였다.

조선 초기 태종 때 이숭인 등이 죄를 지어서 유배를 갔을 때 곤장 100대를 맞고 죽었는데, 조사해 보니 정도전의 사주를 받은 자가 그를 죽인 것으로 밝혀졌다고 왕조실록에 기록되어 있는 것으로 보아 『동인시화』의 기록이 상당히 신빙성이 있어 보인다. 이숭인을 죽음으로 몰고 갔다는 「오호도」는 다음과 같다.

오호도는 동해 한복판에 있는데, 아득한 창파에 새파란 한 점이라네

嗚呼島在東溟中 滄波渺然一點碧

무엇이 두 줄 눈물 흘리게 하나, 전횡과 그 부하들 슬픔 때문이라네

夫何使我雙涕零 祇爲哀此田橫客

전횡의 기개 가을하늘 서릿발 같고, 마음으로 따르는 이는 실로 오백명

田橫氣槩橫素秋 義士歸心實五百

함양의 유방은 하늘이 낸 사람으로, 은하를 기울여 진나라 학정을 씻었네

咸陽隆準眞天人 手注天潢洗秦虐

전횡만 어찌하여 구의하지 않고, 원통하게도 보검에 피를 묻혀 죽었나뇨

橫何爲哉不歸來 怨血自汚蓮花鍔

부하들 소식을 들었으나 어찌할 것인가, 나는 새 의탁할 곳이 없구나

客雖聞之爭奈何 飛鳥依依無處托

차라리 죽어서도 서로 따르리니, 실낱같은 목숨 어찌 아끼리오

寧從地下共追隨 軀命如絲安足惜

모두 목 찔러 고도에 묻히니, 산도 슬퍼하고 포구도 시름하여 해가 빛을 잃네

同將一刎寄孤嶼 山哀浦思日色薄

슬프다! 천추의 세월이 흐른 후에, 한 맺힌 이 마음 뉘라서 알리

嗚呼 千秋與萬古 此心苑結誰能識

뇌성벽력 되어 이 기운 풀지 못하면, 긴 무지개 되어 하늘을 물들이리라

不爲轟霆有所洩 定作長虹射天赤

그대는 보았는가 고금의 경박한 이들, 아침에 한 이불 덮고 저녁에 원수됨을

君不見 古今多少輕薄兒 朝爲同袍暮仇敵

조선 건국 초기 최고의 정치가였지만, 제1차 왕자의 난 때 이방원에게 살

해당한 정도전은 시詩보다는 문文에 더 뛰어났다는 것이 일반적인 평가이지만, 다음 한시는 시 속에 한 폭의 그림이 있다는 평을 들을 정도로 뛰어난 작품으로 평가받는다. 마치 시라는 액자 속에 한 폭의 가을 그림이 걸려 있는 액자 형태의 시라는 것이다. '김 거사의 시골집을 찾다(訪金居士野居)'라는 제목으로 되어 있는 시를 보자.

가을 기운 아득하고 온 산은 고요한데	秋陰漠漠四山空
지는 잎은 소리 없이 땅에 가득 붉었네	落葉無聲滿地紅
다리에 말 세우고 돌아갈 길 묻노라니	立馬溪橋問歸路
알지 못하는 사이에 그림 속에 있네	不知身在畵圖中

각 구절이 기승전결起承轉結을 이루는 기본적인 한시 형식을 갖추었는데, 이 형식이 액자 구실을 한다는 점이 특이하다. 이 액자를 채우고 있는 그림이 바로 시의 내용이니, 형식이라는 액자 속에 내용이라는 그림이 걸려 있는 모양이다.

첫째 구절은 가을의 맑고 추운 기운이 하늘을 아득하게 만들어서 사방의 모든 산이 고요한 상태를 묘사하고 있다. 첫 구절에서 하늘을 노래했으니 다음 구절에서는 땅을 노래하는 것이 자연스럽다. 따라서 둘째 구절에서는 나뭇잎이 아래로 떨어져서 온 땅을 붉게 물들이고 있다고 노래한다. 이처럼 맑고 아득한 푸른 하늘과 붉게 물든 고요한 땅이 대비를 이루며 한 폭의 그림을 보는 듯한 느낌을 전달한다.

이제 세 번째 구절인 전구轉句에서 화자가 등장할 차례이다. 여기서 화자는 낙엽이 쌓여서 없어진 길을 찾아 돌아가는 것을 꿈꾼다. 돌아갈 길이 없다고 하는 것은 이 속에서 나가고 싶지 않은 시인의 심정을 드러낸 것이라고 할 수 있다. 돌아가고 싶지 않은 마음을 길이 없다고 표현한 것이다. 이러한 마음의 여로를 따라 결구結句인 넷째 구절에서 화자는 '그림 속에 있'는 자신을 발견한다. 자신도 알지 못하는 사이에 그림 속에 들어와 있으니 이제는 돌아갈 길도, 그 방법도 알 수 없게 되었다.

　자연이 만든 그림을 시에 집어넣는 수법으로 풍광을 풍광으로 끝내지 않고 예술적 아름다움으로 승화시킨 이 작품은, 정치 이념이나 사상 같은 것들을 끌어들이지 않은 데다 고사를 인용하여 의미를 확장시키는 수법인 용사用事도 전혀 쓰이지 않았다는 점에서 '시 속에 그림이 있음(詩中有畵)'을 보여 주는 최고의 경지라고 할 수 있다. 정도전의 이러한 수법은 조선 중기의 퇴계와 같은 도학자에 이르러서 자연과 도학이 절묘하게 결합한 작품으로 거듭나게 된다.

이황 _청량산 육육봉을 아는 이 나와 백구

태백산에서 갈려 나온 낙동정맥洛東靜脈의 하나인 일월산日月山의 서남쪽에 위치한 청량산淸凉山은 봉화군과 안동시의 접경을 이루는 산으로, 예로부터 '남쪽의 소금강'이라고 불릴 정도로 산천이 수려하고 기암괴석이 장관을 이루어 청송의 주왕산, 영암의 월출산과 더불어 '3대 기악奇嶽'으로 꼽혔다. 이처럼 아름다운 모습을 자랑하는 청량산은 신라 때부터 많은 사람들의 사랑을 받았다. 원효, 의상 등의 고승과 관련된 수많은 불교 유적뿐만 아니라, 신라 최고의 명필로 일컬어지는 김생金生, 당나라 유학생 출신으로 중국에까지 문명을 떨친 최치원 등의 흔적이 곳곳에 남아 있기 때문이다. 고려를 거쳐 조선 시대에 이르러서는 주세붕에 의해 그 12봉우리에 이름이 붙여지면서 사대부들에게 더욱 사랑받는 산으로 자리 잡았다.

청량산은 낙동강과도 깊은 연관이 있는데, 조선 후기의 실학자였던 이중환李重煥(1690~1756)은 저서인 『택리지擇里志』에서, "낙동강은 청량산을 지나면서 비로소 강이 된다"고 했다. 태백산 자락의 황지黃池에서 발원하여 봉화를 거쳐 내려오는 낙동강이, 청량산에서 내려오는 물과 만나기 전까지는 강다운 모습을 갖추지 못했다는 뜻이다. 이때부터 낙동강은 굽이굽이 돌아 흐르면서 그림 같은 절경을 만들어 내니 여기서부터 도산서원까지 이르는 지역은 그야말로 선경仙境으로 향하는 길처럼 느껴질 정도로 황홀한 아름다움을 자랑한다. 이곳을 배경으로 퇴계가 이름을 붙인 것이 바로 '도산구곡陶山九曲'이다.

경상도 예안의 온계溫溪(지금의 안동시 도산면 온혜리)에서 태어나 벼슬길에 나갔던 때를 제외하고는 평생 이곳을 떠나지 않고 고향을 아끼며 살았던 퇴계 이황(1501~1570)은 유달리 청량산을 사랑했다. 스스로 호를 '청량산인淸凉山人'이라고 하고, 청량산을 노래한 시가 50여 편이 넘는 것을 보더라도 이 산에 대한 애정이 얼마나 컸는지를 짐작할 수 있다. 청량산에 대한 그의 사랑은 큰아버지인 이우李堣에게 『논어』를 배우러 산을 드나들면서부터 생겨난 것 같다. 태어난 지 7개월 만에 아버지가 돌아가시고 열두 살이 되던 해부터 상청량산암上淸凉山庵에 머물던 숙부에게 가서 글을 배웠는데, 어린 나이에도 집에서 청량산까지 오가며 산의 아름다움에 깊이 빠져들었던 것 같다. 청량산 자락에서 태어나 그곳에서 평생을 살다가 다시 청량산 자락에 묻힌 퇴계야말로 진정한 '청량산인'이라 할 수 있다.

퇴계에게 청량산은 애정의 대상 이상의 의미를 지녔던 것으로 보이는데, 청량산은 세상의 번다함을 끊어 버리고 고결하게 살아갈 수 있는 최고의 이상향이었다. 퇴계에게 청량산이 무릉도원武陵桃源과 같은 마음의 이상향이었다는 사실은 다음의 시조에서 확인할 수 있다.

청량산淸涼山 육육봉六六峰을 아는 이 나와 백구白鷗
백구야 헌사하랴 못 믿을손 도화桃花로다
도화야 떨어지지 마라 어주자魚舟子 알까 하노라

이 작품을 이루는 구성 요소는 청량산, 화자, 백구白鷗, 도화桃花, 어주자魚舟子 등이다. 청량산은 중국의 송나라 때 사람으로 성리학의 대가로서 조선의 유학자들이 가장 높이 추앙한 주희朱熹(주자朱子)가 살았던 무이산武夷山과 동일시되는 공간이다. 중국의 동남쪽에 위치한 복건성의 북쪽에 있는 무이산은 아홉 개의 골짜기(구곡계九曲溪)와 36개의 봉우리(육육봉六六峰), 99개의 암석(구십구암九十九岩) 등을 갖춘 최고의 명승지이다. 주희는 무이구곡의 제5곡에 무이정사武夷精舍를 짓고 주자학을 완성한 것으로 알려져 있다. 퇴계 역시 도산구곡陶山九曲의 제5곡인 탁영濯纓에 도산서당을 지었으니, 그가 얼마나 주자를 따르고 존경했는지를 짐작할 수 있다. 그러므로 작품 속에 등장하는 '육육봉六六峰'은 일부 논자들이 말하듯 주세붕이 이름을 붙인 열두 봉우리를 가리키는 것이 아니라 무이산의 육육봉을 본받은 서른여섯 봉우리로 보는 것이 맞다.

조선 후기 실학자 이규경李圭景이 편한 『오주연문장전산고五洲衍文長箋散稿』에 따르면, "안동의 청량산은 모두 36봉으로 태백산에서 낙맥落脈되어 예안강禮安江 위에 이르러 우뚝 솟았다. 외부에서 바라보면 토산土山 몇 봉우리밖에 되지 않는 것 같으나 강을 건너 안으로 들어가 보면 4면에 석벽이 둘러 있는데 그 둘레가 4장丈쯤 되고 돌들이 기괴하고 험악하여 말로는 이루 표현할 수가 없다."고 했다. 여기서도 이러한 사실을 확인할 수 있다. 그러므로 퇴계에게 36봉을 중심으로 하는 청량산은 무이산과 동일시되는 공간이며 그가 지향하는 선계仙界가 된다.

한편, 작품에서 직접적으로 묘사되지 않지만 '어주자魚舟子', 즉 배 타고 고기 잡는 사람이 있는 공간은 음모와 계략의 소용돌이 속에서 서로 잡고 잡히며 살아가는 물고기와 어부가 속한 속계俗界이다. 작품의 화자인 퇴계는 이곳을 떠나고 싶어 한다. 그러므로 화자와 어주자는 선계와 속계라는 서로 대립되는 공간에 속한 존재로, 화자는 어주자를 만나고 싶어 하지 않는다.

백구와 도화는 자연과 하나 되어 살아가고자 하는 화자와 함께하는 동료이자 벗이다. '백구白鷗', 즉 갈매기는 기본적으로 어주자가 살고 있는 곳에서 생활하는 속계의 동물이다. 반면에 도화桃花는 복숭아나무에 피는 꽃으로, 신선이 먹는 과일을 만들어 내는 선계의 식물이다. 따라서 상식적으로는 백구보다 도화가 더 믿을 만한 존재이다. 그러나 화자는 백구는 믿을 수 있으나 도화는 믿을 수 없다고 노래했다. 왜 그럴까?

그 이유는 백구와 도화가 지니고 있는 성질에 기인하는 것으로 보인다. 백구는 비록 어주자가 있는 속계에 속하지만 화자처럼 이상적 공간인 선계를 찾아서 청량산으로 올라온 존재이다. 그러므로 백구는 화자와 마찬가지로 청량산의 육육봉을 아끼고 사랑하며 그것과 하나가 되려는 존재이다. 반면에 도화는 그 성격이 정반대이다. 복숭아 자체는 선계에 속한 것으로 신선이나 먹을 수 있는 것이지만, 그 꽃은 때가 되면 떨어져서 물을 타고 흘러 어주자가 사는 공간으로 내려간다. 즉, 백구는 퇴계의 분신으로 사람과 자연을 하나로 아우르는 구도자를 상징하는 존재이고, 도화는 어주자가 살고 있는 속계와 관계된 믿을 수 없는 존재인 것이다.

이처럼 이 작품은 시조라는 짧은 형식 안에 선계와 속계, 백구와 도화라는 공간과 이미지를 대립시키는 특이한 구조로써 청량산을 이상적 공간으로 제시하고 도학자가 걸어야 할 구도의 길을 예술적 아름다움으로 승화시켜 노래한, 퇴계의 정신세계를 유감없이 드러낸 서정시다. 퇴계 말고도 시조를 통해 진경을 예술로 승화시키는 솜씨를 보여 준 이가 손곡 이달이다.

이달 _백운이라 중은 쓸지를 않네

조선조 중기에 40년 넘게 보위를 지킨 선조宣祖(1552~1608)의 시대는 사림정치가 확립되면서 본격적인 붕당정치朋黨政治(당쟁)가 시작된 시기다. 이와 함께 퇴계 이황, 율곡 이이 같은 거유巨儒들이 등장하여 성리학의 전성기를 구가하고, 앞 시대와 달리 문풍文風이 크게 일어났다. 이런 연유로 선조가 재위했던 시기를 '목릉성세穆陵盛世', 곧 사림정치가 확산되며 많은 인재가 배출된 선조와 광해군 시대의 문치주의라고 부른다.

성리학이 발달하고 문풍이 진작되는 한편으로 임진왜란이라는 국가적 어려움에 직면하여 수많은 인재들이 배출되었는데, 그중에서 한시 분야에서 이름을 떨친 이들이 '삼당시인三唐詩人'으로 불리는 손곡 이달(1539~1618), 옥봉 백광훈(1537~1582), 고죽 최경창(1539~1583)이다. 당나라 때의 시풍을 이어받아 아름다운 작품을 지어 낸 이들은 모두 서경덕(1489~1546)의 문인이었던 사암 박순(1523~1589)에게서 배운 사람들이었다.

삼당시인의 시에 대해 허균(1569~1618)은 스승 이달의 전기인 『손곡산인전蓀谷山人傳』에서, "당시의 이름난 시인들이 이들에 대해 모두 성당盛唐풍의 시를 짓는다고 치켜세웠는데, 그 시들은 맑고 산뜻하며 아담하고 곱다(淸新雅麗)"고 했다.

허균의 스승이었던 이달은 '여말삼은麗末三隱'(고려 말기의 이름난 세 명의 유학자)으로 유명한 목은 이색의 문인으로, 고려 말 조선 초기의 문신이었던 이첨李詹(1345~1405)의 후손이었으나 어머니가 천민이어서 높이 쓰일 수가 없었다. 이달은 강원도 원주의 손곡蓀谷에 살았는데, 젊은 시절부터 읽지 않은 책이 없을 정도였고 글도 지은 것이 무척이나 많았다. 한때 한리학관漢吏學官이란 벼슬에 나갔으나 곧 벼슬을 버리고 백광훈, 최경창 등과 교류하며 박순에게서 당시唐詩의 오묘함을 전해 듣고 5년 동안 두문불출 공부하여 마침내 이전의 시풍을 완전히 씻어 버리고 당풍의 시를 지었는데 그 아름다움에 모두 감탄해 마지않았다. 그때부터 사람들이 말하기를 신라, 고려 이래로 당풍의 시를 지었다고 하는 사람들 중 그를 따를 사람이 없다고 할 정도였다.

이달은 평생을 걸식할 정도로 궁핍하게 보냈으나 시 짓는 일을 게을리하지 않았다. 그리하여 당대 최고의 문장가인 허균과 최고의 여성 시인 허난설헌許蘭雪軒의 스승으로도 이름을 떨쳤다. 그의 시풍을 잘 보여 주는 '불일암 인운 스님에게(佛日庵贈因雲釋)'란 작품을 보자.

흰 구름 가운데 절이 있는데	寺在白雲中
백운이라 중은 쓸지를 않네	白雲僧不掃
손이 와서 비로소 문을 여니	客來門始開
온 골짜기 송화가 흐드러졌네	萬壑松花老

시상을 일으키는 첫 번째 구절은 높은 산 위, 구름 속에 싸여 있는 절의 모습을 어떤 이념이나 정서의 개입 없이 그림 그리듯 그려 냈다. 두 번째 구절에서는 불교의 이념을 바탕으로 구름의 성격을 규정하고, 동시에 그것이

속계에 속한 화자와도 관계가 있음을 암시하고 있다. 세 번째 구절에서는 구름을 따라 산 위에 오른 속계의 손님이 오자 비로소 문을 여는 절과 승려의 모습을 통해 불교를 중심으로 하는 선계가 중생들이 사는 속계와 일정한 관계를 형성하고 있음을 노래했다. 결구에 해당하는 마지막 구절은 선계의 공간이라는 상징적인 의미를 지니는 불교의 세계가, 속계를 비유적으로 표현한 '소나무 꽃(松花)'이 흐드러지게 핀 공간과 직접 연결되고 있음을 노래했다.

이 시는 앞에서 살펴본 퇴계의 시조와 형식적인 면에서는 다른 작품이지만, 화자가 말하려는 내용과 작품의 구조는 거의 일치하는 모습을 보인다. 내용상 이 작품을 이루는 흰 구름·절·승려·손님·송화 등은 크게 구름·절·승려가 속한 선계(仙界)와, 손님·송화가 속한 속계(俗界)로 나뉘어져 서로 대립하는 구조로 연결되어 있다.

이 작품의 구조에서 가장 중요한 구실을 하는 것이 바로 흰 구름인데, 그 이유는 이것이 지닌 이중성에 있다. 불교에서 흰 구름은 이중적인 성격을 띠는 것으로 파악된다. 흰 구름은 하늘, 곧 선계에 속한 것이지만, 항상 일정한 자리에 머물지 않고 인연이 닿으면 왔다가 인연이 다하면 가는 속계의 손님과도 같다. 그래서 승방(僧坊)(절)의 윗목 벽에 글씨를 써 붙여 손님 자리를 표시하기도 한다. 절을 에워싸고 있는 흰 구름을 중이 쓸지 않는 이유가 바로 여기에 있다.

이처럼 절과 승려가 있는 선계와 손님과 송화가 있는 속계를 이어 주는 흰 구름을 따라 속계에서 손님이 올라와 문을 두드리니, 중은 비로소 문을 열고 속계를 받아들이는데 흐드러지게 핀 송화가 바로 그것이다. 그리하여 높은 곳에 있는 절과 승려가 속한 선계는 손님과 송화가 속한 속계와 인연을 맺고 둘이 아닌 하나가 된(不二) 상태가 되어 깨달음의 경지를 경험할 수 있게 된다.

흰 구름과 구름으로 둘러싸인 절과 승려, 흐드러지게 핀 송화, 흰 구름을 머리에 이고 깨달음의 세계로 들어온 손님이라는 다양한 요소들을 조화롭게 결합시켜 자연과 인간이 어우러져서 하나가 된 상황을 한 폭의 그림처럼 배치하고 오묘한 깨달음의 경지를 전달한 이 작품이야말로 진경眞境을 예술적 아름다움으로 승화시킨 작품이라 하겠다.

17 벼슬살이의 위험과 고독

세속적 삶과 시가

「장암가」_붙잡힌 참새야 너는 어찌하다가

충청남도 서천군 장항읍長項邑의 금강 하구에 있는 장암長巖은 '기벌포伎伐浦'
로 불리던 곳으로 백제 시대부터 군사적 요충지였다. 이름이 암시하듯 이
지역은 커다란 바위산으로 되어 있는데, 이곳에 축조된 장암진 산성에 서
면 서해에서 포구 쪽으로 들어오는 것은 어떤 것도 놓치지 않을 만큼 높고
시야가 탁 트였다. 그래서 백제 의자왕 때의 충신인 성충成忠과 흥수興首는
당나라 군대를 이곳에서 막자고 주장하였다. 그러나 백제 조정은 그 말을
듣지 않고 소정방蘇定方의 군대가 금강으로 들어오도록 방치했고, 그 결과
사비성이 함락되면서 멸망하고 만다. 이처럼 슬픈 사연을 간직한 장암에는
현대인에게도 많은 생각을 하게 하는 고려 시대의 노래 한 편이 전해진다.
바로 「장암가長巖歌」이다.

　「장암가」에 대한 기록은 고려 말에 익재 이제현이 지은 『소악부小樂府』

를 비롯하여, 『고려사』 「악지」와 『증보문헌비고』 등에 실려 있는데 그 내용은 다음과 같다.

평장사平章事를 지낸 두영철杜英哲이란 사람이 일찍이 장암으로 유배를 간 적이 있는데, 그곳의 노인과 사이좋게 지냈다. 유배가 풀려 소환되어 개성으로 돌아가게 되자 노인은 그에게 힘들여서 높은 자리에 올라가지 말라는 주의를 주었고, 두영철은 그렇게 하겠다고 약속했다. 그 후 두영철은 평장사까지 올랐는데, 과연 또 모함에 빠져 죄를 얻어서 다시 유배를 가면서 장암을 지나가게 되었다. 이에 노인이 전송하면서 노래를 지었다. 이제현이 시를 지어서 그것을 풀었는데, 시에 이르기를

붙잡힌 참새야 너는 어찌하다가	拘拘有雀爾奚爲
그물에 걸린 어린 새가 되었느냐	觸着網羅黃口兒
원래 달린 눈은 어디에다 두고서	眼孔元來在何許
그물에 걸린 어리석은 황구아 되었느냐	可憐觸網雀兒癡

이 작품에서 중심이 되는 소재는 '참새'와 '그물'이다. 그리고 '참새'에는 다시 두 개의 요소가 더해져 있다. 하나는 '붙잡힌' 것이고, 다른 하나는 '눈'이다. 우리나라의 텃새인 참새는 영리한 동물이지만 앞으로만 나아가려는 본능 탓에 그물에 잘 걸려든다. '그물'은 앞을 가로막고 있을 뿐이므로 옆으로 돌아가거나 뒤로 물러나면 위험하지 않지만, 오직 앞으로만 나아가려는 참새는 앞에 놓인 그물에 걸려들어 죽음을 맞게 되는 것이다.

이 시에서 노인은 불나방처럼 권력에 끌리는 인간의 속성에서 벗어나지 못한 두영철을 '황구아黃口兒', 곧 부리가 노란 어린 참새에 비유했다. 높

은 벼슬자리에 올라갈 생각은 아예 하지도 말라고 충고한 노인의 말을 듣지 않고 정2품 벼슬인 평장사까지 올라갔으니 모함에 빠질 위험이 높아질 수밖에 없었고, 결국 그렇게 되었다는 것이다. 이 작품에서 참새와 같은 두영철의 어리석음을 비판한 부분은 첫 번째 구와 두 번째 구가 된다. 모함을 받아 유배를 가는 두영철은 그물에 잡혀서 움직이지 못하는 참새와 같이 어리석었다는 것을 노래하고 있다. 그러므로 앞의 두 구는 노인의 생각을 잘 반영한 부분이라고 할 수 있다.

그런데 작가는 여기서 머물지 않고 한 걸음 더 나아가 자신의 생각을 더 확실히 노래한다. 세 번째 구는 영리한 판단을 하게 해 주는 눈을 대체 어디에 두고서 그렇게 되었느냐는 비난 혹은 비아냥거림이다. 눈이 없는 참새라면 모를까 원래부터 몸에 달린 눈이 있는데 어찌 그런 위험을 보지 못했느냐는 꾸짖음이다. 따라서 이 시를 지은 작가 이제현은 높은 벼슬자리에 올라간 두영철의 행동을 탓하는 것이 아니라 그물처럼 음모와 모략이 판치는 정치판을 제대로 간파하지 못한 어리석음을 비판하고 있다.

그러므로 마지막 구에서 작가는 음모술수로 뒤엉킨 정치판이 아니라, 이 정치판에서 함정에 빠진 참새의 어리석음을 꾸짖는다. 이러한 비판에는 재상의 자리에까지 오를 만큼 활발한 정치 활동을 벌인 작가의 개인적인 견해가 담겨 있다. 이제현의 「장암가」는 애초에 노인이 부른 원가의 표현 수법과 대의大意를 충실히 따르면서도 작가의 창의적인 생각을 적극 투영하는 악부시의 성격에 잘 들어맞는 작품이라 하겠다.

두영철의 고사와 관련된 '장암' 이야기는 그 뒤로도 악부시의 형태로 계승된다. 조선조 순조·고종년간에 활동한 문인으로 영의정 자리에까지 올랐다가 1882년 전권대신全權大臣이 되어 임오군란으로 인한 피해 변상과 공사관 경비병 주둔권 부여를 핵심 내용으로 하는 제물포조약을 일본과 체결·조인한 이유원李裕元(1814~1888)은 자신의 문집인 『가오고략嘉梧藁略』
「해동악부海東樂府」에 이를 소재로 한 작품을 실었다. '장암가'라는 명칭이
붙은 이 작품의 내용은 다음과 같다.

노인은 평장사 두영철의 출사를 경계했는데	老人誡進杜平章
어진 재상은 그물에 걸린 새를 비난하였네	賢相書譏鳥網張
어찌 옛사람만 그러랴 지금도 역시 마찬가지	何必古人今亦爾
노인은 이미 어디론가 깊이 숨어 버렸다네	老人何處已深藏

이 시에서는 두영철의 고사 자체보다는 그 해석에 무게를 둔 점이 흥미
롭다. 두영철을 좋아했던 노인은 그에게 아예 높은 벼슬자리에 나가지 말
라고 권유했으나, 이제현은 높은 자리에 올라가더라도 모함에 빠지지만 않
으면 괜찮다는 식으로 해석했으니 원래의 의도와 이제현의 해석에는 거리
가 있음을 지적하며, 이유원 본인은 노인의 생각을 지지한다고 밝힌다. 이
작품 역시 이제현의 소악부시와 마찬가지로 첫 구와 둘째 구에서는 과거의
일을 소재로 삼았다. 첫 번째 구는 두영철의 출사를 경계한 노인의 뜻을 중
심으로 노래하고, 두 번째 구는 그물에 걸린 새와 같은 두영철의 어리석음
에 초점을 맞추었다. 노인과 익재의 생각이 서로 다름을 먼저 제시한 것은
뒤에서 자신의 생각을 드러내기 위함이다.

어리석은 참새처럼 그물에 걸려 목숨을 잃는 일이 어찌 옛날에만 있었겠
는가? 시인이 살고 있는 지금도 마찬가지다. 권력에 대한 집착으로 서로 모
함하고 싸우는 것은 예나 지금이나 다름이 없다. 오히려 출사 자체를 하지
말라고 한 노인처럼 충고해 주는 사람이 없는 지금이 옛날보다 훨씬 더한
난장판이다.

그물에 빗대어 정치의 어려움을 노래한 작품은 조선 후기의 시조에도 나타나는데, 여기서는 그물이 아니라 '거미줄'이 등장한다.

이행기 시가 _그 우에 거미줄 있으니 그를 조심하여라

흔히 17세기 이후부터 19세기 말까지를 조선 후기로 보는데, 이 시기 조선 사회는 근대화의 기로에서 엄청난 변화를 경험했다. 첫째, 공명첩空名帖의 발급과 신분을 사고파는 매매행위로 양반의 숫자가 기하급수적으로 늘어나는 신분제의 변동을 겪고, 둘째, 이앙법移秧法(모내기)을 이용해 소출의 증대를 꾀하는 과정에서 농업 기술이 발달하고, 셋째, 여러 차례의 전쟁으로 넓어진 도로를 이용해 유통경제가 발달하고, 넷째, 농업 기술과 상업의 발달에 힘입어 수공업이 발달하고, 다섯째, 실사구시實事求是를 부르짖는 고증학考證學과 하나님 앞에 만민이 평등하다는 서학西學(天主學)과 서학에 맞선 동학東學 등 새로운 사상이 유입되었다.

이러한 급격한 변화의 소용돌이 속에서 문학예술 분야 역시 새로운 변화를 모색하게 된다. 이 시기에 나타난 문학 분야의 새로운 경향은 여섯 가지 정도로 추려 볼 수 있다. 첫째, 전쟁을 소재로 나라를 위기에서 구하는 우국충정憂國衷情을 담은 고전소설이 발달하고, 둘째, 양반 사대부가 주요 작가층을 이루던 세 줄 및 100행 내외의 3단 구성 형식의 시조와 가사의 작가층과 향유층이 확대되면서 사설시조와 서민가사, 내방가사 등 문학 형식이 다양해지고, 셋째, 유통경제의 발달에 힘입어 탈춤을 비롯한 민속극이 부흥하고, 넷째, 호남 지방을 중심으로 생겨나기 시작한 새로운 소리문화인 판소리가 발달하면서 이를 근거로 한 판소리계 소설이 출현하고, 다섯째,

개화가사·창가·잡가 등 새로운 양식의 노래문학이 출현하고, 여섯째, 신체시新體詩와 신소설 등 근대문학이 태동한 것이다.

특히 음악적인 측면에서 엄격한 격식을 중시하던 가곡창歌曲唱 중심의 창법에서 벗어나 자유로운 창법의 시조창이 유행하게 되었고, 문학적인 측면에서는 작가층의 확대로 작품의 형태가 크게 변화했다. 조선 전기까지는 세 줄 형태로 굳어져 있던 평시조의 형식을 깨뜨리고 중장이나 종장을 늘여서 표현하는 새로운 형태의 작품이 등장하였으니 사설시조辭說時調가 바로 그것이다.

사설시조는 작가가 밝혀지지 않은 작품이 대부분이어서 정확한 작가층을 알 수 없으나, 대부분 중인이나 서민층에 속한 사람들이었을 것으로 추정된다. 사설시조는 유학의 이념과 강호자연 등의 정치적 이데올로기에서 자유로울 수 없었던 평시조의 틀을 깨뜨리며 사대부 시조에서는 상상하기 어려웠던 소재와 제재의 확장을 통해 생활 속의 모든 것을 작품의 소재로 사용하는 과감함을 보였다. 또한 우리말 표현을 중심으로 작품의 내용을 구성하여 많은 사람들이 시조에 좀 더 쉽게 접근할 수 있게 했다.

그러나 여러 가지 장점에도 불구하고 사설시조는 평시조가 지녔던 정형화된 형식을 무너뜨려 시가 본래의 함축미를 사라지게 함으로써 시조의 쇠퇴를 불러오는 결정적인 단초를 제공한다. 하나의 문학 양식이 쇠퇴하는 현상에는 여러 가지 사회문화적 요인이 복합적으로 작용하지만, 사설시조가 가져온 작가층의 하향적 확대, 세 개의 구句가 하나의 행行을 이루며 세 줄로 고정되어 있던 형태를 깨뜨리는 형식의 변화, 산문화된 표현 등이 기존 평시조가 지니고 있던 예술적 긴장감을 떨어뜨리는 데 결정적으로 영향을 미친 것으로 볼 수밖에 없기 때문이다.

다음 작품은 형태상 평시조의 모양을 갖추었으나, 그 표현법이나 시어 선택 등이 사설시조의 그것과 상당히 유사하여 평시조라고 하기도 어렵고 사설시조로 보기도 어렵다. 이런 점에서 이 작품은 평시조에서 사설시조로 이행하는 중간 단계에 지어진 것으로 추정된다.

　굼벵이 매암이 되어 날개 돋쳐 날아올라
　높으나 높은 나무에 소리는 좋거니와
　그 우에 거미줄 있으니 그를 조심하여라

　사회적·정치적 지위가 변함에 따라 주위의 환경과 위험의 정도도 변하는 인간 세상의 이치를 굼벵이와 매미를 통해 절묘하게 노래한 작품이다. 딱정벌레목의 애벌레를 가리키는 '굼벵이'는 땅속에 거주하며 동작이 느리고 둔한 데다 할 줄 아는 것이라고는 위험에 처했을 때 몸을 동그랗게 말아서 경사면을 구르는 재주밖에 없다. 그래도 땅속에서 살아가는 데 별 문제가 없다. 그러던 굼벵이가 어느 순간 '매암(매미)'으로 변태하여 날개가 돋쳐 하늘로 날아오르게 되면 처음에는 마냥 좋을 것이다. 땅 위로 올라오는 정도가 아니라 하늘을 마음대로 날아다닐 수 있을 것이고, 높은 곳에 앉아서 맑고 고운 소리로 노래하게 될 것이다.

　그러나 날개가 돋치는 것이 좋은 일만은 아니다. 좋은 만큼 위험한 일도 많아질 것이다. 특히 굼벵이 시절에는 생각지도 못했던 거미줄과 같은 치명적인 위험이 언제나 매미로 변한 굼벵이를 기다리고 있다. 굼벵이 특유의 구르는 재주나 매미가 지닌 날고 노래하는 기술은 모두 타고나는 것이지만, 환경이 변하는 데 따르는 위험은 비교할 수 없을 만큼 커진다는 것이 이 시에서 강조하는 바이다.

　작품의 이면을 살펴보면 여기에 더 깊은 의미와 교훈이 숨겨져 있다. 오랜 세월을 땅속에서 지내다가 매미가 되어 하늘을 나는 굼벵이처럼 사람도 상승하려는 욕망이 있으며, 다만 그 욕망을 스스로 다스려 적정한 선에서 멈추어야 한다는 '만족학滿足學'이다. 자신의 타고난 재능으로 세상의 부와 명예를 쟁취하고 그것을 뽐내려고 하는 것이 인간의 본능이다. 그러나 그 욕망과 재주에 취해 주변을 살피지 않고 높이 날려고만 한다면 '거미줄'에 걸리고 말 것이다. 어쩌면 인간이 처한 환경은 굼벵이의 그것보다 훨씬 더 복잡하고 위험하기 때문에 아무리 조심해도 위험을 피할 수 없을지도 모른다.

다음에 살펴볼 작품은 외부의 정치적 상황으로 미처 재주를 펼쳐 보지도 못한 채 날개를 접어야 하는 상황을 노래하고 있다.

유응부 _간밤에 불던 바람 눈서리 치단 말가

고려를 무너뜨리고 서기 1392년에 건국한 조선은 성종(재위 1469~1494) 대에 이르러 비로소 안정적인 체제를 구축하지만, 제1·2차 왕자의 난을 비롯하여 사육신 사건과 금성대군의 단종 복위 운동 등 왕위 계승을 둘러싼 골육상잔骨肉相殘의 참상이 끊이지 않았다. 특히 1456년 세조의 왕권 강화책에 반발하여 성삼문, 박팽년, 하위지, 유성원, 이개, 유응부 등이 단종의 복위를 명분으로 세조를 축출하고자 한 '사육신死六臣 사건'은 조선 사회에 엄청난 파장을 불러일으켰다. 왜냐하면 명분과 절의를 내세우는 성리학의 원리를 따른다면 어린 조카를 내쫓고 왕위를 찬탈한 세조, 곧 수양대군의 행위는 도저히 용서받을 수 없는 패륜이었기 때문이다.

세종의 둘째 아들인 수양대군은 단종 즉위 후 왕권王權이 신권臣權에 휘둘리는 것을 두고 볼 수 없다며 1453년(단종 1)에 계유정란癸酉靖亂을 일으켜 단종을 보좌하던 김종서와 황보인 등을 살해하고 안평대군을 축출하여 사약을 내려 죽인 후 정권을 장악하고, 마침내 단종을 폐위시키고 스스로 왕위에 올랐다. 비록 이 과정에서 수양대군이 보인 행보는 사대부들이 거사를 일으킬 명분을 제공할 정도는 아니었으나, 조카의 왕위를 억지로 뺏었다는 사실은 이후 두고두고 그의 발목을 잡았다.

세조 2년에 성삼문 등이 주동한 사육신 사건은 이에 연루되어 목숨을 잃은 사대부가 70여 명에 이를 만큼 대규모 사건이었다. 무인이었던 유응부는 집현전 학사들이 중심을 이룬 단종 복위 운동에 적극 가담했는데, 모의가 사전에 발각되어 세조에게 국문을 당하는 자리에서 "한 칼로 족하足下 (세조)를 죽이고 본 임금을 복위시키려 했다"고 대답하는 기개를 보였다. 이후 모진 고문 끝에 죽임을 당한 그는 그 절의를 인정받아 충절의 상징인 '사육신'의 반열에 올랐다. 임금에 대한 충절만큼 효성도 지극했던 그는 시에도 일가견이 있어 수양대군의 정권 찬탈 과정과 폭력성을 목격하고 이를 한 편의 시조로 지어 남겼다.

간밤에 불던 바람 눈서리 치단 말가
낙락장송이 다 기울어지단 말가
하물며 못다 핀 꽃이야 일러 무삼하리오

국정을 어지럽히는 정치적 사건을 바람과 눈서리로, 나라의 중요한 일을 할 인재를 낙락장송과 꽃 등의 식물에 비유하여 나라의 장래를 걱정하는 마음을 드러내었다. 구체적으로 보면, 간밤에 세차게 불었던 바람과 혹독한 눈서리는 수양대군과 한명회 등이 세종의 고명대신顧命大臣을 죽이고 정권을 장악한 계유정란을 빗댄 것이다. 가지가 길게 늘어지고 키가 큰 소나무를 가리키는 '낙락장송落落長松'은 계유정란 때 죽임을 당한 김종서와 황보인 등 주요 대신을, 못다 핀 꽃은 절개를 지키다가 목숨을 잃은 집현전의 젊은 학자들을 가리킨다.

하룻밤의 바람과 눈서리로 나라 전체가 위태로워질 수 있다고 한 유응부의 우려는 현실이 되는데, 사육신 사건의 중심인물이었던 성삼문이 남긴 시조를 살펴보자.

수양산 바라보며 이제夷齊를 한하노라

주려 죽을진들 채미도 하난것가

비록애 푸새앳 것인들 그 뉘따헤 났다니

중국 최초의 봉건국가를 세운 주나라의 무왕이 자신이 주군으로 모시던 은殷(기원전 1600~기원전 1046)에 반기를 들고 전쟁을 일으키려 하자, 이에 정면으로 반대하고 간언한 사람이 바로 백이伯夷와 숙제叔齊 형제였다. 무왕은 이들을 죽이려고 하였으나 강태공姜太公의 만류로 살려 보냈다. 은나라가 망한 뒤에도 백이와 숙제는 주나라의 녹봉을 받지 않겠다며 수양산으로 들어가 고사리를 캐 먹으며 살았다. 이후 백이와 숙제의 이야기는 두 임금을 섬기지 않고 충절을 지킨 의인을 가리키는 고사가 되었는데, 이 시조에서 성삼문은 고사리를 캐어 먹었던 그들의 행동은 진정한 충절이 아니라며 자신은 수양의 것은 어떤 것도 거부한 채 죽음을 택하겠다는 추상같은 절개를 노래하고 있다.

이 작품에서 노래했듯 성삼문은 모의가 사전에 발각되어 국문을 당할 때 세조에게 온갖 회유와 유혹을 받았지만 끝내 굴복하지 않고 목숨을 버렸다. 자신을 배신하고 죽음을 택한 성삼문이 너무나 괘씸했던 세조는 그의 시신을 토막 내어 전국에 끌고 다니며 사람들로 하여금 침을 뱉도록 한 후 여러 곳에 묻도록 하였는데, 그의 한쪽 다리가 묻힌 곳으로 현재 남아 있는 묘소가 논산의 가야곡면 양촌리의 언덕배기에 있는 일지총—肢塚이다. 전설에 의하면, 더운 여름날 그의 한쪽 다리를 끌고 다니던 사람들이 이 언덕에서 쉬면서 시신을 향해 욕하기를 "저놈은 죽어서도 우리를 괴롭힌다"고 하였다. 그랬더니 시신이 말하기를 "그러면 이곳에 묻으면 될 것이 아니냐?"고 하는 바람에 두려움에 떨던 짐꾼들이 한쪽 다리를 그곳에 묻었다는 이야기가 지금까지 전해진다. 사육신의 한 사람으로 성삼문과 절친한 친구였던 이개는 단종에 대한 그리움을 아름답고도 절절하게 노래한 시조 한 수를 남겼다.

방 안에 혓는 촛불 눌과 이별하였관대
겉으로 눈물지고 속타는줄 모르는고
저 촛불 내 안 같아여 속타는줄 모르도다

충의와 절의를 기본으로 하는 선비로서 나이 어린 군주를 지키지 못한 괴로움과 자괴감은 말로 형언할 수 없을 정도였을 것이다. 시인은 이 애끓는 심정을 직접 표현하지 못하고 자연 상관물인 촛불을 통해 형상화한다. 시에는 드러나지 않지만 어둡고 쓸쓸한 밤은 시인이 처한 정치적 상황으로, 촛불 외에는 아무도 없는 적막한 빈 방에서 시인은 촛불처럼 눈물을 흘리고 있다. 시인의 속마음이나 촛불의 속은 새카맣게 타들어 가고 있는데, 둘 다 그것을 느끼지 못한다.

이처럼 '겉으로 눈물지고 속타는 줄 모르는' 경지에 이르러 시인과 촛불은 완전한 일심동체가 된다. 자연 상관물로 감정을 이입하는 정도가 아니라 시인과 상관물이 완전히 하나가 되었으니, 이 작품이야말로 예술적 형상화의 극치를 이룬 상태라고 할 수 있다. 그만큼 시인의 정서는 절박한데, 어린 왕을 지켜 내지 못한 자괴감과 군주를 향한 충성심이 시인의 마음을 타들어 가게 한다.

초기 조선 사회를 뒤흔든 사육신 사건의 중심인물이었던 이들이 지은 작품은 이념과 정치적 상황의 충돌이 시인의 미적 욕구를 어떤 방향으로 이끄는지를 보여 주는 좋은 사례이다. 조선 초기에 있었던 골육상잔의 비극이 점차 수그러들며 나라는 안정을 찾아 가지만, 이번에는 사대부들 간의 당쟁이 격화되기 시작한다. 이러한 상황을 예술적으로 잘 표현한 작품이 바로 송강 정철의 시조이다.

정철 _어와 동량재를 저리하여 어이할꼬

16세기는 세조의 왕위 찬탈에 협조하여 정치적 실권을 장악한 훈구勳舊 세력이 중심을 이룬 '서인西人'과 지방을 근거로 한 중소 지주 출신의 사림파가 중심을 이룬 '동인東人'이 편을 갈라 세력 다툼을 벌인 붕당정치가 시작된 시기다. 16세기 중반까지도 외척과 훈구파를 중심으로 하는 구세력이 권력을 독점하며 '4대 사화士禍'로 불리는 무오사화·갑자사화·기묘사화·을사사화 등을 일으켰으나, 이때까지는 붕당朋黨을 이루어 다툼을 벌이는 정도는 아니었다.

선배사류先輩士類(기성 관료 무리)의 구세력을 기반으로 하는 심의겸沈義謙과 후배사류後輩士類(신진 관료 무리)의 신세력을 기반으로 하는 김효원金孝元의 대립으로 시작된 갈등은, 1575년(선조 8)에 이 무리를 '서인'과 '동인'이라는 이름으로 부르기 시작하며 본격화되었다. 사대부들 간의 갈등은 시간이 지날수록 악화되어 시대적 상황과 소속 집단의 이해관계에 따라 남인南人·북인北人·노론老論·소론少論 등으로 더욱 복잡해졌다.

붕당은 기본적으로 학맥을 중심으로 나뉘었기 때문에 성리학이 이념적으로 발달하는 데 크게 기여했다고 할 수 있다. 그러나 사람이 이념만으로는 살 수 없고, 삶의 기반을 이루는 경제적 토대와 정치적 권력에서 비롯된 이해관계가 충돌할 때에는 이기적인 성향을 보일 수밖에 없어서 갈등의 골은 깊어져만 갔다. 따라서 붕당정치가 시작되었다는 것은 사대부를 중심으로 하는 조선 사회 전체가 자신이 속한 붕당의 이해관계에 따라 서로 죽고 죽이는 비극적인 구조로 돌입했음을 의미한다.

권문세가權門勢家 출신으로 왕의 후궁으로 귀인貴人이 된 누이로 인해 왕실과 친분이 두터웠던 송강 정철(1536~1593)은, 을사사화에 연루되어 유배를 다닌 부친을 따라 어린 나이부터 전국을 유랑하며 살아야 했다. 그가 붕당의 소용돌이에 본격적으로 휘말리기 시작한 것은 선조 8년에 일어난 동·서 분당 과정에서 서인에 가담하면서부터였다. 특히 1589년 '정여립鄭汝立 모반 사건'이 일어나자 서인의 우두머리가 되어 철저하게 동인을 배척하였다. 그러나 동인의 반격도 만만하지 않아서 송강은 이후 유배와 복직을 되풀이할 수밖에 없었는데, 강화도에서 쓸쓸하게 생을 마감한 후에도 관작을 추탈追奪당하는 수모를 겪었다.

이처럼 권력의 부침에 따라 굴곡진 인생 여정을 보낸 송강은 어지러운 정치 소용돌이의 중심에서 충성을 다하지 못하는 자신을 반성하고, 붕당정치로 사라져 가는 인재들을 걱정하는 마음을 노래로 표현하여 「관동별곡」, 「성산별곡」, 「사미인곡」, 「속미인곡」 같은 가사와 「훈민가」 16수를 비롯한 여러 편의 시조를 남겼다. 다음은 붕당정치로 희생되는 나라의 인재들에 대한 걱정을 바탕으로 나라와 민족의 앞날을 걱정하는 마음을 잘 표현한 시조이다.

어와 동량재棟梁材를 저리하여 어이할꼬
헐뜯어 기운 집에 의논도 하도할사
뭇 지위 고자 자 들고 헤뜨다가 말려나다

이 작품에서 가장 특이한 것은, 일반적으로 종장의 첫머리에 오는 감탄사가 초장의 첫머리에 놓인 점이다. 감탄사를 맨 앞에 놓아 나라를 걱정하고 인재를 아끼는 마음을 강조하여 표현했다. 이렇게 함으로써 각 행의 마지막 구절이 더 강한 탄식의 효과를 발휘하도록 했다. '어이할꼬', '하도할사', '말려나다'는 모두 작품의 맨 앞에 쓰인 '어와'와 대응하면서 시인의 충정과 염려의 강도를 높이는 구실을 하게 되는 것이다.

이 작품이 지닌 두 번째 특징은 국가를 집에, 훌륭한 인재를 기둥과 들보에, 붕당의 이익에 따라 우왕좌왕하는 조정 신료들을 여러 목수에 비유한 점이다. 초장에 등장하는 '동량재'는 집의 무게를 지탱하며 중심을 잡아 주는 대들보가 될 수 있는 목재를 가리키는 말로, 장차 나라를 이끌어 갈 훌륭한 인재를 의미한다. 중장에서 한쪽은 헐고 다른 한쪽은 뜯어진 데다 기울어진 '집'은 골육상잔과 사화士禍 등으로 상처투성이가 된 조정을 의미하는데, 이 집을 하루빨리 고쳐서 온전하게 할 생각은 하지 않고 이익 다툼만 하는 한심한 상황을 표현하고 있다. 마지막 종장에서는 인재를 제대로 키우고, 만신창이가 된 조정을 반듯하게 세워야 할 신료들을 여러 목수로 형상화했다. 그들은 작업에 쓰는 도구인 먹통과 자는 제대로 쓰지 않고 다만 그것을 들고 왔다 갔다 하기만 한다. 이로써 해야 할 일은 제대로 하지 않고 허둥대기만 하는 조정의 한심함을 노래했다.

　이처럼 이 시조는 '동량재=인재', '헐고 뜯기고 기울어진 집=사화 등으로 만신창이가 된 조정', '의논=공리공담空理空談', '뭇 지위=조정 신료', '고자자=행정제도', '헤뜨다=어설픈 행정'이라는 비유적 표현으로 시어의 예술적 효능을 최고조로 높이고, 각 행의 마지막 구절을 작품 맨 앞의 감탄사와 대응시켜 시인의 우국충정을 효과적으로 표현한 작품이다.

악부시와 소악부시

'악부시樂府詩'는 행정기관의 명칭에서 유래된 시를 가리킨다. 중국의 한나라 무제가 민심을 파악하고자 민요를 수집하고 정리하는 행정기관을 만들었는데, 그 명칭을 '악부樂府'라고 하였다. 악부에 종사하던 사람들이 민요를 수집하고 정리하다 보니 좋은 노래가 많은지라 그 형식에 맞추어 노래를 지어서 부르게 되었는데, 이것이 점차 널리 퍼져서 하나의 시 형식으로 굳어져 '악부' 혹은 '악부시'가 되었다. 이처럼 악부는 원래 음악에 얹어서 부르는 시를 가리키다가, 후대로 내려오면서 악곡樂曲은 사라지고 시만 남게 되어 '악부시'라고 불리게 되었다.

악부시의 형식은 일구一句가 오언五言으로 된 것이 원칙이나, 별다른 제한이 없고 자유롭게 지을 수 있다. 악부시는 당나라 때와 송나라 때 '장단구長短句'로 불리는 변체變體를 낳기도 했으며, 금나라와 원나라 때에는 '남북곡南北曲'으로 변모되기도 했다.

우리나라에서 지어진 악부시는 처음부터 악곡에 맞추어진 것이 아니었다. 악부가 우리나라에 수입된 고려 말기에 이미 음악은 소거된 상태였기 때문이다. 우리나라에서는 익재 이제현의 '소악부小樂府'를 시작으로 해서 조선조 후대까지 많은 작품이 지어졌다. 이제현이 지은 악부시를 '소악부'라고 한 것은, 중국보다 작은 나라에서 지어졌다고 하여 그렇게 붙인 것으로 해석한다.

18 **모든 것이** 군주의 은혜로다

사대부의 군주관

「감군은」_하늘보다 높고, 바다보다 깊은 임금의 은혜

'악장樂章'은 궁중에서 나라의 공식적인 행사를 할 때 사용한 노래이다. 따라서 국가가 성립하고 왕권이 확립된 후에 공식적으로 사용된 노래는 모두 악장이 된다. 그러나 우리 역사에서 '악장'이란 이름으로 남아 있는 자료는 조선 초기의 것뿐이다. 그래서 우리 문학사에서는 15세기 무렵 조선 초기에 국가의 공식 행사인 제향祭享(나라 제사)이나 연향宴享(국빈을 대접하는 잔치) 때 쓰인 노래만을 악장이라 지칭한다.

역사적으로 우리 민족은 북방에서 처음 일어나 고조선에서 부여를 거쳐 고구려, 가야, 백제, 신라, 발해 등으로 변화하며 다양한 국가 형태를 유지하다가 고려에 이르러서는 한반도를 중심으로 하는 국가 체제로 통합되는 모습을 보였다. 고려 말기의 무장으로 압록강 북방에 있는 이민족의 침략을 물리치는 과정에서 힘을 키운 이성계는 서기 1388년(고려 우왕 14)에 쿠

데타를 일으켜 정권을 잡고, 1392년 봄 최대 정적인 정몽주를 제거하고 신흥 사대부 세력과 연계하여 성리학을 통치 이념으로 삼고 불교를 배척하는 나라를 개국하니 바로 조선이었다. 이렇게 시작된 조선은 전쟁을 통한 국가 통합으로 성립한 나라가 아니었기 때문에 정치적으로 안정을 되찾기 시작한 성종 대 전까지는 골육상잔의 참상이 끊이지 않았다. 정국이 불안정하니 나라를 통치하는 기반을 제대로 갖추기도 어려웠다. 그래서 조선 초기까지는 고려 때의 제도와 문물을 그대로 유지하며 민심을 얻으려는 노력이 이어졌다.

다른 한편으로는 예악禮樂(예법과 음악)의 정비 작업이 진행되었는데, 이 과정에서 새로운 형태의 악곡과 노래들이 형성되며 점차 자리를 잡기 시작했다. 예악의 정비에서 가장 중시된 것은 국가와 제왕의 위엄을 보이는 제향과 연향, 연회 등의 공식적인 궁중 행사에 쓸 노래들을 가다듬는 것이었다. 이는 새로운 왕조의 정당성을 홍보하고 그 위엄과 엄숙함을 대내외에 과시하는 데 꼭 필요한 작업이었다. 이런 노래들을 '악장'이라고 부르는데, 처음에는 속요, 경기체가, 『시경詩經』이나 『초사楚辭』에 실린 한시 등을 악곡에 얹어 부르는 방식이었다가 점차 창작된 노래를 사용했다. 그러다가 세종 때 훈민정음이 창제되자 이를 바탕으로 하는 새로운 형태의 악장이 만들어지니, 『용비어천가』와 『월인천강지곡月印千江之曲』 등이 바로 그것이다.

이처럼 악장은 조선 초기에 궁중에서 일정한 악곡에 얹어서 부르는 시가의 하나였는데, 그 형식이나 표현이 경기체가와 구분하기 어려울 만큼 유사하다. 다만, 그 내용이 성리학에서 강조하는 군주에 대한 충성과 송도頌禱 및 송축頌祝, 조선 창업의 필연성, 수도로 정한 한양의 웅장한 모습이 주를 이룬다는 점이 다를 뿐이다. 특히 군주에 대한 충성과 은택을 강조하는 작품은 조선 사회가 안정되어 새로운 악장이 더는 창작되지 않은 뒤에도 사대부들의 '충신연군지사忠臣戀君之詞' 시가로 명맥을 이어 간 것으로 보인다. 이성계의 문덕文德과 무공武功을 찬미한 정도전의 「문덕곡文德曲」·「정동방곡靖東方曲」·「납씨가納氏歌」, 수도 한양의 모습을 찬양한 「신도가新都歌」, 그리고 정도전과 하륜河崙, 상진尙震 등이 지었을 것으로 추정되는 「감군은感君恩」, 조선 창업을 송축하고 유생儒生들의 즐거움과 희망을 읊은 「유림가儒林歌」 등이 이에 속한다. 여기서는 「감군은」을 살펴보자.

四海(사해) 바다 깊이는 닷줄로 자히리어니와
님의 德澤(덕택) 깊이는 어느 줄로 자히리잇고
享福無疆(향복무강)하샤 萬歲(만세)를 누리쇼셔
享福無疆(향복무강)하샤 萬歲(만세)를 누리쇼셔
一竿明月(일간명월)이 亦君恩(역군은)이샷다

泰山(태산)이 놉다컨마라난 하늘에 못 미치거니와
님의 높으신 恩(은)과 德(덕)과는 하늘같이 노프샷다
享福無疆(향복무강)하샤 萬歲(만세)를 누리쇼셔
享福無疆(향복무강)하샤 萬歲(만세)를 누리쇼셔
一竿明月(일간명월)이 亦君恩(역군은)이샷다

四海(사해) 넙다한 바다는 舟楫(주즙)이면 건너리어니와
님의 넓으신 은택을 차생에 갑사오릿가
享福無疆(향복무강)하샤 萬歲(만세)를 누리쇼셔
享福無疆(향복무강)하샤 萬歲(만세)를 누리쇼셔
一竿明月(일간명월)이 亦君恩(역군은)이샷다

一片丹心(일편단심)뿐을 하늘이여 알으쇼셔

白骨縻粉(백골미분)인들 丹心(단심)이야 가시리잇가

享福無疆(향복무강)하샤 萬歲(만세)를 누리쇼셔

享福無疆(향복무강)하샤 萬歲(만세)를 누리쇼셔

一竿明月(일간명월)이 亦君恩(역군은)이샷다

이 작품의 문학적 특징은 다섯 가지로 추려진다. 첫째, 여러 개의 장章이 연결되어 있는 연장체連章體라는 점, 둘째, 각 장에서 뒤의 세 행은 동일한 내용과 형태를 지닌 렴斂으로 작용한다는 점, 셋째, 각 장의 마지막 구절에서 '亦君恩(역군은)이샷다'란 구절이 반복된다는 점, 넷째, 각 장이 첫 행과 다음 행이 서로 마주 보는 방식을 취한다는 점, 다섯째, 각 장의 내용이 공간적으로 구조화되어 있다.

대부분 장으로 구분된 고려 시대의 노래인 속요 및 경기체와 「감군은」을 비롯한 악장의 형태가 유사하다는 점은 특기할 만하다. 경기체가가 속요의 연장체 형태를 본받은 것으로 볼 수 있는데, 초기의 악장은 경기체가와 많이 흡사한 데다 경기체가 형태의 작품을 악장으로 사용한 예도 흔히 보인다. 조선 초기에 만들어진 대부분의 악장들이 연장의 형태로 되어 있는 것이 고려 시대의 속요와 경기체가 형식과 무관해 보이지 않는다. 즉, 고려의 제도와 문물을 급격하게 바꾸기 어려운 상황에서 조선 건국의 정당성을 알리는 수단의 하나로 악장을 창작했고, 그 형태는 앞 시대의 것을 유지하면서 내용만 바꾸는 방식이었을 가능성이 크다.

'렴'은 연장체 시가에서 각 장에서 매번 반복되는 똑같은 형태의 표현을 가리키는 말이다. 여러 사람이 소리를 주고받는 방식의 가창 과정에서 형성된 것으로 보이는데, 우리 시가에서 렴이 처음으로 등장한 노래는 민요와 밀접하게 관련된 속요이다. 이런 점에서 민요는 렴의 원조라고 할 수 있다.

속요의 렴은 장의 맨 앞(전렴前斂), 중간(중렴中斂), 마지막(후렴後斂) 등으로 다양하게 쓰였는데, 장의 끝에 쓰이는 후렴이 가장 일반적인 형태라고 할 수 있다. 후렴은 앞의 내용을 개괄하고, 동시에 장과 장을 연결하는 구실을 한다. 따라서 「감군은」 같은 악장에서 후렴을 작품의 중요한 구성 요소로 삼았다는 점은 시사하는 바가 크다. 여러 사람이 참여할 수 있는 형태의 노래에서 일반적으로 쓰이는 후렴 방식을 악장에서 그대로 사용했다는 것은 그만큼 많은 사람들이 쉽게 접근하고 즐기는 데 역점을 두었다는 말이기 때문이다. 조선 초기의 악장이 주로 조선 건국의 정당성과 왕실의 위엄을 널리 알리고 군주에 대한 송도와 송축을 표현했다는 사실에 비추어 볼 때, 이는 충분히 개연성이 있는 추정이다.

「감군은」에 쓰인 렴도 이 점을 입증하는데, 왕실과 왕의 안위를 기원하는 '만세를 누리쇼서'와 '역군은이샷다' 등의 표현이 이에 해당한다. 특히 '역군은이샷다'는 다음에서 살펴볼 「강호사시가」 같은 시조와 「상춘곡」 같은 가사 등에 빈번하게 쓰이는 상투어가 되었다.

시에서 가장 일반적으로 쓰이는 표현 방법은 두 개의 단위 구조가 서로 마주 보도록 하는 것인데, 흔히 앞의 단위는 자연현상을 노래하고 뒤의 단위는 화자가 말하려는 정서를 노래하는 방식을 취한다. 이러한 수법은 민요에서 비롯된 것으로, 그것에 바탕을 두고 있는 『시경詩經』에서는 '흥興'이라는 이름으로 이론화되기도 했다. 앞의 단위는 외부에 존재하면서 화자의 정서와 관련이 있는 자연현상을, 뒤의 단위는 작품을 통해 표현하려는 화자의 정서를 노래한다. 이 표현 수법은 화자의 정서를 구조화하여 나타내고 강조하는 데 효과적인데, 「감군은」은 이를 잘 보여 준다.

「감군은」의 첫 장은 바다의 깊이와 군주의 덕택을 마주 보게 배치했다. 바다가 아무리 깊다고 해도 밧줄 같은 것으로 잴 수 있지만, 군주의 덕택은 어떤 밧줄로도 그 깊이를 잴 수 없다. 둘째 장은 태산의 높이와 군주의 은택을, 셋째 장은 넓고 넓은 군주의 은택을 바다의 넓이에 비유했다. 마지막 장은 전체를 총괄하는 부분으로, 온몸이 가루가 되어 흩어져도 군주를 향한 일편단심은 사라지지 않을 것임을 알라 달라고 하늘에 청한다.

一片丹心(일편단심)뿐을 하늘이여 알으쇼셔
白骨糜粉(백골미분)인들 丹心(단심)이야 가시리잇가
享福無疆(향복무강)하샤 萬歲(만세)를 누리쇼셔
享福無疆(향복무강)하샤 萬歲(만세)를 누리쇼셔
一竿明月(일간명월)이 亦君恩(역군은)이샷다

이처럼 「감군은」은 깊이와 높이와 넓이라는 공간적 장치로써 상하와 사면팔방을 구조화하고, 동시에 화자와 하늘을 대비시키는 방식으로 군주를 향한 일편단심을 노래한다. 또한 후렴을 세 개의 행으로 나누어서 앞의 두 행은 동일한 형태로 반복하여 군주에 대한 송도와 송축을 강조한다. 후렴의 마지막 행은 화자가 누리는 하늘과 땅의 모든 것이 군주의 은혜라고 노래하여, 앞에서 찬양한 모든 것을 일편단심 하나로 개괄하는 수법을 쓰고 있다.

앞에서 언급했다시피 군주에 대한 충성과 군주에게 받은 은택을 노래한 악장의 기본 정신은 후대로 오면서 사대부시가에 많은 영향을 미쳤다. 다음에서 살펴볼 「강호사시가」는 그 대표적인 작품이다.

「강호사시가」_이 몸이 춥지 아니하옴도 임금의 은혜이니

고려 말~조선 초기의 문신인 맹사성孟思誠(1360~1438)은 권근權近의 문인으로, 태종 때부터 세종 대에 걸쳐 주요 관직을 거쳐 나중에는 명재상으로 이름을 떨쳤다. 그는 품성이 어질고 부드러워서 사람들을 예禮로 대하는 군자였지만, 조정의 큰일이나 공무를 처리할 때에는 도리어 이 점이 약점이었다고 한다. 평생을 청렴하게 살면서 유달리 효성이 지극했던 그는 문예에도 남다른 조예가 있었으며, 특히 음률에 정통하여 궁중의 악사들에게 바른 음악을 가르치고 스스로 악기를 만들어 즐길 정도였다고 한다. 맹사성은 관직에 오래 머물면서 세종의 치세를 여는 데 크게 기여한 사람으로 여러 가지 일화가 전해지나, 문집이 없어서 그의 사상이나 문학적 면모를 살펴보는 데 한계가 있다.

맹사성이 남긴 작품으로는 네 편의 평시조를 일정한 체계로 묶은 연시조 「강호사시가」가 유일하다. 비록 그가 남긴 작품은 이 한 편뿐이지만 이것이 후대 시가문학에 미친 영향은 매우 크다. 강호가도江湖歌道(자연 예찬 풍조)의 기틀을 잡은 작품으로서 이후 사대부의 시조와 가사에 큰 영향을 주었을 뿐 아니라, 사계절의 순환을 통해 현실 세계와 차원이 다른 세계를 연결시킴으로써 영원성을 확보하고, 고려 시대까지는 인간과 마주 보던 신을 배제하고 그 자리에 자연을 위치시켜 인간과 자연을 마주 보게 한 최초의 시가이기 때문이다.

江湖(강호)에 봄이 드니 미친 興(흥)이 절로 난다

濁醪溪邊(탁료계변)에 錦鱗魚(금린어) 安酒(안주)로다

이 몸이 閒暇(한가)하옴도 亦君恩(역군은)이샷다

江湖(강호)에 여름이 드니 草堂(초당)에 일이 없다

有信(유신)한 江波(강파)는 보내나니 바람이로다

이 몸이 서늘하옴도 亦君恩(역군은)이샷다

江湖(강호)에 가을이 드니 고기마다 살쪄 있다

小艇(소정)에 그물 실어 흘러 띄워 던져두고

이 몸이 消日(소일)하옴도 亦君恩(역군은)이샷다

江湖(강호)에 겨울이 드니 눈 깊이 자가 넘다

삿갓 비겨 쓰고 누역으로 옷을 삼아

이 몸이 춥지 아니하옴도 亦君恩(역군은)이샷다

_『병와가곡집瓶窩歌曲集』

시조의 발달 과정에서 볼 때 최초의 연시조連詩調에 해당하는 이 작품은 특이한 구조로 되어 있다. 우선, 동일한 형식으로 된 네 편의 시조가 연결되어 있다는 점, 둘째, 1년을 이루는 사계절을 각 편에 배치하여 순환성과 영원성을 확보했다는 점, 셋째, 각 편의 첫 구절을 '강호에'로, 마지막 구절은 '역군은이샷다'로 했다는 점을 들 수 있다.

시가에서 동일한 형식을 지니는 단위를 '장章'이라고 하는데, 우리 시가에서는 고려 시대 노래인 속요에서 처음 나타난다. 이러한 표현 방식은 민요에서는 일반적인 형식이기 때문에 속요의 연장체 형식은 민요에 기반을 둔 것으로 보아야 한다. 민요에 기반한 연장체 형식이 대부분의 속요에 그대로 수용되었고, 이것은 경기체가와 악장의 중요한 형식적 특성이 되었다. 그러던 것이 「강호사시가」 같은 작품에 이르러서 독립된 네 개의 시조를 하나의 작품으로 연결시키는 방식으로 발전한 것이다.

네 편의 시조가 한 편의 연시조로 성립하는 방식은 40편의 시조가 한 편의 작품을 이루는 조선 후기 윤선도의 「어부사시사」에서는 한 계절에 열 편의 작품을 배치하는 형태로 변형되었다. 이렇게 볼 때 네 편의 시조가 한 편의 작품을 이루는 「강호사시사」의 특수한 형태는 앞 시대의 시가가 지닌 표현 방식을 후대의 것으로 이어 주는 가교 구실을 했다고 할 수 있다.

조선조 들어 성리학을 이념으로 하는 문화가 형성되면서 인간과 자연이 마주 보는 관계가 중심을 이루는 시가가 사대부문학의 주류를 형성한다. 여기에서 중요한 구실을 하는 것이 사계절을 중심으로 하는 시간의 순환성이다. 하루, 한 달, 1년을 주기로 반복되는 시간의 순환성이 작품의 중요한 구성 요소가 된다는 것은 두 가지 의미로 해석할 수 있다. 하나는 공간적 한계를 극복하여 화자가 원하는 장소로 이동하는 것이고, 다른 하나는 시간의 순환성으로 영원성을 확보하는 것이다.

봄·여름·가을·겨울로 구분되는 사계절은 1년을 단위로 순환하기 때문에 이를 통해 선계仙界와 같은 공간으로 이동하기도 하고, 화자가 현재 처한 공간과 군주가 계신 궁궐의 공간을 연결시켜 연군지정戀君之情을 노래하는 도구가 되기도 한다. 앞의 경향이 「성산별곡」과 「면앙정가」 같은 사대부가사에, 뒤의 경향이 「강호사시가」 같은 연군시조에 보인다. 공간의 한계를 극복하는 수단으로 쓰이는 이 수법은 사계절이 순환하는 한 언제나 옮겨 갈 수 있고, 영원성을 확보하도록 해 주기 때문에 사계절이 시가의 시간 구조를 이룬다는 것은 매우 중요한 의미를 지닐 수밖에 없다.

「강호사시가」에서 사계절의 주기적 반복이라는 시간적 순환성으로 확보한 공간적 연결성과 시간적 영원성은 다음 단계의 구조적 장치로 완성되는 모습을 보이는데, 그것이 바로 각 편의 첫 구절인 '강호에'와 마지막 구절인 '역군은이샷다'이다. '강호에'는 군주가 계신 곳을 떠나 자연과 벗하며 생활하는 화자의 현실을 가리키는데, 여기서 가장 중요한 구실을 하는 요소가 격조사 '에'이다. 사대부에게는 강호江湖가 다양한 의미를 띠기 때문에 격조사로 그 의미를 한정하지 않으면 의미의 범위가 너무 넓어져서 화자의 정서를 올바르게 전달하기 어렵다. '에'는 이러한 애매성을 방지하고, 동시에 군주에 대한 은혜를 노래하는 데 필요한 발판으로 '강호'의 의미를 한정시키는 중요한 구성 요소가 되는 것이다. '강호'라는 말에 격조사 '에'가 붙으면서 이제 강호에 나타나는 자연과 화자가 만들어 내는 모든 현상은 군주의 은택과 연관될 준비를 갖추게 된다. 만약 이 표현에 '에'가 없거나, '에'가 '로'나 '의'로 바뀐다면 지시 범주가 너무 넓어지거나 군주의 은택과는 관계없는 내용을 노래해야 하는 상황이 될 수 있다.

따라서 마지막 구절에는 반드시 '역군은이샷다'가 와야 한다. 이 구절은 앞에서 노래한 모든 현상을 총괄하여 하나로 개괄함과 동시에, 현실적으로 멀리 떨어져 있는 화자와 군주를 이어 주는 연결 고리가 되어 성리학적 군주관을 완성시키고 영원성을 확보하는 장치다. 「강호사시가」에 구조화된 사대부의 군주관과 성리학적 세계관은 후대로 가면서 더욱 발전된 모습을 띠는데, 면앙정 송순이 지은 시조는 이를 잘 보여 준다.

송순 _풍상이 섞어 친 날에 갓 피온 황국화를

조선 중기의 정치가인 면앙정 송순(1493~1583)은 호남가단湖南歌壇의 한 축을 이루는 '면앙정가단俛仰亭歌壇'의 창설자이면서 강호가도江湖歌道의 선구자로 시조와 가사에 뛰어난 재주를 보인 작가였다. 풍류정신을 중심으로 강호가도를 표방했던 그의 시가문학은 송강 정철에 이르러 꽃을 피웠다고 할 수 있는데, 정극인이 지은 「상춘곡」의 영향을 받아서 송순이 지은 「면앙정가」는 후에 정철이 지은 「성산별곡」에 깊은 영향을 준 것으로 유명하다. 또한 정철이 지은 '훈민가'류의 시조 역시 송순이 지은 「오륜가」의 영향을 받았다고 볼 수 있다.

그가 살았던 연산군, 중종, 명종 년간은 4대 사화가 일어난 혼란한 시기였음에도 불구하고, 송순은 어떠한 정치적 보복이나 화를 당하지 않고 50년 넘게 관직 생활을 했다. 이 사실은 그의 훌륭한 인품과 그가 누구와도 척지지 않으며 폭넓은 인사들과 교류했음을 말해 준다. 송순은 명종이 즉위한 해인 1545년에 일어난 을사사화를 안타까워하며 인재를 아끼고 나라를 걱정하는 마음을 담은 시조를 지었다.

꽃이 진다 하고 새들아 슬퍼 마라
바람에 흩날리니 꽃의 탓 아니로다
가느라 휘짓는 봄을 새와 무삼하리오

사화로 인해 바람에 흩날리는 꽃처럼 죽어 가는 인재들에 대한 안타까움과, 이 비극은 곧 끝나고 제대로 된 현실로 복귀할 것이라는 믿음을 노래했다. 부드러운 표현 속에 강력한 풍자와 비판이 깃든 이 작품은 정치적으로 문제가 될 소지가 다분하다. 실제로 이 작품과 관련된 일화가 전해진다. 어느 잔치에서 노래 부르는 사람이 이 시조를 불렀는데, 을사사화를 주도한 윤원형의 심복인 진복창陳復昌이란 자가 그 노래를 듣고 "이것은 누군가를 비방한 것"이라며 누가 지었는지를 추궁했으나 끝내 밝혀내지 못했다고 한다. 당시 사람들이 송순의 인격을 얼마나 아끼고 흠모했는지를 보여 주는 사건이라 하겠다. 나라를 걱정하고 인재를 아끼며 군주에 대한 충성심 또한 남달랐던 그였기에 그가 지은 시조에는 이러한 정서가 잘 드러난다.

風霜(풍상)이 섞어 친 날에 갓 피온 黃菊花(황국화)를
金盆(금분)에 가득 담아 玉堂(옥당)에 보내오니
桃李(도리)야 꽃이온냥 마라 님의 뜻을 알괘라

'임금께서 특별히 황국화를 옥당에 내린 것에 대한 노래(自上特賜黃菊玉堂歌)'라는 제목이 붙어 있는 이 시조는 송순의 문집인 『면앙집俛仰集』에 한문으로 번역된 작품이 실려 있다. 작품의 배경도 전하는데, 이수광李睟光(1563~1628)의 『지봉유설芝峯類說』에 다음과 같은 이야기가 수록되어 있다.

명종조에 어원의 황국화를 꺾어서 옥당의 선비들에게 하사하면서 가사를 지어서 올리라고 명하였다. 옥당의 선비들이 갑자기 당한 일이라 가사를 짓지 못하여 마침 오위도총부에 숙직하고 있는 송순에게 부탁하여 대신 짓게 한 다음 그것을 올렸다. 이를 본 명종께서는 놀라고 기뻐하시면서 이 시를 누가 지었느냐고 물었다. 옥당관이 감히 숨길 수가 없어서 사실대로 고하였다. 이에 불러서 큰 상을 내렸는데, 그 가사는 지금까지 악부에 전해오고 있다.

『면앙집』의 「잡저雜著」에는 '자상특사황국옥당가(自上特賜黃菊玉堂歌)'라는 제목으로 한역한 다음과 같은 시도 전해진다.

풍상이 섞어서 친 날 밤에, 정겹게 핀 황국화를 꺾어 은반에 가득 담아 옥당

에 보내 주셨네, 도리야 꽃이라고 칭하지 말라, 군주의 뜻을 가히 알지니라

風霜交撲之日夜兮 盡情開兮黃菊花 銀盤兮折而盛 玉堂兮送貽 桃李毋以稱花兮 君之意兮可知

이상에서 알 수 있듯이 이 시의 소재는 명종께서 옥당에 보내신 황국화이다. 짧은 시조 한 편 속에서 임금의 의지와 사랑이 담긴 황국화를 통해 그것을 보낸 군주의 뜻을 노래하는 데 그치지 않고, 옥당에 있는 선비들의 훌륭함까지 칭찬하고 격려했으니 가히 절창이라고 하지 않을 수 없다.

이 작품에서 핵심이 되는 표현은 '황국화'와 '옥당', '도리'이다. 바람과 서리가 섞어서 치는 날씨에도 노란 꽃을 피우는 국화는 예로부터 선비의 절의를 상징했다. 그러므로 명종께서 옥당의 선비들에게 국화를 보낸 뜻은, 간관諫官으로서의 직분을 충실히 수행할 수 있는 선비의 기개를 닦는 데 힘쓰라고 한 것이다.

'옥당玉堂'은 유학의 진흥 및 인재의 양성을 담당하는 홍문관弘文館을 가리킨다. 홍문관은 조선 시대에 사헌부司憲府, 사간원司諫院과 더불어 임금에게 간언諫言을 하는 삼사三司의 한 축을 이루는 중요한 기관이었다. 그러므로 옥당에 있는 선비들은 임금의 잘못에 대해서는 목숨을 걸고 아뢰는 지조가 있어야 하며, 권력이나 금력에 휘둘리지 않고 관료들의 비리를 조사해야 하는 사람들이었다. 한 마디로, 옥당의 선비들은 찬바람과 서리가 몰아치는 계절에 피는 국화처럼 오상고절傲霜孤節을 기본 의무로 지고 있었다. 이들은 또한 장차 나라를 이끌어 갈 훌륭한 인재들이었기 때문에 복숭아와 오얏이라는 의미의 '도리桃李'로 칭해지기도 했다.

'도리'라는 말은 중국의 사마천司馬遷이 지은 『사기史記』의 「이광전李廣傳」중 '이장군열전찬李將軍列傳贊'에서 유래되었다. 사마천은 이광의 훌륭한 인품을 찬양하여 노래하기를 "복사꽃과 오얏꽃은 말이 없지만 사람들이 알

고서 찾아오기 때문에 그 아래에 자연히 길이 만들어진다(桃李不言 下自成蹊)"고 했다. 이광은 한나라 무제 때의 명장으로, 북쪽에 있는 흉노가 그를 '비장군飛將軍'이라 칭하면서 무서워하여 감히 침입을 하지 못했다고 한다. 여기서 '도리'는 사람의 됨됨이가 훌륭하여 아무 말을 하지 않고 가만히 있어도 사람들이 감복하여 모여든다는 뜻을 갖게 되었다. 그러던 것이 당나라에 이르러서는 장래가 촉망되는 동류배 선비(門下生)를 지칭하게 되었으니, 이것은 측천무후則天武后 때의 재상인 적인걸狄仁傑과 관련된 이야기에서 비롯되었다. 『자치통감資治通鑑』 「당기唐紀」에 의하면, 적인걸이 인재 등용의 길을 열어 자신의 문하생을 많이 추천하여 장상將相이 되게 한 까닭에 "천하의 도리桃李가 모두 공의 문하에 있군요(天下桃李悉在公門矣)"는 말을 들었다고 한다.

이렇게 하여 '도리'는 인품과 학식이 뛰어난 훌륭한 인재를 가리키는 표현으로 굳어졌는데, 송순의 시조에서 말하는 '도리'가 바로 그런 뜻이다. 옥당의 선비들은 모두 훌륭한 인재들이기 때문에 자신을 스스로 드러내지 않아도 사람들이 찾아오는 '도리'처럼 묵묵히 일하면서 군주께서 바라는 오상고절의 의미를 알고 그것을 키워 나가기만 하면 된다는 것이다.

이런 사실을 염두에 두고 작품을 살펴보면 다음과 같이 풀이할 수 있게 된다. 초장에서는 바람과 서리를 무릅쓰고 꽃을 피우는 국화를 통해 군주의 마음을 노래하고, 중장에서는 '금분金盆'(금으로 만들거나 금빛이 나도록 칠한 화분)에 국화를 담아 보낸 군주의 자상함과 국화처럼 꿋꿋한 선비들의 절개를 연결시켜 노래하고 있다. 마지막 종장에서는 군주의 뜻을 다시 한 번 강조하며 옥당에서 열심히 일하고 있는 후배 선비들을 칭찬하고 격려했다.

짧은 한 편의 시조 속에 이처럼 깊이 있는 내용들을 다 담아낸 것은 송순이었기에 가능한 일이었다. 군주를 향한 일편단심과 나라와 인재를 걱정하는 송순의 마음은 호남가단의 후계자이면서 조선조 최고의 가사 작가로 일컬어지는 송강 정철의 「관동별곡」에 이르러 절정을 맞게 된다.

「관동별곡」_어와 성은이야 갈수록 망극하다

조선 중기의 정치가이자 문인이었던 송강 정철(1536~1593)은 최고의 충신 연군지사忠臣戀君之詞로 일컬어지는 「관동별곡」, 「사미인곡」, 「속미인곡」을 지은 작가로 유명하다. 그중 「관동별곡關東別曲」은 단순히 군주에 대한 충성심과 그리움만을 노래한 것이 아니라, 정치인으로서 자신이 지닌 포부를 산수자연과 연결시켜 표현한 최고의 기행가사紀行歌辭이자 강호가사라고 할 수 있다.

이 작품은 조선 시대 내내 인구에 회자膾炙하면서 크게 유행했다고 여러 문헌에 기록되어 있는데, 19세기 문인으로 순조 28년(1828)에 사은겸동지 정사謝恩兼冬至正使의 수행원(幕裨)으로 중국 연경燕京에 다녀온 박사호朴思浩의 연행 기록인 『심전고心田稿』에는 15세 정도의 어린 기생이 「황계사」, 「죽지사」, 「춘면곡」 같은 12가사와 「관동별곡」 등의 노래를 잘 불렀다는 내용이 수록되어 있다.

「관동별곡」은 정철이 1578년 진도 군수 이수李銖의 뇌물 사건으로 동인의 공격을 받아 승지承旨 직을 사직하고 고향으로 돌아갔다가, 1580년 1월 강원도 관찰사로 복직하여 원주로 부임하고 3월에 관동 지방을 순시한 여정을 읊은 가사이다. 작품이 너무 길기 때문에 여기서는 중요한 부분만을 발췌해서 살펴보자.

강호江湖에 병病이 깊어 죽림竹林에 누웠더니

관동關東 팔백리에 방면方面을 맡기시니

어와 성은聖恩이야 갈수록 망극罔極하다

연츄문延秋門 들이달아 경회慶會 남문南門 바라보며

하직下直고 물러나니 옥절玉節이 앞에 섰다

평구역平丘驛 말을 갈아 흑수黑水로 돌아드니

섬강蟾江은 어디메오 치악雉岳이 여기로다

소양강昭陽江 내린 물이 어드러로 든단말고

고신거국孤臣去國에 백발白髮도 하도 할샤

동주東州밤 계오 새와 북관정北寬亭의 올라보니

삼각산三角山 제일봉第一峰이 하마면 뵈리로다

궁왕弓王 대궐大闕터에 오작烏鵲이 지저귀니

천고흥망千古興亡을 아는가 모르는가

회양淮陽 네 이름이 때마침 같을시고

급장유汲長孺 풍채風彩를 다시 볼 수 없겠는가

(중략)

영중營中이 무사無事하고 시절時節이 삼월三月인 제

화천花川 시내길이 풍악楓岳으로 뻗어 있다

행장行裝을 다 떨치고 석경石逕의 막대 짚어

백천동百川洞 곁에 두고 만폭동萬瀑洞 들어가니

은銀같은 무지개 옥玉같은 룡龍의 초리

섯돌며 뿜는 소리 십리十里의 잦았으니

들을 제는 우레더니 보니는 눈이로다

(중략)

태백산太白山 그림자를 동해東海로 담아가니
차라리 한강漢江의 목멱木覓의 닿이고자
왕정王程이 유한有限하고 풍경風景이 못슬믜니
유회幽懷도 많고 많아 객수客愁도 둘 데 업다
선사仙槎를 띄워내어 두우斗牛로 향向하실까
선인仙人을 찾으려 단혈丹穴의 머무실까

(중략)

송근松根을 베고 누워 풋잠을 얼핏 드니
꿈에 한 사람이 날 다려 이른 말이
그대를 내 모르랴 샹계上界의 진선眞仙이라
황정경黃庭經 일자一字를 어찌 그릇 읽어 두고
인간人間의 내려 와서 우리를 따르난다
저근덧 가지 마오 이 술 한 잔 먹어보오
북두성北斗星 기울여 창해수滄海水 부어 내어
저 먹고 날 먹여서 서너 잔 거후로니
화풍和風이 습습習習하여 양액兩腋을 추켜드니
구만리九萬里 장공長空에 저기면 날겠도다
이 술 가져다가 사해四海에 고루 나눠

억만億萬 창생蒼生을 다 취醉케 만든 후後에

그제야 고쳐 만나 또 한 잔 하쟀구나

말 하자 학鶴을 타고 구공九空의 올라가니

공중空中 옥소玉簫 소리 어제런가 그제런가

나도 잠을 깨어 바다를 굽어보니

깊이를 모르거니 끝인들 어찌 알리

명월明月이 천산만락千山萬落의 아니 비췬 데 없다

이 작품은 크게 세 단락으로 구분된다. 첫째 단락은 관찰사로 부임하는 과정이고, 둘째 단락은 금강산를 비롯한 관동팔경의 풍광을 노래한 부분이며, 셋째 단락은 신선 세계와 정치적 포부를 노래한 마지막 부분이다. 3단으로 구성되어 있고, 하계下界에서 선계仙界로 옮겨 가는 구조이며, 공간 이동의 장치로 관동팔경이 활용되고 있는 점 등이 순환성을 도구로 영원성을 확보하고 선계로 이동하는 「성산별곡」, 「면앙정가」와 일치한다.

첫째 단락은 벼슬길에서 물러나 자연과 함께하는 강호 생활을 청산하고 관찰사 벼슬을 받아 부임하는 과정을 노래하고 있는데, '4구8명四句八名'의 안정된 구조를 취하면서 과감한 생략으로 진행을 빠르게 전개시켜 풍류를 강개慷慨하게 표현하였다. 이러한 표현 수법은 뒤로 가면서 더욱 정교하게 진행되는데, 작품의 중심을 이루는 본사本詞에 해당하는 둘째 단락에서는 금강산에서 출발하여 해금강, 삼일포, 청간정, 영랑호, 의상대, 경포호, 죽서루, 망양정, 월송정 등을 중심으로 하는 관동팔경의 아름다움을 성리학적 세계관과 절묘하게 연결시켜 노래하고 있다.

둘째 단락은 강호가사의 본사를 이루는 사계절을 노래하는 부분과 일치하는 곳으로, 선계로 이동하는 장치로 작용하는 구실을 한다. 마지막 세 번째 단락은 꿈속에 선인을 만나 자신이 원래 신선이었음을 확인하며 그러한 능력을 유감없이 발휘하여 세상을 편안하게 만들겠다는 충신연군의 정서와 정치적 포부를 강하게 내비치고 있다. '억만億萬 창생蒼生을 다 취醉케 만든 후後에'는 백성들의 삶을 보살피는 정치를 하고 싶다는 작가의 포부를 강하게 밝힌 부분이며, '명월明月이 천산만락千山萬落의 아니 비췬 데 없다'는 군주의 보살핌과 은택이 만백성에게 골고루 전달되어 미치지 않는 곳이 없을 정도로 태평성대를 이루었다며 충신연군의 정서를 표현했다.

조선 시대의 가사로 나라를 걱정하고 군주를 그리워하는 충신연군의 정서를 강하게 표출하면서도 사대부 특유의 풍류를 이처럼 호탕하게 드러낸 것은 송강의 작품이 유일하다.

'시경체'와 '초사체'

『시경詩經』은 옛날부터 중국에 내려오던 민요와 궁중에서 쓰인 노래들을 수집하여 공자孔子가 묶어서 정리한 책으로, 300여 편의 노래가 실려 있다. 시경에 실려 있는 시의 형식은 한 구句가 네 글자(四字)로 된 것이 기본인데, 이것은 주로 민요의 형식과 관련된다고 본다. 『시경』에서 주로 쓰이는 표현 수법은 앞부분에서는 다른 사물에 대해 이야기하여 흥興을 일으키고, 뒤에서 화자가 말하려는 시흥詩興을 읊조리는 '흥興'의 수법, 저 사물 현상으로써 이 사물 현상을 비유하여 나타내는 수법인 '비比', 하나의 일을 있는 그대로 펼쳐 내어 사실적으로 표현하는 수법인 '부賦' 등이다.

'시경'이 주로 북방에서 성행한 시체詩體라면, '초사楚辭'는 주로 남방에서 성행한 시체라고 할 수 있다. 초사는 전국 시대 말기에 초楚나라의 굴원屈原이 지은 『이소경離騷經』으로부터 시작되었다. 한 구는 육자六字나 칠자七字가 중심인데, 특별한 구애를 받지 않고 지을 수 있었다. 초사는 장단구로 지어지는 '잡언체雜言體'라고 할 수 있는데, 이런 점에서 시경체라고 하는 '사언체四言體'와 대조를 이룬다고 볼 수 있다.

19 **인간을 생각하니** 슬프고 설운지라

불교와 시가

「원왕생가」_달님이여 이제 서방까지 가셔서

고려 말기에 승려 일연이 지은 『삼국유사』의 「광덕엄장廣德嚴莊」조에는 다음과 같은 이야기와 함께 극락왕생을 바란다는 뜻을 가진 '원왕생가願往生歌'라는 이름의 향가가 한 편 실려 있다.

문무왕 때 불교 사문에 광덕과 엄장이라는 사람이 있었다. 두 사람은 사이가 매우 좋았는데, 아침저녁으로 서로 약속하기를, "누구든지 먼저 서방정토의 극락에 가게 되면 반드시 알리자"고 하였다. 광덕은 분황사 서쪽 마을(혹은 황룡사의 서거방)에 살면서 신발을 만드는 일을 직업으로 삼았는데, 부인이 있었다. 엄장은 남악南岳의 암자에서 화전을 일구며 살았다. 해가 붉게 물들고, 솔 그림자가 고요한 저녁의 어느 날이었다. 엄장이 사는 집의 창밖에서 소리가 있어 알리기를, "나는 이미 서방으로 간다. 그러니 그대도 잘 있다가 빨리 나를 따라 오라"고 하는 것이었다. 엄장이 문을 열고 나가 살펴보니 구름 밖에 하늘의 음악 소리가 들리고 땅에는 밝은 빛이 있었다. 다음날 그가 사는 곳을 찾아가 보니 과연 광덕이 죽어 있는 것이었다. 이에 엄장이 부인과 더불어 유해를 수습하여 함께 장례를 치렀다. 그 일을 마치자 엄장이 부인에게 말하기를, "부군께서 이미 세상을 떠났으니 저와 함께 사는 것이 어떻습니까?"라고 하니, 부인이 "좋습니다"라고 하였다. 마침내 밤에 잠을 잘 때 엄장이 정을 통하려고 하니 부인이 말하기를, "스님께서 극락정토에 가고자 하는 것은 나무 위에 올라가서 고기를 잡으려는 것과 같습니다"고 하는 것이었다. 엄장이 이상하게 여겨서 묻기를, "광덕이 이미 그렇게 했는데, 나는 무엇이 안 된다는 것입니까?"라고 하였다. 부인이 대답하기를, "광덕은 나와 함께 산 지가 십여 년이나 되었지만 일찍이 한 번도 같은 침대에서 잠을 잔 적이 없습니다. 그러니 어찌 접촉하여 더러워졌겠습니까? 다만 매일 저녁 몸을 단정하게 하고 바르게 앉아서 오직 한 소리로 염불하면서 아미타불을 부르고, 또한 16관을 지었으며, 관觀은 이미 숙성하여 명월이 지게문으로 들어오면 빛을 타고 그 위에 가부좌를 하였습니다. 정성을 다하는 것이 이와 같으니 비록 서방을 바라지 않더라도 어찌 극락왕생하지 않겠습니까? 무릇 천 리를 가려는 사람은 한 걸음으로 가늠할 수 있는데, 지금 선사께서 하는 것을 보니 동쪽으로 간다고는 할 수 있어도 서쪽으로 가는지는 알 수 없을 정도입니다"고 하는 것이었다. 이에 엄장이 부끄러워서 물러나와 원효법사가 있는 곳에 가서 간곡하게 수련의 요체津要를 구하니 원효가 정관법淨觀法을 권하였다. 엄장이 이에 몸을 깨끗이 하여 깨우치고 뉘우치면서 관법을 익혀서 광덕과 마찬가지로 극락정토에 가게 되었다. 정관법은 원효의 본전과 해동고승전에 실려 있다. 그 부인은 분황사의 비婢였는데, 대개 19응신의 일덕一德이었다.

이 이야기에서 눈여겨 볼 점은 광덕과 엄장의 득도 과정이 다분히 대립적이라는 것과 그 과정에 관세음보살이 보낸 조력자가 있고, 이 세 인물이 삼각 구도를 형성한다는 점이다. 광덕과 엄장의 부인으로 살았던 여인은 중생의 부름에 응하여 사람의 모습으로 나타나 도움을 주는 응신應身의 하나로, 제대로 수련하는 불도나 그렇지 못한 불도를 모두 도와 극락왕생하도록 하는 대자대비大慈大悲한 부처의 뜻을 이루도록 하는 존재이다.

『삼국유사』에는 이와 비슷한 구조를 가진 이야기가 한 편 더 있다. 중생을 제도하는 것도 보살행菩薩行이라는 생각으로 불법을 닦는 구도자와 불법을 교조적으로 강조하며 자신의 득도를 중심으로 하는 구도자를 대비시킨 노힐부득(노힐부득달달박박努肹不得怛怛朴朴) 이야기가 그것이다. 그런데 광덕·엄장의 이야기와 노힐·달달의 이야기에 공통되게 등장하는 존재가 구도자의 극락왕생과 득도를 보조하는 여인이라는 점이 흥미롭다.

인간의 눈으로 보면 광덕은 진정한 구도자로, 엄장은 극락왕생에 실패할 엉터리 구도자로 보인다. 그러나 부처는 두 사람 모두 훌륭한 구도자로 보고 양쪽에 똑같이 도움의 손길을 내민다. 부처가 보낸 심부름꾼으로 등장하는 여인(조력자)은 두 구도자와 똑같은 방식으로 관계를 맺게 되어 세 사람은 삼각관계를 이룬다. 두 구도자가 서로 맺는 것은 인간적인 관계이고, 이들과 조력자가 맺는 관계는 종교적이다. 두 구도자가 상호 간에 맺는 인간적인 관계는 경쟁적이고 대립적이기 때문에 일정한 한계가 있다. 그런데 두 구도자가 원하는 바를 이루려면 이러한 한계를 극복해야 한다. 둘 사이에 조력자가 필요한 까닭이다.

조력자가 두 구도자와 맺는 종교적인 관계는 가르침과 도움을 목적으로 하기 때문에 대립적이지 않으며, 관용을 바탕으로 하므로 인간적인 관계에서 오는 한계를 극복할 수 있는 장치로 작용한다. 인간적인 관계는 종교

적인 관계로 그 한계를 극복하고 극락왕생의 길로 나가게 되는 것이다. 이
처럼 구도자와 조력자가 맺는 관계를 노래로 형상화한 것이 바로 「원왕생
가」라고 할 수 있다.

달님이여 이제
서방까지 가셔서
무량수불無量壽佛 앞
일러다가 아뢰소서
다짐 깊은 부처 우러러
두 손 모아 사뢰어
원왕생願住生 원왕생
그리는 사람 있다 아뢰소서
아아 이 몸 버려두고
사십팔대원四十八大願 이루실까

동쪽에 있는 구도자는 아득하게 멀리 떨어져 있어서 가늠조차 하기 어려
운 서방정토西方淨土(불교에서 멀리 서쪽에 있다고 하는 이상향. 극락정토)에 가서
극락왕생하려고 열심히 도를 닦으며 기도를 하는데, 어떤 방법으로든 자신
의 간절한 마음을 무량수불無量壽佛(아미타불), 곧 서방정토의 부처에게 전하
려고 한다. 그러나 구도자와 서방의 극락정토는 너무나 멀리 떨어져 있어
도저히 이를 수 없는 공간적 한계가 있다. 그래서 구도자는 자신의 기도가
과연 서방정토에까지 이를지 확신하지 못한다. 그도 그럴 것이 인간인 구
도자는 기본적으로 시간의 지배를 받으며 공간적인 한계를 뛰어넘을 수 없
는 존재이기 때문이다.

이러한 한계를 극복하고 서방정토에 극락왕생하려는 소원을 부처에게 전달하고자 구도자가 선택한 방법이 바로 심부름꾼을 이용하는 것이다. 그래서 구도자인 작품 속 화자는 매일같이 동쪽에서 떠올라 하늘을 가로질러 서쪽으로 가는 달을 '무량수불의 심부름꾼'으로 설정한다. 화자가 백제 노래인 「정읍사」 속의 화자처럼 달을 불러서 주의를 환기시키고 부처님께 잘 말해 달라고 부탁하는 것은 이 때문이다. 이처럼 부처께 말을 전하는 심부름꾼으로 달을 설정함으로써 동쪽에 있는 구도자인 광덕과 하늘에 있는 심부름꾼인 달, 서방에 있는 무량수불은 공간적인 한계를 극복하고 삼각 구도를 형성하게 된다.

이제 광덕은 마음 놓고 자신의 바람을 허심탄회하게 풀어놓는다. '다짐 깊은 부처님을 우러러 보면서 두 손을 모두어서 원왕생 원왕생 그렇게 기도하는 사람이 있다고 아뢰어 주소서.' 매우 직접적인 소망이다. 화자는 더 나아가 극락왕생을 간절히 소망하는 자신을 내버려 두고는 중생을 제도하겠다는 부처의 48가지 소원을 이룰 수 없을지도 모른다고 말한다. 이 의심하고 두려워하는 인간적인 마음(의구疑懼)을 통해 자신의 바람이 얼마나 간절한지를 강조한 것이다.

사뇌가계 향가인 「원왕생가」의 작자에 대해서는 광덕, 광덕의 처, 원효, 전승가요 등 여러 주장이 있다. 그러나 「원왕생가」와 「정읍사」의 구조가 완전히 일치하는 점, 『삼국유사』의 해당 기록에 '일찍이 노래가 있었다(嘗有歌)'는 표현이 있는 점 등으로 미루어 볼 때 광덕이 당시까지 전승되던 노래를 가져다가 사뇌가계 향가 형식으로 재창작한 것으로 보는 것이 가장 설득력 있다. 「정읍사」와 「원왕생가」의 시적 발상과 구조적 상관성은 고대가요인 「구지가龜旨歌」와 「해가海歌」에서 볼 수 있듯이 민간에서 전승되는 노래가 시대에 따라 어떻게 변화하는지를 보여 주는 중요한 자료이다.

　이 작품의 또 다른 특징은 신과 관계된 것은 모두 3(三)으로 나타내고, 인간과 관계된 것은 4(四)로 나타내는 우리 민족의 문화적 특성을 잘 반영하고 있다는 점이다. 그렇다면 신과 관계된 것은 왜 모두 3과 관련이 있을까? 그것은 신과 인간은 서로 다른 세계에 있기 때문에 둘을 이어 줄 매개체가 반드시 존재해야 한다는 의미로 보인다.

　이것은 우리 문화 전반에 퍼져 있는 보편적인 현상인데, 단군신화에 보이는 천부인天符印(단군의 아버지 환웅이 천제天帝 환인에게서 받아 가지고 내려왔다는 청동검, 청동거울, 청동방울) 세 개, 무리 삼 천, 삼칠일 등이 그러하고, 신과 인간을 이어 주는 제의의 하나인 굿의 구성이 신을 부르는 '청신請神'―신을 즐겁게 하는 '오신娛神'―신을 보내는 '송신送神'의 3단계로 되어 있는 점, 조상신을 모시는 제사에서 신에게 올리는 술은 석 잔과 세 번의 첨작添酌을 원칙으로 한다는 점 등 우리 문화에서는 신과 관계되는 것이 대부분 숫자 3과 관련이 있다.

　이러한 특성이 신께 기원을 드리는 노래에도 그대로 나타나니, 「원왕생가」도 기본적으로 3단 구성이다. '달님이여 이제～아뢰어 주소서'까지는 첫 단계이고, '다짐 깊은 부처님～아뢰소서'까지가 두 번째 단계, '아아～이루실까'까지가 마지막 세 번째 단계이다. 첫 단계는 부처의 심부름꾼인 달을 통해 신을 부르는 과정으로 부처의 세계를 상징적으로 노래한다. 두 번째 단계는 구도자의 간절한 마음을 말하는 과정으로 신과 인간을 이어 주는 매개체가 되는 기도에 대한 노래이다. 마지막 단계는 인간인 구도자로 돌아와서 부처의 처분을 기다리는 상태를 노래한다. 신과 인간, 부처와 구도자의 사이에 매개체 구실을 하는 기도를 통해 삼각 구도를 이루는 표현 수법은 비단 「원왕생가」에만 국한되지 않으니, 부처님 가시는 길에 꽃을 뿌려 그 발길을 영예롭게 하는 산화공덕散花功德을 노래한 「도솔가」 역시 같은 표현 수법으로 되어 있다.

「도솔가」 _ 미륵보살을 찬양하여 변괴를 물리치니

『삼국사기』와 『삼국유사』의 기록에 의하면, '도솔가兜率歌'란 제목의 작품
은 두 개가 있었다. 하나는 신라 유리왕 때 있었던 노래로 가악歌樂의 시초
로 일컬어지며 차사사뇌격嗟辭詞腦格을 갖춘 작품이고, 다른 하나는 신라 경
덕왕 때 하늘에 두 개의 해가 나타나는 변괴가 발생하자 인연 있는 승려를
모셔다가 노래를 짓게 했는데 이때 선택된 낭승郎僧 월명사月明師가 지어서
불렀다는 노래이다.

가악의 시초로 차사사뇌격으로 되어 있다는 「도솔가」는 작품의 내용이
전해지지 않을뿐더러 누가 지었는지도 알 수 없어서 그 내용을 정확하게
알기 어려우나, 두 문헌의 기록으로 볼 때 태평성대와 왕의 치적을 찬양하
는 노래였을 것으로 추정된다. 반면에 향가 「도솔가」는 하늘에 나타난 변
괴를 없애고자 만들어 부른, 미륵불을 찬양하고 그 힘으로 태평성대를 이
룩한 것을 노래한 작품이다.

태평성대를 찬양하는 노래와 종교적 주술성을 강조하는 노래의 명칭이
동일한 이유는 아직까지 명확하게 밝혀진 바가 없기 때문에 정확한 판단을
내리기 어렵다. 다만 유리왕 때의 「도솔가」가 국가 체제의 성립으로 생겨
난 지배계급의 정치적 이념을 대변하며 왕의 지도력과 태평성대에 초점을
맞춘 노래일 가능성이 크다면, 향가 「도솔가」는 두 개의 해가 출현한 변고
로 생긴 정치적 어려움을 종교의 힘으로 해결함으로써 불교의 위력을 과시
하고 나라의 안정과 태평성대를 도모하려 했다는 점에서 두 작품이 일맥상

통한다고 볼 수도 있다. 향가 「도솔가」를 보자.

오늘 이리 산화가 불러	今日此矣散花唱良
뿌려 드린 꽃아 너는	巴寶白乎隱花良汝隱
곧은 마음에 부림 받아	直等隱心音矣命叱使以惡只
미륵을 좌주로 모서 섰거라	彌勒座主陪立羅良

비록 짧은 작품이지만 단어 해석이 까다롭다. 가장 문제가 되는 대목은 '파보백호은巴寶白乎隱'과 '미륵좌주배립라량彌勒座主陪立羅良'이다. '巴寶白乎隱'은 해석자마다 해석이 다르다. 다만, 산화공덕을 드리는 것은 꽃을 뿌려서 바치는 행위로써 부처를 찬양하는 것이므로 '뿌려서 드린(바친)'으로 보는 편이 가장 무난하다. 다음으로 마지막의 '미륵좌주배립라량彌勒座主陪立羅良'에서 '미륵좌주彌勒座主'는 통상 미륵보살을 지칭하는 것으로 해석됐으나, 불교에서 '좌주座主'는 모임에서 주장이 되는 사람을 가리킨다. 따라서 아래에 있는 존재가 주인으로 모시는 대상을 부르는 호칭일 수 있다. 여기서도 꽃의 입장에서 미륵을 지칭하는 것으로 보아 미륵을 좌주로 삼거나 모셔야 한다는 뜻으로 해석하는 편이 자연스럽다. '배립라량陪立羅良'에서 '배립陪立'은 '모시다' 정도로 해석하는데, 이것은 '모시고 서다'는 뜻으로 굳어진 한자 표현이다. 그러므로 이 표현은 모두 뜻을 취해 온 것으로 해석할 수 있다.

이렇게 해석하면 「도솔가」의 핵심은 꽃을 뿌린다는 의미를 지닌 '산화공덕'이 됨을 알 수 있다. 부처에게 꽃을 뿌린다는 것은 찬양과 축복의 의미를 동시에 지니는데, 꽃을 뿌려서 바침으로써 경외심과 존경심을 나타내고 여기에 노래까지 불러서 찬양하니 이는 미륵불에 대한 최고의 숭배이다.

노래의 배경이 되는 이야기를 근거로 해서 볼 때, 미륵불에게 최고의 찬양과 경배를 드리는 이유는 하늘에 나타난 두 개의 해를 없애 달라는 기원을 올리기 위해서다. 그러므로 이 노래에서 꽃은 「원왕생가」에서 구도자가 행한 기도와 같은 구실을 하며, 꽃을 뿌리는 행위는 극락왕생을 기원하는 기도와 같은 의미가 있다고 볼 수 있다. 이런 점에서 두 작품은 닮은꼴처럼 보이지만, 「도솔가」는 「원왕생가」보다 직접적이고 실질적인 주술성이 더 강하다. 그 이유는 「도솔가」가 주술성이 강조되는 4구4행 형식의 민요계 향가라는 점에서 찾을 수 있다.

개인적인 정서나 기원을 중심으로 하는 사뇌가계 향가에 비해, 사회적인 이념이나 바람을 중심으로 하는 민요계 향가는 물리적인 현상으로 현실적인 결과를 드러내어야 하기 때문이다. 두 개의 해가 하늘에 나타났다는 것은 이를 자연현상으로 보든 정치적 현실로 보든지 간에 심각한 변괴가 틀림없기 때문에 통치자로서는 한시라도 빨리 그것을 없애고 싶었을 것이다. 그래서 과거에 인연이 있는 월명사를 불러 신통력을 발휘하게 했을 것이다. 자신이 짓는 노래가 국가적으로 중요한 역할을 한다는 사실을 알아차린 월명사는, 주술성이 강조되는 민요계 향가 형식으로 노래를 지었다. 그리하여 향가 「도솔가」는 화려한 수사적 기교나 정교한 구조보다는 주술적인 힘을 직접 드러낼 수 있는 작품으로 만들어졌다.

이처럼 구도자의 극락왕생을 추구하거나 사회적으로 중요한 사건을 해결하는 주술적 도구로서 구실한 향가는 민족시가로 성장하면서 그 영역을 점점 넓히게 되는데, 「우적가」 같은 작품에 이르러서는 중생을 제도하는 핵심적인 도구로서 기능한다.

「우적가」_만 명의 도적을 만날지라도 흔들림이 없으리

『삼국유사』에 실려 전하는 향가 가운데 인품이 훌륭하고 도력道力이 높은 승려가 산적과 같은 무리들을 감화시켜 불제자로 만들었다는 이야기가 전해져 눈길을 끈다. 먼저 배경 설화를 보자.

승려인 영재는 성품이 익살스러우며 재물에 얽매이지 않았는데, 향가를 잘했다. 늙어서는 남악에 숨어 살려고 생각하여 큰 고개에 이르렀는데, 산적 60여 명과 맞닥뜨리게 되었다. 산적들이 해치려고 했으나 영재는 칼 앞에서도 두려워하는 기색이 전혀 없고 부드러운 얼굴로 대하는 것이었다. 산적들이 이상하게 여겨서 그 이름을 물으니 영재라고 말하였다. 그들은 평소에 그 이름을 들은 바가 있으므로 그에게 노래를 짓도록 했다. 그 가사는 다음과 같다. …… 산적들이 그 뜻에 감동하여 비단 2필을 영재에게 주니 웃으면서 말하기를, "재물이 지옥에 가는 근본임을 알아서 앞으로 궁벽한 산에 가서 일생을 마치려고 하는데 어찌 감히 받을 수 있으리오"라고 하면서 비단을 땅에 내던졌다. 산적들이 다시 감동하여 가지고 있던 창과 칼을 모두 버리고 머리를 깎고 불제자가 되어 함께 지리산에 숨어서 두 번 다시 세상에 나오지 않았다. 그때 영재의 나이가 90살이었는데, 원성대왕의 시대였다.

이 이야기는 영재라는 승려가 산적 60여 명을 가르치고 감화시켜 불제자로 만들었다는 사실을 전하고 있다. 영재의 능력이 특별함을 말하고 있기는 하지만, 여기에는 향가와 관련된 두 가지 중요한 정보가 담겨 있다. 하나는 숨어 살면서 사람들을 괴롭히는 산적들도 향가를 잘하는 영재의 이름을 알고 있었다는 것이고, 다른 하나는 산적들이 스스로 감동하여 불제자가 되도록 하는 데 향가가 결정적인 구실을 했다는 사실이다.

　『삼국유사』에서 일연은 향가에 대해 말하기를 "천지귀신을 감동시킨 적이 한두 번이 아니었다"고 하였는데, 앞에서 살펴본 「원왕생가」나 「도솔가」 같은 작품을 보면 이를 실감할 수 있다. 8세기 후반에 해당하는 원성왕 시기는 신라가 전성기를 지나 어지러워지기 시작한 하대下代에 해당하는 시기로, 이 시기에 이르면 신라 사회는 불국토가 되었다고 할 정도로 모든 이념과 문화가 불교를 중심으로 만들어지고 발전했다. 이에 따라 향가 역시 민족시가로 발전하면서 향가를 모르는 사람이 없을 정도로 보편화되었고, 다른 한편으로는 국가적인 차원에서 관리하고 장려하는 수준을 넘어서게 되었다. 이렇게 되자 민요계 향가는 자취를 감추고, 새롭게 창작되는 노래는 사뇌가계 향가가 주류를 이루었던 것 같다.

　따라서 이 시기에는 국가적 위기를 타개할 목적으로 지어진 「도솔가」 같은 작품이나 구도자의 극락왕생을 구하는 「원왕생가」 같은 노래보다는, 중생을 제도하여 불제자로 만드는 역할을 할 수 있는 이야기와 노래가 필요해졌다. 부석사의 창건 설화에 여성의 역할이 강조되는 이야기가 탄생한 것이나 승려 영재가 산적을 제도하여 불제자로 만드는 「우적가」는 이러한 사회적 변화를 잘 보여 준다.

　이에 따라 기존의 극락왕생을 간구하거나 부처를 찬양하고 경배하는 내용, 개인적인 바람을 담은 기도 성격의 노래는 점차 자취를 감추고, 영재처럼 세상에 모범이 되는 존재가 일반 중생을 감화시키는 내용이 향가의 주를 이루게 된다.

제 마음에	自矣心米
형상을 몰랐던 날	兒史毛達只將來呑隱日

멀리 □□ 지나쳐가고	遠島逸□□過出知遣
이제는 숨으러 가고 있네	今吞藪未去遣省如
오직 잘못된 파계주를	但非乎隱焉破□主
두려워할 모습으로 돌아가리	次弗□□史內於都還於尸郎也
이런 병기들이야 지내고 나면	此兵物叱沙過乎
좋은 날이 샐 것이니	好尸日沙也內乎吞尼
아야 오직 요만한 선업은	阿耶 唯只伊吾音之叱恨隱潘陵隱
아니 새집 되니이다	安支尙宅都乎隱以多

배경 설화에서도 빠진 글자가 있는데, 노래에는 빠진 글자가 더 많아서 정확하게 해독하기가 어렵다. 다만 전체적인 내용은 파악할 수 있는데, 이를 배경 설화와 연관시켜 보면 작품의 구조적 특성이나 미학적 특성을 부분적으로나마 밝혀낼 수 있다.

이 작품은 사뇌가계 향가의 일반적 구조라고 할 수 있는 3단 구성으로 되어 있다. 첫 번째 단락은 처음부터 '숨으러 가고 있네'까지로 화자의 현재 상태를 노래했다. 여기서 화자는 세속의 모든 것에서 벗어난 상태로 진정한 자신의 모습을 찾게 되었음을 강조하고 있다. 둘째 단락은 '오직'에서부터 '샐 것이니'까지로 창과 칼 같은 것은 순간의 협박이나 고통을 만들어 낼 뿐 그 유혹을 이겨 내면 좋은 날이 올 것이라고 노래한다. 여기서는 영재 자신이 세상의 모든 것을 이미 초월한 상태라는 것을 강조하여 어떠한 상황이 일어나더라도 자신의 길을 바꾸지 않겠다는 굳은 의지를 노래했다. 세 번째 단락은 '아야'에서부터 마지막까지로, 산적들이 처해 있는 현재의 상황이 대단히 위험하다는 사실을 강조하면서 불교라는 새롭고 편안한 집으로 들어오라는 위협적인 권유를 담았다.

이런 해석과 「우적가」의 배경 설화를 연결시키면 흥미로운 사실이 나타난다. 배경 설화에서는 산적들이 창칼과 같은 무기로 영재를 강요하고 위협하지만, 「우적가」에서는 불교의 교리를 도구로 하는 향가로써 영재가 산적들을 교화하고 자신의 세계로 들어오라고 권유하기 때문이다. 그러므로 원래의 기록에서는 배경 설화 중간에 향가가 들어가고, 그 뒤에 이야기가 이어졌을 것으로 추정된다. 영재는 자신의 노래에 감동한 산적들이 바친 비단을 땅에 내동댕이치는 한층 강력한 행동으로 산적들을 완전히 제압하고, 60명 넘는 산적 무리를 모두 불제자로 만들어 버린다.

이처럼 「우적가」는 욕계欲界라는 보잘것없는 집에 머물며 물질적 욕망을 중시하는 중생과 그들을 무색계無色界로 인도하는 능력을 지닌 승려를 대비시키고, 물리적인 것과 관념적인 것, 물질과 정신을 대비시킨다. 여기에서 영재가 지은 노래는 핵심적인 구실을 한다. 영재가 부른 노래는 그 내용이 개인적인 정서에 바탕을 두면서도 누구에게나 강한 느낌을 줄 수 있는 보편성을 지니고, 작품 구조상 한 승려가 처한 개인적인 상황에서 출발하여 산적과 영재가 대립하는 단계를 거쳐 마지막에는 산적들의 상황으로 옮겨 가는 교묘한 공간 이동 방식으로 긴장감을 최고조로 끌어올려 마침내 청자인 산적들을 감동시키기 때문이다. 즉, 영재가 지었다는 사뇌가계 향가 형태의 「우적가」가 내용과 형식의 결합을 통해 담아낸 예술적 아름다움이 산적들을 감동시킨 것이다.

노래를 통해 중생을 제도하려는 노력은 고려 시대에는 새로운 형태로 나타나는데, 시조와 함께 조선 시대 국문시가의 양대 산맥을 이룬 가사歌辭의 효시로 인정받는 「서왕가」에서 그 모습을 찾을 수 있다.

「서왕가」_염불말고 어이할고

조선조 시가의 중심을 이룬 국문시가는 시조와 가사였는데, 두 가지가 지닌 성격은 상당히 달랐다. 초장·중장·종장이라는 짧은 구성단위로 이루어진 시조는 화자의 개인적 정서를 서정적으로 표현하기에 적합한 형식으로 유흥 공간에서 노래로 불리는 방식으로 향유되었다. 반면에 서사·본사·결사라는 기본 구성단위는 시조와 비슷하나 수십 개 이상의 행行을 연속시키는 형식으로 이루어진 가사는 정치적·이념적인 내용을 표현하기에 적합한 형태로 폭넓게 향유되었다.

　이념적이고 정치적인 내용들을 비교적 긴 형태로 노래하는 가사는 일반적인 정서를 담았다고 하기 어려운 데다, 사실을 있는 그대로 적는 '서사敍事'라고 할 수 없기 때문에 서정·서사·희곡 등으로 나누는 전통적인 방식으로는 분류하기가 어렵다. 그래서 일부에서는 가사를 사물을 객관적으로 묘사하고 설명하여 알려 주는 '교술敎述'로 보아야 한다고 주장하기도 하지만, 예술적 변형인 반영이 일어나지 않은 상태로 표현한 것을 과연 문학의 범주에 넣을 수 있을지 명쾌하게 해결하기 어려운 데다 서정적인 성격을 중심으로 하는 작품이 대다수를 차지하기 때문에 가사를 교술에 넣는 것은 더 큰 혼란을 부추길 뿐이라는 지적이 나올 수 있다.

　가사를 어떤 문학 갈래에 넣어야 할 것인지의 문제는 가사가 지닌 기본적인 성격을 바탕으로 할 때 비로소 해결될 수 있다. 즉, 가사는 일정한 율격을 가지면서 노래나 음영吟詠(읊기) 등의 방식으로 향유되었다는 점을 주목해야 한다는 것이다. 화자의 생각을 일정한 율격과 구조로 표현하여 노래로 향유한다는 것은 그것의 중심을 이루는 성격이 서정임을 의미한다. 화자의 감정이나 정서를 일정한 형식에 맞추어 표현하는 것을 '서정敍情'이

 인간을 생각하니 슬프고 설운지라

라고 하는데, 가사에서 표현하는 내용은 바로 이러한 성격에 가장 잘 부합하기 때문이다. 물론 가사는 길이가 길기 때문에 일반적으로 외부에 존재하는 경물이나 경관의 묘사가 많은 부분을 차지하고, 그런 묘사로써 의미를 전달하기도 한다. 그러나 이런 묘사를 통한 의미의 전달도 결국에는 화자가 느끼는 정서를 효과적으로 표현하는 방식이다.

이처럼 복잡한 성격을 지닌 가사가 본격적으로 발달하기 시작한 것은 정극인의 「상춘곡」이 지어진 조선조 전기인데, 그 기원이 되는 작품이 고려시대에 불교를 전교傳敎할 목적으로 승려 혜근惠勤이 지은 「서왕가」라는 점이 흥미롭다. 불교를 철저하게 배격하던 조선조의 사대부들이 불교 교리를 전하는 도구로 사용한 가사를 받아들여 자신들의 생각을 노래하는 시가 형태로 만들었다는 사실은 그만큼 가사가 지은이의 생각을 표현하기에 적합한 문학 형태임을 말해 준다. 「서왕가」를 살펴보자.

나도 이럴망정 세상의 인재러니
무상을 생각하니 다 거짓 것이로세
부모께 받은 얼굴 죽은 후에 속절없다
잠간 생각하여 세상사를 후리치고
부모께 하직하고 단표자單瓢子 일납一衲의로
청려장靑藜杖을 비겨 들고 명산을 찾아들어
선지식善知識을 친견親見하여 마음을 밝히려고
천경만론千經萬論을 낱낱이 찾아다가
육적六賊을 잡으리라 허공마虛空馬 비켜 타고
마야검莫邪劍 손에 들고 오온산五蘊山 드러가니
제산은 첩첩하고 사상산四相山이 더욱 높다

육근六根 문두門頭에 자취없는 도적은 나며 들며 하는 중에

번로심煩勞心 제켜놓고 지혜로 배를 삼아

삼계三界바다 건너리라 염불중생 실어두고

삼승三乘 돛대에 일승一乘 돛을 달아두고

춘풍은 순하게 불고 백운白雲은 섞어 도는데

인간을 생각하니 슬프고 설운지라

염불 않는 중생들아 몇 년을 살려하고

세사世事만 탐착하여 애욕에 잠겼느냐

하루도 열두시오 한 달도 서른 날에 어느 날에 한가할고

청정한 불성佛性은 사람마다 가졌은들 어느 날에 생각하며

항사공덕恒沙功德은 본래구족하였은들 어느 때에 내어쓸고

서왕西往은 멀어지고 지옥은 가깝다네

여보시오 어르신네 권하노니 종제선근種諸善根 심으시오

이생에 하온 공덕 후생에 받으리니

백년 탐물은 하루아침 티끌이오

삼일 하온 염불은 백천만겁에 다함없는 보배로세

어와 이 보배 억천겁 썩지 않고 만세까지 여전하네

건곤乾坤이 넓다한들 이 마음에 미칠손가

일월日月이 밝다한들 이 마음에 미칠손가

삼세제불三世諸佛은 이 마음을 알으시고

육도중생六道衆生은 이 마음을 저버릴세

삼계윤회三界輪廻를 어느 날에 그칠 것인가

잠간 생각하여 마음을 고쳐먹고 태호太昊를 생각하니

산첩첩山疊疊 수잔잔水潺潺 풍슬슬風瑟瑟 화명명花明明하고 송죽은 락락落落한데

화장華藏바다 건너 저어 극락세계 들어가니

칠보금지七寶錦地에 칠보망七寶網을 둘렀으니 구경하기 더욱 좋네

구품연대九品蓮臺에 염불 소리 그쳐 있고

청학백학靑鶴白鶴과 앵무공작과 금봉청봉金鳳靑鳳은 하는 것이 염불일세

청풍이 문득 부니 염불소리 요요하네

어와 슬프다 우리도 인간에 나왔다가

염불말고 어이할고 나무아미타불南無阿彌陀佛

아미타불을 염송念誦(마음속으로 부처를 생각하고 불경을 외는 일)하여 서방 정토에 가서 극락왕생하라고 권하는 내용으로 되어 있는 이 작품은, 사뇌가계 향가의 전통을 잇는 작품으로 볼 수 있다. 서사·본사·결사의 형식을 갖추고 있는 데다, 결사의 시작 지점에서 사뇌가계 향가의 차사嗟辭에 해당하는 '어와' 같은 감탄적인 표현이 쓰이고 있다. 사뇌가계 향가에서 시작된 것으로 보이는 차사가 조선 시대의 시조와 가사에 이르기까지 폭넓게 쓰인 것으로 보아, 감탄적 표현을 수반하는 3단 구성은 우리 민족의 정서에 잘 부합하는 시가의 표현 방식이라고 보아도 큰 무리가 없을 것이다.

이처럼 「서왕가」는 종교적인 내용과 3단 구성, 차사를 기본 형식으로 삼고 있다. 그리고 육체를 중심으로 삼고 탐욕이 판치는 더러운 세상으로 형상화되는 현세와 불성佛性이 중심을 이루며 모든 고통이 사라진 청정하고 즐거움이 가득한 세상으로 형상화되는 내세를 극명하게 대비시켜, 염불이라는 누구나 할 수 있는 방법으로 서방정토의 극락세계에 이를 수 있다고 강조한다. 즉, 누구나 염불을 하면 아미타불이 사는 안락한 정토淨土에 이

를 수 있다며 중생들을 설득하고 있는 것이다.

「원왕생가」처럼 서방정토에 가서 극락왕생하려는 구도자의 염원을 개별적으로 노래하는 수준으로 출발한 불교적 세계관이, 「도솔가」에서는 정치적인 차원으로 확대되고, 「우적가」에 이르러서는 제도하기 어려울 것으로 보이는 산적과 같은 중생을 이끌어 불도에 귀의시키고, 고려 시대에 이르러서는 염불이라는 간단한 방법으로 모든 사람이 극락왕생할 수 있다고 발전한 것이다. 「서왕가」는 비단 가사의 효시를 이루는 작품이라는 차원을 넘어, 민족시가의 발달 과정을 잘 보여 주는 중요한 작품이라고 할 수 있다.

'삼구육명'과 '사구팔명'

'삼구육명三句六名'과 '사구팔명四句八名'은 우리 시가의 형식적 특성을 가리키는 개념이다. 삼구육명은 「균여전均如傳」에 나오는 향가의 형식으로, 하나의 행行이 세 개의 구句로 이루어지고, 하나의 구는 두 개의 명名으로 이루어진다고 보는 이론이다. '명名'은 하나의 낱말이 일정한 표현 안에서 독립적인 구실을 하는 단위를 가리키는데, 명사와 조사, 어간語幹, 어미語尾 같은 것을 지칭한다. 하나의 행이 세 개의 구와 여섯 개의 명으로 이루어져 있다는 뜻의 삼구육명은 신라 때의 노래인 향가와 고려 시대 노래인 속요에 해당하는 형식이다.

한편, 불교적 세계관이 중심을 이루면서 신과 인간이 마주하는 방식을 취하던 신라와 고려시대를 지나 조선 시대에 이르면 신의 자리를 자연이 대체하면서 자연과 인간이 마주하는 방식을 취하는 세계관이 형성된다. 이렇게 되자 시가의 형식에도 변화가 생겨서 하나의 행에 네 개의 구와 여덟 개의 명, 즉 사구팔명으로 이루어지는 작품이 등장한다. 그것이 바로 시조와 가사이다.

「도파가」·「묵책요」_정치가 어지러우면 나라가 망하느니

전통 사회에서 백성은 신분이 낮고 개인적으로는 아무런 힘도 없는 존재였다. 그렇지만 한 나라 인구의 대부분을 차지했기 때문에 그들의 생각, 곧 민심民心은 권력자를 갈아치울 수 있는 막강한 힘을 발휘했다. 통치자들이 민심을 파악하는 데 적지 않은 노력을 기울인 이유가 여기에 있다. 백성들을 먹이고 다스리며 한 나라를 통치하는 행위를 통틀어 '정치政治'라고 하는데, 정치를 행하는 것은 백성의 생사여탈권生死與奪權을 쥔 권력자들이었다. 통치 대상이 되는 백성들은 정치에 직접 참여하지는 못해도 그것이 어떤 방향으로 흘러가는지에 대해서는 관심이 많았다. 왜냐하면 정치가 잘못되었을 때 가장 큰 피해를 보는 사람이 백성들이었기 때문이다.

노래는 정치에 대한 백성들의 관심과 우려를 구체적으로 드러내는 가장
일반적인 방법이었다. 입에서 입으로 전해지며 불리는 노래는 풍자적 표현
과 반복법을 통한 강조 등의 특수한 표현 방식으로 사회 구성원들이 정치
에 대해 가지고 있는 보편적인 생각을 담아낼 수 있는 데다, 익명성이 보장
되어 백성들이 선호한 표현 수단이었다. 이러한 노래들은 특히 정치가 어
지러워지면 특유의 위력을 발휘했는데, 신라 때는 헌강왕 시대에 이러한
노래들이 불렸다고 기록되어 있다. 『삼국유사』 「처용랑망해사處容郎望海寺」
조에는 다음과 같은 기록과 함께 「도파가都波歌」라는 노래가 실려 있다.

이때에 산신이 춤을 추어서 찬양했는데, 부른 노래에 이르기를, '이치를 아
는 사람이 많이 도망가서 나라가 망할 것이다. 나라가 망할 것이다'는 것이
었다. 이는 나라를 다스리는 이치를 아는 사람들이 미리 알고 많이 도망을
가서 도읍이 장차 무너질 것이라는 것을 말한 것이다. 지신이나 산신이 나
라가 장차 망할 것을 알았기 때문에 춤을 추어서 이것을 경계한 것이었다.
나라 사람들이 깨닫지 못하고 상서로운 것이 나타났다며 환락의 추구에 더
욱 심취하다가 결국에는 나라가 망했다.

신라의 제49대 임금인 헌강왕憲康王(재위 875~886)은 개운포라는 곳에 갔
다가 동해 용왕의 아들인 처용을 데려다가 벼슬까지 내리며 나라를 새롭게
일으키고자 했다. 처용에 대한 이야기의 뒤에 나오는 내용으로 볼 때 헌강
왕 때부터 신라 사회가 부패하여 나라가 망할 징조가 이미 나타났음을 알
수 있다.

「도파가」에 나오는 '지리다도파도파智理多都波都波'는 '올바른 이치를 아는
지혜로운 사람(智理)이 많이(多) 도망가서 나라(都)가 망할 것(波)이다'라는 내

용으로 해석된다. 노래 자체도 일반적인 내용인 데다 수사법이 전혀 쓰이지 않아서 문학적으로 특별하다고 하기 어렵다. 여기서 중요한 것은 백성의 마음인 민심이 산신山神이나 지신地神과 같은 신적인 존재를 빌려서 나타났다는 점이다. 이는 당시까지만 해도 통치자나 피통치자나 모두 신의 뜻을 중요하게 여기는 인간과 신이 마주하고 있는 상태였기 때문으로 보이는데, 이 과정에서 매개체 구실을 한 것이 바로 춤과 노래였다. 특히 나라의 흥망과 관련한 중대한 예언은 반드시 신의 뜻을 반영한 것이어야 했다.

이처럼 신과 인간이 마주 보고, 노래가 그 사이를 매개하는 도구로 쓰이던 문화는 고려가 쇠퇴의 길을 걷고 조선이라는 나라가 새롭게 세워진 시점인 13,4세기까지 지속되었던 것으로 보인다. 고려 후기로 들어서면 나라가 망할 징조가 곳곳에서 목격되는데, 이 시기에 등장한 '참요讖謠'(시대 변천상이나 정치적인 징후를 암시하는 민요)는 그 명백한 징후였다. 관리의 인사제도가 엉망이 된 무신정권기의 부패상을 노래한 「묵책요墨册謠」를 보자.

가는 배로 만든 도목	用綜布 作都目政事
정말로 검은 책일세	眞黑册
내 기름에 절이고 싶어도	我欲油
올해는 삼씨가 적어서	今年麻子少
아쉽지만 할 수가 없네	噫不得

이런 종류의 노래는 대내외적으로 어려움에 처했던 고려 후기에 집중적으로 나타나는데, 「묵책요」는 당시의 정치상을 비유적으로 표현하여 신랄하게 풍자한 대표적인 노래이다. 이 작품을 올바르게 이해하려면 '종포綜布', '도목정사都目政事', '묵책墨册', '마자麻子' 등의 표현을 정확하게 알아야 한다.

'종포'는 여러 개의 올이 들어가 있는 가는 삼베를 가리키는데, 고려 시대에는 쌀과 함께 화폐로 쓰였다. 고려 후기에는 관리를 등용하는 대장으로도 사용된 것으로 보인다. '도목정사'는 고려와 조선 시대에 이조나 병조 등에서 벼슬아치의 치적을 심사하여 면직하거나 승진시키던 일을 가리키는 것으로, 관리 등용의 인사 기록부라고 할 수 있다. '묵책'은 고려 시대에 아동들이 글씨를 연습하던(習字) 책인데, 판지에 먹칠을 하여 검게 한 다음 기름을 먹여서 만들었다. '마자'는 삼베의 원료를 만드는 대마大麻 혹은 삼의 씨로서, 약재로도 쓰이지만 기름을 짜서 쓰기도 한다.

고려 말인 의종 24년(1170)에 일어난 무신정변은 나라 전체를 뒤흔들며 64년간 지속되고, 나중에는 최충헌崔忠獻을 필두로 하는 최씨 무인정권으로 굳어지며 최충헌의 아들인 최우崔瑀가 정권을 잡았다. 최우는 1225년 자신의 집에 정방政房을 설치하여 인사권을 장악함으로써 권력의 틀을 더욱 굳건하게 하였다. 이즈음 김지경金之鏡이란 사람이 이조와 병조의 인사권을 맡아보았는데, 뇌물을 바치는 정도에 따라 인사 기록부인 도목정사에 이름을 지우고 쓰는 일을 되풀이하다 보니 책이 검어질 지경이었다. 나라의 인재 등용과 관리가 개인적인 취향과 뇌물에 좌지우지되니 국정은 엉망이 될 수밖에 없었고, 이런 한심한 광경을 지켜본 백성들이 지어 부른 노래가 바로 「묵책요」였다.

이 노래에서 '가는 베로 만든 도목'이란 표현은 '비싼 천으로 만든 책'이란 뜻으로, 값이 비싸다는 의미도 있지만 나라의 장래를 좌지우지할 정도로 중요하다는 뜻도 있다. 도목이 상징하는 인사 관리는 그만큼 중요한데, 현재의 인사 관리는 엉망이다. 나라의 장래가 달린 중요한 책을 아이들이 글씨를 연습하며 수없이 지우고 쓰는 묵책에 비유했으니, 이 표현이 지닌 풍자성은 날카롭고도 공격적이다.

그러나 화자는 여기서 그치지 않고 엉망이 된 책일지라도 기름에 절여서
잘 보관하여 두고두고 경계로 삼아야겠다는 의지를 보인다. 부패와 부끄
러움의 상징이 된 도목을 기름에 절여 두고 싶을 정도로 정치에 대한 화자
의 불만은 극에 달해 있다. 이렇게 하고도 분이 풀리지 않은 화자는 올해는
흉작이 들어 마자麻子, 곧 삼씨조차 적어서 기름에 절일 수 없다고 말한다.
앞에서 노래한 것을 다시 뒤집어서 표현함으로써 최고의 카타르시스를 느
끼게 하는 수법을 사용한 것이다.

정치가 이처럼 부패했으니 어찌 나라가 망하지 않을 수가 있겠느냐는 원
망 어린 저주가 이 노래 속에 녹아 있음은 물론이다. 고려의 멸망을 몰고
올 정도로 타락한 상황을 만들어 낸 결정적인 책임은 반란을 일으켜 왕을
마음대로 바꾸고 권력을 독점한 무인들에게 있었으니, 놀랍게도 이러한 사
태를 미리 예견한 노래가 있다. 바로 「보현찰」이다.

「보현찰」· 「아야가」_무신이 문신을 죽이고 나라를 무너뜨리니

문신을 중심으로 하는 귀족정치를 통해 나라의 융성을 꾀했던 고려는 중기
까지는 비교적 안정되어 있었다. 그러나 문약文弱에 빠져 국방을 게을리 한
탓에 외적의 침입이 끊이지 않았고, 왕실과 문신 간의 세력 다툼이 이어졌
다. 이로 인한 권력 불균형으로 소외당하던 무인들이 난을 일으켜 문신을
죽이고 임금을 폐위시키니, 이것이 바로 정중부鄭仲夫 등이 주도한 무신란
(1170)이다.

『고려사절요』에 의하면, 고려의 제18대 왕 의종毅宗(1127~1173)은 성 동
쪽의 사천沙天가에 있는 '호암虎巖'이란 절벽 아래에 흐르는 물이 머물러 고

여 있고 수목이 울창하게 우거진 것을 보고 이곳에 복을 맞아들인다는 뜻의 '연복정延福亭'이란 정자를 짓고 기이한 화초를 심어 아름답게 꾸민 다음 밤낮으로 놀이를 하였다고 한다. 무신란이 일어나던 때에도 연복정에서 놀이를 하다가 홍왕사興王寺를 거쳐 경기도 장단에 있는 보현사로 행차를 하였다. 여기에서 무신에게 명하여 오병수박희五兵手搏戲(5명의 군사가 한 조가 되어 겨루는 권법 경기)를 하게 했는데, 경기에 참가했던 대장군 이소응李紹膺이 한 사람과 맞잡고 서로 치다가 이기지 못하고 달아나는 일이 벌어졌다. 이것을 본 문신 한뢰韓賴가 이소응의 뺨을 때려 뜰 아래로 떨어뜨리고, 임금과 문신들이 이를 보고 손뼉을 치면서 즐거워하니 더 이상 참지 못한 정중부 등이 거사를 하여 수많은 사람을 죽이고 정권을 탈취한 사건이 바로 '정중부의 무신란'이다.

정중부의 난에 대해 세간에서 말하기를, "김돈중金敦中은 정중부의 수염을 촛불로 태워 무신이 반란하려는 마음을 촉발시켰고, 한뢰는 이소응의 뺨을 때려 무신이 문신을 죽이는 살육을 일으키도록 하였으니, 소인이 나라를 망치고 집안을 낭패시킴이 이와 같다"고 했다. 김돈중은 『삼국사기』를 지은 김부식의 아들로, 1144년 실제로 정중부의 수염을 촛불로 태운 적이 있어 무신란 때 잡혀서 죽임을 당하였다.

정중부가 중심이 되어 일으킨 고려의 무신란은 문신이 대장군의 뺨을 때린 사건이 결정적인 계기였지만, 오래전부터 무신들 사이에 쌓여 온 불만이 폭발한 것으로 왕과 문신의 잘못이 없다고 할 수 없다. 그래서 그런지 이 난이 일어날 즈음에 이르러 항간에서는 다음과 같은 노래가 유행했다고 『증보문헌비고』에 기록되어 있다.

어느 곳이 그 보현찰인가   何處是普賢刹

여기에 가서 모두 다 죽네　　　　隨此盡同力殺

　노래로 불린 것을 한시 형태로 옮겨 적은 것인데, 이 「보현찰普賢刹」 노래는 무신들의 반란을 아주 정확하게 예측했다. 이 내용을 보면 정중부의 난은 오래전부터 준비돼 온 것이며, 수많은 사람들이 그 장소까지 알 정도로 공공연한 비밀이었음을 알 수 있다. 이 시기에 이르면 백성들 사이에서도 왕실과 문신들에 대한 불만이 높아질 대로 높아져 무신들의 반란 조짐을 어느 누구도 고하지 않았다는 것이다. 민심의 중요성과 역할을 알 수 있는 노래이다.

　이 작품에서 핵심이 되는 표현은 '보현찰'인데, 그것이 본래 지닌 의미와 사건의 성격이 대비되는 것이 흥미롭다. 보현보살普賢菩薩은 석가모니 부처를 도와 중생의 생명을 길게 하는 덕을 지닌 존재로서, 그런 보살을 모시는 사찰에서 많은 사람들이 수명대로 살지 못하고 죽임을 당했으니 아이러니가 아닐 수 없다. 정중부의 난으로 시작된 무신정권은 이후 100년 이상 권력을 오로지 하다가 몽고의 침입으로 붕괴되었다. 그로부터 다시 100여 년간 고려 왕실은 몽고의 원나라에 좌지우지되는데, 이제 고려 백성의 민심은 왕실에서 멀어질 대로 멀어져 있었다. 고려 제28대 왕인 충혜왕忠惠王 때 불린 「아야가阿也歌」는 이를 잘 보여 준다.

　아야 마고지나 이제 가면 언제 오리　阿也麻古之那 從今去何時來

　충혜왕은 본래 영특하고 슬기로웠으나 재능을 살리지 못하여 방탕하고 포악한 행동을 일삼다가 원나라의 미움을 사서 중국 산동성의 게양으로 귀양 가던 중 악양현에서 세상을 떠났다. 오랑캐의 압력으로 자신들의 왕이 귀양을 가는 지경에 이르렀어도 고려 백성들은 이를 슬퍼하거나 안타까워 하지 않고 오히려 즐거워했다고 역사 기록은 전하고 있으니, 이 작품은 민심이 얼마나 무서운지를 잘 보여 주는 노래라고 할 수 있다.

사람들이 이 노래의 뜻을 풀이하기를, '악양에서 고국을 잃어버린 어려움이여 이제 가면 언제 돌아올 것인가(岳陽亡故之難 今日去何時還)'라고 하였다. '악양'을 '아야'로 '망고지난亡故之難'을 '마고지나' 혹은 '말고지나'로 바꾸어 표현함으로써 수사적인 묘미를 살렸으니, 참요로서는 문학적 수준이 높다고 할 수 있다. 왕실을 비롯한 통치 계급에 대한 백성들의 원망은 그 후로도 계속되어, 공민왕 시대에도 왕의 어리석음을 예언한 노래들이 있어 눈길을 끈다.

문득 남쪽에 한 도적이 있어	忽有一南寇
와우봉으로 깊숙이 들어오네	深入臥牛峰
소가 크게 우니 용은 바다를 떠나	牛大吼 龍離海
얕은 물에서 맑은 물결 희롱하네	淺水弄淸波

이 두 노래는 고려 제31대 임금인 공민왕恭愍王(1330~1374)이 1361년(辛丑年)에 일어난 난을 피해 백성들을 버리고 남쪽으로 멀리까지 피난 간 일을 풍자한 것이다. 『고려사』와 『증보문헌비고』 등의 기록에 의하면, "신축년에 임금이 홍건적의 난을 피해 남쪽으로 안동까지 몽진하여 영호루映湖樓에서 뱃놀이를 하며 즐기면서 활쏘기를 하기도 하였는데, 그것을 보기 위해 모여든 사람들이 담을 이룰 정도였다. 이때 사람들이 말하기를, '예전에 그런 말을 들었는데, 지금에야 그것의 증험을 보았다'고 하였다"는 내용이 실

려 있다.

이 두 노래를 정확하게 이해하려면 '남구南寇'와 '와우봉臥牛峰', '용龍', '바다海', '천수淺水' 등이 무슨 뜻인지를 알아야 한다. '남쪽의 도적'이란 뜻의 '남구'는 음양오행설과 관련이 있다. 오행五行에서 남쪽은 붉은색을 의미하는데, 홍건적이 머리에 붉은 띠를 두르고 다니면서 약탈과 노략질을 하였기 때문에 고려를 침략한 이들을 이렇게 비유한 것이다. '소가 누워 있는 봉우리'란 뜻의 '와우봉'은 홍건적이 침략한 해가 바로 소의 해인 신축년이라는 뜻이다. 소는 원래 성품이 온순하고 부지런하여 큰 문제를 일으키지 않는데, 그런 소가 누워 있다고 했으니 어느 때보다 평온해야 할 소의 해에 난리가 났음을 표현한 것이다.

또, 문학에서 '용'은 고귀한 존재를 상징하는데 여기서는 임금을 나타낸다. '바다'는 용의 본거지를 말하는 것으로, 임금이 머물러야 할 궁궐을 가리킨다. 임금이 궁궐을 떠나 멀리 안동까지 온 것을 용이 바다를 떠났다고 한 것이다. '얕은 물'이란 뜻의 '천수'는 안동의 영호루 앞에 흐르는 낙동강을 가리킨다. 나라에는 난리가 났는데, 임금은 이런 곳에서 신하들을 데리고 뱃놀이와 활쏘기를 하고 있으니 백성들의 눈에 얼마나 한심해 보였을까. 이처럼 문화적인 배경이 담긴 단어들을 상징적으로 사용한 이 두 노래는 문학적으로 상당한 수준에 이른 참요라고 할 수 있다.

홍건적의 난은 원나라의 힘이 약화되었음과 그것을 대체할 새로운 세력이 나타났음을 보여 주는 증거가 되는데, 이들의 정신적 구심점이 되었던 백련교 세력을 등에 업은 주원장朱元璋이 원나라를 대신하여 새로운 나라를 세우니 바로 명明이었다. 이와 비슷한 시기에 고려에서는 동북 지방에서 일어난 무인이 등장하여 고려를 무너뜨리고 조선을 세우는 변화를 겪는다. 이때 민심은 이미 고려 왕실을 외면하고 새롭게 등장한 무인 이성계를 향했다. 다음 노래는 당시의 민심을 잘 보여 준다.

나무 아들이 나라를 얻네　　　　木子得國

서경성 밖에는 불빛이요　　　　西京城外火色

안주성 밖에는 연기일세　　　　安州城外煙光

그 사이 왕래하는 이원수여　　　往來其間李元帥

바라노니 백성을 구하소서　　　願言救濟黔蒼

『고려사』에 실린 이 노래는 이성계가 백성들의 어려움을 구하고 새로운 나라를 세울 것을 예언한 노래라는 설명이 붙어 있다. '나무 아들(목자木子)'을 두 개 합치면 '이李'가 되므로, 이씨 성을 가진 사람이 나라를 세울 것을 예언한 것이 된다. 불빛과 연기가 엉켜 있는 서경과 안주의 모습은 그만큼 어지러운 고려 말의 상황을 단적으로 보여 준다. 그리고 그 사이를 누비고 다니는 이성계야말로 자신들을 구원할 사람이다.

고려 말의 어지러운 상황을 노래하던 노래들은 조선조 들어서는 주로 정치적인 사건에 대한 민심을 표현하는 쪽으로 변화한다. 중종반정으로 왕의 자리에서 쫓겨나서 불우하게 생을 마감한 연산군과, 숙종의 빈嬪이었던 장희빈에 대한 노래가 대표적이다.

「사모요」·「미나리노래」_군주의 잘못을 노래로 풍자하다

성리학을 정치 이념으로 하는 유학자들과 무인인 이성계가 합작하여 세운 조선이 안정을 되찾기까지는 오랜 시간과 적지 않은 일들을 겪어야 했다.

건국 초기에 일어난 제1,2차 왕자의 난으로 정도전과 그 일파들이 숙청되었고, 단종과 세조 때에는 계유정란과 사육신 사건 등 골육상잔의 비극이 일어났다.

왕권 강화로 점차 안정을 찾아가는 것 같던 조선 사회는 성종 시대에 이르러 사림파의 등장으로 당쟁이라는 새로운 대립 구도가 형성되면서 깊은 수렁으로 빠져들었다. 성종의 큰아들 연산군(1476~1506)은 훈구파와 사림파가 극한적으로 대립하는 정치적 환경과, 어릴 때 사약을 받아 세상을 떠난 어머니 윤비尹妃의 폐비廢妃 및 사사賜死 사건으로 형성된 성격적 결함으로 재위 중 두 차례에 걸친 사화士禍를 일으켜 나라의 인재들을 죽였다. 그후에도 방탕한 생활과 난폭한 성격으로 훈구파와 사림파를 막론하고 조정 전체의 반감을 샀다. 연산군의 횡포가 날이 갈수록 심해지자 견디지 못한 조정 신료들이 모의를 하여 난을 일으켜, 임금을 폐하여 군君으로 강등시켜 강화도로 귀양 보내고 새 임금을 옹립하니 이것이 바로 '중종반정中宗反正'이다.

외딴 섬으로 귀양 간 연산군은 신분이 복원되지 않은 채 그곳에서 한 많은 삶을 마감했다. 그의 시신은 왕의 묘소인 릉陵으로 모셔지지 않고 일반 사대부의 무덤처럼 만들어졌다. 당시 이러한 연산군의 비극을 목도한 사람들이 「사모요詐謨謠」라는 노래를 지어 불렀는데, 김안로가 지은 『용천담적기龍泉談寂記』에 기록된 것이 『대동야승大東野乘』에 다음과 같은 내용으로 실려 전한다.

연산주가 강화도의 교동喬桐으로 유배를 갈 때에 시정市井에서 노래를 부르기를,

충성이 사모인가

거둥이 교동인가

홍청운평 어디 두고

가시밭 아래로 돌아가는가

노랫말을 살펴보면 연산군은 관료들이 머리에 쓰는 모자인 사모紗帽에 '충성'이란 두 글자를 붙이게 하였는데, 사모紗帽와 남을 속인다는 '사모詐謀'의 발음이 같다. 또한 방탕했던 연산군은 아무 곳이나 놀러가서 거리낌 없이 쏘다니는 것을 즐기고, 자신이 출입하는 모든 것을 '거둥'이라 하였는데, 그러한 거둥이 교동(강화도)으로 유배 가는 것이 되었다. 또한 전국의 모든 군현郡縣에 있는 기생 중에서 으뜸가는 미인을 뽑아 이원梨園에 올리고 이름을 '운평'이라 불렀으며, 임금의 사랑을 받은 사람은 특별하게 '홍청'이라고 하였다. 연산군이 죽어 교동에 안치할 때 가시덤불로 울타리를 둘렀다. '가시(荊棘)'란 말은 우리말에서 여성을 나타내는 각시와 발음이 비슷하며, '밑(底)'은 사람의 음기를 말한 것이다. 이러한 것들은 모두 세간에 떠도는 조롱과 해학의 말인데, 그 속에는 세상을 비웃고 풍자하는 뜻이 함축적으로 들어 있어서 한 시대의 일을 잘 보존하는 것은 물론 진실을 적나라하게 들추어내고 있음을 볼 수 있다. 이것이 바로 예로부터 민간에 나도는 노래를 수집하여 백성의 뜻을 살피는 것을 소홀히 할 수 없는 까닭이다.

한때는 임금이었던 사람에 대한 조롱과 풍자가 이 정도였으니, 당시 연산군이 얼마나 인심을 잃었는지를 짐작할 수 있다. 이 작품의 특징은 역사적으로 실재했던 일을 풍자적으로 노래하면서 소리의 유사성을 최대한 살리고, 화자의 뜻을 그 속에 충실히 담아 표현한 것이라고 할 수 있다. 강압을 이기지 못해 모자에 붙였던 '충성'은 결국 거짓이었으며, 자신을 신성한 존재로 받들도록 자신의 모든 행동을 '거둥'이라고 높여 부르게 한 것이 결국에는 교동이라는 황량한 마을을 지칭하는 것이었다고 하는 둘째 구절은 그런 점에서 절묘하다.

임금으로 있을 때는 어여쁜 각시들의 음기에서 놀았는데, 쫓겨난 뒤에는 가시덤불 아래에서 죽게 되었음을 노래한 마지막 두 구절에서는 '가시'와 '각시'가 지닌 소리의 유사성, '밑(底)'이란 말이 지닌 중의적 의미를 통해 연산군의 삶과 죽음을 절묘하게 연결시켰으니, 예술적 아름다움을 지닌 문학적 표현으로는 가히 일품이라 하지 않을 수 없다. 민간에서 불린 조선 시대의 노래에는 이처럼 강한 풍자성을 지닌 작품이 여럿 있는데, 숙종 때 인현왕후를 내쫓고 중전 자리에 앉은 희빈 장 씨의 멸망을 바라고 예언한 노래역시 상당한 문학성을 자랑한다.

장다리는 한철이나
미나리는 사철일세

아주 짧은 노래지만, 그 내용을 역사적인 사실과 연결시켜 보면 수준 높은 문학성을 느낄 수 있다. 조선 제19대 임금인 숙종肅宗(1661~1720)은 첫 왕비를 일찍 여의고 두 번째 비인 인현왕후仁顯王后를 맞이하지만, 희빈 장 씨를 총애하게 되면서 왕비를 폐하여 서인庶人으로 강등시키고 출궁시킨 후 장 씨를 중전의 자리에 올린다. 이렇게 되자 조정을 비롯하여 민심이 크게 동요했는데, 이 과정에서 서울을 중심으로 한 시정에서 불린 노래가 바로 이것이다.

두 구절로 이루어진 이 노래는 그 길이가 짧고 두 개의 사물 현상을 대비시켜 표현했다는 점에서 민요로서의 특징을 잘 담고 있다. 여기서 배추나 무의 꽃줄기를 가리키는 '장다리'는 '미나리'와 대비를 이루는데, 둘이 대비되는 지점은 '한철'과 '사철'이다. 무나 배추는 해를 넘겨서 사는 월년초越年草로서 씨앗을 받으려면 가을에 심어서 지푸라기로 덮어 두어야 한다. 그렇게 겨울을 나고 봄에 새순이 나면, 그 위로 꽃줄기인 장다리가 돋아나 자라고 장다리 꼭대기에 꽃이 핀다. 무는 엷은 보라색 꽃을 피우고 배추는 노란색 꽃이 피우는데, 여러 종류의 나비들이 꽃을 찾아서 날아드는 모양이 일품이다. 그러나 이 꽃은 열매를 맺기 때문에 금방 질 수밖에 없다. 희빈 장 씨를 장다리에 비유한 것은, 큰 욕심을 부려서 조정을 어지럽게 한 그녀에 대한 백성들의 미움이 컸기 때문일 것이다.

반면에 미나리는 소박한 하얀 꽃을 피우기는 해도, 잎과 줄기가 향기롭고 몸에 좋은 성분을 지니고 있어 사시사철 채소로 먹을 수 있다. 장다리는 겉모양이 화려하여 온갖 나비를 불러 모으지만 순간에 그칠 뿐이어서 오래지 않아 사라지지만, 향기롭고 맛있는 채소인 미나리는 1년 내내 사람들에게 사랑받는 존재이다.

이처럼 당시 백성들은 순간적인 아름다움을 뽐내는 장다리를 희빈 장 씨에, 겉모습은 소박해도 오랫동안 사랑받는 미나리를 인현왕후에 비유하여 장 씨의 영화와 권세가 오래가지 못하고 인현왕후가 다시 왕비로 복위할 것이라고 예언했다.

미래를 예언하는 노래 '참요'

'참요讖謠'란 앞날의 길흉에 대한 예언을 믿는 사상인 도참사상圖讖思想을 토대로 시대적 상황이나 정치적 징후 따위를 암시적으로 보여 주는 민요를 가리킨다. 옛날에는 '동요童謠'라고 하였다.

삼국시대부터 통일신라 시대까지의 참요로는 선화공주를 유혹하고자 「서동요」, 견훤의 아들이 왕건에게 패할 것이라고 노래한 「완산요完山謠」, 신라가 망하고 고려가 흥할 것이라고 노래한 「계림요鷄林謠」 등이 있다. 고려 시대의 노래로는 이 씨 성을 가진 사람이 왕이 된다는 「목자요木子謠」, 이성계가 왕이 될 것을 노래한 「이원수요李元帥謠」 같은 것들이 있다.

조선 시대에도 상당히 많은 수의 참요가 만들어졌는데, 초기에는 왕자의 난이 일어나서 남은과 정도전 등이 죽을 것을 예언한 「남산요南山謠」, 연산군의 유배를 풍자적으로 예언한 「사모요紗帽謠」, 숙종 때 희빈 장 씨의 몰락을 노래한 「미나리요」 등이 대표적이다.

14편으로 남은 신라인의 노래

서기 7세기는 오랫동안 4국四國으로 나누어져 대립하던 우리 민족이 역사적 전환점을 맞이한 시기다.(여기서 삼국시대라 하지 않고 '사국시대'라 함은 삼국으로 나누어져 있었던 시기보다 고구려 · 백제 · 가야 · 신라의 네 나라로 분립했던 시간이 더 길기 때문이다.) 그것은 6세기 후반에 있었던 신라의 가야 통합과 신라와 당나라의 연합군이 백제와 고구려를 멸망시킨 것으로, 특히 고구려와 백제의 패망은 동북아시아 전체의 세력 판도를 완전히 바꾸어 놓는 대사건이었다. 이때부터 우리 민족은 신라와 발해로 나누어지는 남북 분단 상황에서 이전 시대에서는 볼 수 없었던 새로운 질서의 민족국가를 만들어 나가게 된다.

고구려의 부흥을 기치로 내걸고 한반도 북쪽 지역과 고구려의 옛 영토인 만주 지역의 상당 부분을 석권한 발해는 '해동성국海東盛國'이라 불릴 정도로 강력한 제국으로 성장했고, 한반도 남쪽 지역에서는 백제의 옛 영토와 고구려의 일부 영토를 장악한 신라가 제국의 틀을 마련했다. 이 시기에 중국에서는 당나라가 강성한 나라로 부상하였으며, 백제 문화를 수용하여 성장한 일본 역시 불교를 바탕으로 찬란한 문화를 이룩했다. 하지만 발해는 오래가지 못하고 한순간에 역사 속으로 사라졌고, 그나마 남아 있는 자료도 거의 없는 상황이다. 반면 한반도의 주인이 된 신라는 사회의 모든 분야에서 최고의 전성기를 누렸을 뿐 아니라 비교적 풍부한 기록을 남겨 이에 대한 연구도 활발하다.

이처럼 남북국 시대에 우리 민족이 이룩한 찬란한 문화 중 절반은 사라졌지만, 한반도를 중심으로 한 신라의 문화가 고스란히 남아 있다는 것은 불행 중 다행이다. 특히 신라인들을 중심으로 성립한 민족문화인 향가는 '민족의 노래'라고 할 만큼 나라 전역에서 만들어지고 불렸기 때문에, 이에 대한 연구는 민족시가의 전통과 발달 과정을 살피는 데 핵심적인 구실을 한다. 남아 전하는 신라 때의 작품이 14편밖에 되지 않아 어려움이 많지만, 지금까지 향가에 대한 문학적·역사적 연구와 해석이 이루어져 그에 따른 성과가 조금씩 나타나고 있다.

그러나 아직도 향가 연구는 가야 할 길이 멀고도 험하다. 해독은 물론이고, 문학적 해석과 그것이 지닌 역사적 성격에 대한 연구에 이르기까지 완전하게 밝혀진 것은 없다고 해도 과언이 아니기 때문이다. 따라서 향가 연구는 지금부터 다시 시작해야 할 것으로 보인다. 해독에 대한 새로운 돌파구를 마련하는 일이 가장 시급하고, 향가가 발생한 시대적 배경과 문화적 현상도 더 심도 있게 규명되어야 한다. 조금 엉뚱한 제안 같지만, 향가 연구와 관련한 새로운 돌파구는 우리가 한 핏줄을 이어받은 단일민족이라는 생각을 버리는 순간에 열리지 않을까 생각한다.

고대국가인 신라와 가야의 경우 남방의 바다를 통해 타지인과 다른 나라의 문화가 유입되었을 가능성을 배제할 수 없고, 신라의 문화는 그것을 바탕으로 형성되었다고 보이기 때문이다. 게다가 일부 논자들의 견해처럼 초기의 신라와 가야가 해상왕국이었다면 그들의 주요 활동 무대는 땅이 아니라 바다였을 것이고, 그 바닷길이 어디까지 이어졌는지를 우선적으로 밝혀야 한다. 이 점이 규명되면 아직까지 그 뜻을 알 수 없는 고대의 언어와 문화에 대한 여러 기록들이 비로소 의미를 드러낼 것이다. 이는 민족의 남방도래설南方渡來說과 불교의 남방전래설南方傳來說과도 맞물리는 매우 복잡한 문제이기 때문에 여기서 자세히 논할 수 없지만, 신라의 성장과 민족 통합 및 향가의 발생이 일정하게 관련되어 있을 가능성이 크다는 점은 지적하고 넘어가야 한다.

신라가 고대국가 체제를 갖춘 것은 부족과 부족을 통합하여 민족공동체를 형성하고 영토를 확장하려고 시도하면서부터인데, 여기에 결정적인 구실을 한 것이 바로 불교와 화랑도였다. 불교를 통해서는 사회 구성원들의 세계관을 통일하여 힘을 모으고, 화랑도를 통해서는 국력 신장의 밑바탕인 인재를 발굴했다. 신라가 빠른 속도로 강성해질 수 있었던 것은 왕실을 중심으로 한 지배계급이 심혈을 기울인 민족 통합의 결과이며, 이 과정에서 향가라는 새로운 형식의 민족시가가 탄생했던 것이다.

4국의 백성을 하나로 묶어세우는 전략

기원전 1세기 무렵에 박혁거세朴赫居世를 왕으로 추대하여 국가의 모습을 갖춘 신라는, 제13대 왕인 미추왕을 지나 김 씨 세습이 완전히 이루어진 제

17대 내물왕이 재위한 4세기 후반에 이르러서야 고대국가 체제를 어느 정도 완성한 것으로 보이는데, 이것은 고구려나 백제에 비해서 상당히 늦은 것이었다. 국가의 출발 자체가 늦은 데다 수도인 경주가 한쪽에 치우쳐 있었던 신라는 다른 나라에 비해 중국을 비롯한 서쪽의 선진 문물을 받아들이는 데 한계가 있을 수밖에 없었다.

이러한 신라가 비약적으로 발전한 시기는 불교가 공인된 법흥왕 시기와 한강 유역에까지 진출하여 중국과 직접 소통의 시대를 연 진흥왕 시기, 곧 6세기다. 같은 시기에 북쪽의 고구려는 수·당을 상대로 한 거듭된 전쟁으로 나라의 힘이 약화되어 있었고, 백제 역시 신라와의 계속된 전쟁과 국정의 실패로 국력이 쇠약해져 있었다. 반면 고구려와의 전쟁으로 멸망한 수나라에 이어 대륙의 주인으로 등장한 당나라는 자신들에게 관심과 애정을 보이는 신라를 끌어들여 이이제이以夷制夷 전략을 구사하고, 결국에는 백제와 고구려를 멸망시키는데 이것은 외세에 의해 우리 민족의 역사가 새롭게 쓰인 첫 사건이다. 이 일로 인하여 신라는 고구려의 옛 영토를 대부분 잃어버리게 되니, 외세를 끌어들인 대가치고는 너무나 혹독한 것이었다. 신라에 의한 백제와 고구려의 통합은 통일이라고 할 수 없을 정도의 영토 확장에 그쳤고, 그 후로 우리 민족은 압록강 북쪽의 땅에 발을 들여놓지 못한다.

중국을 끌어들여 좁은 영토를 확장한 신라의 통합전쟁은 그러나 신라로서는 대단히 성공적인 전략이었다. 이로 인해 신라의 영토는 몇 배나 넓어졌고, 인구도 크게 증가하여 새로운 국가 체제로 변신할 토대가 마련되었다. 영토 확장과 인구 증가에 따른 토지와 신분의 재분배와 광활한 영역을 지배하는 데 필요한 효율적이고 강력한 제도 및 조직의 정비, 문화적 동질성 확보에 필요한 정신세계의 통일 등이 절실하게 요구되었다.

역사적으로 보면 북쪽의 만주와 요동 일대에서부터 한반도에 이르는 광범위한 영역에 걸쳐 활동해 온 우리 민족은 기원을 전후하여 네 나라로 통합되기 전까지 상당히 오랜 기간 동안 부족국가 형태를 유지하며 독자적인 문화를 꾸려 왔다. 네 나라로 통합된 후에도 수백 년 넘게 서로 다른 제도와 문화를 형성하며 살아왔기 때문에 7세기 후반에 신라가 전국을 통일했다고 해서 갑작스레 통일국가가 만들어질 리 없었다. 신라의 민족 재통합이 성공하려면 사회적으로 여러 장치들이 필요했다. 특히 토지와 신분의 재분배, 제도와 조직의 재정비, 정신세계의 통일 등은 민족 통합에 절대적인 일들이었다.

이는 고구려를 계승한 발해도 마찬가지였는데, 발해가 북방의 여러 민족을 흡수하여 강대국으로서 전성기를 누린 것도 다른 민족들의 이질적인 요소들을 통합하여 조화를 이루는 일에 성공했기에 가능한 일이었다. 중국 역사상 최고의 전성기를 이룩한 당나라도 변방의 이민족들을 융화시키는 데 성공하여 문화적 융성기를 구가할 수 있었으며, 바다 건너 일본도 아스카 시대(538~710)를 맞이하여 문화적 전성기를 누릴 수 있는 제국을 건설했다. 이처럼 동북아시아 네 나라가 누린 문화적 전성기는 흩어져 있다가 하나로 뭉쳐진 국가적 차원의 민족 통합을 통해 성립할 수 있었다.

신라 역시 이러한 시대적 요구에 부응하여 사회 전반에 걸쳐서 민족 통합을 강력하게 추진한다. 이 과정에서 가장 주안점을 둔 부분은 국가 경영의 효율성을 높이는 제도적 통합과 다른 문화권 출신의 백성들을 하나로 묶는 문화적 통합이었다. 특히 신라는 안정된 고대국가 체제를 확보하고자 나라 내부의 부족을 통합하여 하나의 민족으로 만드는 일에 착수했다.

신라의 모태가 된 지금의 경상도 지역은 대륙에서 가장 멀리 떨어진 변방이었기 때문에 신라는 네 나라 중에서 가장 늦게 고대국가를 출범시키게 되었다. 기원전 1세기 무렵에 6촌장들이 합의하여 박혁거세를 왕으로 추대하여 국가의 형태를 갖추기는 했으나, 그것은 부족연맹체적 성격을 띠었기 때문에 진정한 의미의 왕국이라고 하기 어려웠다. 그러다가 곧바로 바다를 건너온 새로운 세력인 탈해脫解에게 왕위를 넘겨주었다가 되찾고 다시 넘겨주기를 반복하며 4세기 초반까지는 부족연맹체의 성격을 벗어나지 못하였다. 4세기 후반에 새로운 지배 세력으로 등장한 내물왕이 강력한 왕권을 확립하고, 김 씨의 세습과 왕위의 부자상속제를 확고히 하면서 6세기가 되어서야 비로소 강력한 왕권국가로 거듭나게 되었다. 고구려·백제와 견주어 비교할 수 없을 정도로 미약했던 신라가 법흥왕 때에 이르러 비로소 민족국가의 형태를 완전하게 갖추게 된 것이다.

법흥왕 대에 이르러서는 어느 정도 안정된 왕권을 구축하기는 했지만, 모든 부족과 성읍이 왕의 명령에 따라 일사분란하게 움직일 정도로 절대적인 권력 체계를 구축하지는 못했던 것 같다. 불교의 공인 과정은 이를 잘 보여 준다. 현전하는 기록으로 볼 때 신라에 불교가 전래된 것은 4세기 초반이지만, 그 뒤로 별다른 진전이 없었다. 그러다가 법흥왕이 불교 이념을 지배 체제 구축을 위한 정신적 지주로 삼아 왕법王法과 불법佛法을 동일시하여 강력한 왕권을 확립하고자 재위 7년인 서기 520년에 율령을 반포하기에 이른다. 그러나 율령의 반포에도 불구하고 배불排佛 세력의 저항에 부딪혀 몇 년간 불교를 공인하지 못했다. 527년 이차돈異次頓의 순교가 있고 나서야 비로소 불교의 공인을 공식적으로 선포할 수 있었다. 불교의 공인과 제도의 정비를 통한 강력한 왕권국가 수립을 꿈꾼 법흥왕은 흥륜사興輪寺를 지었고, 나중에는 나이 어린 아우에게 왕위를 물려주고 스스로 승려가 되었다. 이때 왕위를 물려받은 사람이 바로 진흥왕眞興王이다.

신라의 건국에서부터 법흥왕에 이르는 일련의 역사적 과정을 보면 부락공동체에서 부족연맹체를 거쳐 절대왕권의 고대국가에 이르는 길이 얼마나 멀고 힘들었는지를 알 수 있다. 중앙정부에서는 박朴·석昔·김金으로 대표되는 핵심 세력들 간의 권력 다툼이 오랫동안 이어졌으며, 각 지방에서는 토착 세력이라고 할 수 있는 부족 세력들이 성읍城邑을 형성하여 독자적인 체제를 구축했다. 이 와중에 신라는 외래 종교인 불교의 위력을 빌려서 겨우 민족국가의 틀을 다질 수 있었다.

불교는 토착종교를 중심으로 뭉쳐 있던 부족연맹체를 민족공동체로 묶어세우는 강력한 무기가 되었다. 불교가 이처럼 강력한 힘을 가질 수 있었던 것은, 오랜 세월에 걸쳐 체계적으로 다듬어진 논리성과 우주의 모든 존재를 아우를 수 있는 힘을 지녔다고 믿어진 부처의 법력 덕분이었다. 이런 이유로 당시 아시아의 모든 나라에서 불교를 공인하고 이를 바탕으로 왕권의 강화를 꾀했던 것이고, 많이 늦기는 했지만 신라 역시 이 틀 안에서 고대국가 체제를 완성할 수 있었다. 특히 불교가 가진 논리적 체계성은 토착종교가 숭배했던 모든 신들을 그 안으로 끌어들이기에 충분했다. 그리하여 그동안 부족 중심의 성읍을 지탱하며 부족장에게 힘을 실어 주었던 구성원들이 하나하나 불법의 위력 앞에 무릎을 꿇었고, 지지 기반을 잃어버린 부족장들은 신라 왕실 아래로 들어갔다.

토착종교와 불교의 습합褶合, 중앙정부와 지방 세력 간의 상하 관계 결합 등은 부족연맹체에 머물렀던 신라가 강력한 힘을 가지는 결정적인 계기가 되었다. 부족의 흡수 통합으로 형성된 민족적 왕권국가의 힘이 얼마나 위력적이었는지는 진흥왕 대에 일어난 역사적 사건들이 잘 말해 준다. 고구려나 백제에 비해 신라의 힘이 미약하다고 판단한 진흥왕은 우선 백제와 연합하여 고구려를 몰아내고 한강 유역을 점령한 다음, 백제와의 동맹 관계를 깨고 기습 공격을 감행하여 한강 유역을 확보한다. 이로써 신라는 중국과 직접 교통할 수 있는 터전을 마련했다. 신라의 배신행위에 흥분한 백제의 성왕은 대가야와 연합해서 신라를 공격하지만 오히려 역습을 당해 왕이 죽임을 당하고 백제군 또한 거의 섬멸되기에 이르렀고, 진흥왕은 이때를 놓치지 않고 가야까지 통합하여 사국시대의 신라 역사상 가장 넓은 영토를 확보했다. 진흥왕은 불교를 숭상하여 사찰 건립에 대한 지원을 아끼지 않은 것은 물론, 중국에서 선진 불교를 받아들여 교리적인 발전을 도모하고, 팔관연회八關筵會를 열어 전사한 병사들의 영혼을 위로함으로써 불교에 호국불교護國佛敎의 성격을 가미하였다. 이는 신라를 더욱 든든한 반석 위에 올려놓았다.

진흥왕의 업적 가운데 빼놓을 수 없는 것이 화랑도의 창설인데, 심신을 수련하여 나라와 민족을 위해서라면 목숨도 초개같이 버리는 정신을 청년들에게 심어 백제와 고구려 정벌의 토대를 마련했다. 진흥왕이 이룩한 민족공동체는 그로부터 약 100년 뒤인 7세기 후반에 이르러 백제와 고구려를 멸망시키는 강력한 힘으로 나타났으니, 비록 한반도의 일부를 통합하는 것에 그치기는 했지만 신라의 비약적인 발전은 모두 법흥왕과 진흥왕 대에 이루어진 불교와 화랑을 중심으로 한 부족의 흡수 통합으로 얻어진 강력한 민족공동체의 위력 덕분이었다고 할 수 있다. 신라는 7세기에 고구려와 백제를 멸망시켜 얻은 광활한 영토와 백성을 다스리고자 국가적 개혁 작업을 계속 벌인다.

신라의 민족 통합은 두 방향에서 이루어졌는데, 하나는 넓어진 영토를 효과적으로 다스리기 위한 제도적 통합이었고, 다른 하나는 오랜 시간 동안 독자적인 나라를 형성하여 살아온 사람들을 하나의 민족으로 묶어세우는 문화적 통합이었다. 제도적 통합은 광활한 영토와 다양한 민족을 오랫동안 다스리면서 선진화된 당의 제도를 수용하는 방향으로 진행되었고, 문화적 통합은 불교적 세계관을 중심으로 정신적인 통일을 기하는 방향으로 진행되었다. 한강 유역을 확보한 뒤부터 신라는 당의 제도와 문물을 더욱 적극적으로 받아들이면서 본격적인 정복전쟁에 돌입했다. 그리고 무열왕武烈王과 문무왕文武王 대에 걸친 수십 년간의 전쟁으로 마침내 백제와 고구려를 멸망시키고, 한반도 지배 야욕을 드러낸 당나라까지 몰아낸 신라는 무열왕 김춘추의 자손들로 왕위를 계승하면서 왕권을 더욱 강화하여 명실상부한 전제 왕권의 시대를 열었다. 왕권의 강화는 중앙 귀족의 몰락을 가져왔고, 반대로 지방 세력과 연계되면서 새로운 민족국가를 여는 획기적인 제도 정비에 들어가게 된다.

동남쪽으로 치우친 수도의 결점을 보완하고 넓어진 영토를 효과적으로 통치하기 위해 전국을 9주九州로 나누고, 다섯 개의 소경小京을 설치하였으며, 그 아래는 주州를 설치하고 주 밑에는 군郡과 현縣을 두는 한편, 지방관을 중앙에서 파견하는 제도를 두어 중앙정부의 기능을 강화해 나갔다. 이 시기에 화백和白회의의 기능이 약화되면서 시중侍中을 중심으로 한 집사부가 권력의 핵심으로 부상하는데, 이것은 왕을 중심으로 하는 중앙집권제가 형성된다는 의미였다. 이러한 왕권 강화는 귀족 세력의 몰락을 초래하는데, 토지제도에서도 녹읍祿邑을 폐지하고 관료전官僚田을 지급하는 것으로 바꾸어 모든 권력을 왕실에 집중시켰다. 이러한 왕권 강화는 전제군주국가의 전형적인 모습으로 사회 구성원들을 강력하게 묶는 틀로 작용하였으니, 궁극적으로는 민족의 통합을 앞당기고 더욱 공고히 하는 촉매제가 되었다.

민족 통합을 위한 제도의 정비는 강제성을 띠었기 때문에 누구나 복종할 수밖에 없었지만, 이것만으로 오랫동안 독자적인 문화와 국가 단위로 나뉘어져 있었던 구성원들에게 하나의 민족이라는 의식을 심어 주기에는 한계가 있었다. 그러므로 완전한 민족 통합을 위해서는 인간의 의식을 지배하는 문화를 하나로 묶는 것이 절대적으로 필요했는데, 신라의 통치자들이 활용한 것이 바로 불교와 노래였다.

우주 만물의 근본이 된다는 부처를 중심으로 하는 실천적이고 현실적인 불교적 세계관은, 왕보다 훨씬 높은 위치에 있는 존재를 모시기 때문에 그 안에 모든 것을 포용할 수 있었다. 그래서 당시 신라 왕실은 통제가 어려운 호족이나 성읍의 세력들을 불교의 이념 아래 하나로 묶는 작업을 추진했고, 그 결과물이 불교의 공인이었다. 물론 그 과정에서 토착 세력의 거센 반발이 있었지만, 일단 국교로 인정되자 불교는 불길처럼 퍼져 나가면서 신라의 중심 신앙으로 자리 잡았고, 6세기 중반부터는 호국불교를 표방하면서 민족적 동질성을 불교의 이념 아래 확보하려는 시도가 더욱 강해졌다. 백제와 고구려가 멸망한 뒤인 7세기 후반 이후로는 불교의 힘이 더욱 커져서 신라의 문화는 불교를 빼고서는 생각하기 어려울 정도가 되었다.

이러한 국가적 지원에 힘입어 남북국 시대에는 뛰어난 승려들이 대거 배출되어 신라의 불교를 한층 발전시켰다. 그러나 신라 왕실은 불교라는 하나의 종교에 만족하지 않고 백성들의 삶과 밀접하게 관련된 문화적 현상을 민족 통합에 활용했으니, 이것이 바로 새로운 노래문화를 탄생시킨 모태가 되었다.

노래의 발생은 노동과 밀접하게 관련됐기 때문에 신분의 구별이 확실해진 고대국가가 성립되어 가악歌樂이 출현하기 전까지는 사회의 모든 구성원이 함께 만들고 즐기는 민요로서의 성격이 강조되었다. 그러나 고대국가와 함께 생겨난 왕실을 중심으로 한 지배계급은 일반인들이 즐기는 노래와는 성격이 전혀 다른 가악을 성립시켰고, 이때부터 노래는 민요와 가악으로 나뉘어 발달했다. 네 나라 중 고대국가로서의 출발이 가장 늦었던 신라였기 때문에 가악의 발달 역시 가장 늦었을 것으로 보인다.

「도솔가」를 출발점으로 하는 신라의 가악은 국력의 성장과 함께 눈부신

발달을 거듭했는데, 6세기에 이르러서는 가야를 합병하고 그들이 가졌던 예술성 높은 가악을 흡수하면서 더욱 비약적으로 성장하였다. 신라 역사에서 가야의 병합이 갖는 의미는, 호족연맹의 차원을 넘어서 민족의 외연을 넓혀 나가는 첫발을 내디딤으로써 고구려·백제와 어깨를 나란히 할 수 있는 기반을 마련했다는 데 있다. 이때부터 신라와 백제, 신라와 고구려, 고구려와 백제는 치열한 영토 전쟁을 벌였고, 그 과정에서 신라의 가악은 폭을 넓혀서 호국과 애국정신을 기리는 내용으로 발전했다.

한편 민요는 역사의 전면으로 나서지 못한 채 명맥만 이어가고 있었다. 민족의 외연을 넓히는 정복전쟁이 계속되는 상황에서 나라의 모든 관심이 호국과 애국에 집중되었고, 이 정서는 주로 가악 형식으로만 표현되었기 때문이다. 그럼에도 불구하고 민요가 명맥을 유지했던 것은 불교의 전파에 힘입은 바 크다. 왕실의 지원을 받으며 성장한 신라 불교는 나라에서 바라는 호국정신을 함양하는 데 기여했지만, 불교계로서는 중생을 계도하여 불심을 심어 주는 본래의 기능이 무엇보다 중요했다. 그러므로 토착종교와 갈등 없이 결합하려면 백성들의 삶 속에서 자연적으로 만들어져서 불리는 '재래음악'이라고 할 수 있는 민간의 노래를 활용하는 것이 수월했다. 이런 현실적 요구에 따라 설화와 민요가 결합하여 '사찰연기설화寺刹緣起說話'(사찰이나 암자와 관련한 창사·폐사·중건, 또는 고승·보살·부처 등에 관한 이야기)로 재탄생되면서 폭넓은 향유층을 확보했고, 이를 통해 불교는 효과적인 전파 수단을 얻었다.

이처럼 민요는 불교와 결합함으로써 역사에 기록을 남길 수 있는 기회를 얻었고, 불교는 호국사상을 고취시킴으로써 가악의 향유층이라고 할 수 있는 지배계급과 긴밀한 관계를 유지할 수 있었으니, 문화적 동질성을 확보하여 민족 통합을 성사시키려 한 신라 왕실로서는 불교와 구비문학口碑文學

의 관계를 중시할 수밖에 없었다. 여기에 부응하여 등장한 것이 '국선지도國仙之徒'와 그들이 주도한 향가鄕歌였다. 민요와 가악을 아우르는 새로운 형태로 만들어진 향가는 신라의 민족 통합을 완성시키는 데 결정적인 구실을 하게 된다.

민요와 가악을 아우르는 '민족의 노래'

인간이 창조하고 향유하는 모든 문명과 문화는 생활 속에서 생기는 일정한 필요에 따라 만들어지고 전승되는데, 그중 노래는 노동 과정과 밀접한 관련이 있다. 노래는 노동 과정에서 신호음으로 기능할 수 있는 외침이나 기를 북돋우는 율동을 만드는 과정에서 발생했을 가능성이 가장 크다. 그러므로 노래의 역사는 노동의 역사와 맥을 같이한다고 볼 수 있으며, 노동의 역사가 인류의 역사와 맥을 같이한다고 볼 때 노래의 역사는 인류의 역사와 한 몸이라고 할 수 있다.

이러한 현상은 세계 어느 민족에게나 공통되게 나타나고, 대륙의 만주와 한반도를 중심으로 삶을 영위했던 우리 민족 역시 이러한 범주를 벗어나지 않는다. 그 정도가 아니라 오히려 다른 어떤 민족보다 노래를 즐겼다는 사실을 역사 기록이 증명한다. 노래는 부족국가 시대를 지나 절대왕권국가로 이행하며 커다란 변화를 겪게 되는데, 왕권국가가 성립하면서 구성원들이 지배계급과 피지배계급으로 나뉘어지자 생활 속에서 누구나 부를 수 있는 형태의 '요謠'에만 머물지 않고 일정한 악기 반주를 수반하여 전문가가 부르는 '가歌', 일정한 율조에 맞추어 악기의 연주로 진행되는 '곡曲' 등 다양한 형태의 소리문화가 만들어졌다.

노래문화가 더욱 발전된 형태로 나타난 것이 바로 신라의 민족 통합 과정에서 나타난 향가이다. 4세기를 지나 6세기에 이르러 안정된 고대국가 체제를 갖춘 신라는 불교를 통한 정신적 민족공동체가 어느 정도 형성되었다고 판단하자, 이제 그것을 하나로 묶어세우는 지도력에 관심을 돌렸다. 이 과정에서 생겨난 것이 바로 젊은 청년들의 수련집단인 화랑도花郎徒이다. 6세기 후반 진흥왕 재위 37년(576)에 시작된 '원화源花'는 오래지 않아 '화랑花郎'으로 그 명칭이 바뀌었고, 이후 화랑도는 신라를 이끄는 귀족 청년 집단의 주축으로 성장했다. 이들은 삼국의 경쟁에서 신라가 우위를 점하고 통일을 이룩하는 데에도 주도적으로 활약했다.

그러나 화랑제도에는 하나의 문제점이 있었다. 백성들을 이끄는 지도자로서의 성품과 자격을 갖추는 데는 성공했지만, 골품제骨品制로 태어날 때부터 신분이 분명하게 정해져 있는 상황에서 모든 백성들이 화랑의 뒤를 좇아 나라와 민족을 위해 헌신하기를 바라기는 어려웠기 때문이다. 신라의 통치자들은 귀족이 중심이 되어 운영되는 화랑제와 정신적 민족공동체 형성에 중심적 구실을 하는 불교를 매개시킬 필요성을 절감했고, 그 결과 만들어진 집단이 화랑의 무리에 속하면서 승려의 무리에도 속하는 국선지도였다.

국선지도는 화랑도와는 그 성격이 조금 달랐는데,『삼국사기』와「삼국유사」등을 보면 이들은 화랑의 지휘를 받는 낭도郎徒의 일부를 이루면서 미륵신앙을 숭상하는 승려이기도 했던 것 같다. 국교로 공인된 불교가 지배계층은 물론 피지배계층에까지 확산되는 상황에서, 국선지도 구성원은 사회 통합의 정신적 토대인 불교와 정치를 이끌어 간 귀족 집단인 화랑의 중간에서 지배층과 피지배층을 연결시키는 매개체 구실을 담당했다. 위로는 왕실에 닿아 있고, 아래로는 일반 백성에 닿아 있었던 이들의 역할은 어렵게만 느껴지는 나라의 일을 쉽게 풀어서 백성들에게 전하는 한편, 백성들의 뜻을 나라에 알리는 것이 주를 이루었다.

국선지도는 정통 화랑도도 아니고, 그렇다고 정통 승려도 아닌, 어디에도 얽매이지 않는 집단으로 기록되어 있는데, 그들의 활동에서 큰 비중을 차지한 것이 사설이 중시되는 노래의 창작이었을 가능성이 크다. 부락공동체나 부족연맹체, 그리고 고대국가의 초기 형태에서는 피지배계층의 요謠와 지배계층의 가歌와 곡曲이 분리된 채로 서로 소통되지 않았을 것으로 보이는데, 지배층과 피지배층을 매개하는 역할을 담당한 국선지도가 나서서 양쪽을 소통시키는 새로운 형태의 노래를 만들어 낸 것이다.

현전하는 기록으로 볼 때 융천사가 「혜성가」를 지은 시기는 진평왕 재위 16년인 594년인데, 융천사는 이 노래를 불러서 혜성을 없애고 네 화랑의 금강산 유람을 가능하게 했을 뿐 아니라, 흉조라 여겼던 혜성이 오히려 달을 도와 길을 쓸어 주는 별이라고 말함으로써 길조로 전환시켰으니 융천사라는 인물이 지닌 신통력과 그 노래가 지닌 주술적 힘이 얼마나 강했는지를 알 수 있다. 노래를 통해 하늘과 땅이 융화하고 지배계급과 피지배계급이 하나가 될 수 있다니, 신라 지배층으로서는 더할 나위가 없었을 것이다.

물론 향가가 나타나기 전에도 신라 사회에 노래가 없었던 것은 아니다. 가악의 시초로 기록된 유리왕 때의 「도솔가」와 「회소곡會蘇曲」이 있었고, 3세기 무렵에는 물계자勿稽子가 개인적으로 창작한 노래가 있었으며, 5세기 전반인 눌지왕 때에는 다른 나라에 볼모로 잡혀 간 왕자의 생환을 기뻐하며 왕이 지었다는 「우식곡憂息曲」이 있었다. 반면에 그 시기에 불린 백성들의 노래는 기록되지 못한 채 사라졌다. 그러므로 향가가 등장하기 전까지 불린 노래는 특정 계급에 한정되거나 통치적 차원에서 활용된, 민족의 정서를 대변하기에는 한계가 있는 노래들이었다.

각 계급의 필요에 충실히 복무하던 노래가 계급 간의 벽을 허물면서 소통하기 시작한 시기는 7세기 무렵으로, 국선지도는 피지배계급의 노래인 요謠와 지배계급의 가歌를 아우르는 노래로 향가를 만들었다. 현존하는 향가 가운데 비교적 빠른 시기에 지어진 「혜성가」와 관련된 기록을 보면, 융천사는 국선지도에 속하지만 화랑도에 가까운 인물로 보이고, 「혜성가」역시 화랑을 위한 내용이 주를 이루는 것으로 볼 때 이때까지는 향가가 아직 맹아적인 상태에 머물렀다고 볼 수 있다.

이를 근거로 향가의 발생 시기를 7세기 초에서 중반 사이로 잡는다. 물론 6세기 초반인 진평왕 때 백제에서 온 서동薯童이 불렀다는 「서동요」가 있으나, 노래의 성격상 민요일 가능성이 크고, 역사적 사실로 볼 때도 무왕과 진평왕 사이에 혼인이 성립했을 가능성도 희박하다. 7세기 초반에 불린 것으로 보이는 「풍요」역시 민요였을 가능성이 크므로 이러한 작품들을 향가로 보아 6세기 초반이나 6세기 말을 향가의 발생 시기로 잡기는 어렵다. 그러므로 이 시기에는 향가의 개념이 성립한 것이 아니라, 나라에서 공인한 불교가 세력을 넓히는 과정에서 민간의 노래인 민요와 결합한 상태였다고 보는 것이 타당하다. 즉, 6세기까지 부족연맹체 성격이었던 신라 사회가 불교라는 새로운 이념을 통해 탄탄한 국가 체제를 갖추어 나가는 과정에서 민요가 포교에 활용되는 정도였는데, 7세기 중반 들어 활발하게 진행된 정복전쟁으로 새로운 차원의 민족 통합이 더욱 절실해지자 향가가 본격적으로 발생한 것으로 보인다.

「혜성가」, 민족시가 형식의 탄생

6세기 말에 만들어지고 불린 것으로 보이는 「혜성가」는 향가 발생 초기에 나타난 사뇌가계 향가로서 특수한 구조를 지니고 있는 데다, 후대 민족시가의 형식에 크게 영향을 미쳐 문학사적으로 중요한 의미를 지닌다.

「혜성가」의 세 개 구조 단위, 첫째 구조 단위와 둘째 구조 단위가 동일한 형태로 마주 보면서 맞짝을 이루는 대구對句 표현 방식, 대구를 이루는 앞의 두 구조 단위로 형성된 추상이 뒤의 셋째 단위로 개괄되는 방식을 취하면서 마무리되는 형식적 특성은 신라 때 만들어지고 불린 향가뿐 아니라 후대의 시가인 속요, 경기체가, 시조 등의 표현 방식에도 그대로 이어지며 민족시가의 중요한 형식적 특징이 되었다. 이러한 형식적 특성이 「혜성가」 이전에는 어떤 작품에도 보이지 않는다.

앞 시대의 작품들이 모두 한자로 기록된 한시漢詩 형태를 지녔다는 점에서 형식적 특성을 올바르게 분석하기 어렵다는 한계가 있지만, 민족시가에서 가장 오랜 전통을 지니고 있으면서 가장 중요한 특징으로 지적할 수 있는 이와 같은 형식적 특성들이 「혜성가」를 기점으로 나타난다는 점은 부인할 수 없다. 즉, 「혜성가」는 피지배계층이 중심이 되어 만들고 부른 민요와 그것을 바탕으로 하여 형성된 민요계 향가의 전통 및 유리왕 때부터 있었다고 기록되어 있는 '차사사뇌격嗟辭詞腦格'의 전통을 하나로 아우르는 새로운 형식을 갖춘 사뇌가계 향가를 만들어 냄으로써 진정한 의미의 민족시가 형식을 탄생시킨 첫 작품이 되었다.

향가가 지배계층과 피지배계층의 문화를 아우르면서 소통하여 민족 통합을 효과적으로 이룩하는 수단이었음을 고려할 때, 「혜성가」가 민족시가의 형식적 출발점을 이루는 작품이 될 수밖에 없다는 점이 더욱 분명해진다. 즉, 그전까지의 향가는 내용적인 측면이나 형식적인 측면에서 민간의 노래인 민요의 범주를 크게 벗어나지 못하다가, 6세기 말 「혜성가」에 이르러 비로소 피지배층의 노래와 지배층의 가악을 아우르는 새로운 형태의 작품으로 탄생한 것이다. 더구나 「혜성가」는 사건의 중요한 해결 수단 방법으로 민간에서 가장 많이 활용한 주술력呪術力을 활용했다는 점에서 문화적 융화를 바탕으로 하는 민족 통합에 기여한 바가 컸다.

이처럼 「혜성가」는 시가에서 중요한 구실을 하는 형식적 특성에서 앞 시대의 것과는 다른 새로운 모습을 보인다는 점과 그것이 후대 민족시가에 미친 영향이 매우 크다는 점, 그리고 지배층과 피지배층의 문화적 융화를 가능하게 하는 힘을 지닌 주술력을 바탕으로 했다는 점에서 그 어떤 작품보다 우리 문학사에서 갖는 의미가 크다 하겠다.

22 우리 시가를 감상하는 법
한국 시가 율격의 본질

율격이란 무엇인가?

'율격律格'이란 주기적 반복을 바탕으로 하는 일정한 체계로 구조화된 소리 현상이 의미를 지닌 시어詩語와 결합하여 작품이 지닌 예술성을 창조하는 데 크게 기여하는 시가의 표현 방식이다. 율격은 형식의 한 부분이면서 내용과 결합하여 형태를 만들어 내는 핵심적인 요소이다. 율격은 작품 속에 실재하지만, 내용을 예술적으로 드러내는 형태 속에 표현 방식이라는 관념적인 실체로 녹아 있어서 그것 자체가 구체적이거나 감각적이지는 않다. 율격의 성격은 다만 형태를 매개로 창조되는 예술적 특성을 수용하여 그것을 적극적으로 느끼려는 시도를 통해서만 드러난다. 그러므로 율격은 실재하는 것이기는 해도 다분히 관념적이다.

이렇게 추상적인 까닭에 율격은 작품 안에서만 강제성을 띤다. 율격은 그것을 인정하고 따르고자 하는 사람에게만 강제성을 띨 뿐, 일상의 언어

생활에서는 아무런 힘도 발휘하지 못하므로 관습적 산물이라 할 수 있다. 이렇게 볼 때 율격을 다음의 네 가지 특성에 비추어 정리할 수 있다.

첫째, 시가는 동일한 성격을 지니는 소리가 일정한 주기로 반복되는 현상을 지니는 문학 양식이기 때문에 주기적으로 반복되는 소리 현상을 가장 중요한 본질적 성격으로 지적할 수 있다. 둘째, 시가를 시가답게 해 주는 핵심적인 성질인 주기적으로 반복되는 소리 현상은 하나의 작품 안에서 일정한 법칙을 가져야 하는데, 그렇게 하지 않으면 시가로 인정받을 수 없다. 이러한 법칙에 따라 소리가 유기적으로 결합한 것을 '율격'이라고 하므로, 율격은 소리가 구조화한 존재로 정의할 수 있다. 셋째, 관념적인 성격을 갖는 율격은 일반적인 방법으로는 감각화하여 느낄 수 없으므로 주기적으로 반복되는 순환성을 지녀야 한다. 넷째, 시가가 지닌 예술적 아름다움을 올바르게 감상하려면 그것이 지닌 규칙에 복종해야 하지만 그렇게 하지 않는다 해도 아무런 문제가 없으므로 율격은 강제성을 띠지 않는 자율적 규범성을 갖게 된다.

이러한 성질을 지닌 율격을 바탕으로 하는 한국 시가를 올바르게 이해하고 감상하려면 우리 시가가 가지고 있는 율격적 본질이 무엇인지를 알아야 한다. 우리 시가는 한국어를 표현 수단으로 하기 때문에, 율격의 본질적 성격 역시 우리말과 글이 지닌 본질적 특성에서 출발한다.

한국어의 형태적 특성

우리말을 언어학적으로 깊이 고찰하자면 매우 복잡한 분석이 필요하겠지만, 여기서는 한국 시가 율격의 본질적 성격을 파악하는 데 필요한 기본적인 사항만을 살펴보자. 실질적인 의미를 지닌 단어 또는 어간에 문법적인 기능을 가진 요소가 차례로 결합하여 각각의 문법적인 역할이나 관계의 차이를 나타내는 '교착어膠着語'인 한국어는 명사를 중심으로 하는 실사實詞와 조사助詞, 어간語幹과 어미語尾의 결합을 일정한 단위로 하여 하나의 완성된 표현을 이루고, 어미를 활용한다는 점이 가장 중요한 특징이다.

문장에서 다른 단어에 대한 관계를 표시하는 격格을 명사나 대명사 등의 어미 변화로 표시하는 격변화를 하지 않으면서 문법적인 성gender이 없는 명사는, 다양한 형태의 조사를 취하면서 여러 종류의 표현을 만들어 내는 성질이 있다. 또한 문장 속에서 복잡하게 활용되며, 문장 속에서 술어가 되는 형용사와 동사는 어간에 결합하는 어미語尾가 놀라울 정도로 많고 그것이 중요한 문법적 기능을 담당한다. 술어에서 쓰이는 어미는 시제를 결정할 뿐만 아니라 문장의 성분을 결정하기도 하는데, 존대법도 거의 어미로 결정된다. 어미는 그 외에도 문장 속에서 더 많은 기능을 하는데, 영어의 접속어에 해당하는 것이나 관계대명사 등을 모두 어미 하나로 나타내기도 한다. 뿐만 아니라 한국어에서 미묘한 느낌의 차이를 주는 거의 모든 표현이 어미로 결정된다고 해도 과언이 아니다.

명사와 조사, 어간과 어미의 결합과 활용을 기초로 표현과 문장이 구성된다는 것은 한국어의 기본적인 성격이 여기에 근거해 결정된다는 뜻이다. 이 점은 우리 민족이 오래전부터 만들고 즐겨 온 시가에 쓰이는 표현이나 문장에도 그대로 적용되고, 율격도 예외가 아니다. 시간예술의 한 종류인 시가가 새로운 형태의 표현과 문장 구성법으로 창조적인 의미와 예술적 아름다움을 만들어 낸다고 하더라도 한국어라는 범주를 벗어날 수는 없기 때문이다.

시가에 쓰이는 표현과 문장이 한국어의 범주를 벗어날 수 없다는 것은 그것의 형태를 결정짓는 형식적 특성도 한국어의 범주를 벗어날 수 없다는 뜻이며, 나아가 형식의 핵심을 이루는 율격의 본질적 성격 역시 한국어의 범주를 벗어날 수 없음을 뜻한다. 바꾸어 말하면, 한국 시가의 율격적 본질에 대한 접근은 표현과 문장 구성에서 핵심적인 구실을 하는 명사와 조사, 어간과 어미의 결합 방식을 기반으로 해야 한다는 것이다. 그렇게 해야만 비로소 우리 시가의 율격적 본질을 올바르게 파악할 수 있고, 나아가 우리 시가의 형식에 대한 이론을 세울 수 있다.

한국 시가 율격의 구성 요소

한국어는 명사와 조사, 어간과 어미가 결합하는 방식을 취하면서 어미의 활용으로 중요한 의미를 전달하는 언어이다. 그러므로 한국 시가의 율격적 본질 역시 이러한 특성에서 출발한다. 다음 작품은 이를 잘 보여 준다.

살어리 살어리 랏다
청산애 살어리 랏다
멀위랑 드래랑 먹고
청산애 살어리 랏다

_「청산별곡」

가시리 가시리 잇고
브리고 가시리 잇고
날러는 엇디 살라 ᄒ고
브리고 가시리 잇고

_「가시리」

청산리 벽계수야 수이감을 자랑마라

일도 창해ᄒᆞ면 다시오기 어려오니

명월이 만공산ᄒᆞ니 쉬여간들 엇더리

_황진이 시조

엇던 디날손이 성산에 머믈며서

서하당 식영뎡 쥬인아 내말듯소

인간 세상에 됴흔일 하건마는

어찌 한강산을 가디록 나이녀겨

적막 산즁에 들고아니 나시ᄂᆞ고

_「성산별곡」

예로 든 작품들은 속요, 시조, 가사 등으로, 의미상으로나 호흡의 휴지상休止上 인용한 대로 끊는 것이 가장 타당하다. 이 작품들에서 쓰인 모든 표현은 하나같이 명사와 조사, 어간과 어미가 결합하면서 활용하는 구조로 되어 있다. 이것을 바탕으로 율독律讀의 방식이 결정되기 때문에, 여기에서 만들어지는 소리의 율동을 기반으로 율격이 형성된다. 따라서 소리가 구조화하면서 만들어지는 율격적 본질이 바로 여기에 있다.

즉, 명사와 어간에 해당하는 부분과 조사와 어미에 해당하는 두 개의 구조화한 단위가 각각 독자적으로 활동하면서 앞의 것은 고정된 형태를 취하고, 뒤의 것은 고정되지 않으면서 언제나 변화할 수 있는 형태를 취하는 방식으로 구성된다는 것이다. 뒤의 단위에 해당하는 조사는 생략되기도 하는데, 이것은 소리가 점유하는 시간으로 일정한 공간을 형성하고, 그 자리에 다양한 종류의 표현들이 들어갈 수 있는 여지를 만들어 내는 구실을 한다. 이는 율독 과정에서 길게 소리 나는 장음으로 실현되는 양상을 보인다. 어간과 어미의 결합 방식으로 이루어지는 표현에서는 어미의 활용으로 율독 방식이 정해질 수밖에 없으므로, 이때에도 뒤의 단위가 중요한 구실을 한다.

이처럼 우리 시가를 이루는 모든 표현이 앞의 단위와 뒤의 단위가 결합하는 방식으로 되어 있는 데다 그것이 율격을 이루는 중요한 기능이 있는 만큼 각 단위의 명칭과 또 '단위+단위'의 명칭도 정해 주어야 한다. 격변화를 하지 않는 앞의 단위는 고정되어 있는 것이 일반적인데, 이는 이 단위가 그만큼 안정되고 변화하지 않는 성격을 지녔다고 볼 수 있다. 고정된 상태가 소리로 실현되면 이는 가장 기본적인 시간을 점유하는 단위로 볼 수 있으므로, 가장 기본을 이루는 소리를 '평성平聲'으로 명명한 전통을 따라 '평平'이라 하는 것이 무난할 것이다.

문제는 변화하는 것을 기본적인 성격으로 하는 뒤의 단위에 대한 명칭을 어떻게 붙이느냐이다. 이것이 실현되는 양상을 보면 첫째, 조사나 어미를 활용한 상태로 실현되는 경우, 둘째, 조사가 생략되는 경우로 대별할 수 있다. 조사가 정상적으로 붙어 있거나 어미가 활용된 상태로 실현된 경우에는 앞의 단위와 마찬가지의 시간을 점유하는 것이 되기 때문에 앞의 것과 동일한 성질을 갖는다고 보아 '평'으로 명명해도 무방할 것이다. 그런데 조사나 어미가 생략되어 앞의 소리가 길어지면서 장음長音으로 실현되는 양상을 보이는 경우가 문제이다.

예를 들어 황진이의 시조에서 "청산리 벽계수야 수이감을 자랑마라"에서 '청산리'의 뒤에는 '에, 의'와 같은 조사가 생략되었음을 알 수 있는데, 율독을 하면 '리'가 장음으로 실현된다. 나머지 표현들은 다른 것이 들어갈 수 있는 여지가 전혀 없기 때문에 장음으로 실현되지 않는다. 따라서 이 경우는 생략되지 않은 것에 대해서는 '평'이라는 명칭을 그대로 사용하고, 장음으로 실현되는 경우는 '장長'으로 이름 붙이는 것이 타당하다.

이렇게 명칭을 붙여 놓고 보면 한국 시가의 모든 표현은 평과 평, 평과 장이 결합하는 단위 구조를 이루고 있으며, 두 단위의 배열 순서에 따른 시간의 장단으로 율격이 형성된다는 사실을 알 수 있다. 이것이 바로 『균여전均如傳』(1075년 혁련정赫連挺이 지은 승려 균여의 전기로, 원제는 '대화엄귀법사주원통수좌균여전大華嚴歸法寺主圓通首座均如傳'이다. 『균여전』은 서序와 본문 10장, 후서後序로 구성되어 있는데, 제8장 「역가현덕분譯歌現德分」에 향가를 한시로 번역한 최행귀崔行歸의 한역시와 장편 서문이 있다. 이 서문에서 균여의 향가가 씌어진 배경과 시가, 사뇌가인 삼구육명三句六名에 대한 최초의 언급이 있다.)에서 최행귀가 말하는 "향가는 우리말로 배열한다(歌排鄕語)"가 되고, '평'과 '장'을 각각 '명名'이라는 구조화한 단위로 이름 붙일 수 있게 된다. 이로써 '명'이 결합하여 완성되는 표현을 '구句'라고 할 때 우리 시가의 본질적 율격 단위를 '일구이명一句二名'으로 구조화할 수 있게 된다.

최행귀는 '명'과 '구'를 향가의 형식적 특성을 이루는 핵심적 구성 요소로 규정하고 이를 언급한 최초의 사람이다. 고려 중기의 문인이었던 최행귀는 작품을 논평하는 부분에서 향가의 형식적 특성으로 '삼구육명三句六名'을 언급했다. 『균여전』에 실려 있는 내용을 보자.

시는 중국말로 얽어 짜서 오언칠자로 쪼고 갈며, 향가는 우리말로 배열하여 삼구육명으로 자르고 다듬는다. 소리에 대해서 논의한다면 그 거리가 동쪽의 별과 서쪽의 별과 같아서 구별하기가 매우 쉽고, 서로 마주보는 반대되는 것으로 말한다면 창과 방패가 서로의 강약을 구분하기가 어려운 것과 같다.

이는 향가의 형식을 논한 유일한 언급으로, 그동안 우리 국문학계에서는 이 '삼구육명'의 의미를 다각적으로 풀어 보려고 했다. 그러나 아직까지 뚜렷한 정설로 인정받는 학설은 나오지 않았다. '삼구육명'에 대한 기존 견해들은 크게 두 부류로 나눌 수 있다. 하나는 행을 이루는 율격의 단위로 생각하는 것이고, 다른 하나는 한 편의 작품이 지니고 있는 구조의 단위로 파악하는 것이다.

율격의 단위로 파악하는 경우에는 '구'와 '명'을 동일한 것으로 취급하여 '언言'이나 '자字'와 같은 것으로 본다. 이 견해에 의하면, '구' '명' '언' 자는 완전히 일치하는 것으로 글자만 달리해서 나타낸 정도가 된다. 여기에는 '오언칠자五言七字'에 대한 해석과 완전히 동일한 방식으로 '삼구육명'도 해석해야 한다는 전제가 깔려 있다. 그러나 '삼구육명'을 '오언칠자'와 같은 방식으로 해석하는 것이 과연 올바른지, '구'와 '명'을 같은 것으로 보는 것이 타당한지 등은 재고해 보아야 한다.

'삼구육명'을 향가의 구조적 단위로 보는 견해는 3구를 3개의 구조 단위를 지칭하는 것으로, 6명을 구조 단위를 이루는 하위 단락으로 보는 것이다. 구조 단위로 보는 견해에서는 '구句'를 상위 구조로 보고, '명名'을 그것에 부속된 하위 구조로 보는 데 의견이 일치한다. 특히 '구'는 장章, 연聯과 관련지어서 해석하고, '명'은 자字와 같은 것으로 본다는 점이 눈에 띄는데, 이러한 추정이 어디에 근거를 두는지에 대해서는 좀 더 세심한 고찰이 필요하다. '삼구육명'의 해석은 '구'와 '명'의 본래 의미를 상세히 고찰한 연후에, 우리말의 특성을 기본으로 하여 다시 재고해야 한다. 여기서 전제가 되는 점은 '삼구육명'은 우리의 시가인 향가에 대한 것이고, 소리를 위치에 따라 배열한 것(排)이란 점이다. 이는 『균여전』에서 분명하게 밝히고 있다. 먼저 '명' 개념을 살펴보자.

한자에서 '명名'은 사람의 이름, 사물의 이름, 호號, 명목名目, 문자文字, 공명功名, 형성形成 등으로 다양하게 쓰인다. 이 중에서 주목해야 할 것이 '형성'이다. 형성은 발전 과정을 거쳐서 변화함으로써 모종의 사물이나 상황을 이루는 것을 가리키는데, 이것을 다른 표현으로 '성成'이라고 한다. 이루어진다는 뜻을 가진 '성'은 일정한 구성 요소가 결합하여 다른 성질을 갖는 무엇이 되는 것으로, 구조나 형태의 변화가 수반되는 것이 특징이다. 그러므로 '성'은 어떤 사물 현상이 변화하여 성질이 다른 무엇으로 안정된 상태가 되어 나름대로의 구실이나 의미를 갖는 것이 된다. 이처럼 '형성'은 일정한 형태를 지닌 사물 현상으로 이루어지는 것을 가리키므로, '명' 또한 경계를 지닌 형태를 가지고 있으면서(疆) 독자적이고 독립적인 성질(性)을 지닌 온전한 사물 현상의 한 단위를 가리키게 된다. 즉, 하나의 사물 현상에서 경계를 분명하게 설정함으로써 독립적인 성질을 가질 수 있도록 하는 단위가 바로 '명'이다.

언어에서는 의미를 형성할 수 있게 하는 경계의 단위가 매우 중요한데, '음절(字)'을 가장 작은 단위로 볼 때, '구句'는 의미 단락의 경계를 설정한 단위가 되고, 장章은 화자가 표현하려는 뜻을 나타내는 큰 단위의 경계를 설정하는 단위가 되고, 책의 내용을 일정한 단락으로 크게 나눈 '편篇'은 화자가 표현하려는 것을 완전하게 밝혀서 끝을 맺는 단위로 생각할 수 있다.

그렇다면 언어에서 '명'을 사용할 때 과연 어떤 단위로 규정해야 하는지가 문제가 될 수 있는데, 하나의 음절을 지칭하는 '자字'와 같은 단위로 보기는 어렵다. 특히 뜻글자인 한자를 표기 수단으로 하는 한문이나 한시에서는 한 글자를 의미하는 자字가 명사를 나타낼 수도 있고, 형용사나 동사를 나타내기도 하기 때문에 우리말에서 한 글자를 의미하는 음절과 같은 것으로 보는 것은 문제가 있다. 이런 점에서 오언칠자五言七字의 '자字'를 언글과 같은 의미로 보아서 오언시와 칠언시를 지칭한 것이라고 보는 견해는 재고의 여지가 있다.

이제 우리 언어에서 '명'을 어떤 자리에 위치시킬지를 어느 정도 가늠할 수 있다. '명'을 경계를 분명하게 설정함으로써 독립적인 성질을 갖도록 하는 단위로 볼 때, 우리말에서는 음절과 구의 중간에 놓이는 정도가 가장 적합해 보인다. 즉, 명사나 조사, 어간이나 어미 등을 구성하는 단위를 지칭하는 것으로 '명'을 설정하는 것이 가장 합리적이라는 것이다.

'구句'의 개념에 대해 우리말에서는 "둘 이상의 단어가 모여 절이나 문장의 일부분을 이루는 토막으로 되는데, 종류에 따라 명사구, 동사구, 형용사구, 관형사구, 부사구 따위로 구분한다"고 정의한다. 이러한 정의를 보더라도 우리말에서 '구'는 '명'으로 부를 수 있는 두 개 혹은 두 개 이상의 단위 요소가 결합하여 문장의 구성 요소를 이루는 방식을 취한다는 것을 알 수 있다.

우리 시가는 문장을 이루는 음절의 시간적 순서에 따라 소리를 배열하고, 그것을 다시 '명'이라는 구조화한 단위를 바탕으로 시간적 선후에 따라 결합한 형태인 '구'를 다시 시간적 선후에 따라 배열하여 '행行'(줄)을 구성하고, 그것을 시간적 선후 관계로 또다시 배열하여 작품을 완성하는 성격이 있고, 이러한 특성으로 율격이 형성된다. 이렇게 보아야만 향가는 세 개의 '구'를 한 행으로 하면서, 하나의 '구' 안에 두 개의 '명'을 공통되게 갖는 '삼구육명'의 형식적 특성을 지닌 시가라는 점을 명확히 할 수 있다. 이것이 바로 『균여전』에서 말한 "향가는 우리말로 배열하여 삼구육명으로 깎고 다듬는다(歌排鄉語 切磋於三句六名)"는 것이다. 이것으로 향가의 율동이 형성되니 '삼구육명'은 한국 시가 율격의 본질을 구성하는 핵심적인 자질을 가리키는 표현이 된다.

'삼구육명'을 이렇게 해석하여 '명名'을 '평平'과 '장長'이라는 구조화한 단위로 나눌 수 있는 형식적 단위 요소로 설정하면, 우리 시가의 형식론에서 항상 문제가 되었던 표현에 따라 달라지는 음수의 차별화 때문에 정형성을 추출하기가 어려웠던 문제를 해결할 수 있을 뿐만 아니라, 2음보에서 5음보까지 다양한 음보율音步律의 단위를 설정해야 하는 등의 문제를 해결할 근거를 마련할 수 있다. 시가의 모든 행을 그것이 몇 개의 구가 모여서 된 것인지로 파악하고, 각각의 구에 두 개의 명이 들어가는 형식적 단위로 그것을 구조화하여 그 율격적 특성을 밝혀내면 되기 때문이다.

우리말의 성격과 시가의 형식적 측면에서 볼 때 일정한 단위 속에 몇 개의 글자가 들어가는지보다는 어떤 단위로 구조화하여 율동을 형성하며, 그것이 어떤 방식으로 율격을 만들어 내는지, 또 이것을 어떻게 정형화할지가 율격의 본질 문제에서 더 중요하다. 그러므로 한국 시가 율격의 본질을 밝혀내려면 우리 언어의 형태적 특성에서 추출해 낸 '평'과 '장', 그리고 '명'과 '구'가 율격을 형성하는 기본적 요소로 작용한다는 점을 분명하게 해 둘 필요가 있다.

교착어인 우리말에서는 일정한 단위 안에서 음수音數의 차별화가 일어날 수밖에 없지만, 그것은 '평平'과 '장長'이라는 일차적 단위로 만들어진 후 시간적 선후 관계에 따라 형성되는 '명'이라는 단위로 구조화된다. 그리고 '명'은 두 개의 단위로 묶임으로써 '행'을 전제로 하는 '구'라는 단위로 재구조화된다. 이처럼 우리 시가는 한시의 '구'에 해당하는 '행' 단위로 반복되는 구조로 일정한 형태를 만들어 내어 율격을 완성한다는 특징이 있다.

'삼구육명'에서 '사구팔명'으로

우리 민족의 역사를 살펴보면 향가가 발생한 신라 시대로부터 속요와 경기체가가 성행하던 고려 시대까지는 불교적 세계관이 중심을 이루는 시기였음을 알 수 있다. 강대한 육상왕국을 실현하려면 반드시 겪어야 하는 정복 전쟁을 성공적으로 이끄는 데 반드시 필요한 민족 통합을 달성하려고 신라 왕실은 두 가지 계책을 마련했는데, 하나는 정신적인 통합을 위한 불교의 공인(6세기 중반)이었고, 다른 하나는 인재 발굴을 통한 제도적 통합을 위한 화랑도(6세기 후반)의 설치였다. 이 과정에서 생겨난 것으로 보이는 향가는 가야와 고구려와 백제가 멸망한 후에는 새로운 방식으로 진행된 민족 통합의 수단으로서 백성과 함께 호흡하면서 성행하였고, 그 여파는 고려 시대에까지 이어졌던 것으로 보인다. 이렇게 볼 때 향가는 신라뿐만 아니라 고려 시대에도 상당한 위력을 발휘했을 가능성이 크다.

이러한 향가의 형식적 특성이 바로 '삼구육명'이었다는 것인데, 이것은 비단 향가에만 국한된 것이 아니라 신라에서 고려에 이르는 민족시가의 형식적 특성을 가장 정확하게 표현한 개념일 가능성이 있다. 왜냐하면 '명名'과 '구句'의 개념을 이와 같이 정의하고, '삼구육명'을 민족시가의 하나인 향가의 형식적 특성을 지적한 표현으로 해석하면, 이를 고려의 속요나 경기체가에도 그대로 적용할 수 있기 때문이다. 불교적 세계관을 나라의 기본 사상으로 삼았던 신라와 고려는 여러 면에서 서로 비슷했다. 여기에 두 시대 모두 '삼구육명'이 시가 형식의 중심을 이루었다는 점 또한 대단히 흥미롭다. 이러한 민족시가의 형식은 불교적 세계관이 중심을 이루던 사회에서 유교적 세계관이 중심으로 이루는 조선으로 옮겨 가면서 변하게 되니, 바로 '사구팔명四句八名'이라는 시 형식의 등장이다.

'사구팔명'은 시가에서 한 행의 구성이 네 개의 구로 이루어지는 형식을 말하는데, 조선조 국문시가의 양대 산맥을 이루었던 시조와 가사가 이러한 형식을 갖추고 있는 것으로 파악된다. 시조와 가사의 발생 시기는 정확하게 밝혀진 바가 없지만, 현재로서는 고려 후반기로 보는 것이 일반적이다. 그러다가 가사는 조선 초기에 정극인이 지은 「상춘곡」에 이르러 사대부가 사로 전환하여 비약적으로 발전하고, 시조는 고려 말~조선 초부터 신흥 사대부를 중심으로 하는 귀족계급이 그 창작과 향유에 참여하면서 형식이 확립된 것으로 보인다. 이런 과정을 거쳐 형성된 시조와 가사는 조선 시대 전체에 걸쳐 국문시가의 핵심을 이루게 되는데, 그 형식적 특성은 한 행이 네 개의 구로 구성된다는 것이었다.

앞에서 지적했듯이 불교 중심의 신라와 고려 사회에서는 기본적으로 신과 인간의 관계가 전면으로 부각되고, 인간과 자연의 관계는 후면에 배치되는 성향을 띠었다. 그러나 유학을 정치 이념으로 삼고 이를 민족 전체의 세계관으로 확립하기 시작한 조선 시대에는 인간과 신의 관계가 후면으로 물러나고, 자연과 인간의 관계가 전면으로 부각되었다. 이러한 사회문화의 흐름에 따라 시가의 형식도 바뀌는 것은 당연한 일이었다.

이러한 현상은 황진이의 시조와 정철의 가사를 보아도 확인할 수 있다. 황진이 시조의 첫 행은 "청산리 벽계수야 수이감을 자랑마라"로 되어 있는데, 이것은 형태상 "청산리 벽계수야"와 "수이감을 자랑마라"의 두 단위로 나눌 수 있다. 그리고 각 단위는 두 개의 구로 나눌 수 있으며, 각 구는 두 개의 명으로 나눌 수 있다. 정철의 「성산별곡」도 같은 구조로 되어 있다. "엇던 디날손이 성산에 머믈며서"는 시조와 같은 단위로 나눌 수 있다. 이처럼 시조와 가사는 하나의 행이 네 개의 구와 여덟 개의 명이 순차적으로 배열되는 형식을 취하며, 시조는 그러한 행이 세 개로 완성되고, 가사는 수십 행 이상의 행들이 배열되는 형식을 취한다.

민족시가의 형식적 특성이 '삼구육명'에서 '사구팔명'으로 바뀐 이유에 대해서는 좀 더 면밀한 고찰이 필요하겠지만, 신과 인간의 관계가 중심을 이루던 사회에서 자연과 인간의 관계가 중심을 이루는 사회로 이행한 것과 무관하지 않을 것이다.

고전 시가 연구에 중요한 30권의 문헌

1_ 『증보문헌비고增補文獻備考』

조선조 영조 시대부터 시작하여 정조 시대를 거쳐 고종 대에 이르는 140여 년간에 걸쳐 채제공, 신경준, 김택영, 장지연 등 최고의 학자들이 참여하여 만든 백과사전이다. 영조 때에 만들어진 『동국문헌비고』의 증보판인데, 상고 시대부터 조선 시대까지 한국의 모든 제도와 문물을 16개 분야로 나누어서 연대순으로 정리하였다.

2_ 『대동야승大東野乘』

조선 시대에 여러 사람이 쓴 야사野史와 잡록雜錄 등을 모아 놓은 것으로, 편찬자와 편찬 연대는 정확하게 알 수 없다. 57종 130여 권에 이르는 방대한 분량으로 조선 개국 초부터 인조 때까지 250여 년간에 나온 만록漫錄, 야사野史, 설화說話 등의 저술과 역대 왕조에 있었던 숨겨진 이야기인 일사逸事, 명인들의 일화逸話 등이 광범위하게 수록되어 있다. 특히, 사화士禍와 당파의 분열 및 임진왜란과 병자호란 등에 대한 자료가 많아서 역사적 사실을 연구하는 데에도 유용한 자료이다.

3_ 『용천담적기龍泉談寂記』

조선 전기의 문신인 김안로가 편찬한 야담집野談集으로, 총 35편의 이야기가 실려 있다. 1권으로 된 필사본인데, 편찬자가 경기도로 유배를 갔을 때 정신이 혼미하여 경전을 읽을 수 없게 되자 예전에 친구들과 담소할 때 나누었던 이야기들을 모았다고 한다. 당시에 전승되던 이야기를 중심으로 기록한 문헌이기 때문에 사료적인 가치가 매우 높다.

4_ 『불우헌집不憂軒集』

조선 시대 사대부가사의 첫 작품인 「상춘곡」을 지은 정극인의 시문집이다. 이 문집 가운데 가장 주목해야 할 작품은 물론 사대부가사의 효시로 꼽히는 「상춘곡」이다. 이 작품 덕분에 경기체가가 가사로 변형되면서 새로운 형식의 시가 작품이 탄생하는 과정을 살필 수 있다.

5_ 『시경詩經』

중국 최초의 시가집으로 고대로부터 내려오던 노래 중에서 300여 편을 선택하여 공자가 편집했다고 알려져 있다. 한 구절이 네 글자로 이루어진 형식을 취하고 있는데, 주나라 초기부터 춘추시대 중기까지의 시가를 모아 놓았다. 시경의 내용은 통치자의 전쟁과 사냥, 귀족 계층의 부패상 등에서 백성들의 애정과 일상생활에 이르기까지 매우 다양하다. 여기에서 쓰인 표현법으로는 부賦·비比·흥興 등이 있는데, 이러한 수법을 후대 시인들이 계승하면서 오랫동안 전통적인 예술 기교로 자리 잡았다.

6_ 『지봉유설芝峯類說』

조선 중기 실학의 선구자인 이수광이 1614년에 편찬한 한국 최초의 백과사전적 저술이다. 책의 내용은 천문天文·시령時令·재이災異가 제1권에 들어 있고, 지리地理·제국諸國 등은 제2권에 있으며, 군도君道·병정兵政는 제3권에, 관직官職은 제4권에 들어 있다. 유도儒道·경서經書는 제5권에 있으며, 경서·문자는 제6·7권에 있다. 제8~14권은 문장文章을 싣고 있으며, 인물·성행性行·신형身形은 제15권에 있고, 언어言語는 제16권에 들어 있다. 인사人事·잡사雜事, 기예技藝·외통外通은 제17,8권에 있고, 궁실宮室・복용服用・식물食物은 제19권에 있으며, 훼목卉木・금 충禽蟲 등은 제20권에 실려 있다.

7_ 『사기史記』

중국 전한前漢 시대의 무제 때 사마천이 쓴 본격적인 역사서이다. 저술의 목표는 인간과 하늘의 관계를 구명하고, 고금의 변화에 통관하여 일가의 주장을 이루려는 것이었다고 한다. 『사기』의 가장 중요한 특징은, 중국의 역사를 기록하는 정사正 史의 모범이 된 기전체紀傳體가 이 책에서 출발했다는 점이다. 본기本紀 12편, 제후 와 왕을 중심으로 한 세가世家 30편, 역대 제도 문물의 연혁에 관한 글(書)이 8편, 연 표인 표表가 10편, 시대를 상징하는 뛰어난 개인의 활동을 다룬 전기 열전列傳 70편 등이 순서대로 나열되어 있다. 고려 시대에 김부식이 편찬한 『삼국사기』도 사기의 편찬 방식을 따랐다.

8_ 『도산십이곡발陶山十二曲跋』

조선 중기 문인인 퇴계 이황이 열두 편의 시조로 이루어진 연시조 「도산십이곡」 을 짓고 후기에 붙인 발문跋文이다. 여기에는 노래를 짓게 된 동기와 당시 조선 노 래에 대한 비평이 실려 있어 시가문학 연구에 중요한 사료가 된다.

9_ 『고려사高麗史』

조선 초기에 김종서, 정인지 등이 세종의 교지를 받들어 편찬한 고려의 역사서이 다. 태조 시대에 이루어진 고려 국사를 바탕으로 하면서도 새로운 시각으로 고려 의 역사를 편찬하였는데, 고려의 전기는 긍정적으로 평가하고, 후기는 부정적으로 평가함으로써 조선 건국의 정당성을 확보하려는 의도를 내비쳤다.

10_ 『청구영언靑丘永言』

조선 영조 때 가객歌客인 김천택이 고려 말엽부터 당 시대까지의 시조를 모아 엮은 노래집이다. 필사본 1권 1책으로 되어 있는데, 편찬 연대가 가장 오래된 것으로 『해동가요海東歌謠』, 『가곡원류歌曲源流』와 함께 '3대 가집'으로 불린다. 판본으로는 최남선崔南善본, 오장환吳章煥본, 이희승李熙昇본, 홍재휴洪在烋본, 이병기李秉岐본, 이가원李家源본, 일본인 오구라 신페이小倉進平본, 후지타藤田亮策본 등의 이본異本이 있다.

11_ 『동인시화東人詩話』

조선조 성종 때 서거정이 편찬한 시화집詩話集이다. 신라 시대부터 조선 초기까지 시인들이 시를 품평한 것으로, 조선 전기 귀족 사회의 생활과 취미를 이해할 수 있는 좋은 사료이다.

12_ 『택리지擇里志』

조선조 영조 시대에 실학자인 이중환李重煥이 저술한 지리서이다. 책의 내용은 '팔도총론八道總論'과 '복거총론卜居總論'으로 되어 있는데, 전편은 조선을 8도로 나누어서 각 지역의 지리에 대해 논하고 출신 인물과 연결지어 지역성을 논하였다. 후편인 복거총론은 사람이 살기에 적합한 곳을 택하여 입지 조건을 살펴 타당성을 논파하였다. 책의 여러 곳에서 풍수지리설이 인용되는데, 이는 지리학과 사회학 연구에 큰 영향을 미쳤다.

13_ 『오주연문장전산고五洲衍文長箋散稿』

조선 후기의 학자인 이규경李圭景이 지은 백과사전류이다. 60권 60책으로 되어 있는 방대한 분량의 필사본이다. 역사, 경학, 천문, 지리, 불교, 도교, 서학西學, 예제禮

制, 재이災異, 문학, 음악, 음운, 병법, 광물, 초목, 어충, 의학, 농업, 광업, 화폐 등 총 1,417항목에 달하는 내용에 대해 변증설辨證說이라는 방식을 취하면서 고증학적인 방법으로 해설했다. 우리 역사에 대한 애정을 강조한 것을 중요한 특징으로 꼽을 수 있다.

14_ 『성수시화惺叟詩話』

조선조 문신인 허균이 지은 시화서詩話書이다. 그의 문집인 『성소부부고惺所覆瓿藁』의 권25인 설부說部에 수록되어 있다. 내용은 고대부터 있어 왔던 선조들의 시를 평한 것이 중심을 이루는데, 당시唐詩를 높이 평가하면서 송시宋詩를 축출해야 한다고 주장했다. 이는 그의 스승으로 삼당시인의 한 사람인 이달의 영향을 받은 것으로 보인다. 비평적 안목이 매우 뛰어난 저자의 감각을 잘 보여 주는 본격적 시비평서이다.

15_ 『악장가사樂章歌詞』

고려 때부터 조선 전기에 걸친 악장와 속요를 모아 편찬한 시가집이다. 경기체가에서 악장, 속요에 이르기까지 다양한 종류의 시가를 실어 놓은 문헌으로 시가문학을 연구하는 데 없어서는 안 될 정도로 중요한 자료이다.

16_ 『악학궤범樂學軌範』

1493년에 성종의 명에 따라 성현成俔 등이 편찬한 궁중음악 이론서이다. 여기에는 「동동」, 「정읍사」, 「처용가」, 「여민락」, 「봉황음鳳凰吟」, 「북전北殿」, 「문덕곡文德曲」, 「납씨가納氏歌」, 「정동방곡靖東方曲」 등 다양한 종류의 가사가 한글로 실렸으며, 궁중 의식에 쓰인 아악雅樂, 당악唐樂, 향악鄕樂 등을 그림과 함께 풀어 설명하며 악기, 의상, 무대장치 등의 제도와 무용의 방법, 음악 이론 등을 자세히 적고 있어 역사적으로 매우 중요한 가치가 있는 사료이다.

17_ 『시용향악보時用鄕樂譜』

삼국시대부터 조선 시대까지 궁중에서 쓰인 우리 고유의 전통 노래인 향악鄕樂의 악보를 기록한 것으로, 1권 1책으로 되어 있다. 악장을 비롯하여 민요, 무가 등의 가사 악보가 실려 있어 국문학과 민속학 연구에 귀중한 자료이다.

18_ 『삼강행실도三綱行實圖』

유교사회 윤리의 중심을 이루는 삼강오상에 대한 자료들 가운데 충신, 효자, 열녀 등의 이야기를 모아 그림과 함께 엮은 책이다. 조선 시대 윤리관과 사회적 가치관을 연구하는 데 귀중한 자료로, 중세 국어와 회화사 연구에도 큰 도움이 된다.

19_ 『서포만필西浦漫筆』

조선조 숙종 때 대제학을 지낸 김만중이 지은 수필집이다. 2권 2책으로 되어 있는데, 중국의 제자백가의 여러 학설 중 의문 나는 것을 풀이하면서 신라 이후 조선에 이르는 시에 대해 비평하였다. 특히 송강 정철의 「관동별곡」, 「사미인곡」, 「속미인곡」을 높이 평가하면서 우리말과 글에 대한 애정을 과시하고 조선 문학이 지닌 우수성을 강력하게 주장했다.

20_ 『순오지旬五志』

조선조 인조 때 학자인 홍만종이 지은 문학평론집이다. '15지十五志'라고도 하는데, 15일에 걸쳐서 쓴 글이란 뜻이다. 정철과 송순 등의 시가와 중국 소설인 『서유기』에 대한 평론이 있으며, 부록에는 속감續鑑 등을 실었다. 여기서도 정철의 작품이 매우 뛰어남을 강조하며 우리 것에 대한 애정을 드러내었다.

21_ 『이소離騷』

중국 춘추전국시대 초나라의 굴원이 지은 서정적인 장편 서사시이다. '이소離騷'란 근심을 만났다는 뜻으로, 대부 자리에서 쫓겨날 때 느낀 실망과 우국충정을 노래했다. 민요를 중심으로 하는 『시경』이 중국 북부의 문장을 대표한다면, 『이소』를 중심으로 하는 『초사』는 남부의 문체를 대표한다고 할 수 있다. 화려하면서도 낭만적인 문체가 중심을 이루는 『이소』는 한나라 이후의 시부詩賦에 큰 영향을 미쳤다.

22_ 『백운소설白雲小說』

고려 중기에 이규보李奎報가 지은 시화집으로, 31개 항목으로 되어 있다. 시와 문론文論에 대한 이규보의 비평이 담겨 있다. 『백운소설』은 후대의 『보한집』과 『역옹패설』 등에 깊은 영향을 미쳤다.

23_ 『해동역사海東譯史』

조선 후기 실학자인 한치윤韓致奫이 단군조선으로부터 고려 시대까지의 역사를 서술한 책이다. 필사본으로 전해지는 『해동역사』는 85권 6책으로 되어 있다. 방대한 양의 역사서를 두루 섭렵하고, 자료의 객관성을 확보하고자 외국의 사료들을 인용하기도 했는데, 여기서 「공무도하가」에 대한 기록이 처음 언급된다.

24_ 『오산설림초고五山說林草藁』

조선 선조 때 차천로車天輅가 지은 수필집으로, 조선 초부터 선조 때까지 명인 등의 일화와 사적事蹟, 시화詩話 외에 중국 시문에 대한 평도 곁들이고 있다.

25_ 『열하일기熱河日記』

조선 정조 때의 실학자인 박지원이 지은 중국 기행문집이다. 사신으로 갔던 사람들이 남긴 기록인 연행록燕行綠 가운데 최고로 꼽히는 저서인데, 산해관에서 연경이 이르는 11일간의 기록인 제4권『관내정사關內程史』에는 연암 소설을 대표하는「호질虎叱」이, 제10권인『옥갑야화玉匣夜話』에는「허생전許生傳」이 실려 있다.

26_ 「고금주古今注」

중국 진晉나라 때 사람이 최표崔豹가 명물名物에 대해 고증한 것을 엮은 책으로, 고조선 때의 노래인「공무도하가」의 배경 설화가 실려 있다.

27_ 「해동가요海東歌謠」

조선 영조 때 '경정산가단敬亭山歌壇'의 단원으로 이름을 떨친 가객 김수장金壽長이 편찬한 가집이다. 판본은 육당본과 일석본 등이 전하는데, 각각 568수와 638수의 시조를 수록하고 있다. 시조를 작가별로 배열했는데, 먼저 작가를 표시한 다음 작품을 수록하는 방식을 취했다.

28_ 「성호사설星湖僿說」

조선 후기 학자인 이익李瀷이 지은 사상서이다. 백과사전적인 구성으로 경학經學과 경세經世를 논하였다. 천문과 자연과학, 자연지리와 역사지리에 대한 내용인「천지문天地門」, 의식주와 관련된 문제와 화폐, 화초 도량형, 기구 등에 대해 설명한「만물문萬物門」, 인간의 사회생활과 학문에 관련된 것들을 담은「인사문人事門」, 유교와 그 역사에 대한「경사문經史門」, 중국과 조선의 시문에 대한 비평을 담고 있는「시문문詩文門」 등으로 구성되어 있다.

29_ 「어우야담於于野談」

조선조 광해군 때 유몽인柳夢寅이 지은 우리나라 최초의 야담집이다. 야사野史, 항담巷談, 가설街說 등이 수록되어 있다. 풍자성이 강한 설화와 재치 있는 기지가 담긴 야담들을 중심으로 소개한 조선 중기 설화문학의 보고라고 할 수 있다.

30_ 『삼국지三國志』

중국 진晉나라의 학자인 진수陳壽가 편찬한 것으로, 『사기』와 더불어 중국의 대표적인 역사서로 꼽힌다. 위魏·오吳·촉蜀의 삼국에 대한 역사를 기록했는데, 『위서魏書』「동이전東夷傳」에 부여扶餘, 고구려, 동옥저東沃沮, 읍루挹婁, 예濊, 마한馬韓, 진한辰韓, 변한弁韓, 왜인倭人 등 우리 고대 부족에 대한 전傳이 있다. 이것은 가장 오래된 기록으로 동방의 고대사를 연구하는 데 대단히 소중한 자료이다.

손종흠 교수의
고전 시가 미학 강의

2011년 4월 5일 초판 1쇄 발행
2018년 12월 30일   5쇄 발행

지은이 | 손종흠
펴낸이 | 노경인 · 김주영

펴낸곳 | 도서출판 앨피

출판등록 | 2004년 11월 23일 제2011-000087호

주소 | 우)07275 서울시 영등포구 영등포로 5길 19(양평동 2가, 동아프라임밸리) 1202-1호

전화 | 02-336-2776 팩스 | 0505-115-0525

블로그 | bolg.naver.com/lpbook12

전자우편 | lpbook12@naver.com

ⓒ 손종흠

ISBN 978-89-92151-35-1